W0310421

LES DOLCE

L'auteur

Scénariste de longs métrages et de films d'animation, **Frédéric Petitjean** a travaillé dix ans dans les studios de production américains, et notamment pour DreamWorks. Il continue d'écrire pour le cinéma. Avec *Les Dolce*, il signe sa première trilogie en littérature jeunesse.

Du même auteur, à paraître :

Les Dolce, tome 2 : *Les cinq secrets*
Les Dolce, tome 3 : *Le dernier puits*

Frédéric Petitjean

LES DOLCE

Tome 1. La route des magiciens

POCKET JEUNESSE
PKJ·

Contribution : Malina Stachurska

Loi n° 49956 du 16 juillet 1949 sur les publications destinées à la jeunesse : avril 2016

© Don Quichotte éditions,
une marque des Éditions du Seuil, 2011

© 2016, éditions Pocket Jeunesse,
département d'Univers Poche, pour la présente édition.
ISBN : 978-2-266-26750-2

À Lola et Théo.

Le silence ne doit rien à l'oubli.

Dimanche 19 juin 2011

Le rugissement de la basse d'Elton déchira l'air des abattoirs désaffectés. Quand il cessa, les bruits de la circulation de Brooklyn affleurèrent à nouveau : vrombissement des moteurs, avertisseurs, crissements de pneus et hurlements stridents d'une sirène de pompiers.

— Laisse tomber, on n'est que trois, commenta une voix, perdue sous une mèche de cheveux noirs au-dessus du clavier.

Brian, comme à son habitude, réglait le câblage de son synthétiseur.

— Qu'est-ce qu'il manigance, Colde ? On n'avait pas dit 15 heures ? À 16, les Haïtiens débarquent, s'énerva Elton, qui n'en finissait pas d'accorder sa basse.

David, le batteur, autoproclamé manager et directeur artistique du groupe, cheveux longs noués sur la nuque, promenait nerveusement son regard gris sur les filins d'acier terminés par des crochets pointus. Ils pendaient un peu partout sous la verrière trouée, restes de la chaîne d'équarrissage. Pour leurs répétitions hebdomadaires, les Dirty Devils, comme d'autres groupes, squattaient ce bâtiment dont l'ambiance lugubre s'harmonisait avec leur style.

Les Haïtiens, eux, y déployaient en alternance mini-jazz, rampas et rara d'inspiration vaudoue.

— C'est bon, Elton, il doit accompagner son grand-père. Laisse-lui le temps.

— Il le fait pisser, le vieux, ou quoi ? enchaîna Elton, sarcastique.

Il était le plus petit des trois.

— J'aimerais t'y voir, toi, à cent ans passés, rétorqua David, le meilleur ami d'Antonius Dolce, que tous ses amis connaissaient sous le pseudonyme de Colde.

— La honte ! Sortir flanqué de son ancêtre ! Pas de chance pour Anto.

— T'en sais rien, il a l'air doué, le grand-père. T'as jamais croisé son regard ? Allez, arrête de râler. Un bon groupe, c'est sa cohésion...

Le batteur l'avait lu la veille dans le magazine *Rolling Stone.*

— Ouais, mais c'est pareil tous les dimanches. Il fait chier, ton pote ! protesta Elton. On est à six jours de la consécration des Dirty, les filles les plus canon s'apprêtent à tomber raides dingues de moi...

Le bassiste plaqua un monstrueux accord.

Les Dirty Devils avaient en effet été choisis, après audition, par le proviseur pour animer la soirée de fin d'année, gage d'immortalité dans l'annuaire du lycée et atout majeur pour séduire les plus belles filles de terminale.

— C'est notre premier concert et on a tous les réglages à faire, ajouta le bassiste un ton plus haut. Côté répertoire, c'est n'importe quoi. L'intro de « Good Death » ressemble à un cantique de Noël, quant aux costumes de scène, il y en a pour des jours de recherches. Et pour finir, quand on a besoin d'Anto vingt petites minutes, lui, il se balade avec son grand-père !

On entendit un juron. David maudit intérieurement Antonius. Le talentueux guitariste du groupe pratiquait déjà l'art de se faire désirer.

Sauf que dans son cas la raison du retard avait un nom et un visage : Melkaridion Dolce, le grand-père de la famille, un être sans âge doué d'une intelligence et d'une mémoire capricieuses, un esprit délirant ou extralucide qu'Antonius pilotait chaque dimanche par les rues de Brooklyn et les allées de Prospect Park, conformément aux instructions maternelles.

Sans le perdre de vue… en théorie.

Car tous les dimanches, le soliste vedette des Dirty Devils transgressait l'interdit. Il abandonnait l'aïeul dans le parc pour rejoindre ses amis dans les anciens abattoirs, à deux pas, et se livrer à sa passion pour la guitare électrique. Pendant ce temps-là, Melkaridion faisait la conversation aux arbres et aux écureuils. Il avait largement l'occasion, sur le chemin du retour, d'oublier qu'il s'était retrouvé seul un moment…

— De qui vous parlez, là ?

Un garçon à la chevelure noire indisciplinée, l'air trop sérieux pour ses dix-sept ans, était apparu, zigzaguant au pas de course entre les crocs suspendus. Grand, élancé, beau, il avait un regard réfléchi qui forçait l'estime et une élégance innée qui lui valait la jalousie d'Elton.

Il sortit prestement sa Gibson et se mit en ligne, prêt à soulever la poussière qui dormait un peu partout.

— Salut, Anto ! T'as semé ton papy ? attaqua Elton.

— Tu fais chier, Anto ! renchérit David, qui s'évertuait à faire preuve de l'autorité du manager.

— Moi aussi, ça me fait plaisir de vous voir, haleta le jeune homme.

David eut l'impression qu'il en faisait trop : il connaissait suffisamment Antonius pour savoir qu'un petit sprint ne l'aurait pas mis dans cet état. Il se souvenait encore d'un cent mètres que son ami avait fini troisième sans forcer. Ce n'est qu'en franchissant la ligne d'arrivée qu'il avait commencé à suer et à respirer bruyamment.

— On n'est pas là pour changer les couches du vieux, Anto ! Fais comme tout le monde, colle-le à l'hospice, ton débris !

Elton enrageait.

— Vous croyez que j'ai le choix ? répliqua l'aîné des enfants Dolce. Que ça m'amuse de mentir à mes parents ? Quand on est arrivés dans Carroll Street, il s'est mis à brailler en voyant un mec de notre âge : « Qu'est-ce que c'est ? Pourquoi il se tient l'oreille ? » Je lui explique : « Papy, il ne se tient pas l'oreille, il téléphone. – Quoi ? » il me répond. Ça peut durer des heures !

— Waouh ! souffla Brian. Il n'a jamais vu un portable ?

— Il ne comprend rien au monde moderne.

— Comme tous les vieux ! ajouta Brian. Les miens, en ce moment, ils arrêtent pas de dire qu'ils ont le « seum », comme des ados de quinze ans. Trop naze…

— Et là, ton boulet, il fait quoi, au juste ? demanda David, légèrement soucieux.

— Il se balade dans le jardin botanique. Il aime bien, ça l'apaise. Il se colle aux arbres les plus vieux et il leur parle.

— Euh… il est dingue, c'est ça ? lâcha le bassiste.

— C'est plus compliqué que ça, soupira Antonius. Il vient d'un temps où il n'y avait pas l'électricité.

— Moi, j'me tire ! balança Elton en posant sa basse. C'est un groupe de rock, ici, pas une maison de retraite !

Brian pour la sixième fois lui emboîta le pas. Antonius et David virent les deux autres filer vers la porte où ils avaient l'habitude de fumer. Les deux amis échangèrent un coup d'œil. Ils se comprenaient sans paroles. David se mit à battre les premières mesures de leur titre phare, « Good Death ». Les pulsations des graves envoyèrent leurs cercles concentriques sous les verrières et, au bon moment, Antonius plaqua sur sa Gibson l'harmonique exact. L'âme de Brooklyn, avec ses milliers de migrants âpres au travail, prêts à crever, mais portés par la chimère d'une vie rêvée, fut soudain distillée en un simple accord.

Au fond du hangar, Elton et Brian tendirent l'oreille et suspendirent leur grève.

David, en lévitation mentale, fit voltiger ses baguettes en une syncope géniale. Antonius repositionna ses doigts et s'apprêta à porter le coup de grâce. Le petit-fils de Melkaridion maîtrisait l'instrument comme personne. Son talent confinait au génie.

— Il fait chier, ton pote, balança Brian, qui s'était rapproché, comme aimanté.

Mais son expression comportait maintenant une nuance admirative.

— On l'a déjà dit, observa le batteur.

— Bon, on enchaîne ? intervint Antonius. David, qu'est-ce qu'on met en premier, « Let's Die Together » ou « In the Grave » ? Logiquement, on meurt d'abord et on est enterré ensuite. Après, on poursuit avec « Like the Bones », « Bloody Mother », « Good Death », « Killing » et enfin « Love Dracula » et « Sympathy for the Pain », parce que c'est la plus longue… OK ?

— Ouais, fit Elton. Tu lis dans mes pensées ou quoi ? C'est exactement ce que j'étais en train de me dire.

— « Good Death » en point d'orgue, très bien… et le reste, pourquoi pas ? grommela David, un peu vexé.

En dix secondes, Antonius venait de résoudre l'épineuse question du programme, qui incombait normalement au directeur artistique.

— Pour les tenues, j'ai eu une idée…, commença Brian.

De derrière son clavier, il extirpa un costume tout droit sorti des séries japonaises des années 1980, celles où les monstres venaient de l'espace. Elton et lui adoraient Kiss, un groupe métal des *eighties*, au maquillage démoniaque et aux parures galactiques.

— Alors là, c'est non !

— Je refuse de ressembler à Batman !

Antonius et David avaient parlé en même temps.

— Vous avez répété ou quoi ? demanda Brian.

— On va être ridicules, estima le guitariste. Impossible de rouler une pelle habillé comme ça…

À cet argument, le visage d'Elton se décomposa.

— Il y a un risque de célibat ? dit-il, inquiet.

— Un risque ? Une certitude, oui. Même ta mère ne voudra pas t'embrasser, affirma David.

— Moi, ça me tente, remarqua Brian, elle arrête pas de me faire des bisous.

— Jean et tee-shirt, c'est du classique, on risque rien et on est pas obligés de se changer ! décida le manager. Bon, on y va, on a encore quinze minutes pour caler l'ouverture de « Good Death ».

Les guitaristes attrapèrent leurs instruments, Brian plaqua six accords et David lança la batterie.

— Stop, cria David. Anto, ta petite ballade blues, tu la retravailles ?

— Je te montre, coupa le bassiste, impatient.

Il prit la guitare et fit dégringoler plusieurs gammes à toute allure en recherchant des dissonances, effroyablement stridentes. Les verrières fêlées vibrèrent à l'unisson. Puis, dans un silence éloquent, il rendit la guitare à son propriétaire.

— Tu veux dire, ça ?

Antonius tenta d'obtenir l'effet voulu par Elton.

— Qu'est-ce que tu fous ? hurla le petit bassiste. T'entends pas ta fausse note, là ?

— Désolé, je fais de mon mieux.

Consciencieusement, il répéta la séquence, et la faute.

— Pause, décréta David. Anto, je peux te parler un instant ?

Le guitariste se tourna vers lui. Elton et Brian détalèrent vers la cour en allumant une cigarette pour apaiser leur fureur.

— T'en as pas marre de nous prendre pour des cons ? poursuivit David.

Antonius adopta une expression impénétrable.

— Tu crois que je vois rien ? s'emporta David. Tu le fais exprès, me mens pas… En classe, tu coches les bonnes réponses en trois secondes, tu lis à peine les questions, quand le prof t'interroge, t'as déjà la solution alors qu'il a pas fini de poser son problème… Tu t'arranges pour avoir juste la moyenne. Et, là, tu bloques sur un accord majeur, alors que tu viens de nous enchaîner quatre chromatiques !

David regardait Antonius dans les yeux.

— Les autres ne s'aperçoivent de rien. On peut continuer à faire semblant, si tu veux. Mais moi, je te fais plus confiance. Tu veux saboter le concert ou quoi ?

Pour la première fois, le visage d'Antonius se teinta d'une peine sincère.

— Pas du tout, David. Je donnerais ma Gibson pour qu'on enflamme l'école.

Il considéra son meilleur ami avec une expression de tristesse. Les autres rappliquaient au pas de course. Antonius parut sur le point d'avouer quelque chose, mais il se ravisa et conclut platement :

— Je vais essayer de me corriger.

La suite coula sans problème. Et, avec dix minutes de retard, Antonius fila.

Sans perdre un instant, David le suivit. Mais quand il sauta sur le trottoir hors de l'enceinte des abattoirs, Antonius était déjà hors de vue. Le batteur, zigzaguant entre les véhicules et les passants, fonça vers le jardin botanique, qu'il atteignit en cinq minutes. Il se mit à parcourir les allées à petites foulées, essayant de reprendre son souffle, scrutant l'espace entre les troncs des grands arbres pluricentenaires pour apercevoir Antonius et son grand-père. Son ami courait vite, certes, mais avec l'ancêtre du clan qui paraissait au moins aussi âgé que les arbres, il n'avait guère pu aller loin.

Soudain, Antonius déboula à la vitesse d'un sprinter olympique.

— T'es là, toi ? fit-il, énervé. Je viens de faire tout le tour du parc, grand-père a disparu.

— Le tour du jardin botanique, tu veux dire ?

David observait, les yeux écarquillés, le visage frais de Colde. Le parc, au sein duquel se trouvait la petite enceinte de l'arboretum, couvrait plusieurs hectares. Il était humainement impossible d'en faire le tour en moins d'une vingtaine de minutes, même pour un athlète de haut niveau. Et certainement pas sans s'essouffler.

— Non… enfin, oui, rectifia Antonius en lisant la suspicion dans l'œil de David. Bref, il est plus là. C'est la catastrophe.

— Arrête de paniquer, il doit pas être loin ! Ça peut pas se barrer à cet âge !

— Non, je te répète, je suis allé voir dans le parc, insista Antonius, l'air paniqué. Melkaridion a disparu. Je vais me faire tuer !

— C'est les filles qu'on enlève d'habitude ! plaisanta le batteur pour détendre l'atmosphère. Qu'est-ce qu'il risque, au pire ?

— Si je te racontais un dixième des dangers qu'il court, tu me ferais enfermer sur-le-champ. Alors, tes vannes à deux balles, pas maintenant.

Il était livide.

— Tu es sûr que ça va, Anto ? fit David. Il est peut-être simplement rentré chez vous ?

— Si ça pouvait être vrai… Ce serait à la fois parfait et l'Armageddon… pour ma pomme.

— T'as qu'à téléphoner.

— Il n'a pas de smartphone… Et moi non plus !

— T'es chiant, Anto, tu ne peux pas faire comme tout le monde ? Ne serait-ce qu'une fois… Tu es le seul de tout le lycée à ne pas avoir de portable. T'attends que je t'en offre un, t'es trop radin, c'est ça ?

— Ça flingue le cerveau, ces conneries, argumenta mollement l'aîné des enfants Dolce.

— Comme les clopes, le wifi, la TV, le Coca, la bouffe et la pollution…

Antonius, dédaignant la polémique, fouilla ses poches, puis bondit dans la cabine publique voisine.

— T'es sûr que tu ne préfères pas utiliser mon téléphone ? cria David.

Curieux et tout de même inquiet, il s'approcha et tendit l'oreille.

— Euh, maman ?… disait Antonius. Oui, oui, super bien…

Son visage se décomposait de seconde en seconde, comme si un juge implacable, à l'autre bout du fil, était en train de lire dans ses pensées. David grimaça : l'échange prenait mauvaise tournure.

À cet instant, poussée par la brise, une feuille de journal, aspirée par un tourbillon ascendant, s'engouffra dans la cabine pour venir se plaquer contre le visage d'Antonius.

— Comme ci, comme ça… Bon, bah, c'est bien, à tout à l'heure, maman !

Il raccrocha sans attendre la réponse.

— Si je fais ça à ma mère, elle appelle les flics ! commenta David, admiratif.

— Je sais où il est, annonça le petit-fils de Melkaridion.

Il agitait la feuille du quotidien, fébrile. Sur quatre colonnes des pages culturelles, un article mentionnait l'exposition temporaire, au Metropolitan Museum, d'un grimoire d'alchimiste datant du XIe siècle. La pièce, bizarre plutôt que vraiment précieuse, avait été exhumée lors de fouilles récentes au prieuré d'Ashford, dans le Kent. En ces temps de coupes budgétaires drastiques, les autorités britanniques avaient été tout heureuses de prêter cette curiosité à l'institution new-yorkaise, en échange d'une expertise et d'une restauration financées par un mécène. La relique serait exposée durant quarante-huit heures au public, le dimanche 19 et le lundi 20 juin.

— Je vois pas le rapport, fit David.

— Voir, tu peux pas… il faut sentir, répliqua Antonius, nerveux, en lui collant la feuille du journal sous le nez. Son aftershave.

David renifla, perplexe. Fibre de carton, beaucoup de colle, des relents de sandwich… Déçu, il écarta l'indice. Antonius s'éloignait déjà à toute vitesse en direction de la station de métro de la 15e Rue, qui longeait le parc.

— Hé ! Tu vas où ? hurla-t-il.

Mais il n'obtint aucune réponse.

— À demain, mon pote imprévisible, murmura-t-il avant de reprendre le chemin des anciens abattoirs.

Vers 16 heures le dimanche, la 5e Avenue débordait de vacanciers, de flâneurs, de sportifs sur le chemin de Central Park, de familles du West Side venues visiter celles de l'East Side, qui se croisaient dans un flux ininterrompu.

Personne ne prêta attention au groupe de moines qui émergeait du métro, se rendant à un office non loin de là, suivis d'un grand vieillard en salopette marron, robuste et agile, à peine voûté. Son visage, sculpté de rides profondes et régulières, était encadré par une chevelure d'un blanc éclatant. Elle s'entremêlait au fouillis d'une barbe tout aussi claire, qui cachait à moitié une souris sans poils perchée sur son épaule.

Guilleret, le centenaire paraissait fasciné par les baskets Nike que dévoilaient, à chaque enjambée, les traditionnelles robes de bure des hommes d'Église.

— De mon temps, ils étaient chaussés de simples sandales, observa-t-il à voix haute avant de hurler en sursautant : Qu'est-ce que c'est ?

Un taxi jaune venait de frôler le bord du trottoir.

— Ça pue, c'est infect ! Et bruyant ! maugréa-t-il.

Puis il s'empressa de rejoindre les religieux.

Ces hommes qui, malgré leurs chaussures non réglementaires, semblaient issus de son monde le rassuraient. Il savait qu'il devait se rendre dans un endroit bien précis, mais ne se rappelait plus lequel. Quand les ecclésiastiques avaient quitté le métro, il leur avait emboîté le pas, ce qui lui avait permis de reposer son cerveau pendant quelques minutes.

— C'est mon plus grand plaisir, glissa-t-il à l'un des moines qui fermaient la marche.

Ce dernier accéléra pour semer l'intrus. À l'intersection suivante, ils changèrent de direction, dévoilant aux yeux du vieil homme la monumentale façade du Metropolitan Museum. Il sourit : c'était un signe du destin !

— Le hasard n'existe pas ! Il a été inventé par l'homme pour nier l'évidence ! hurla-t-il à une vieille dame qui traversait la rue avec sa petite-fille.

Il s'égosillait, ivre de cette liberté qu'il goûtait trop rarement. Il était heureux et se sentait chanceux en cet après-midi de juin.

— Oui, monsieur… chanceux ! lança-t-il à un autre passant.

Dans son euphorie, il oublia quelques secondes ce qu'il venait faire là… Il suivit des yeux les calèches tirées par des chevaux, qui promenaient des touristes et qui lui semblaient à leur place. En revanche, les taxis, les trottinettes électriques, les promeneurs en rollers et autres absurdités l'empêchaient de se concentrer sur son objectif… Mais qu'est-ce que c'était déjà ?…

— Comment ? dit-il à voix haute, se parlant à lui-même.

La petite souris pelée perchée sur son épaule s'était redressée.

— Merci, Mona. Le grimoire, en effet.

Il reconnut alors les imposantes marches en pierre qu'il avait remarquées sur la photo du journal, surmontées par le bâtiment où se trouvait l'objet qu'il cherchait. Il bomba le torse : il avait traversé la moitié de New York sans se tromper ! Seulement, quand il voulut entamer l'ascension des marches, il s'aperçut, paniqué, qu'il était cerné par une foule qui se densifiait d'instant en instant.

Avides de divertissement, les touristes et les curieux souriaient bêtement, attendant que le pittoresque vieil homme commence un numéro avec le minuscule rongeur en équilibre sur son épaule. Ce dernier se dressa sur son train arrière, posa ses petites pattes roses ridées sur le lobe auriculaire de l'artiste et parut susurrer quelque chose ; aussitôt, sa chevelure se déploya comme par magie devant le nid du petit rongeur. L'assistance, qui augmentait à vue d'œil, lâcha un « Ho ! » de stupéfaction avant d'applaudir à tout rompre : le magicien semblait avoir accru, par la pensée, le volume de ses cheveux.

— C'est le père Noël ? demanda un petit garçon barbouillé de chocolat à sa mère, subjuguée.

— Chuut ! Tais-toi et regarde !

Mais le vieux clown, l'air désemparé, resta immobile plus d'une minute. Le public apprécia la performance.

— Il n'a pas bougé d'un pouce ! commenta un jeune étudiant s'adressant à sa compagne.

— Extraordinaire, ce qu'on arrive à inventer de nos jours ! souffla une mamie encadrée de jumeaux tandis que, de la petite foule qui encombrait les gradins du musée, fusaient des cris d'enthousiasme.

Puis des applaudissements éclatèrent. Une jeune femme s'avança pour jeter une pièce de vingt-cinq cents aux pieds du vieillard. En quelques secondes, les piécettes s'accumulèrent devant lui, l'arrachant à son immobilité. Il se pencha, la mine farouche, prit son élan et shoota dans le tas d'un vigoureux tir du droit. Les pièces volèrent, provoquant l'indignation des badauds. Un nouveau cri collectif fusa, nettement moins admiratif que le premier.

— Dites donc, vous ! Faudrait savoir ce que vous voulez ! lança quelqu'un.

Visiblement, l'attitude du SDF en avait choqué plus d'un. À New York, on pouvait ne rien faire, et être admiré pour cela, mais refuser la charité revenait à violer un tabou.

— C'est interdit, les rats, à New York ! cria un autre spectateur tout en se penchant pour récupérer sa pièce.

Au lieu de filer doux et de se faire discret, le vieillard barbu esquissa un sourire moqueur et se redressa de toute sa taille, ce qui fit grimper le taux de testostérone de son vis-à-vis, qui cracha :

— Tu te prends pour qui, Thor ? T'as bien de la chance d'être centenaire !

Alors, la meute s'agita, pleine de ressentiment contre le sans-abri cynique qu'elle avait pris pour un artiste et qui osait refuser ses dons.

— Il est peut-être dangereux… Attention !

— Protégez les enfants ! Éloignez votre fils, madame, sait-on jamais.

— On devrait peut-être le plaquer au sol ?

— Prenez garde au rat ! Ça mord, ces saloperies.

— C'est venimeux, non ?

— J'appelle les services d'hygiène sur mon portable.

— Et moi, les affaires sociales.

— C'est peut-être un terroriste !

Quand la foule s'était massée autour de lui, le vénérable ancêtre des Dolce avait senti le désarroi de Simone, Mona pour les intimes, la souris pluricentenaire qui n'avait pas l'habitude d'être exposée à tous les regards. En réponse à l'effroi de sa vieille amie et pour la protéger, il s'était concentré pour répandre sa chevelure sur ses épaules, et même la faire pousser un peu. Une pensée lui avait suffi pour cela car, comme tous les membres de sa famille, il était doué d'une perception très large de chacune des cellules de son corps, ce qui lui permettait d'en maîtriser les phénomènes. Ainsi, il pouvait suivre en direct la pulsation des tissus, les innombrables processus d'absorption des sucs, d'élimination des déchets organiques, la lutte constante des anticorps contre les agressions, la genèse des cellules renouvelables, le flux silencieux des liquides dans les veines et les artères, et l'horloge parfaite de son cœur. En se concentrant suffisamment, il entrait en communication avec ses gènes et avec la circulation de l'information dans les synapses. Réparer une écorchure, vaincre un virus, se débarrasser d'une migraine, augmenter ou réduire sa pilosité, tout processus physiologique était chez lui et les siens dû à une intention mentale dirigée, un élément de la conscience de soi.

Mais il n'avait pas prévu qu'un acte si anodin entraînerait un attroupement. Il connaissait les règles, savait très bien que la discrétion qu'il avait enseignée à ses descendants demeurait leur seule chance. Il n'avait rien fait de spectaculaire ni d'arrogant. Il s'était figé, dans l'espoir que les badauds se lasseraient, sans prévoir que les New-Yorkais accueilleraient sa parfaite immobilité comme une performance artistique. Il aurait pris son mal en patience s'il n'y avait pas eu la suprême humiliation de l'aumône. On le prenait pour un baladin, lui, le grand maître de la Guilde, le conseiller en sorts de Louis XI ! D'un geste plein de panache, il avait donc affirmé sa dignité. Mal lui en avait pris, ces êtres ne le comprenaient pas. L'un d'eux, confondant sa souris avec un rat, alors que la différence était à la portée de n'importe quel bambin, était devenu carrément féroce quand le vieux magicien avait dénigré d'un sourire moqueur ses connaissances dans le domaine.

Autour de lui, plus aucun visage d'enfant ni de mère, mais des faces d'hommes jeunes, tordues par la rage et le mépris. Certains se tenaient l'oreille, d'autres avaient un fil qui leur sortait du conduit auditif. La meute le serrait. Il avait beau perdre parfois la mémoire, sa perception n'en restait pas moins intacte. Les détails lui échappaient entièrement, mais il devina que la situation basculait. Écarter ces intrus d'un revers de main l'épuiserait : à son âge, le moindre exercice se payait au prix fort !

Il se décida à faire face et se mit en garde avec une telle vivacité que ses assaillants reculèrent d'un pas. Soudain, la foule s'agita, et il sentit quelqu'un lui empoigner fermement le bras.

En quittant David, Antonius avait fait semblant de prendre le métro. En réalité, il avait sprinté comme un dératé sur Flatbush Avenue en direction du pont de Brooklyn, puis de Manhattan. Sa foulée ample et régulière aurait fait l'admiration de n'importe quel coureur de fond éthiopien ou kényan. Cette miraculeuse vélocité, due à la conscience aiguë de l'économie de son corps que le jeune homme partageait avec toute sa famille, avait un avantage : elle lui permettait de circuler plus vite que n'importe quel métro ou véhicule dans les rues encombrées, à condition d'éviter les obstacles. David, le batteur, ne s'était pas trompé : le jeune Dolce commandait effectivement à son corps et ne transpirait ou ne haletait, après l'effort, que pour imiter les autres et ne pas se singulariser.

Se dissoudre dans la masse, devenir invisible : tel était le suprême principe du clan, sa règle unique.

Mais, dans ces circonstances, il n'y avait pas à hésiter. Il était en train de remonter comme un fou l'East River Bikeway lorsque son cœur se mit à battre plus vite, échappant à son contrôle, et il ne put réprimer la poussée d'angoisse qui montait de ses centres vitaux. Au terme d'un marathon de près de quarante-cinq minutes, vidé de toute son énergie mais à peine essoufflé, il déboula sur la 5e Avenue.

Il n'eut pas à chercher longtemps.

Sur les marches du Metropolitan Museum, des émeutiers s'agitaient, tandis que des véhicules de la police et des services sociaux, garés n'importe comment, leurs gyrophares bleus et orange tournoyant, débarquaient de petites escouades suréquipées. Au milieu de ce remous, le jeune magicien reconnut la haute stature et la splendide masse de cheveux lumineux de son grand-père.

Tout pâle, il s'élança et, à coups de coude dans les flancs et les estomacs, profitant de sa grande taille et de son jeune âge – il paraissait dix-sept ans, bien qu'il soit né en réalité vingt-cinq ans auparavant –, il se fraya un passage jusqu'à Melkaridion. Il atteignit son grand-père juste avant les infirmiers et les officiers de police municipale.

C'était lui qui venait de lui attraper le bras.

— Le spectacle est terminé ! lança-t-il à la volée en attirant à lui le vieil homme d'un geste protecteur et en l'entraînant à sa suite. Il n'a plus toute sa tête ! ajouta-t-il.

Melkaridion lui jeta un regard courroucé.

— Dis donc, gamin, je ne te permets pas !

— En quelle année on est, grand-père ? demanda Antonius à voix haute tout en reculant vers le musée.

— En 1873 ! Napoléon III vient de mourir, paix à son âme !

Antonius soupira… Mais une onde de joie parcourut la foule, d'abord incrédule.

— Et fais-moi penser à envoyer des fleurs à Eugénie.

Un rire homérique secoua l'assistance, qui se détendit. Tout rentrait dans l'ordre. Les policiers, qui en avaient vu d'autres, se mirent en devoir de disperser les badauds. Vingt incidents loufoques avaient lieu chaque seconde dans la Grande Pomme. Antonius sentit son angoisse refluer.

— Il est temps de revenir à la maison, grand-père.

— Si près du but ? Tu rêves !

Sur ce, Melkaridion s'élança vers l'entrée du musée.

Son petit-fils en oublia de se surveiller. Une pensée traversa sa conscience, qu'il aurait voulu effacer aussitôt, mais il était trop tard.

Le visage fermé, Melkaridion monta les marches. Une fois devant les portes du monument, il planta ses yeux dans ceux de son petit-fils :

— La mémoire n'est pas l'intelligence, mon garçon… Je perds peut-être mes souvenirs, mais ce n'est que du passé.

Ces brefs éclairs de lucidité étaient frappants : la sagesse et l'intelligence si brillante de l'aïeul émergeaient en quelques mots. Antonius s'obligea à ne pas ciller sous le regard de

Melkaridion, troublant, profond. Ses pupilles vertes le fixaient sans qu'il puisse s'en détacher. Antonius savait que Melidiane, sa mère, disait vrai : Melkaridion aurait pu hypnotiser n'importe qui.

Après avoir raccroché, Melidiane, préoccupée, regagna son atelier à l'extrémité d'un couloir interminable, sur lequel donnaient les différentes salles du rez-de-chaussée. La maison évoluait avec elle, s'ouvrant à son passage, pour se comprimer dans son sillage, mais elle n'y prêtait guère attention. Tout comme les autres membres de la famille Dolce, elle était habituée aux particularités de leur lieu de vie. « C'est l'espace qui se déplace autour de toi, et non toi qui te déplaces dans l'espace », avait expliqué Rodolpherus, son mari, à leurs deux enfants, quand ils avaient été en âge de poser la question. Au fur et à mesure que l'on arpentait la maison, ses pièces se déployaient, prenant des dimensions confortables, tandis que les autres, inoccupées, se rétractaient pour compenser la dilatation des premières.

À l'approche de la maîtresse des lieux, la poignée de la porte pivota d'elle-même comme si un serviteur invisible l'avait actionnée, et le battant s'effaça ; l'atelier s'agrandit tandis que les toiles vierges, au fond, se serraient le long du mur, et que brosses, pinceaux et tubes de couleurs se rangeaient sur le praticable en bois brut qui jouxtait le chevalet.

Melidiane s'assit face à une gigantesque toile, bien décidée à garder son calme.

La pièce avait atteint son point d'équilibre, une vingtaine de mètres carrés, légèrement asymétriques pour faciliter la circulation des énergies. Seul espace de la maison à en occuper toute la hauteur, l'atelier était éclairé par une grande verrière au plafond. Melidiane réfléchissait : pourquoi son fils lui avait-il téléphoné, si brièvement et pour ne rien dire ? Melkaridion et lui étaient sortis depuis plus d'une heure. Chez elle, l'anxiété se métamorphosait presque aussitôt en angoisse, et entre l'angoisse et la colère la plus noire il n'y avait qu'un tout petit pas à franchir. Une à deux minutes suffisaient à assombrir cette très belle femme à la grâce naturelle et au port altier, et à faire naître en elle la furie.

Signe de son extrême inquiétude, elle choisit un vert intense tirant sur le bleu noir – la couleur même de la robe que portait sa mère Veleonia la nuit tragique où elle l'avait vue pour la dernière fois. Elle dilua la peinture dans un godet, y trempa une large brosse et projeta le mélange sur la toile d'un geste vif. Il s'écoula librement sur le rectangle blanc, y dessinant successivement un moine, un livre à la couverture épaisse et aux feuillets rigides, puis une tête de mort. La magicienne, l'esprit envahi de mauvais pressentiments, regardait ces brèves apparitions se défaire l'une après l'autre et redevenir de vulgaires coulées de peinture qui commençaient à goutter sur le sol.

— C'était qui, au téléphone ? claironna une voix impérieuse.

Leamedia, sa fille cadette, ravissante mini-tornade aux courbes fines, aux jambes menues et au caractère fougueux, indomptable, venait de faire irruption dans l'atelier sans frapper, comme à son habitude. Sous son aspect juvénile de collégienne avide d'indépendance et soucieuse uniquement de plaire aux garçons se cachait une redoutable adolescente qui ne lâchait rien. « Crever plutôt que céder », proclamait-elle quand on lui tenait tête. Elle se serait fait hacher menu pour ne pas avoir à enfiler autre chose que du noir et choisissait avec un soin méticuleux ce qu'elle porterait dans la journée. Top, ballerines, jean, accessoires, rien n'était laissé au hasard, jusqu'à la démarche et à la musique qu'elle écoutait. Ne pas offrir la moindre prise au ridicule, mais tout faire pour être remarquée, telle était la devise de Leamedia.

Sa mère tourna un regard orageux vers elle et fut tentée de lire dans ses yeux, mais la femme-enfant, charmeuse, plissait les paupières, le visage tendu vers l'œuvre ébauchée.

— Pas mal, commenta-t-elle. Tu enchaînes avec un rouge cru en rayures ascendantes, non ?

La remarque ne manquait pas de pertinence au plan esthétique. Leamedia se révélait singulièrement douée, mais elle était surtout maligne. Melidiane, qui pouvait voir dans le regard des autres le film de leurs douze derniers mois, devina que sa fille souhaitait protéger son for intérieur, et elle respecta ce vœu. De même, elle s'interdit de lire dans ses pensées, même si elle en mourait d'envie. Rodolpherus insistait pour que les jeunes puissent se construire une part secrète. « Il est parfois préférable d'ignorer plutôt que d'essayer de tout contrôler », répétait-il. Mais ça n'arrangeait pas Melidiane, dont l'inquiétude s'aggrava encore : qu'est-ce que sa fille essayait de lui cacher ?

— Pour répondre à ta question, c'était ton frère. Il devrait déjà être de retour avec Melkaridion, dit-elle.

— Tu veux que j'aille les chercher ? proposa Leamedia.

Melidiane la scruta intensément, méfiante comme toujours face aux initiatives de l'adolescente. Mais celle-ci, interprétant son froncement de sourcils comme un signe approbateur, avait déjà tourné les talons et filait à toute allure dans le couloir.

La porte d'entrée claqua et la maison gémit. Les cadres aux murs tentèrent de retrouver leur équerre, les livres sur les étagères, que la déflagration avait un peu affaissés, se redressèrent, les rares bibelots tolérés par Melidiane reprirent leur place. Le chat en peluche de Leamedia, qui l'instant d'avant jouait au grand fauve avec les rideaux, commença à faiblir. Dès que sa maîtresse s'éloignait, il redevenait un simple doudou.

Dans l'atelier, Melidiane prépara un godet de rouge violent. Un orage couvait sous son grand front lisse.

Pour ne rien arranger, le soir même, les Dolce rompaient avec leurs habitudes d'isolement en recevant à dîner. C'était la première fois que des personnes étrangères au cercle familial seraient admises dans la curieuse maison de la 53e Rue de Brooklyn.

Et dans trois jours, Leamedia aurait onze ans, c'est-à-dire qu'elle atteindrait son seizième anniversaire d'âge magique. Sa majorité.

Le problème était qu'elle manquait dangereusement de maturité.

La vitesse de pointe de Leamedia était certes inférieure à celle de son frère aîné, mais savoir qu'elle allait croiser David, le batteur craquant des Dirty Devils, suffisait à booster ses performances. Elle n'envisageait pas de fouler le moindre mètre carré de bitume sans ses écouteurs et c'est les oreilles envahies de Lykke Li et de « Youth Knows no Pain » qu'elle galopa en direction de Prospect Park.

En passant devant une vitrine, elle ralentit et regarda son reflet. Peu satisfaite de l'image renvoyée par ce miroir de fortune, elle rentra un ventre imaginaire et, n'obtenant pas un résultat parfait, reprit sa course, furieuse. Elle aurait donné tout ce qu'elle possédait pour avoir une poitrine digne de ce nom, mais ses dix ans apparents lui interdisaient toute ambition de ce côté… pour l'instant.

Car, dans trois jours, à l'issue de son onzième anniversaire, la plus jeune des Dolce accéderait à sa majorité magique et apprendrait, à l'instar des autres, à agir délibérément sur ses équilibres physiologiques, rythme cardiaque, volume et longueur des cheveux, et sur d'autres paramètres primordiaux tels que le tour de taille et de poitrine. Elle n'en pouvait plus d'attendre.

Elle fit un crochet et carillonna chez Valente, sa voisine et amie.

— Tu peux me prêter ton portable ? lança-t-elle sans même dire bonjour.

— Pour quoi faire ? demanda Valente, qui la connaissait suffisamment pour ne pas se vexer.

— Faut que j'envoie un texto à Lee ! répondit Leamedia en s'emparant d'office du mobile que sa copine coinçait sous la ceinture de son jean.

Lee, « sa sœur de Facebook », comme elles s'appelaient entre elles, était eurasienne, tandis que Valente, née dans Little Italy à l'angle de Market Street, était une authentique Latine de Brooklyn. Âgées de quinze ans, toutes deux avaient adopté la cadette des Dolce comme meilleure amie. Elle passait son temps à mentir sur sa date de naissance, si bien que ni Lee ni Valente n'étaient capables de dire exactement son âge.

L'une des caractéristiques physiologiques des magiciens était de paraître plus jeunes qu'ils ne l'étaient, et de vieillir très lentement. Si pour Leamedia et Antonius la différence entre âge apparent et âge réel était respectivement de cinq et huit petites années, elle se révélait vertigineuse pour Melkaridion, né en 920 de notre ère et vieux de plus de dix siècles. Il n'avait pas menti : Napoléon III et l'impératrice Eugénie avaient bel et bien fait partie de ses fréquentations, autrefois.

— Ça te dérangerait de ne pas consulter mes messages ? protesta Valente en reprenant son appareil.

— Excuse-moi, lâcha Leamedia, honteuse. C'est plus fort que moi.

« Fouineuse » eût été un qualificatif trop faible pour la caractériser. « Outrageusement intrusive » lui correspondait déjà mieux. Elle partageait avec sa mère le talent de lire dans les yeux des autres, à ce détail près que le film de leur vie, pour elle, se limitait encore aux dernières vingt-quatre heures – de quoi aiguiser cruellement sa curiosité. Elle scrutait les prunelles de tous ceux qu'elle croisait pour connaître leurs habitudes, leur quotidien, et surtout leurs secrets.

Elles passèrent chercher Lee, et toutes les trois se dirigèrent vers les anciens abattoirs. Elles étaient fans des Dirty Devils, chacune s'étant choisi, après une discussion acharnée, un favori différent. Lee craquait pour Elton, et Valente pour Brian. Quant à Lea…

— Je le surkiffe ! s'écria-t-elle en avisant au loin David, qui rangeait les instruments du groupe dans un vieux pick-up Ford, garé devant les abattoirs.

Son allure, ses gestes, ses yeux, le petit tatouage en forme de tête de mort qu'il portait sur l'épaule droite, tout lui plaisait. Elles arrêtèrent de courir immédiatement pour que les garçons ne se croient pas en terrain conquis.

— Il n'est pas là, ton frangin ? fit Lee, déçue, en n'apercevant que trois des membres de la bande.

— Je croyais que tu préférais Elton ?

Lee parut gênée par la question de Leamedia et ne baissa pas les yeux assez vite pour empêcher celle-ci d'y lire.

— Je m'intéresse, c'est tout, rétorqua l'Eurasienne en réajustant sa queue-de-cheval.

— Tu sais qu'on peut te tracer sur Facebook ? lui susurra Lea, perfide, tandis qu'elles arrivaient à hauteur de la vieille Ford.

Lee resta interdite. Par quel sortilège sa copine avait-elle deviné qu'elle venait de passer plus d'une heure à décortiquer la page de son frère sur les réseaux sociaux ? Elle n'était même pas montée dans sa chambre !

— Comment elle a fait ? murmura Lee pour elle-même, tout en regardant Leamedia s'approcher de David, et Valente se précipiter vers Brian.

La plus jeune des Dolce possédait sous des apparences encore très enfantines une personnalité aussi fascinante qu'inquiétante, aussi effrontée que téméraire. Rien ne semblait pouvoir lui résister… excepté David.

Elles aidèrent les garçons à ranger le reste des câbles qui reliaient les instruments aux amplis, puis les accompagnèrent fumer une cigarette dans la cour. Lea détestait l'ancienne salle d'équarrissage. Le cliquetis sinistre des serpents métalliques terminés par des crochets la rendait nerveuse. Tout en réprimant un frisson, elle se rapprocha de David qui marchait devant et contempla ses épaules moulées par le tee-shirt. Son tatouage se laissait entrevoir dans l'échancrure. Le frisson changea d'origine, elle se sentit réconfortée.

Valente se tourna vers elle :

— T'as de la bave sur tes pompes.

Leamedia regarda machinalement vers ses ballerines, ce qui arracha un éclat de rire à Lee.

Ils s'installèrent sur les énormes bidons à essence rouillés qui encombraient la cour. La sœur d'Antonius parvint à capter brièvement le regard de David et y déchiffra aussitôt le déroulé des derniers événements.

— Il est parti le chercher ? lui demanda-t-elle.

— Comment tu sais ? fit-il en allumant sa cigarette.

— Il a appelé à la maison.

— J'étais là quand il a téléphoné… Il a rien dit.

Leamedia fixait le batteur sans se laisser déstabiliser. De toute façon, il ne pouvait pas comprendre… « Au secours, comme il est beau ! » pensa-t-elle. Mais il évitait de croiser son regard et, à sa grande fureur, elle ne réussissait pas à lire au-delà de la dernière demi-heure.

David sortit de la poche arrière de son jean le fragment de journal qui avait fait bondir Antonius et le donna à la jeune fille.

— Apparemment, il a été frappé d'une subite envie de se cultiver…

Leamedia déplia la feuille et reconnut la façade du Metropolitan Museum avant de lire le court article. Le grand-père avait foncé là-bas, c'était certain, et son frère l'avait suivi. Si sa mère l'avait appris, elle aurait déclenché une alerte atomique de niveau cinq, elle qui répétait inlassablement qu'il ne fallait jamais s'éloigner de la maison ni se séparer les uns des autres. Dès la plus tendre enfance, ses parents leur avaient inculqué qu'ils devaient se montrer discrets, transparents, et ne jamais exhiber leurs talents, sous peine de faire courir un grave péril à toute la famille. Le danger, dont elle se faisait une représentation vague, quelque chose entre le loup-garou des contes et la réprobation bien réelle qui frappait les originaux, était à son avis largement surestimé. Cette manie de la persécution avait déjà entraîné plusieurs déménagements ; or Leamedia était fermement décidée à faire sa vie à Brooklyn.

En fille obéissante, elle aurait dû tout rapporter à sa mère au plus vite. Elle haussa les épaules et décida d'y renoncer. D'habitude, quand elle croisait David, Antonius était dans les parages pour accaparer son attention. Pour une fois qu'elle l'avait rien qu'à elle, elle ne le lâcherait pas. Elle allait prendre la parole quand Valente la devança :

— C'est vrai que vous avez été retenus pour animer la soirée de fin d'année au lycée ?

Les trois garçons bombèrent le torse.

— Si le soliste ne part pas en courant après la deuxième chanson, ça devrait se faire, annonça Elton avec suffisance.

— Et si ça marche, il se peut même qu'on soit engagés pour une tournée dans les bars de Bleeker Street, enchérit Brian, qui tenait la main de Valente.

— Une rue, ce n'est pas vraiment une tournée internationale, fit observer Lee, qui n'osait pas se coller à Elton.

— Désolé de te contredire ! Une halte dans chaque bar, ça s'appelle bien une tournée, rétorqua David.

Les six éclatèrent de rire, mais le batteur n'envoya aucun signe vers Leamedia… ni regard ni geste, même infime. La sœur d'Antonius déploya alors le grand jeu :

— Cet été, Valente, Lee et moi, on part à Myrtle Beach, en Caroline du Sud. Sans nos parents ! Il paraît que les mecs sont super beaux là-bas !

Elle dévisagea le batteur en achevant sa phrase.

— Ta mère te laissera partir ? s'étonna Brian, qui savait par Antonius combien Melidiane pouvait se montrer rigide.

— Avec ou sans son accord, j'y vais ! Il y a des campings réservés aux ados, où les préservatifs sont distribués gratuitement, et à volonté.

Un ange passa dans la cour. Brian lâcha la main de Valente, et Elton, qui s'apprêtait à embrasser Lee, interrompit son geste. Évoquer crûment la sexualité alors que parmi eux, même si certains s'en vantaient, personne n'avait encore pratiqué, revenait à briser un tabou. Chacun y pensait, mais l'aborder de front comme un sujet trivial les gênait d'autant plus que le prochain été serait sûrement celui des passages à l'acte. Les membres récemment consacrés des Dirty Devils n'envisageaient pas de revenir une nouvelle fois des grandes vacances sans être devenus des hommes. Les filles, elles, parlaient d'amour plutôt que de faire l'amour. La compétition virile n'étant pas au programme pour elles, leur innocence ne comportait pas de date de péremption, c'est du moins ce qu'elles essayaient de croire.

Brian, plutôt timoré, brisa pourtant la glace.

— Gratuit… dans toutes les tailles ?

D'ordinaire, c'est David qui était capable de ce genre de réplique, mais le fait que Brian, à demi caché sous sa mèche, lâche une bombe pareille fit rire les six adolescents à gorge déployée. Cela incita Leamedia à surenchérir… Elle attrapa la cigarette d'Elton, la coinça maladroitement entre ses doigts et déclara en se campant devant les cinq autres :

— Moi, je sais déjà avec qui je vais coucher !

Le hall monumental du Metropolitan Museum, dallé de carreaux vénitiens qui reflétaient la lumière et illuminaient d'une lueur rosée les somptueux stucs des plafonds, était surmonté de Master Markus, une cloche de plus de six tonnes, fondue en 1341 à Venise. Quand Melkaridion posa le pied sur le sol rougeâtre, l'énorme vaisseau de bronze émit un bourdonnement presque imperceptible, qui alla en augmentant. Les deux Dolce n'avaient pas franchi la moitié de la salle que la cloche, comme actionnée par une main invisible, se mit à sonner, tout en demeurant parfaitement immobile. Les touristes et étudiants en art crurent à un dispositif audiovisuel, mais les employés du musée, surpris, s'agitèrent. Melkaridion s'immobilisa et leva les yeux vers Master Markus, comme pour s'adresser à elle.

— Quelque chose ne va pas, grand-père ? cria Antonius pour couvrir le vacarme démentiel qui empêchait toute conversation.

Le vieux magicien, concentré, observait le prodige.

— Elle devrait être muette, finit-il par dire.

Il avait à peine ouvert la bouche, mais Antonius devina ses paroles.

L'intensité sonore, qui augmentait graduellement, approchait peu à peu de l'intolérable. La foule des visiteurs s'était figée dans le hall, comme pétrifiée par le bruit infernal. Des employés, affolés, criaient dans leurs talkies-walkies.

Le vieux Dolce répétait la même phrase de plus en plus vite, comme pour faire monter en lui la colère. Antonius, qui lui tenait le bras, sentit ses muscles noueux se crisper d'un seul coup. Melkaridion hurla :

— Elle devrait être muette !

Sa voix résonna comme un claquement, si bien que des centaines de paires d'yeux, comme délivrées d'un charme, se tournèrent vers le vieillard.

Au même instant, Master Markus se tut. L'écho du dernier coup de cloche ricocha encore un peu sur les murs du hall, avant de s'affaiblir et de mourir. Antonius, stupéfait, n'osait pas parler à voix haute, tant le silence soudain convergeait vers son grand-père.

— On dirait qu'elle t'a obéi, murmura-t-il, admiratif.

Melkaridion gardait les yeux fixés sur le monstre. Son visage s'était durci. L'espace d'une seconde, ses prunelles vertes furent traversées d'une vague orangée, semblable à une flamme.

— La dernière fois que j'ai entendu battre les cloches, à Paris, en 1793…

Antonius restait suspendu à ses lèvres, mais le vieillard n'acheva pas sa phrase.

— Oui, grand-père ?

Melkaridion se détendit. Seuls ses sourcils froncés trahissaient son inquiétude.

— Allons voir le grimoire… S'il s'agit bien de ce que je redoute, c'est une catastrophe irrémédiable.

— Je n'y comprends rien, grand-père ! C'est toi qui as déclenché les sons de cloche ?

— Ne pose pas tant de questions, Antonius, et viens avec moi.

— Tout le monde nous regarde, papy !

— Il n'y a rien de gênant à être populaire. Suis-moi ! ordonna l'aïeul en fonçant tête baissée vers les salles d'exposition.

— Mais, papy, protesta Antonius, il faut acheter un billet pour entrer au musée.

— Quoi ? Payer pour voir ce qui m'appartient ? Mon héritage ! Tu perds la tête, mon garçon. Et cesse de m'appeler papy, lança Melkaridion avec autorité.

Au guichet, l'employée cherchait manifestement à joindre le PC de sécurité au milieu d'un brouhaha indescriptible, si bien qu'à la faveur du désordre causé par l'incident les deux Dolce entrèrent comme chez eux. Tout en marchant à un rythme soutenu, Melkaridion expliqua :

— Les émotions agissent sur les corps, elles émettent des ondes, c'est une loi physique, nul besoin d'invoquer la magie !

— Je n'ai plus dix ans, je suis en âge de comprendre ça !

— Certaines émotions dégagent une énergie intense. Tu es trop jeune pour avoir connu la guerre.

— Tu veux dire la Seconde Guerre mondiale ?

Le grand-père éclata de rire :

— La Seconde Guerre mondiale ? C'était hier…

Il se tut en apercevant au sol l'impact rouge et lumineux d'un pointeur laser qui zigzaguait sur le pavement, agité par un gamin.

— C'est quoi ? souffla-t-il, hypnotisé.

Le point rouge s'approchait de lui.

— Rien, grand-père, s'ecria Antonius, agacé de le voir se déconcentrer si aisément. De quelle guerre tu parles ?

Il lança un regard menaçant au gamin, qui courut se réfugier auprès de sa mère.

— La guerre ? répéta le vieux Dolce, l'air égaré. Qu'est-ce qui te prend ? On est là pour consulter le grimoire !

Soudain, il vacilla et marqua un arrêt devant une relique de drap miteuse. Le vestige, autrefois d'azur semé de fleurs de lys dorées, fit passer un voile sombre dans le regard du vieillard, qui lâcha :

— Il y avait cette odeur si particulière… La poudre à canon, Antonius…

La fiche explicative indiquait qu'il s'agissait de l'emblème royal de Philippe VI au camp d'Abbeville et à Crécy, en 1346, au début de la guerre de Cent Ans.

— J'ai senti cette odeur pour la première fois, là. On discernait la Manche au loin, le sang se mêlait aux embruns…

Il parlait si fort que certains le prirent pour un conférencier. Comme des visages commençaient à se tourner vers lui, Antonius lui fit signe de baisser le volume… Mais Melkaridion avait fermé les yeux et divaguait à voix haute.

— Tant d'arrogance… Philippe VI disposait pourtant d'une écrasante supériorité numérique. Mais son armée était si bordélique ! J'ai sauvé le roi français.

Les gens qui s'étaient approchés se mirent à rire en vissant leur index sur la tempe. Antonius, rouge de honte, marmonna à l'intention de l'assistance :

— C'est rien… C'est pour un documentaire.

Puis il dit à l'oreille de Melkaridion :

— Grand-père… On s'en va, on est en train de se faire remarquer.

— Telle est pourtant la vérité, mon garçon ! Il faut savoir l'entendre, même si elle est douloureuse !

— Tu sais, la vérité, ici…

Antonius ne savait plus où se mettre.

— Sans aucune magie ! souligna Melkaridion. Je lui ai juste ôté son armure royale. Il fallait oser.

Très fier de son exploit, il repartit d'un bon pas vers le fond de la salle. Tout le monde rigolait autour d'eux.

Antonius dut accélérer pour tenir la cadence que lui imposait son aîné. Celui-ci suivait le parcours fléché qui menait au grimoire. Il ralentit de nouveau devant la monumentale grille qui séparait le dernier hall en deux. Cette fois, il n'eut pas besoin de fermer les yeux pour se rappeler. Enthousiaste, il s'en approcha.

— Encore les Anglais ? demanda Antonius, au bord de la dépression nerveuse.

— Que racontes-tu là, enfin ? Cette grille vient de Tolède, pas d'Angleterre. Tu me déçois. Talavera… Jamais vu autant de morts en une seule journée. L'empereur terminait sa campagne d'Espagne, en 1810… ou en 1809…

— L'empereur ? fit Antonius, qui avait perdu le fil.

— Napoléon en personne. De ce jour, j'ai décidé de ne plus servir aucun souverain. Ils ont le goût du massacre.

— Tu es parti ?

Le jeune magicien oublia un instant les visiteurs qui recommençaient à s'attrouper autour de Melkaridion.

— Non, hélas… Ils m'ont attaché !

Il pointa du doigt l'un des montants de la grille.

— À ce piquet, très exactement. Regarde ces marques, ici, et là.

Des gens, à côté d'eux, applaudirent, et un « Oh ! » appréciateur salua la démonstration.

— Les habitants m'auraient lapidé, j'étais sous l'uniforme ennemi. Mais, par chance, mes liens étaient confectionnés avec du crin de cheval, s'esclaffa Melkaridion.

Antonius eut un faible sourire. Il savait ce que cela signifiait.

— Une matière naturelle, compléta-t-il.

— Et alors, que s'est-il passé ? voulu savoir une fillette qui écoutait avec des yeux ronds, sa main dans celle de sa mère.

Melkaridion fronça les sourcils d'un air digne, ne dit plus rien et se laissa emmener par Antonius vers la salle du grimoire, à l'étage supérieur.

La voix de son petit-fils le sortit de sa torpeur.

— On est presque arrivés.

Melkaridion regardait nerveusement autour de lui, cherchant des visages ou des objets familiers. Ayant avisé un buste en bronze, un profil d'enfant posé sur un bloc de marbre blanc, il ralentit.

— Lancelia, ma mère, et moi avions les mains enchaînées dans le dos. Debout sur la charrette, je vacillais, sans pouvoir me retenir… quand j'ai vu cette statue, exactement celle-là, Antonius… Les cloches, elles ne cessaient de carillonner… Comme aujourd'hui…

Le silence qu'avait imposé dans la salle sa grosse voix le sortit de ses souvenirs. Il dévisagea son descendant qui lançait au public des regards de défi, l'air anxieux. Melkaridion sourit avant de lui parler plus bas.

— Je te fais honte, n'est-ce pas ?

Antonius n'hésita pas une seconde.

— Je n'aurai jamais honte de nous, déclara-t-il, ce qui fit passer un voile de douceur dans les yeux de son grand-père.

Il n'y avait plus chez lui ni amnésie ni sénilité. Au contact de ces objets qu'il avait réellement connus, il entrait dans sa mémoire sous l'œil de son petit-fils.

Ils se regardèrent longuement, puis Melkaridion attaqua l'escalier qui menait à la salle d'exposition où se trouvait le codex. Il marcha d'un pas lent et solide vers la dernière pièce de l'étage. Au moment d'y pénétrer, il fit une pause.

— Si ce livre est celui auquel je pense, je m'en coupe une sur-le-champ !

Remarquant la surprise d'Antonius, peu habitué à un tel langage de sa part, il ajouta avec un clin d'œil :

— À mon âge, c'est beaucoup moins gênant !

— Pourquoi tant d'inquiétude ? s'enquit l'adolescent.

La réponse de son grand-père fut empreinte de gravité et d'une profonde mélancolie :

— Parce que notre existence dépend de trois livres… Quand ils seront tous découverts et exploités, nous ne serons plus.

Les touristes et les visiteurs présents dans le musée ce dimanche 19 juin 2011 entre 17 h 23 et 17 h 42 devaient se rappeler toute leur vie les événements auxquels ils assistèrent.

Une foule considérable se pressait autour de la cage de verre qui protégeait le codex. Malgré sa haute taille, Melkaridion ne pouvait pas encore l'apercevoir ; il se dirigea, comme aimanté, vers la vitrine. Les gens s'écartèrent pour le laisser passer.

— Le premier livre, chuchota le vieil homme.

La reliure de cuir très épaisse, les feuilles translucides de parchemin, l'écriture rythmée, serrée, et cette odeur subtile, perceptible aux seuls magiciens, qui flottait dans l'atmosphère malgré le caisson pressurisé manquèrent lui occasionner un malaise.

À cet instant, Master Markus recommença à sonner à toute volée, faisant vibrer les murs.

Les yeux de Melkaridion brillèrent, et une larme se forma au coin de sa paupière.

— Comme ma mère… Je l'ai vue relier ce grimoire de sa propre main, avant d'être brûlée en place de Grève.

Antonius, éberlué, contempla son grand-père.

— Pour avoir tenté de le dissimuler, lâcha celui-ci dans un souffle.

Les visiteurs regardaient autour d'eux, inquiets, alors que des coups sourds ébranlaient le bâtiment. Certains évacuèrent les lieux par précaution. Melkaridion, lui, pressait son front contre la vitre de protection, comme pour en forcer la résistance.

— Toutes les cloches sonnaient : le roi allait être décapité place de la Révolution… Quatre-vingt mille hommes en armes avaient été appelés pour cette occasion.

Antonius écoutait intensément, par-dessus les coups assourdissants de Master Markus, ces paroles qui n'étaient ni un délire ni une affabulation, mais découlaient d'un héritage historique, d'une vision du passé.

— Ils sont venus à notre secours… Toute la Guilde, réunie au même endroit… Dissimulés, déguisés… prêts à nous sauver.

Une sirène d'alarme se mit à ululer dans les étages. Antonius n'y fit pas attention, concentré sur les propos de l'aïeul.

— Ils savaient que seule ma mère était au courant.

Soudain, une transformation s'opéra chez Melkaridion. Ses sourcils se froncèrent, les veines de ses avant-bras se gonflèrent, les rides qui creusaient son visage se déformèrent. Il parut gigantesque à Antonius.

— Les cloches n'en finissaient pas de secouer l'air.

La confusion gagnait toutes les salles. Les objets tremblaient sur leurs socles avec des trémulations audibles, du plus grave au plus aigu, les cartels pendaient à leurs clous, tout ce qui pouvait produire un son tintait ou grondait au rythme dantesque de la démentielle cloche vénitienne.

— Ils voulaient mettre à profit l'exécution de Louis Capet pour nous faire évader afin de préserver l'héritage, les secrets.

Le niveau sonore devenait insupportable. On eût dit un tocsin lancinant annonçant un péril imminent. Les coups réguliers faisaient éclater une à une les vitres du bâtiment, les visiteurs piégés dans les étages se plaquaient au sol pour se protéger des objets qui commençaient à tomber et des plaques de stuc qui dégringolaient du plafond. Des cris de panique éclatèrent : un lustre en verre qui surmontait l'escalier central s'était détaché. La grille de Talavera se descella et s'abattit dans un tintamarre apocalyptique. Le sol se fissura en plusieurs endroits.

— Deux bûchers étaient dressés… Celui de ma mère et le mien… Nos amis ne réussirent à en éteindre qu'un seul.

De rage, Melkaridion frappa du poing la cage transparente qui emprisonnait son livre, doucement une première fois, puis plus fort, ce qui attira l'attention du surveillant le plus proche, pourtant occupé à mettre en sécurité les visiteurs. Autour d'eux, des murs se lézardaient. Le dernier coup que Melkaridion donna dans la vitre de protection fut si violent que le verre épais n'y résista pas : il s'étoila.

Une seconde alarme, stridente, se déclencha aussitôt, couvrant tout autre bruit.

Antonius, stupéfait, mesurait la puissance et la violence qui émanaient de son aîné, ordinairement si paisible.

— Grand-père ! hurla-t-il. On va mourir si tu continues !

En moins d'une minute, une dizaine de gardes envahirent la pièce, tandis qu'une brigade de pompiers pénétrait dans le musée pour le faire évacuer, de peur que le toit ne s'effondre. La plupart des touristes s'étaient enfuis, et Antonius se trouvait désormais seul face aux hommes en uniforme, qui se jetaient sur son grand-père afin de le ceinturer.

— Il est vieux, il ne maîtrise pas ses gestes ! C'est une crise de spasmophilie, ne vous énervez pas ! vociférait-il à l'adresse des assaillants.

— C'est ça, et moi j'ai quatre ans, railla l'un des vigiles, tandis que le vieux s'évertuait à élargir à coups de poing la brèche ouverte dans la cage de verre.

— Il est centenaire ! insista Antonius, fou d'inquiétude, vous allez lui faire mal ! Ma mère vous intentera un procès !

Il ne fallut pas moins de cinq agents pour neutraliser Melkaridion.

Ce fut comme si une mer en furie se transformait soudain en un lac d'huile. L'énorme cloche de bronze cessa de battre dans la seconde. Dans l'immense musée ne stridulait plus que la note aiguë des sirènes d'alerte. Tous ceux qui demeuraient à l'intérieur en furent presque plus déstabilisés que par le chaos qui avait précédé.

Moins d'un quart d'heure plus tard, Antonius et Melkaridion, qui venaient d'être expulsés, soufflaient sur un banc en face du Met, de l'autre côté de l'avenue, pendant que les agents en uniforme, encore incrédules, retournaient vers le musée.

— On a de la chance, grand-père, dit Antonius.

— C'est tout le contraire.

— Ils auraient pu nous arrêter, s'emporta le garçon.

Melkaridion mit un moment à lui répondre.

— Malheureusement, il s'agit bien du premier livre, dit-il, l'air sombre.

— Qu'est-ce qu'il contient, le grimoire ? demanda son petit-fils.

La foule s'écoulait autour d'eux, indifférente. Un camion de CNN surgit de nulle part et stoppa dans un crissement de pneus devant le Met. Une équipe de télévision sauta au sol et entreprit de gravir les marches.

— Notre histoire, nos règles, et surtout… nos secrets, lâcha le vieillard.

— Il y en a beaucoup, des secrets ? poursuivit Antonius qui n'avait jamais entendu parler des trois livres auparavant.

Melkaridion se tourna vers lui comme s'il voulait sonder ses pensées. Il se laissa faire. Il empêcha ses paupières de cligner et il se livra totalement, sans chercher à brouiller les signaux par les ruses ordinaires. Il acceptait de la part du vieil homme cette marque de considération et d'affection, et lui montrait sa confiance. Enfin, Melkaridion se détourna et il répondit simplement :

— Cinq.

Antonius espérait que son grand-père irait plus loin, mais celui-ci, épuisé par l'épreuve qu'il venait de traverser, n'en fit rien. Il regardait fixement une berline noire aux vitres fumées stationnée à une quarantaine de mètres de là. Cela faisait quelques minutes qu'elle était immobilisé en pleine chaussée.

En haut des marches, l'équipe de télévision réapparut, accompagnée d'un vigile en uniforme. Ce dernier, la main en visière, cherchait quelqu'un. Quand il eut repéré Antonius et Melkaridion, il pointa le bras dans leur direction. Le cameraman, le preneur de son et le journaliste s'élancèrent vers eux.

Antonius n'hésita pas une seconde : il bondit sur ses pieds et entraîna son grand-père vers la station de métro toute proche.

En soutien-gorge et discrètement maquillée, Debby Dandridge fouillait dans sa collection de colliers fantaisie en quête de la parure qui s'accorderait avec son chemisier Kate Spade. Elle opta pour un sautoir de douze cabochons de résine bronze et verveine, et évalua l'effet produit dans la glace de la coiffeuse au design scandinave.

C'était parfait : très élégant et séduisant. Elle serait à son avantage lors de ce premier dîner chez les Colde.

Aussitôt, la doctoresse se jugea ridicule. À presque cinquante ans, elle se conduisait comme une collégienne prête à tout pour accaparer l'attention d'une copine de classe !

Comme pour confirmer ses doutes, son mari lui lança :

— Tu ne crois pas que tu en fais un peu trop ?

Posté devant les informations télévisées dans leur chambre, au quatorzième étage d'un building bourgeois de Brooklyn, le célèbre psychiatre du *Wall Street Journal* l'observait depuis un instant. Spécialisé dans les déprimes financières, Robert Dandridge avait implanté son cabinet sur le bord de Battery Park, à quelques encablures de Wall Street. Les traders faisaient la queue le midi dans sa salle d'attente afin de se débarrasser de leur culpabilité et repartaient frais comme des gardons pour provoquer avant la fin de la journée une bonne dizaine de suicides sur les marchés qu'ils pratiquaient. Après avoir été en psychanalyse avec lui pendant plus de dix ans, Debby l'avait épousé en secondes noces.

— Jaloux, Bob ? gloussa-t-elle. Ce n'est pas ce que tu crois.

— Qu'est-ce que je suis censé supposer, alors ?

— Les Colde m'intéressent à titre professionnel. Leurs enfants sont particuliers. Tu te rappelles, il y a quatre ans, je t'ai parlé d'Antonius, qui nous venait d'Atlanta et a été accueilli en troisième ?

Debby exerçait en ville comme pédiatre et remplissait à mi-temps la fonction de médecin scolaire près de Prospect Park.

— Un cas unique ! s'enthousiasma-t-elle. Les microbes, bactéries ou virus n'avaient aucune prise sur lui. Les cabrioles sportives les plus risquées ne lui occasionnaient pas le moindre bleu, alors que ses camarades de l'équipe de football américain venaient à tour de rôle faire soigner une contusion, un froissement musculaire, une douleur tendineuse. Je l'ai vu se faire tacler durement et se relever comme si de rien n'était. Et tant de discrétion, de maturité ! Sa sœur cadette, Leamedia, qui est chez nous depuis la rentrée, est comme lui… en plus difficile, précisa-t-elle, préoccupée. En tout cas, elle n'est jamais malade.

— Et que déduis-tu de ces miraculeuses aptitudes ? la questionna Robert, ironique.

— Je suis persuadée, déclara sa femme, que cette immunité exceptionnelle est la projection d'un rare équilibre intérieur.

— Bref, tu as mis la main sur un spécimen qui donne raison à tes théories et tu comptes l'étudier à fond, n'est-ce pas ?

— Exactement.

— Dès lors, il n'est pas étonnant que tu aies envie de mieux connaître les parents…

— Tu as tout compris.

— Tu es sûre de ne pas en pincer pour l'un d'eux ? la taquina Bob.

Debby haussa les épaules, mais elle salua *in petto* la perspicacité de son mari.

Sa tocade se nommait Mme Colde. À l'occasion d'une journée portes ouvertes au collège, quatre ans auparavant, elle avait rencontré la mère d'Antonius et avait été subjuguée par sa féminité. À près de quarante ans, Melidiane était une femme superbe. Son visage, ses yeux, ses gestes, son allure, tout en elle intriguait la pédiatre. Celle-ci, qui avait complété ses études de médecine par un diplôme d'anthropologie, avait relevé une somme phénoménale de particularités qui avaient engendré un être unique. Elle s'était mise à nourrir l'espoir de devenir sa meilleure amie. Mais Melidiane cultivait la distance et les patientes manœuvres de la doctoresse s'étaient soldées par un échec. Cependant, les rituels du temps scolaire les avaient amenées à se revoir et Debby avait multiplié les signaux d'ouverture. Enfin, sa persévérance avait payé. Un après-midi, on avait sonné chez elle sans prévenir.

Melidiane se tenait sur le palier, l'air émue, comme si c'était la première fois qu'elle rencontrait une amie. Debby avait été bouleversée.

— Oui, avait répondu Melidiane sans qu'elle lui ait posé aucune question.

La visiteuse n'avait pas osé entrer, mais rendez-vous avait été pris pour un petit déjeuner. Une première fois décevante dans le café situé sur un parking en plein air dans Flatbush Avenue. Melidiane avait passé son temps à s'excuser de n'avoir rien à raconter et n'avait pas touché à son thé. Debby mobilisait toutes ses capacités d'écoute, tant elle sentait de tension et de besoin de s'épancher chez sa nouvelle amie. Elle ne forçait jamais les confidences, se limitant à montrer sa disponibilité.

Et puis, l'avant-veille, elle avait reçu par téléphone une invitation à dîner chez les Colde ! Depuis, elle était presque aussi hystérique qu'une fiancée à la veille de ses noces.

— Tu es sublime dans ce corsage, commenta gentiment Bob.

À ce moment, la porte d'entrée blindée du luxueux loft claqua : le fils de la pédiatre venait de rentrer de sa répétition.

— Chéri ? appela-t-elle d'un ton charmeur. Nous sortons, tu viens avec nous finalement ?

— Non, maman. Faut que je révise pour mes examens.

Elle l'entendit s'enfermer dans sa chambre. Mélancolique, elle finit d'ajuster son chemisier, hésitant sur le dernier bouton, qu'elle choisit de laisser. Une échancrure notable révélait la naissance de sa poitrine encore très belle, sans qu'elle tombe dans la vulgarité.

— Bob ? fit-elle, enjôleuse.

— Moui ?

— Tu ne voudrais pas aller voir ce que David fabrique ?

À son retour des abattoirs, David n'aspirait qu'à une chose : allumer son ordinateur pour retrouver Adventure Quest, un jeu en ligne sur lequel il passait ses nuits.

Grâce au prétexte scolaire, il croyait avoir acheté sa paix pour toute la soirée. Les adultes sortis, ce serait la fête : plateau avec hamburger géant devant son écran et orgie de vidéos.

Retranché dans sa chambre, il lança la session, saisit ses mots de passe et entreprit de régler son compte à un ogre. Mais le jeu lui paraissait soudain fade à côté de celui qu'avait initié Leamedia. Le minois de la femme-enfant ne quittait pas son esprit. Les yeux en amande, le petit nez et la frange désordonnée qui balayait le front auraient fait craquer n'importe quel batteur normalement constitué. Pourtant, le meilleur ami d'Antonius savait que tous ses potes le railleraient sans pitié s'il sortait avec une fille qui était en première année de collège, même si elle paraissait bien plus que son âge. Et, décidément, elle était trop différente… Quand elle le regardait, il se sentait espionné, impression dérangeante qu'il n'éprouvait avec personne d'autre. Il haussa les épaules : elle et son frère étaient des originaux, il fallait juste essayer de s'adapter à eux sans tenter de percer à jour leur fonctionnement.

Il se concentra sur l'aventure virtuelle. Mais, quelques secondes plus tard, son beau-père, sans doute envoyé en service commandé, débarqua. Debby Dandridge n'était pas du genre à lâcher prise après une rebuffade.

— Orque ou elfe, ce soir ?

Fort de son statut de psy, Robert prit une attitude paternelle en s'asseyant sur le lit à côté de David.

Celui-ci ne sut que répondre. Il aimait bien Robert, avec qui il s'entendait mieux qu'avec sa mère, mais là, il avait envie d'être seul.

— Ne te fatigue pas, Bob, fit-il, poliment mais fraîchement. Je sais enfiler des préservatifs, je connais les méfaits de la drogue et je ne donne pas mon numéro de portable sur Internet.

Ce fut au tour du mari de Debby d'être pris au dépourvu. Il n'était évidemment pas question d'enseigner quoi que ce soit à David sur les précautions à prendre, mais le jeune homme comprit qu'il venait d'abattre en plein vol un projet de laïus sur les dangers d'Internet. Il enfonça le clou :

— Je déteste quand tu te prends pour mon père… Par contre, quand t'es Bob, ça passe…

Son beau-père parut chercher une citation de Freud pour ne pas perdre la face. N'en trouvant pas, il expira bruyamment en signe de défaite.

— J'en déduis que tu ne nous accompagneras pas ce soir. Dommage… On dîne chez les Colde.

Le batteur des Dirty Devils se redressa.

— Ça alors ! Comment vous avez fait ? Ils n'invitent jamais personne !

— Ah bon ? fit Bob, suspicieux.

— Anto s'est toujours défilé quand je voulais passer chez lui. On se rencontre au lycée, au fast-food, en répète, ou ici. Il m'a dit que ses parents ne recevaient pas.

Antonius fournissait toujours une excuse pour éviter d'emmener ses copains dans la résidence paternelle : réfections dans la maison, raisons familiales, absence d'ordinateur, sans même parler du wifi. Comment pouvait-on vivre aujourd'hui sans Internet et sans portable ? Avant de rencontrer Antonius, David ne savait même pas qu'il existait de telles familles.

— Je ne veux rater ça pour rien au monde, s'exclama-t-il en se ruant vers la salle de bains. Attendez-moi, je suis prêt dans deux secondes !

Debby était passée dans l'après-midi chez Holes Food, la coûteuse épicerie bio, pour y dégoter un vin rouge français, un présent très tendance dans les dîners chics en ville. Elle scrutait la bouteille quand Bob surgit et se colla à elle sans déranger l'élégant arrangement de sa tenue.

— C'est réglé, il nous accompagne, annonça-t-il, fier comme un paon et s'attendant certainement à des félicitations.

— Bravo, fit-elle d'un air absent sans même le regarder. Qu'est-ce que tu en penses ? demanda-t-elle en exhibant la bouteille qu'elle avait payée plus de quatre-vingts dollars.

— Tu es obligée de laisser l'étiquette avec le prix ? fit Bob d'un ton réprobateur.

Debby, confuse, arracha l'autocollant.

— Pourvu qu'il soit bon…

Elle qui, d'ordinaire, enchaînait des retards qu'elle seule pouvait qualifier de « décents » était en avance. Pour une fois, Robert ne fut pas le premier à être prêt.

— Te voilà bien impatiente de rencontrer le père de ces enfants ! la titilla-t-il.

— Et pourquoi pas ? Même leurs prénoms sont originaux et semblent refléter leur personnalité, improvisa-t-elle. Melidiane, M comme maternelle, chasseresse et austère comme la déesse, mais suave comme le miel ; Antonius, qui porte un nom de général romain et semble promis à un avenir grandiose ; Leamedia… Là, je ne sais pas encore, s'interrompit-elle, sa fantaisie momentanément tarie.

— Et le papa, alors ?

— Rodolpherus ? Je me demandais, justement. Ce sera la surprise. Il doit être un littéraire…

Bob sourit et l'aida à passer son imperméable Burberry.

— Il ne manque plus que David.

Ce dernier les rejoignit à cet instant, en jean propre et tee-shirt moulant, sa tenue fétiche. Il fleurait bon l'eau de toilette. Robert leva un sourcil.

— Je reconnais mon Carven favori…

— Euh, j'ai pensé que tu me permettrais de l'essayer.

— Zou, en route ! les coupa Debby. Bob, tu as éteint la télé ?

— Non… Bien vu, ma toute belle. J'y vais de ce pas. Ne partez pas sans moi, hein ? plaisanta-t-il devant l'impatience de sa femme et de son beau-fils.

En attendant l'ascenseur, David raconta la séance de rock de l'après-midi et le départ précipité du guitariste. Debby, qui s'intéressait aux Dolce comme une abonnée de *Point de vue-Images du monde* au clan de Monaco, écoutait avec attention, très satisfaite de savoir que son enfant était le meilleur ami d'Antonius. Soudain, la voix étranglée de Bob leur parvint de la chambre.

— Venez voir une minute… Il se passe quelque chose de stupéfiant.

Mère et fils se précipitèrent, craignant un nouveau 11 Septembre. Planté devant l'écran plat de 103 pouces, Robert venait de monter le son. Les images en boucle montraient des murs lézardés, des verrières effondrées, des œuvres d'art renversées sur le sol fendillé, un immense lustre de Venise jonchant de ses mille morceaux une volée de marches monumentale.

Les phrases du journaliste résonnaient dans la pièce : « … les fondations du bâtiment sont heureusement intactes, mais de nombreux dégâts matériels entraînent la fermeture temporaire du musée. On ignore tout des causes de l'incident, ou plutôt elles semblent inexplicables. Selon les témoins oculaires, la cloche Master Markus, une pièce de plusieurs tonnes suspendue dans le hall du musée, s'est mise à sonner, semble-t-il sans que son battant bouge.

Elle a pourtant propagé des ondes sonores capables d'ébranler les murs. Une enquête a été lancée… »

— Pourvu qu'Antonius ait retrouvé son grand-père ! souffla David.

Robert se tourna vers lui d'un air interrogateur.

— Melkaridion, l'aïeul des Colde, était au musée cet après-midi, expliqua Debby, David vient de me le raconter.

Soudain très perturbée, elle ajouta :

— J'espère qu'ils ne vont pas annuler !

À 18 h 49, quand la porte de la maison magique de la 53e Rue se referma derrière Melkaridion et que la demeure se dilata autour d'eux pour les accueillir, Antonius connut un moment d'intense soulagement et de fierté.

Il avait racheté sa faute.

Au travers de mille périls, au terme d'une odyssée héroïque, il avait reconduit le précieux magicien en territoire sécurisé, sous juridiction parentale ; il avait remis son protégé, intact, à la gardienne Melidiane. Tel le chevalier des contes, il méritait maintenant le repos du guerrier : une cure de *Resistance*, l'album mythique de Muse, dans sa chambre.

Il avait guidé son grand-père dans les sous-sols du métro, l'avait ranimé par des paroles judicieuses lorsqu'il s'affalait soudain, disposé à passer la nuit sur un strapontin comme le vieux sans-abri pour lequel on l'avait pris. Toutes les fois où l'ex-conseiller en sorts de Louis XI avait semblé ensorcelé par un distributeur automatique de boissons gazeuses ou par le fleuve des voyageurs s'écoulant dans des tourniquets, il avait su déployer autant de patience, de cajoleries et de fermeté qu'en requièrent les enfants en bas âge, pour le délivrer du charme qui l'immobilisait ; enfin, il avait paré avec habileté les désagréments qui pouvaient résulter à tout instant de la tendance de son aïeul à manier, à voix très haute, un franc-parler pittoresque et cru, sans compter les situations délicates qu'entraînaient ses fracassantes thèses historiques. Il avait l'impression d'avoir mûri de dix ans en une seule journée.

Certes, il ne s'attendait pas à être félicité, mais il croyait tout de même que sa gestion personnelle de la crise serait appréciée. En tout cas, il n'était pas prêt à endurer stoïquement une dernière et humiliante épreuve avant de s'écrouler sur son lit.

Or, l'espace intérieur s'étira encore, les étagères de bois brut gémirent de toutes leurs fibres, les rangées de livres qui les peuplaient s'étirèrent en un accordéon muet, les lattes du sol craquèrent, signe qu'un troisième Dolce venait à leur rencontre, et Melidiane, les traits figés en un masque effrayant, se dressa au milieu du couloir, telle une dépression atmosphérique d'au moins neuf cent quarante hectopascals.

— Il va falloir expliquer tout ça à ta mère, observa judicieusement Melkaridion.

Elle n'eut pas besoin de se faire raconter leur épopée. Un regard dans les yeux de son fils la renseigna. Antonius, qui de son côté essayait de lire dans les pensées maternelles, perçut une tempête d'émotions mêlées où dominait un irrépressible courroux et où transparaissaient aussi une stupéfaction consternée, un sursaut d'orgueil lors de la scène de charité, beaucoup d'indignation puis, à mesure qu'elle déroulait le film des événements, une profonde inquiétude. Son visage se ferma, tant ce qu'elle voyait outrepassait ses hantises. Toujours très droite, elle parut plus fragile, comme blessée. Sa colère se teintait d'angoisse et de doute, ce qui impressionna Antonius.

Elle s'adressa à son père, très grave, la voix nouée.

— Un des livres a été retrouvé ?

Il opina :

— Oui, celui qui contient le deuxième secret. Ils ne tarderont pas à le découvrir.

— Il n'y a aucun moyen de le récupérer ?

— Légalement ? Non.

— Et par la magie ?

— Trop compliqué. Il faudrait être nombreux. À cinq, c'est suicidaire. L'exercice de nos pouvoirs nous rendrait trop vulnérables.

— Moins de cinq ! Lea n'est pas encore initiée, il manque trois jours.

— Tu vois, c'est inenvisageable. La Guilde noire n'attend que ça, qu'on débarque tous là-bas. Quant à le dérober… Le vol exerce sur nous les effets que tu sais.

— Nous ne volerions rien ! Il est à nous, nous ne ferions que récupérer notre bien.

— En théorie, oui…

Melkaridion fit un geste vague, réfléchit et enchaîna en sautant du coq à l'âne :

— Les automates, il y en avait de mon temps… Vaucanson, Robert Houdin… Mais enfermer des potions dans des vitrines… Une officine sans apothicaire… Coca-Cola, cacophonique cacatoès… Jamais rien vu d'aussi absurde.

La fatigue avait eu raison de sa lucidité. Il écarta doucement Melidiane et passa devant elle. La porte du salon s'effaça à son approche, la pièce se dépêcha de s'ajuster pour les trois Dolce, le canapé blanc s'empressa de retaper ses coussins pour recevoir l'aïeul.

— Même le verre… totalement trafiqué, rigidifié comme un cadavre de huit heures dans son armure… Je le ployais, autrefois.

Il renversa son vieux corps en arrière en soupirant.

— Besoin d'une petite sieste, moi.

Le vieux magicien s'enfonça dans une apnée aussi profonde que la mort. C'était sa manière à lui de récupérer : mettre l'ensemble de ses cellules en veille ou, pour les fonctions vitales, en mode économique. Sa chevelure, qu'il avait tenue maîtrisée le temps de la sortie, en profita pour se déployer, les tresses se reconstituèrent à toute vitesse pour le plus grand bonheur de la frileuse Simone… qui ne pouvait s'attarder à jouir de ce confort. L'historiographe de la famille avait une mission à accomplir. Descendant en rappel sur l'une des longues mèches du vieillard, la séculaire souris gagna le sol et, d'une démarche arthritique, entreprit le périple vers l'entrée de son bureau, un trou dans la plinthe, tout en jetant de droite et de gauche des regards suspicieux pour s'assurer qu'aucun prédateur ne croisait aux abords.

« Faudrait peut-être songer à me procurer une moumoute », râla-t-elle *in petto*.

Mais nul ne lui prêta attention. Le vieux Melkaridion, qui lisait en elle comme dans un livre, dormait ; quant aux deux autres, ils étaient trop occupés à déchiffrer leurs pensées respectives pour capter le signal qu'elle venait d'émettre.

C'était l'affrontement. Toute pitié avait déserté Melidiane, la volonté de châtier éclatait en elle avec violence. Ce qu'Antonius découvrit dans l'esprit de sa mère l'anéantit. Il savait qu'il avait désobéi, mais la sanction envisagée ! Elle était démesurée, inacceptable. Elle ruinait son avenir.

— Toi qui te trouves trop puni, tu t'es conduit comme un enfant irresponsable, fit Melidiane, qui venait de lire sa pensée. Je n'arrive même pas à le croire ! Tu l'as laissé seul. Tu l'as abandonné en plein Brooklyn ! Ce qui m'inquiète le plus, ce n'est pas tant ce qui pourrait nous arriver... Non... C'est de constater que tu n'es pas prêt, mais alors absolument pas, à devenir un magicien digne de ce nom. Ce n'est pas parce que tu as été intronisé que la magie t'est acquise. Cela s'apprend, Antonius !

— Je suis parti juste vingt minutes, maman. Il était au parc, comme il aime, il se ressourçait.

— Une seule minute aurait été de trop !

— T'exagères toujours.

Cette réponse finit de mettre Melidiane hors d'elle.

— J'ai vu la voiture noire dans ton regard !

— Quelle voiture ?

« Celle qui vous attendait devant le Metropolitan Museum, toutes fenêtres fermées ! » hurla-t-elle silencieusement en serrant les dents pour ne pas faire sursauter Melkaridion.

Ses paroles résonnèrent dans la tête de son fils : Melidiane pouvait communiquer par télépathie avec n'importe lequel des membres de sa famille.

— Comment tu sais ? fit-il, hésitant.

Il avait choisi exprès de s'exprimer à voix haute.

— J'en ai la certitude, c'est tout. Ceux qui nous traquent ne se relâchent jamais, eux ! Tu t'imagines que j'ignore leurs méthodes ?

— Ils auraient été avertis de notre venue au musée ?

— Leurs relais sont innombrables. Et ils possèdent des organes d'information. Il y avait une équipe de télévision sur place ?

— Oui, reconnut Antonius, écœuré.

— Voilà, tu as ta réponse, lança-t-elle d'un ton amer. L'info est tombée dans les rédactions, la terre entière est au courant. Nos pires ennemis, aujourd'hui, ce sont les médias. D'autant plus insidieux que nous leur sommes indifférents. Être exposés, pour nous, c'est être crucifiés. Notre seule chance de survie...

— ... est de nous fondre dans la masse, de rester anonyme, je suis au courant, merci. On me l'a seriné pendant vingt-cinq ans, vous m'avez programmé pour ça. Je passe mon temps à dissimuler, à mentir, à commettre volontairement des erreurs. Je fais semblant de prendre des notes en classe, comme si un Dolce ne retenait pas du premier coup ! Je triche systématiquement aux examens pour ne pas être le premier de ma promotion ! Même avec mon groupe de rock...

— Parlons-en, de ta petite activité clandestine !

— Même avec mon groupe de rock, répéta-t-il en haussant le ton, je feins encore. J'ai pas le droit de leur apprendre que les Dolce assimilent à la perfection les moindres techniques grâce à leur contrôle cérébral ! Je prétends que je m'exerce depuis l'âge de quatre ans, que j'ai été le Mozart d'Atlanta dans la catégorie guitare électrique ! Que ça explique pourquoi je suis pas trop mauvais, alors que j'ai commencé en réalité avec eux, en première.

Il parlait de plus en plus vite.

— Je m'oblige à jouer faux toutes les dix secondes pour éviter qu'ils crient à la résurrection de Jimi Hendrix ! J'ai failli perdre mon meilleur ami tout à l'heure, parce qu'il me soupçonnait de saboter la répétition pour des questions d'ego et de menacer notre cohésion. J'en ai marre ! éclata-t-il. Les autres ont des parents qui les encouragent à réussir, vous, vous nous apprenez à échouer !

— Comment oses-tu…

— Pour nous intégrer, soi-disant ! Ne jamais montrer ses capacités, c'est bien ce que dit papa, non ? Mais comment on va s'intégrer, si on peut pas vivre comme les autres, avoir des activités associatives, un réseau social, utiliser un téléphone portable ? En plus, si tu te figures que personne ne s'aperçoit de rien, tu te plantes complètement. Tous mes copains ne sont pas des imbéciles, certains devinent que je simule. Brian et Elton n'ont pas encore compris, mais David, si. Alors, on va encore partir à mille kilomètres, c'est ça ? Foutre en l'air tout ce qu'on a construit ici, se carapater, se terrer comme une espèce en voie de disparition ?

— Tu crois qu'on déménage si souvent pour le plaisir ? Tu te plains de ton sort, mais as-tu seulement une idée de ce qui t'attend si la Guilde noire nous retrouve un jour ?

Antonius, qui d'habitude rentrait la tête dans les épaules quand la voix de sa mère grimpait dans les aigus, explosa pour la première fois devant elle.

— La Guilde noire, la Guilde noire ! Je ne la connais pas, votre Guilde noire, je ne l'ai jamais vue ! Par contre, je passe partout pour un arriéré ! Je ne dois pas faire ceci ni cela ! J'ai le droit de quoi, moi, à part me taire et me cacher ? Je veux juste être normal, est-ce possible ?

Melidiane en resta muette. Même son fils paraissait surpris de sa propre rébellion. Ce bref silence ne dura pas. Les paroles de Melidiane claquèrent comme autant de gifles.

— Tu n'es pas un humain normal, que tu le veuilles ou non. As-tu oublié ce que nous t'avons appris ? Le danger est permanent pour nous. Et, en cas de péril, nous ne sommes puissants que tous les cinq réunis, et encore, pour un unique acte magique, qui nous épuisera aussitôt. Tu as beau courir très vite et maîtriser ton corps comme aucun sorcier ni aucun être humain ne peut le faire, ne rêve pas une seconde de survivre à une confrontation ! Cinq doivent être les magiciens pour exercer leur art proprement dit. C'est un minimum vital. Et même ainsi, nous en sortons affaiblis, amoindris.

Elle fit une pause, puis reprit :

— Nous avons été exterminés, Antonius. Où sont-elles, les lignées prestigieuses, les Lindskaya, les Chemin, les Montas de Niria ? Que reste-t-il du temps où la Guilde régnait sur le climat et influait sur l'Histoire ?

— Ouais, le couplet habituel sur la grandeur passée de la famille ! Faut croire qu'ils n'étaient pas si malins, nos ancêtres ! S'ils l'étaient, pourquoi ils ont laissé mon arrière-grand-mère flamber sur un bûcher ?

— Il t'a raconté…

— Oui, lui et elle à Paris en janvier 1793, sur des chariots, entravés, conduits en place de Grève pour y être brûlés comme sorciers. La Guilde entière rassemblée dans la foule pour les sauver, et qui finalement rate son coup. D'ailleurs, s'il était si fort, papy, pourquoi est-ce qu'il n'a pas fait tomber les chaînes qui le liaient, comme à Talavera, où il a ordonné aux cordes de le libérer ?

La structure de la pièce bougea un peu, comme pour ménager de la place.

— Le métal, fils… C'était un alliage. Et cesse d'asticoter ta mère, fit la voix calme d'un nouveau venu.

Rodolpherus, qui avait passé son dimanche à la bibliothèque de l'université Columbia, venait de rentrer.

Son apparence elle-même, savamment travaillée, affichait la plus complète insignifiance. Il cultivait, jusque dans ses choix vestimentaires, l'art de ne pas attirer l'attention, se déguisait chaque jour en anonyme. Il n'achetait que des vêtements parfaitement banals. Seule Melidiane savait combien il pouvait être beau, d'une virilité rayonnante, quand il quittait les lunettes rondes dont il n'avait nul besoin et laissait ses cheveux se déployer sur ses épaules, spectacle réservé à l'intimité conjugale. Mais là, avec son nœud papillon impeccable, sa serviette d'intellectuel sous le bras, son vêtement de prêt-à-porter dissimulant son corps athlétique et lui donnant l'air dégingandé, il incarnait la médiocrité.

— Dans le cas que tu viens d'évoquer, le naturel des éléments s'est trouvé contrarié, car les matières étaient mélangées, continua-t-il de sa diction élégante. Nous n'agissons à loisir que sur le matériau brut, comme le crin de cheval qui composait le lien espagnol. Si la substance première naturelle est altérée, transformée dans sa structure par des alliages, manufacturée, nous perdons prise sur elle. Ceux qui ont forgé ces chaînes le savaient.

— Voilà pourquoi il n'a pas réussi à briser la vitrine, réfléchit Antonius à voix haute.

— Probablement. Et si vous me disiez tout ? conclut son père avec flegme, en dépit des signaux rageurs de sa femme.

Unique adulte de la famille à ne pas lire dans les pensées, il semblait désemparé par la tension qui régnait dans le salon.

— J'ai installé grand-père au jardin botanique et…

— Il l'a abandonné ! Il est allé faire de la musique aux abattoirs avec sa bande !

L'indignation faisait vibrer la voix de Melidiane.

Contrairement à son habitude, Rodolpherus n'entreprit pas de calmer sa femme.

— Manque de bol, continua Antonius, papy est tombé sur une information… un grimoire exposé au Met. Je l'ai retrouvé seulement là-bas…

— Sur le point de se faire lyncher, n'oublie pas de préciser ! intervint sa mère. Jamais plus je ne pourrai te faire confiance.

— Tant mieux, bluffa Antonius, le ventre noué. J'en peux plus de jouer les baby-sitters ! C'est trop compliqué, de le promener dans New York. Les voitures, le métro, les téléphones, le bruit, les buildings, les avions, les jeux vidéo, tout le stupéfie, c'est le choc à chaque sortie… Je passe des heures à lui réexpliquer les nouveautés qu'il a déjà vues la semaine précédente, et il faut recommencer encore le dimanche d'après. J'adore grand-père, je sais qu'il a été en son temps le plus puissant de tous…

— Il l'est encore ! Ne le sous-estime pas.

— Merci, je l'ai remarqué cet après-midi, lança Antonius. Je veux seulement dire qu'on pourrait essayer de ressembler aux autres, tant qu'à faire ! Je rêve d'une vie normale d'étudiant ordinaire, réussir mes examens et entrer à l'université, jouer en concert les samedis, fréquenter mes amis, m'installer quelque part, avoir une petite copine et oublier un peu la magie.

— Cent pour cent d'accord avec Anto ! piailla Leamedia, qui venait de les rejoindre.

Son aplomb contrastait avec son apparence de fillette trop précoce, habillée en petite femme.

— J'ai tout entendu, vous croyez pas qu'on est assez grands ? Moi, en tout cas, j'ai bien compris que le coup du danger permanent, c'est juste un argument pour maintenir votre autorité. Y en a marre de recommencer le collège chaque fois qu'on déménage, je devrais être en première ! trépigna-t-elle.

— Ah, toi, n'en rajoute pas ! Tu étais consignée dans ta chambre ! hurla sa mère.

— M'en fiche ! Personne ne m'empêchera d'assister à une discussion aussi intéressante. Pour une fois qu'on parle !

— Rodolpherus ! s'écria Melidiane.

— Leamedia, remonte immédiatement ! commanda son mari sans se départir du raffinement inné qui accompagnait chacun de ses gestes. Qu'a-t-elle fait ? demanda-t-il à sa femme, oubliant d'employer la télépathie.

— Elle est sortie sans autorisation sous prétexte de chercher son frère et Melkaridion, et elle est rentrée trois heures plus tard.

Jetant un œil inquisiteur à sa sœur, Antonius interrogea ses pensées, mais Leamedia, rusée, empêcha les tentatives d'effraction en se repassant mentalement un air de Lykke Li.

— C'est effectivement une faute très sérieuse, mais ne mélangeons pas les problèmes, recentra Rodolpherus, désorienté. Antonius, rapporte-moi la suite.

— Ben, on s'en est sortis, mais grand-père a tenu à voir le grimoire. À partir de là, tout s'est enchaîné. La grosse cloche dans l'entrée s'est mise à sonner à mort, le musée a tremblé comme de la gélatine, les visiteurs ont été évacués, il y a eu des dégâts matériels, et on a été expulsés quand les agents de sécurité se sont aperçus que papy voulait feuilleter le codex. J'ai réussi à semer une équipe de télé, nous sommes rentrés, tout va bien. J'ai sauvé Melkaridion des griffes des services sociaux, de la police municipale, des vigiles du musée, des pompiers de New York, et sans doute du FBI, et voilà comment on me remercie.

— Waouh ! s'enthousiasma Leamedia, qui avait ignoré la consigne de Rodolpherus.

Celui-ci affichait une mine grave. Il se tourna vers son épouse, et ils communiquèrent sans mots, très vite, comme chaque fois qu'ils ne voulaient pas être entendus des enfants. Melidiane lui transmettait sélectivement ses pensées, puis lisait ses réactions. Mais au bout de quelques secondes, elle s'écria :

— Tu étais à ta bibliothèque… absorbé par tes indispensables recherches !

— Tu ne m'as pas appelé ! répliqua-t-il, vexé.

Il faisait allusion à la capacité de sa femme à envoyer des messages par télépathie à longue distance. Elle était la plus douée d'eux tous.

— Il faut croire que tu ne m'as pas entendue ! rétorqua-t-elle du tac au tac. Tu me laisses m'occuper seule des enfants pour te livrer aux délices de la spéculation scientifique. Tu contemples les étoiles ! Tu philosophes…

Il accusa le coup, blessé.

— Bon, ils sont sains et saufs, tout rentre dans l'ordre, Antonius a semé les gêneurs, déclara-t-il.

Son fils devina qu'il essayait d'apaiser les choses, et que sa sérénité était de façade.

— Et la voiture noire ? fit Melidiane.

— Quelle voiture noire ?

— À t'entendre, le monde entier nous en veut ! gémit Antonius.

— Ça fait bien longtemps que je ne t'ai pas mis de claque, tu sais, remarqua-t-elle froidement. Ton père et moi, nous nous battons pour que vous ayez une vie aussi normale que possible, un semblant d'avenir.

— Tous les parents disent ça.

— Tous ne sont pas magiciens !

— Et ça change quoi, à part de ne rien pouvoir faire comme les autres, de ne rien pouvoir faire tout court ?

— On ne choisit pas sa famille, lâcha Melidiane.

— C'est bien dommage, lança le jeune homme.

— Si tu veux, Antonius, la porte est ouverte. Je ne vais pas te retenir de force.

Le garçon ne bougea pas. Sa mère et lui disputaient une partie d'échecs.

— Antonius, est-ce que tu ne devais pas me rappeler de faire adresser des fleurs à Eugénie ?

Melkaridion s'était brusquement réveillé.

— Et toi, Melidiane, ne sois pas si dure avec lui. C'est ma faute s'il est parti là-bas.

— Il doit m'obéir ! protesta-t-elle. S'il n'apprend pas la rigueur, il ne sera jamais prêt à exercer.

— À son âge, tu étais totalement incontrôlable, ne me dis pas que tu ne t'en souviens pas. Il n'y a que moi qui oublie... Vous autres, vous avez encore la mémoire absolue. Antonius, la dernière fois que ta mère a vu sa maman, en octobre 1850, elle n'avait que huit jours, mais elle se la rappelle parfaitement... Un orage inouï. Veleonia a lutté de toutes ses forces contre la foudre. Une très belle femme... Des cheveux d'un blanc immaculé sur sa peau mate, un corps tout en finesse, donnant l'impression d'une plante immense...

Il se tut un instant.

— Je n'ai jamais aimé d'autre femme... Il nous a fallu la fuir. Elle voulait nous détruire. Alors, montre-toi un peu compréhensive.

Il parlait avec une grande émotion. Melidiane, qui ne s'attendait pas qu'il évoque cette histoire, s'était figée.

Des larmes roulèrent sur les joues parcheminées de son père. La première, en éclatant sur le parquet, libéra une brume où se distinguait une maisonnette gothique isolée en pleine forêt, un prieuré entourant son cloître. Des éclairs zébraient le ciel nocturne. Sous une ogive, un nourrisson aux yeux grands ouverts dans son couffin, ses petits sourcils froncés, regardait de toutes ses forces.

La seconde larme, en touchant le sol, révéla, au centre du cloître, une femme exposée à la rage des éléments, cernée d'éclairs et de détonations, tordue par la souffrance. Sa robe d'un bleu foncé tirant sur le vert, imbibée d'eau, moulait son corps à la fois féminin et puissant, ses courbes sculpturales. Antonius frissonna : le personnage avait le visage de sa mère. Elle luttait contre un ennemi invisible. Dans un éclair blanc comme le plein soleil, l'image s'effaça.

Alors une troisième larme, énorme, roula le long du nez du vieillard, hésita au bord de sa barbe avant de s'écraser par terre. Une brève vision, atroce, s'en libéra. La nuit était désormais calme, la femme apaisée, détendue, se redressait, occupant seule le champ de bataille encore détrempé. Ses formes se devinaient sous la robe saturée d'eau. Elle paraissait indemne, si ce n'est qu'une fumée suspecte émanait de son corps et qu'un halo pâle soulignait sa silhouette, comme si elle avait absorbé le grand éclair qui l'avait frappée. D'une démarche mal assurée, elle fit quelques pas vers la fillette, telle une femme qui a craint de perdre son enfant et veut le serrer contre elle. Sa chevelure d'une pâleur lunaire retombait en épaisses mèches sur sa figure. Impatiente de mieux voir, elle rejeta sa crinière dans son dos d'une main nerveuse et ses paupières s'ouvrirent.

— À la place de ses yeux, qui avaient la couleur de l'aigue-marine, luisait un lac rouge sang éclairé de l'intérieur par le feu de l'enfer, où nageait une pupille noire comme la violence, murmura Melkaridion.

À ce moment, on sonna à la porte.

Les visions s'évaporèrent aussitôt. Le coup de sonnette se répéta.

— Tiens, c'est vrai, on a justement un dîner normal, ce soir. J'ai invité les Dandridge, annonça Melidiane, l'air faussement décontracté.

Leamedia écarquilla les yeux et, surexcitée, retint un ululement de joie. Même son frère, qui boudait toujours, parut intéressé. C'était la première fois que des étrangers étaient admis dans la maison magique.

— L'idée, c'était précisément de nous intégrer un peu mieux. Mais maintenant, je ne suis plus sûre que ce soit une bonne initiative, conclut ironiquement Melidiane.

— Tu m'avais caché que c'étaient des babas cool...

Robert Dandridge promenait un regard critique sur la maison de la 53e Rue.

— On va voyager dans les années soixante ? La bicoque est un peu fatiguée, non ?

— Moi, j'aime beaucoup. Tu as vu, la porte d'entrée est en bois véritable. Tout est naturel. C'est authentique ! s'enthousiasma Debby.

Le pavillon d'un seul étage, sur son terrain étroit entouré de grillage, tranchait dans le paysage urbain par sa simplicité. Construit en planches, percé de baies vitrées horizontales, tel un wagon échoué sur une voie désaffectée, l'édifice évoquait une baraque de chercheur d'or du Klondike.

— Tu crois qu'ils ont l'électricité ? ajouta Robert.

Ils avaient eu le temps de bien observer la façade depuis leur premier coup de sonnette, et la porte restait fermée.

— Tu es sûre que c'était ce soir ?

— On est en avance de quinze minutes, Melidiane m'avait dit 19 h 45.

— Ils ne reçoivent jamais, je vous ai prévenus, intervint David. Ils ne sont même pas là ! Maman, t'as dû prendre tes désirs pour la réalité.

— À moins qu'il y ait un problème avec le grand-père ?

Les murs muets de la maison cachaient en réalité un rallye aussi intense que l'activité cérébrale d'un surdoué.

La cuisine, où officiait Melidiane, concentrée et immobile, formait l'épicentre de cette chorégraphie stupéfiante. Concombres, poivrons rouges et tomates se précipitaient dans une casserole en tournoyant jusqu'à ne plus former qu'une substance crémeuse et odoriférante, qui se déversa dans une jatte. Au-dessus, un citron exprima son jus ainsi que les parfums de son zeste, avant de se jeter dans le bac à compost. Sel, poivre, épices flottaient vers les préparations et s'y abattaient en pluie pour en libérer les saveurs. La vinaigrette s'émulsionnait sans intervention humaine : huiles d'olive et de noix, vinaigre balsamique et grains de moutarde convergeaient en dépit de la loi de la gravité ; une essoreuse à salade planait en vol stationnaire, attendant que la laitue achève de se nettoyer. Un roux, dont l'odeur puissante commençait à circuler dans les pièces du rez-de-chaussée, cuisait sans feu.

Tout cela n'avait pas pris plus d'une minute. La cuisinière entama la préparation du dessert, et des œufs quittèrent le garde-manger en bon ordre pour venir se casser d'eux-mêmes dans un bol.

— Trois, quatre…

Soudain, Melidiane s'inquiéta : « Comment stabiliser la maison ? » Elle n'avait pas crié, juste pénétré les cerveaux des siens pour faire passer le message.

L'un des œufs s'écrasa à côté du bol.

— Enfer ! pesta Melidiane. J'ai besoin de calme pour tout finir.

« On n'a jamais essayé. Je ne crois pas que ce soit possible », pensa Rodolpherus, qui réagençait le salon.

— Ou alors, en restant tous ensemble ? suggéra Antonius à voix haute.

— Et envoyer l'un de nous en avant chaque fois qu'ils auront besoin de se déplacer, c'est ça ? fit Melidiane.

— Oui... En tout cas, il faut qu'on soit au moins deux avec eux dans le salon ou la salle à manger, conclut son mari.

Elle refusa d'envisager le cas où l'un des Dandridge aurait besoin d'aller seul quelque part. La maison autogérée n'était pas conçue pour accueillir des humains ordinaires, elle ne s'ouvrait qu'à l'approche de l'un des Dolce, dont elle tirait son énergie. Et si l'un des invités était oublié dans une pièce désertée par les magiciens, ne risquait-il pas de périr écrasé par le rétrécissement consécutif au déploiement des autres salles ?

Elle sentit quelque chose de doux lui frôler les chevilles.

— Leamedia, je t'ai demandé de mettre la table ! Et va enfermer le doudou ! ordonna-t-elle en mode vocal ordinaire. Les Dandridge ne se feront pas à l'idée qu'un chat en peluche puisse leur sauter sur les genoux.

— C'est trop injuste !

Antonius chambra sa sœur :

— Tu te la joues Lolita de Nabokov, avec la peluche dans le rôle de l'*it-bag* ? Je croyais que tu voulais paraître plus que ton âge.

— Je vous déteste ! Vous ne comprenez rien ! Tu sais qu'elles sont nazes, tes références ?! lança Leamedia.

Emportant le doudou, elle courut se boucler dans sa chambre pour réviser ses mines de vamp, régler au millimètre près sur ses hanches la hauteur de son jean par rapport à celle de son slip, ébouriffer sa frange et s'asperger de parfum à la vanille.

— Ça commence bien ! soupira Rodolpherus. Melidiane, je m'occupe de la table et je prépare le salon. Elle est pédiatre, mais lui ?

— C'est un psy.

— Alors, on enlève le canapé, ça lui rappellerait trop le bureau.

Les assiettes de grès, les couverts de bois et en céramique ultra-résistante, suivis des sets de table en lin écru quittèrent le buffet et s'engagèrent dans le couloir. Ils patientèrent devant la porte de la salle à manger en attendant que Rodolpherus ait fini de réduire le sofa aux dimensions d'un jouet qui prit place dans une vitrine, avec d'autres meubles de poupée, piano à queue, chaises de jardin, armoire normande, table de tric-trac, lutrin médiéval, trône druidique en chêne, et une collection de voitures à cheval de toutes les époques, ainsi qu'une Triumph Bonneville de 1967.

— Ça ne te dérange pas si je n'assiste pas à ton dîner ? demanda Melkaridion, qui avait dû quitter sa place.

— Tu es fatigué ? s'inquiéta Melidiane.

Son père était livide.

— J'ai besoin de réfléchir… Pas envie d'avoir à me concentrer en permanence pour ne pas jeter un sort de métamorphose.

Melidiane sourit avec mélancolie.

— Tu ne l'as jamais fait !

— Justement… Je pourrais être tenté.

Elle sentit qu'il détournait son attention. Il était très fin et rusé pour son âge.

— Je vais m'allonger… Appelle-moi pour le dessert. Les musées m'épuisent. Trop de souvenirs… J'ai besoin d'oublier, conclut-il, si bien que Leamedia, planquée en haut de l'escalier pour ne pas avoir à mettre la table, se demanda s'il ne provoquait pas volontairement ses pertes de mémoire.

« C'est ce que j'ai toujours pensé, enchaîna Melidiane dans la tête de sa fille. Maintenant, tu viens nous aider. »

Elle ajouta à la cantonade, sur le même mode : « Pas un mot sur l'aventure de papy cet après-midi, c'est bien compris ? » Les autres répondirent « Oui » en pensée, sauf Leamedia, toujours en grève.

La maison était prête à accueillir les visiteurs. Cet affolant ballet n'avait pas duré plus de cinq minutes.

Melidiane ouvrit la porte.

— On ne vous a pas trop fait patienter ?

Debby fit un pas en avant et embrassa chaleureusement son amie.

— Bonsoir ! Votre père va-t-il mieux ? s'enquit-elle. J'espère qu'il n'a pas été blessé.

Les Dolce échangèrent un bref regard : la soirée promettait d'être mouvementée…

Debby tomba instantanément sous le charme de la maison. L'intérieur était dépouillé, mais agréablement désordonné : des livres ancestraux, des objets chargés d'histoire arrêtaient le regard. Les meubles étaient en bois massif, un peu de guingois, le parquet grinçait à des endroits précis :

tout cela avait vécu. Il s'en dégageait une harmonie peu commune. Impressionnée par l'espace, elle s'exclama :

— De l'extérieur, ça paraît plus petit. C'est un lieu extrêmement agréable, n'est-ce pas, mon chéri ?

— Vous n'avez aucun appareil électronique ? s'étonna son mari.

— Te fatigue pas, Bob, intervint David. Antonius n'a pas de portable. Bienvenue au Moyen Âge. Il préfère utiliser les cabines publiques. Les Colde ne sont pas très à la pointe.

— Nous n'apprécions guère le plastique, en effet, expliqua doucement Rodolpherus, et nous évitons les ondes chez nous.

Il n'y avait pas que la maison qui plaisait à Debby. Le mari de Melidiane, avec sa silhouette élancée, le léger sourire en coin qu'il arborait constamment, si *british*, avait beaucoup d'allure. Elle s'aperçut qu'il devinait son admiration et, confuse, se tourna vers son amie.

— Je vous fais visiter les lieux ? proposa celle-ci.

Encadrés par les enfants Dolce, les invités découvrirent une à une les pièces du rez-de-chaussée, la salle à manger avec sa table dressée, le salon, le cabinet de travail de Rodolpherus et, jouxtant le salon, l'appartement du grand-père. On ne dérangea pas celui-ci.

— Et la porte derrière l'escalier ?

— Juste un débarras, répondit la maîtresse de maison, évasive.

David sursauta.

— C'est drôle, les livres ont l'air de bouger.

— Ça nous le fait parfois, à nous aussi. Simple effet d'optique.

— Sympa, le système d'ouverture des portes à distance, remarqua Robert. Je suppose que vous avez des cellules photoélectriques dissimulées ?

Un silence poli lui répondit.

— Quel superbe arbuste ! s'exclama Debby, que tout passionnait. Un bonsaï ancien, n'est-ce pas ?

— Si je vous disais son âge, vous ne me croiriez pas. C'est notre seule plante en pot, nous en prenons grand soin.

La visiteuse ne put s'empêcher de saisir entre ses doigts l'une des branches du petit arbre et d'en caresser le feuillage. À cet instant, les cheveux de Rodolpherus se dressèrent d'un seul coup. Robert s'écarta, inquiet. Melidiane éclata de rire et son mari, qui avait rougi, s'excusa en essayant de lisser ses mèches :

— Ce n'est rien... Cela survient par surprise... Assez délicat à gérer, je l'avoue, fit-il.

— Je n'ai pas ce problème ! plaisanta leur invité, montrant son crâne dégarni.

— Eh bien, cher ami, si nous nous installions au salon, pendant que ces dames poursuivent leur visite ?

Une fois seule avec Melidiane, Debby crut s'apercevoir que l'espace diminuait autour d'elles.

— Ce n'est qu'une impression, prétendit la maîtresse des lieux.

— Elle n'est pas désagréable, fit Debby, troublée par le fait que celle-ci avait lu dans ses pensées.

Au moment où elle y songea, Melidiane baissa les yeux, comme si elle avait compris ce qu'elle se disait. Debby, férue de sciences cognitives, savait que cette attitude traduisait une émotion difficile à contrôler. À peine cette observation avait-elle pris forme dans son cerveau que son interlocutrice, comme prise sur le fait, rectifia sa position. Elles se sourirent et Debby la regarda dans les yeux pour lui prouver que cela ne la gênait pas que son esprit soit sondé.

— C'est une chance que nos enfants s'entendent si bien, dit-elle.

— Oui, il faudra que David m'explique comment il fait pour supporter Antonius, laissa échapper Melidiane.

Debby se tourna vers elle, surprise par l'âpreté de son ton.

— Ils sont incontrôlables, à cet âge… Nous ne pouvons qu'attendre que l'adolescence se passe.

— C'est juste que c'est interminable, soupira Melidiane.

— À ce point ? s'étonna Debby.

— Si vous saviez… C'est horrible !

La mère d'Antonius venait, pour la première fois, de se confier à Debby, qui en ressentit une grande joie.

Rodolpherus, le visage encore brûlant, avait entraîné son invité vers les confortables fauteuils Chesterfield qui occupaient l'emplacement du canapé blanc.

Antonius resta dans le couloir pour servir de relais énergétique entre les deux groupes et empêcher l'affaissement de l'espace intermédiaire, sur l'injonction mentale de son père. Il discutait avec David, sans pouvoir se défaire de Leamedia, résolue à troubler le batteur.

Le mari de Melidiane chercha un sujet de conversation :

— J'ignorais qu'il était possible, en psychanalyse, d'opter pour une spécialité dans la finance.

Robert sourit :

— D'aucuns prétendraient, au contraire, que tout psychanalyste est un financier de génie…

— Je crois deviner où vous voulez en venir…

— … car il transforme le silence en or !

Ils éclatèrent de rire. La cordialité s'installait entre eux.

— Je ne partage pas de tels préjugés, déclara Rodolpherus.

Il se garda d'avouer qu'il avait connu Sigmund Freud dans sa jeunesse et rencontré le fameux homme aux loups soigné par le médecin viennois. Son hôte l'aurait inévitablement pris pour l'un de ses patients ; or la moindre des politesses était de le mettre à l'aise. La conversation s'orienta donc sur les principaux travaux contemporains en psychiatrie, et Robert fut ravi de discuter sur son propre terrain avec un si fin lettré. Quand les deux femmes entrèrent au salon, le psychiatre du *Wall Street Journal*, enthousiasmé, s'écria :

— Notre hôte est impressionnant ! Il connaît tous les ouvrages de référence. Nous avons eu un échange très stimulant intellectuellement. Son savoir est incomparable. Je suis tenté de lui proposer une place d'associé dans mon cabinet, ajouta-t-il, comme par boutade.

Antonius passa la tête dans le salon et fixa son père avec un air de reproche. « Ne jamais montrer ses capacités... » Rodolpherus, confus, reconnut qu'il venait de commettre une faute en se mettant en avant. Pour lui, lire ou voir une seule fois les choses revenait à les maîtriser aussitôt à la perfection, et comme il était très curieux, il avait beaucoup lu. Plus rapide qu'Internet et plus complet qu'une encyclopédie, il savait tout sur tout et aurait pu exercer n'importe quel métier. Par ailleurs, il lui suffisait de se faire expliquer un sport pour acquérir aussitôt un niveau olympique, grâce à sa mémoire absolue et à ses capacités intellectuelles. Cela le rendait fascinant aux yeux de ceux à qui il dévoilait partiellement cette fabuleuse érudition. Seulement, un Dolce ne devait jamais attirer l'attention sur lui...

Or, au contact des Dandridge, il se laissait aller. Et Robert n'était pas le seul à avoir succombé à sa subtile séduction. Rodolpherus n'osait pas regarder en direction de Debby, qu'il trouvait charmante, par son élégance, ses manières parfaites et quelque chose de plus, une intuition disponible, une empathie délicate qui mettait aussitôt à l'aise et faisait désirer la revoir et mieux la connaître. Il chantonna dans sa tête pour empêcher les autres de capter ce qu'il pensait.

Melidiane dit d'un ton suave :

— Eh bien, je vous laisse un instant… Une préparation à surveiller aux fourneaux. Antonius, tu me rendrais un service ?

— Pourquoi moi ? Leamedia ne fait rien, et je suis avec David !

L'échange s'arrêta là ; Rodolpherus en déduisit que sa femme était passée en mode de polémique silencieuse avec son fils, qui obtempéra. Quelques instants plus tard, David, l'air gêné par l'attention de Leamedia, se glissa dans la pièce et prit un siège près de sa mère. Robert suggéra :

— Et si nous proposions ta fameuse bouteille en guise d'apéritif, ma chérie ?

Rodolpherus en oublia instantanément ses distractions. Il se concentra pour envoyer un message télépathique : « Mayday… Mayday… » en espérant que Melidiane, partie à l'office, y répondrait. Il n'était guère doué à cet exercice et, hors des cas où il tenait sa cible sous ses yeux, il manquait presque systématiquement son but.

La voix de sa femme émergea dans sa conscience. Elle venait de lire ses pensées. « Où est le hic ? Je fabrique des verres et j'arrive dans un instant. On peut bien boire une petite goutte ! »

Rodolpherus était contre. Les magiciens ne buvaient jamais, même de l'eau. La masse liquide qui circulait dans leur corps s'autoalimentait, et tout ajout pouvait l'affaiblir, voire, à terme, la corrompre. Ils toléraient seulement le jus contenu dans certains fruits et légumes, qui s'homogénéisait dans les préparations culinaires, se mêlant au bol alimentaire.

« Bon, d'accord, consentit Melidiane. Je n'avais pas prévu cela. Les humains normaux adorent boire du vin à table. Qu'est-ce qu'on va faire ? Ils se vexeront si nous ne goûtons pas. »

Les humains normaux raffolaient aussi de café : Melidiane s'en était avisée en lisant dans les yeux de Robert les images de ses précédents dîners. Elle dépêcha Antonius au coin de l'avenue Filmore, chez Oncle Wu, leur épicier chinois, pour en acheter. Elle s'accordait une courte pause dans la cuisine et inspectait ses plats. Elle devrait se rappeler de les apporter à table elle-même, au lieu de les convoquer mentalement.

Elle songea à Debby. Construire une amitié avec une humaine ordinaire était contraire à toute prudence. Une telle relation supposait une absolue sincérité, or la magicienne ne pouvait dire la vérité sur les siens sans enfreindre la rigoureuse règle de discrétion qu'elle leur avait imposée pour les protéger. Pourtant, si solitaire, elle éprouvait ces derniers temps l'envie de s'épancher. Pour cela, elle aurait dû choisir une magicienne mais, de la Guilde si prospère du temps de Melkaridion, seuls demeuraient en vie les Dolce. Elle avait longuement observé la doctoresse avant d'opter pour elle. Sa gentillesse, sa disponibilité, sa franchise lui plaisaient. Surtout, elle se montrait discrète malgré sa curiosité pleine de sympathie.

Ô surprise, la soirée se déroulait sans anicroche. Au bout de quelques minutes, l'énervement et l'anxiété accumulés par Melidiane étaient retombés. Elle n'avait plus goûté aux bienfaits de la futilité depuis de nombreuses années, depuis la mort de Janis précisément…

Les questions sur Melkaridion avaient été désamorcées, tout comme les inévitables interrogations sur la maison, où on ne trouvait que des matières naturelles : bois, fibre végétale, terre cuite. Les matériaux dérivés, polymères, alliages ou synthétiques en étaient bannis car, inertes et sourds à l'énergie mentale des magiciens, ils ne pouvaient s'intégrer à l'économie magique du bâtiment. Leur absence avait été remarquée par le psychiatre. Heureusement, les Dandridge, polis, n'avaient pas insisté.

Même difficulté avec l'arbre familial. Comme toutes les familles de magiciens, les Dolce possédaient un arbre qui les représentait. Debby, qui avait évoqué l'âge du végétal, aurait été bien surprise de s'entendre répondre : « Plus de mille ans. » Le seul incident, plutôt comique, pouvait être attribué à la manie qu'avait la pédiatre de caresser les plantes. Chacune des ramifications de l'arbuste incarnait en effet l'un des membres de la famille. Quand celui-ci était malade, les feuilles du rameau correspondant jaunissaient ou se fanaient. La doctoresse avait précisément choisi la tige qui représentait Rodolpherus, ce qui avait provoqué la réaction remarquée de tous. « Désolée, chéri, Debby a caressé ta branche », lui avait mentalement susurré Melidiane, amusée de voir son amie subjuguée par son propre mari. Plus de cent ans après leur première rencontre, son compagnon restait pour elle un homme merveilleusement séduisant. Le savoir admiré par une autre femme le rehaussait encore à ses yeux.

Seule ombre au tableau, recevoir exigeait une constante énergie. Ainsi, la magicienne avait dû en dépenser beaucoup pour maintenir son atelier aux dimensions d'un cagibi ; les autres membres de la famille faisaient aussi de leur mieux pour contenir les variations ordinaires de l'espace, afin d'éviter des distorsions trop visibles. Par chance, la maison répondait à leurs efforts. Melidiane s'était aperçue que l'escalier évitait de gémir sous leur poids lorsqu'elles avaient grimpé à l'étage. De même, les livres et les gravures s'étaient donné le mot pour ne pas remuer, comme ils le faisaient d'habitude au passage des magiciens.

« Tout va bien », se congratula-t-elle en son for intérieur.

À ce moment, l'appel de détresse de Rodolpherus, « Mayday… Au secours… », résonna dans son esprit.

Au salon, celui-ci évaluait la bouteille de vin français avec des airs de connaisseur, aidé par ses lectures universelles.

— Ho ho ! Un graves 2006… Vous nous gâtez ! Mais je crains de vous décevoir…

— À condition de disposer d'un tire-bouchon ! fit simultanément le psychiatre.

— Voici déjà des verres, annonça Melidiane.

— En bois ? Comme c'est original, grimaça Robert.

Rodolpherus observait d'un œil critique les gobelets en racine d'olivier. Il reconnut, tournés et façonnés en forme de tulipe par la volonté créatrice de sa femme, des couverts à salade achetés dans la campagne florentine au temps de sa jeunesse.

« Faits avec les moyens du bord, s'excusa sa femme en silence. Employer les vitres aurait pris plus de temps. »

Rodolpherus poussa un soupir et s'adressa aux Dandridge.

— Nous ne vous accompagnerons pas…

Lisant le reproche dans les yeux de Robert et l'incompréhension dans ceux de Debby, il ajouta :

— … au-delà d'un tout petit verre, pour goûter. Nous ne sommes pas de grands buveurs.

Melidiane le regarda, stupéfaite, pendant que le mari de Debby ôtait la capsule de protection en évitant de secouer la bouteille.

— Laissez-moi l'emporter à la cuisine pour l'ouvrir, proposa la maîtresse de maison.

— Non, non ! Décoiffer fait partie du rituel ! Apportez donc votre instrument ici.

Le terme « décoiffer » désignait aussi le geste crucial de la cérémonie d'initiation des jeunes magiciens, celle qui devait être célébrée pour Leamedia trois jours plus tard. Melidiane sursauta. Mais Rodolpherus, plus au fait du vocabulaire de l'œnologie, se porta au secours de sa femme.

— Je crains que notre tire-bouchon ne soit inamovible…

— Pas grave ! Nous irons à lui s'il ne vient pas à nous.

— Bob ? Tu t'imagines que notre hôtesse va t'autoriser à visiter sa cuisine ? fit Debby, qui avait perçu le trouble de son amie.

— Bon, d'accord ! Melidiane, je vous confie l'objet.

Elle gagna l'office et fixa la bouteille. Le goulot était obturé par un bouchon en liège. L'étrécir et le retirer par la pensée fut un jeu pour elle. Le bouchon sauta avec un bref « Pop ! » et vint rouler sur le plan de travail.

Antonius, qui était revenu de chez Oncle Wu, lança :

— Eh bien, maman, tu bois du vin maintenant ?

Il lui remit le paquet de café.

Elle l'ouvrit et s'aperçut qu'il était en grains.

— C'est pas liquide, normalement ?

— Demande à papa, fit Antonius en emportant la bouteille au salon.

Robert versa quelques centilitres de vin dans les quatre verres.

— Moi, je veux bien goûter, déclara Leamedia.

— Tu es trop jeune, déclara Rodolpherus.

— Pas du tout, je suis presque majeure.

Debby sourit.

— À onze ans ? De nos jours, les adolescents mûrissent certes plus vite qu'autrefois, mais ton papa a raison, les boissons alcoolisées sont réservées aux adultes.

L'enfant terrible ne dit rien. Antonius vit dans sa pensée une intention maligne, mais il se garda d'intervenir : elle-même venait de lire dans ses yeux qu'il avait gardé la monnaie des cinq dollars au retour des courses.

— Trinquons ! proposa Robert.

Les parents choquèrent leurs verres, un geste inédit pour les Dolce.

— À la fin de l'année scolaire ! Aux vacances ! À votre bonne santé !

Les Dandridge humèrent en connaisseurs, goûtèrent, et Robert fit claquer sa langue.

— Vous ne buvez pas ?

Les Dolce avaient à peine trempé leurs lèvres dans le breuvage.

— Nous préférons attendre le dîner, prétendit Melidiane.

Celui-ci commença dans une sorte de confusion légère, mais pas désagréable. Melidiane avait prévu en entrée un gaspacho accompagné de salade verte.

— C'est délicieux ! s'exclamèrent de concert les Dandridge en découvrant le potage froid.

Mais pendant le repas, Debby félicita la cuisinière pour son roux, alors qu'elle le trouvait en réalité plutôt fade, ce qui lui valut un :

— Il y a aussi de la sauce toute faite, si vous préférez.

La doctoresse, prise en flagrant délit d'insincérité, piqua un léger fard.

« Décidément, elle est charmante », se dit Rodolpherus, et il s'empressa de penser à autre chose.

Debby changea de sujet :

— Vous ne conservez pas de photos ?

— Vous parlez d'argentique ou de numérique ? demanda Rodolpherus pour gagner du temps.

Il avait escamoté les photographies encadrées qui ornaient les murs, notamment celle où Melidiane applaudissait Simon et Garfunkel au concert de Central Park en 1975. Quarante-six ans plus tard la magicienne était la même.

Debby précisa :

— Juste les clichés, ceux que chaque famille affiche d'ordinaire : souvenirs de vacances, maison d'enfance…

Le mari de Melidiane s'interdisait le mensonge. Pour s'en sortir, il eut l'idée de lâcher ses cheveux sur ses épaules, ce qui détourna l'attention de la doctoresse.

— Oh ! s'écria-t-elle, cette coiffure romantique vous va très bien !

Légèrement éméchés, les Dandridge s'amusaient beaucoup. La nuit étant tombée, des lumières s'étaient allumées un peu partout d'elles-mêmes. Robert, qui avait fait installer dans leur loft ce type de dispositif, où l'éclairage était commandé automatiquement par des capteurs de mouvement, n'en fut pas surpris, même s'il ne voyait toujours pas de prises de courant, comme si la maison n'était pas reliée au réseau électrique.

Debby, comblée de retrouver Melidiane dans ce cadre si étonnant, la regarda dans les yeux et pensa très fort : « Lisez en moi. » Antonius et sa mère toussèrent ensemble. Cette soirée était délicieusement différente.

La fille de Melkaridion, qui commandait à l'élément aérien, avait réussi à faire évaporer le vin de Bordeaux de son gobelet et de celui de Rodolpherus. Ce dernier prétexta officiellement une petite fatigue, certes réelle mais occasionnée chez lui par l'usage de magie, et se retira dans son cabinet de travail. En réalité, il voulait consulter une encyclopédie pour apprendre à préparer le café.

Assis en face de David, Antonius calculait combien de secondes le séparaient du moment où il serait libre d'emmener son ami à l'étage pour lui faire visiter sa chambre et discuter librement. Leamedia, elle, multipliait les œillades en direction du batteur, qui continuait à éviter son regard.

Le dessert à peine terminé, Antonius remua sur sa chaise.

— Avant de monter, va réveiller ton grand-père, demanda Melidiane.

— Ne le dérangez pas pour nous, pria Debby, embarrassée.

— C'est lui qui me l'a demandé.

Antonius ne bougea pas, espérant la levée de la punition. Sa mère fronça les sourcils et lui transmit sa réponse. Le jeune guitariste repoussa sa chaise et s'éloigna avec la dignité d'un bourgeois de Calais marchant au supplice.

Il croisa Rodolpherus, qui revenait, l'air préoccupé.

« Il faut le moudre, glissa mentalement celui-ci à sa femme.

— Hein ? fit-elle sur le même mode.

— Il faut moudre le café avant de le diluer dans de l'eau. »

Debby les contemplait, admirative : ils formaient un couple si complice ! Gênée, Melidiane regarda son mari et lui transmit l'information. Ils se sourirent.

Derrière la plinthe, Simone referma avec un soupir de satisfaction l'agenda millésimé 2011 et le hissa à grand-peine à sa place dans la bibliothèque.

Il était 21 h 20. Elle avait écrit pendant plus de deux heures.

Quotidiennement, elle répertoriait tous les événements, mineurs ou majeurs, survenus dans l'existence des Dolce. La journée du 19 juin 2011 s'était révélée prolifique.

Elle s'accorda une pause méritée et promena son regard sur son *opus magnum* : des centaines de registres identiques, dont le premier portait, gravé sur sa couverture en lettres d'or, l'an de grâce 1407.

— Ce serait bien, de passer à l'informatique un de ces jours, murmura-t-elle.

Des rayonnages occupaient le moindre espace de son « bureau » et encombraient même les galeries qui permettaient à la petite souris de circuler derrière les cloisons du rez-de-chaussée, à l'abri de son adversaire, Docteur Green, le chat en peluche de Leamedia.

Cette grandiose entreprise d'archivage datait du temps où, souriceau tremblant, Simone avait été recueillie une nuit d'hiver par Melkaridion. Le magicien l'avait réchauffée en la glissant dans sa barbe, qu'il portait déjà longue à l'époque. Ils ne s'étaient jamais plus quittés. Le petit rongeur n'avait pas de facultés magiques innées, mais, restant au contact du magicien, il bénéficiait de son flux énergétique très puissant. Lorsque Simone eut découvert qu'elle vivrait presque éternellement, elle avait été folle de joie, mais quand elle vit les siens disparaître les uns après les autres, alors qu'elle ne prenait pas une ride, son bonheur se teinta d'amertume. Elle avait vu naître deux générations de Dolce, assisté à la transformation de Veleonia en sorcière dans la forêt de Trente et à la fuite de son maître avec Melidiane quand celle-ci n'avait que quelques jours, puis au mariage de la magicienne avec Rodolpherus. Elle faisait partie de la famille et, grâce à ses annales, était la mémoire du grand-père, surtout depuis que celui-ci souffrait d'absences de plus en plus fréquentes. Il vivait le plus souvent dans son passé si brillant et, depuis le XXe siècle et ses deux guerres atroces, négligeait la mémoire immédiate. Simone n'y voyait rien d'étonnant, elle qui devait en permanence essayer d'effacer quelques souvenirs car, aucune souris n'étant faite pour vivre plus de trois ans, sa mémoire était aussi pleine qu'un disque dur d'ordinateur saturé.

Penchée à l'entrée de son repaire, elle chercha des yeux Melkaridion, mais ne reconnut pas la topographie. À la place du canapé blanc où elle pensait le retrouver, il y avait un fauteuil Chesterfield inoccupé face à une table basse.

— Ils ont encore remplacé tout le mobilier ! maugréa-t-elle.

Elle fit marche arrière et emprunta un tunnel. Elle devait s'aplatir pour avancer, car les archives des années 1620-1680, retirées de la bibliothèque principale pour dégager des rayonnages au profit du XXIe siècle, étaient stockées dans cette partie de la tanière.

« Faudrait pas croiser quelqu'un… » songea-t-elle.

Arrivée à la chambre du vieillard, Simone pointa le bout de son museau et regarda à droite et à gauche. Renversé dans un fauteuil club, Melkaridion dormait à poings fermés, ce qui, pour un magicien de sa trempe, était très surprenant.

« Courir les rues, ce n'est plus de son âge… » se dit Simone.

Elle s'assura que Docteur Green ne rôdait pas dans les parages et trotta vers le fauteuil, dont elle entreprit l'ascension grâce à un système de tresses tissées dans la longue barbe du grand-père.

Exténuée, elle venait de se laisser tomber dans sa niche, quand on toqua à la porte et qu'Antonius entra.

— Grand-père ? Maman te fait dire qu'il y a du gâteau à la crème.

Simone réveilla le vieux magicien en tirant sur les poils de sa barbe. Il eut un petit sursaut nerveux. La souris s'approcha de son oreille :

— C'est la fin du repas…

— Je suis obligé d'y aller ? grommela-t-il.

Simone comprenait le langage humain, car son maître le lui avait appris, mais seuls son maître et Melidiane, qui étaient en mesure de capter la pensée du moindre animal, pouvaient communiquer avec elle. Melkaridion « entendait » donc penser Simone, et il lui répondait par télépathie. Partager ses états de conscience avec elle était devenu pour lui une habitude de chaque instant.

— On t'a gardé une part du dessert, argumenta Antonius.

Simone insista :

« Melidiane trouve ça important… Je crois qu'elle aime vraiment bien les Dandridge. »

— C'est la première fois depuis Janis, fit Melkaridion.

Antonius, habitué aux divagations de son grand-père, ne se laissa pas dérouter :

— Et puis, ce serait bien que tu te montres, ils sont au courant pour le musée. Ils se sont inquiétés pour toi.

Simone, elle, souriait franchement. Son maître lui avait rappelé les années passées à accompagner dans ses tournées Janis Joplin, la meilleure amie de Melidiane.

Melkaridion se leva.

— C'est qui, au fait, Janis ? demanda Antonius.

— Une chanteuse de blues… Une voix unique. Tu demanderas à ta mère de t'en parler.

— Nooon… Pince-moi, je rêve ! C'est pas vrai ?

— Eh si… Pas de bal de fin d'année au lycée pour moi.

Les garçons terminaient la soirée dans la chambre d'Antonius. Celui-ci n'aurait pu arborer une mine plus grave. Déprimé, il contemplait la pochette jaune d'un vinyle, *In the Heat of the Night*, dont David, qui l'avait acheté la veille à un marché aux puces, venait de lui faire cadeau.

— Mais… les Dirty ?

— C'est mort.

Aux murs, revêtus de briquettes d'un blanc cru évoquant l'univers du métro new-yorkais, étaient scotchés quelques posters vintage des Pink Floyd, une reproduction géante de la pochette d'*Abbey Road* des Beatles, et les paroles d'« Uprising », de Muse. Antonius brancha son lecteur MP3 sur un petit support qu'il avait bricolé lui-même et balança un morceau de Momma Stud, un groupe indépendant d'*easy listening* de Brooklyn, qui se cherchait entre blues, jazz et pop. Les premières mesures, guitares, batterie, voix et chœur, envahirent la pièce, ajoutant à la morosité des garçons.

— Marrant, le minibus londonien sur ton bureau, remarqua David.

— Touche pas ! fit Antonius, comme si son ami avait joué avec le bouton de déclenchement de l'arme atomique.

— Ho ! T'as fondé la société de protection des bibelots ?

— C'est pas ça, marmonna le guitariste.

Il manipula un instant un vieux médiator noir tout usé qui traînait là et le tendit à David.

— Tiens… Il était à John Lennon.

— Tu rigoles ?

Le guitariste fit « non » de la tête d'un air si abattu que David sut qu'il lui disait la vérité.

— C'était un copain de ma mère, lâcha-t-il.

Ce scoop éclipsa un instant, pour David, la catastrophe des Dirty Devils, ce qui n'était pas un mince exploit : Antonius consigné à cause du grand-père abandonné dans le parc, cela revenait à foudroyer tous les membres du groupe en pleine ascension vers la gloire.

« Comment peut-on avoir été pote avec Lennon et se montrer aussi sévère ? » pensa le batteur, que la punition collective révoltait.

— Hein ? lança-t-il.

Il avait monté le son et n'avait pas entendu ce qu'Antonius venait de lui demander.

— Rien… À propos, j'ai repensé à cet après-midi. Ce que tu disais sur l'amitié, la sincérité…

— Et alors ?

— C'est difficile d'être différent, tu sais.

David se figea.

— T'es gay ?

Antonius sourit.

— Non… Ce n'est pas être différent, ça. Moi… c'est un peu compliqué, il me faut du temps. Un jour, tu sauras tout, je te le promets.

Ils se regardèrent comme s'ils voulaient tomber dans les bras l'un de l'autre ; puis le moment passa. Leur émotion était pourtant sincère.

— Elle va peut-être changer d'avis ? fit David, plein d'espoir.

— Alors là, ça m'étonnerait, la connaissant.

— Barre-toi et viens habiter chez moi ! s'écria le batteur sans réfléchir.

Il aurait proposé n'importe quoi pour que les Dirty Devils puissent se produire sur scène à la soirée de fin d'année.

— Ta mère serait d'accord ? souffla Antonius.

— Avoir un Colde à la maison ? Tu rigoles, elle en rêve !

Ils furent interrompus par Leamedia qui, enfonçant littéralement la porte, fit une entrée de reine de la nuit.

Elle claironna :

— David, tes parents s'en vont, et ils demandent si tu les accompagnes !

Il irradiait d'elle un mélange de défi, de colère et de désespoir que David ne sut pas interpréter, mais qui l'impressionna. Avec juste quelques années de plus, cette fille serait affolante.

Quand il voulut rendre à Antonius le médiator de John Lennon, son ami refusa.

— Non… Garde-le, il est pour toi.

— Ton graves était délicieux !
— Pas comme leur café…
Debby et Robert éclatèrent de rire. Ni l'un ni l'autre n'avait l'habitude de consommer du vin le soir, et cette demi-ivresse leur donnait une impression de jeunesse inattendue, d'autant qu'ils avaient bu toute la bouteille à eux seuls. Marchant bras dessus, bras dessous dans les rues de Brooklyn, ils se sentaient euphoriques et amoureux. Debby surtout était enchantée en repensant aux progrès de son amitié avec Melidiane, aux attentions de Rodolpherus, au charme de la maison et à la complicité du couple qu'elle formait avec Robert.
— C'était le seul couac d'une soirée merveilleuse, poursuivit la doctoresse. J'ai cru que tu allais cracher cette mixture, chéri. Je suis navrée, toi qui apprécies tant un bon espresso !
— Elle a peut-être oublié de le filtrer ?
— Et si c'était la dernière tendance ? dit Debby, l'air préoccupé.
— Je crois qu'on le sert ainsi en Europe… en Turquie, très tassé, presque boueux.
— Ils ont dû voyager là-bas. Je demanderai à Melidiane. Quelle femme extraordinaire, n'est-ce pas ?
Debby était charmée par l'originalité et la profondeur de sa nouvelle amie.
— Une personnalité d'exception, concéda Robert. Comme eux tous, d'ailleurs.
— Le grand-père est atteint d'alzheimer, c'est ça ?
Le psychiatre, ramené sur son terrain, devint sérieux.
— Je ne m'aventurerais pas à l'affirmer… Je ne dirais pas non plus qu'il bluffe. Il y a une forme de génie dans son errance mentale. Ce n'est pas parce que nous ne

comprenons pas ses enchaînements qu'ils n'ont pas de sens. C'est plutôt nous qui manquons d'intelligence, si je puis m'exprimer ainsi.

— Toi, mon chéri, manquer d'intelligence ? s'exclama Debby.

— Non, non, je précise : quand il me regarde, j'ai l'impression que des siècles me contemplent, pour paraphraser son grand ami, Napoléon. Il me fait penser à l'expression « vieux comme le monde », tu saisis ? Sa réplique au sujet des événements du musée, par exemple…

— Oui ?

— Quand je me suis montré sceptique à leur sujet – la cloche qui battait sans battre, qui sonnait en restant immobile – car pour moi cela relève d'un phénomène d'hallucination collective inédit dans cette ampleur. Alors, il a dit en me fixant droit dans les yeux : « La pensée gouverne le monde, docteur Dandridge… Vous êtes le dernier à l'ignorer. » Et, comment dire ? ce n'était pas une formule rhétorique, un bluff notoire. Il faisait allusion à notre métier. Nous autres, psychiatres, savons l'importance du symbolique, mais pour le reste, nous sommes des scientifiques, des positivistes purs et durs. Il me renvoyait à ma contradiction, tu comprends ?

Debby passa sa main dans le dos de son mari.

— Oui.

— À mon avis, poursuivit Robert, ses absences n'en sont pas, ou plutôt elles sont une manière de gérer sa mémoire. J'aimerais mieux le connaître ; il m'impressionne encore plus que les autres.

— Ça tombe bien, nous allons nous fréquenter souvent, désormais.

— Je l'espère, fit-il, pensif.

— Je me sens aérienne… Je crois que j'ai un peu trop bu. J'avais l'impression que la maison bougeait toute seule. En retournant au salon, c'est tout simplement incroyable, je l'ai trouvé deux fois plus petit.

— Toi aussi ? L'effet du vin français, alors ?

Gais comme des collégiens, ils pouffèrent. Robert ajouta entre deux hoquets :

— Je me suis même imaginé voir le sucrier en lévitation rejoindre la main tendue de Melkaridion !

Cette fois, ils durent s'arrêter pour donner libre cours à une irrépressible hilarité. Ils riaient aux larmes, follement, pliés en deux, et les années s'envolaient de leurs épaules. Debby, surtout, se lâchait, trouvant ahurissante la sensation que Melidiane et elle se comprenaient littéralement sans paroles. Elle s'était retenue, par une bizarre pudeur, d'en parler à son mari.

David, vingt mètres en arrière, une composition de Jim Morrison passant en boucle sur son baladeur MP3, serrait dans sa poche le médiator, en proie à une désolation révoltée. Il ôta une de ses oreillettes et demanda :

— Ben, qu'est-ce qu'il y a ? Maman ? Bob ?

— Ton café était infect, remarqua Melidiane.

— Comment cela, mon café ? Je t'avais dit qu'il fallait le passer avec un filtre, au lieu de le faire infuser. Et d'abord, comment sais-tu qu'ils n'ont pas aimé ?

— Je l'ai vu sur leur visage. Robert a fait une grimace atroce.

Rodolpherus ne répliqua pas. Malgré les événements de ce dimanche, il avait fait de son mieux pendant la soirée, pour que leurs invités aient l'impression d'être reçus par une famille ordinaire dans un univers en paix.

La demeure, trop longtemps contrainte en présence d'étrangers, craquait et gémissait en se réagençant après cette immobilité inhabituelle.

C'est alors qu'une escadrille d'assiettes à dessert s'écrasa contre la porte du buffet, qui n'avait pas réussi à déclencher son ouverture à temps, et se brisa au sol avec fracas.

— On les avait achetées dans le Larzac, en 1973…

Melidiane se laissa tomber sur la huche à pain.

— Je suis à bout ! La maison aussi est courbaturée, fatiguée, comme nous. Quand j'ai ouvert aux Dandridge, j'ai vu que l'un des panneaux de la façade est sur le point de se détacher.

— Il est certain que le niveau d'énergie est très bas, confirma Rodolpherus.

C'était une préoccupation constante, l'une des malédictions attachées au statut ambigu de magicien, dès lors qu'il n'en restait plus que cinq au monde.

— Même les enfants nous échappent, poursuivit Melidiane. Nous n'avons pas réussi à leur transmettre nos valeurs. Ils s'imaginent que nous surestimons le danger. Et ils ont en partie raison, soupira-t-elle. Nous vivons repliés sur nous, sur nos dogmes. Nous ne pouvons nouer de liens.

— C'est toi qui as imposé ces règles de sécurité draconiennes, lui rappela Rodolpherus.

— Elles me pèsent, à moi aussi. Je me suis aperçue que j'avais besoin d'une amitié. J'ai envie de faire confiance à Debby.

— Tu y as bien réfléchi ?

Melidiane réagit par un silence buté.

— Tu n'ignores pas la douleur de voir ses amis vieillir et disparaître…

Rodolpherus eut une pensée pour un camarade du collège, une amitié d'adolescents. Philippe… Ils ne s'étaient revus qu'une fois, en 1994 ; à cette époque, Philippe aurait pu être pris pour son père…

Sa femme répliqua du tac au tac :

— Je préfère souffrir un jour que rester seule !

Il accusa le coup.

— Oui, seule, enchérit-elle. Toi, tu es marié avec ton bureau ! Tu y passes tes nuits, tes dimanches…

Rodolpherus lui répondit par un sourire triste. Il travaillait au centre astronomique de New York, où il avait la charge des analyses optiques du satellite Rossi X-Ray Timing Explorer. Même si l'astronomie, depuis la révolution des télescopes en orbite, n'impliquait plus l'observation en temps réel du ciel nocturne, il lui arrivait souvent de rester le soir à l'observatoire pour le déchiffrer à l'ancienne et méditer sa grande découverte. Il avait tenté d'intéresser sa femme à ses travaux, mais l'art de lire le passé par l'analyse de la lumière distante dans les espaces infinis n'avait pas suscité son enthousiasme.

Elle sut, en lisant dans ses pensées, qu'elle l'avait blessé, mais ce fut lui qui parla :

— Je suis navré pour cet après-midi. Je sais que je ne suis pas assez présent. Tu as raison.

Après plus de quarante années de mariage, c'était la phrase magique. Elle résolvait les conflits, valorisait chacun et permettait de passer à autre chose… Il avait appris à la manier quelles que soient les circonstances.

— Désolé… C'était une très belle soirée, tu sais.

Il sentit qu'elle se détendait. Ils se prirent la main. Mais le courant ne passait pas et leurs bras retombèrent.

— Rapporte-moi les paroles de ton père, exactement, fit Rodolpherus d'un ton las.

— L'un des livres est exposé au Met. Il renferme le deuxième secret.

— Qu'a-t-il révélé à ce sujet ?

— Rien encore. Je me suis concentrée sur l'aspect opérationnel. Je pense que l'on devrait tenter de le récupérer à tout prix.

— Voilà bien la guerrière… Hélas, c'est impossible. Le meurtre nous transforme en sorciers, et le vol nous épuise. C'est l'une de nos lois.

Rodolpherus, l'érudit, connaissait sur le bout du doigt les règles, les dogmes, les interdictions.

— Si nous le dérobons, poursuivit-il, nous nous affaiblirons encore. Des semaines de récupération seraient nécessaires. Et ne me dis pas qu'il n'arrivera rien de tel, au motif que le livre nous appartient. Depuis, il est passé en d'autres mains.

L'espace bougea de manière caractéristique. Melkaridion venait de les rejoindre.

— Le livre traite de la fabrication du démon, fit-il. Le deuxième secret, c'est la fabrication du démon. Il reste du dessert ? ajouta-t-il. Succulent, ton gâteau à la crème ! J'en reprendrais bien une tranche.

Une part quitta aussitôt le garde-manger, imitée par une petite coupelle de porcelaine, une fourchette à fruits, ainsi qu'une serviette brodée. L'ensemble atterrit dans la main du vieillard. Celui-ci s'assit sur le bac à compost.

— J'ai failli détruire le musée, tant j'étais déstabilisé. Je me suis laissé déborder par mon émotion, comme un débutant.

Melkaridion ne souriait pas.

— Depuis quand le sais-tu ? demanda Melidiane.

— Je l'ai toujours su. Ma mère m'a transmis les cinq secrets sur le bûcher.

Melidiane fronça les sourcils.

— Je les croyais perdus.

— Cela m'est revenu cet après-midi, quand la cloche a sonné, comme à Paris en 1793. Quel tintamarre !

Melkaridion avait les yeux pleins de larmes. La première libéra, en tombant sur le sol, l'image d'un beau visage féminin, tordu par la douleur au milieu du brasier. D'autres suivirent, reconstituant la scène de 1793. De nombreux magiciens, d'abord cachés dans la foule, prenaient d'assaut les deux bûchers couronnés de flammes. Arrêtés par des hommes en armes, certains mouraient sans chercher à se défendre, d'autres tuaient à leur tour. La fille de Melkaridion frissonna. Elle assistait à l'un des épisodes les plus tragiques de l'histoire des magiciens, le moment où les cinq secrets s'étaient perdus. Ceux qui allaient jusqu'à tuer pour empêcher cette catastrophe renonçaient à plus que la vie : ils se corrompaient définitivement, basculant dans le camp des sorciers.

Melkaridion s'essuya les yeux et continua :

— Elle me les a confiés, sauf le dernier. Je n'ai pas entendu clairement son ultime pensée...

Il respira fortement et répéta :

— Le deuxième secret concerne la fabrication du démon. Rien ne peut être plus grave.

Il prit une bouchée de gâteau et la mastiqua longuement avant de continuer :

— Je crois que nous avons été localisés.

— J'en étais sûre ! s'écria sa fille.

— Qu'est-ce qui te permet d'être aussi affirmatif, père ? demanda Rodolpherus.

— À la sortie du musée stationnait une voiture noire...

— J'ai vu, dit Melidiane.

— Juste avant que le passager ne remonte sa vitre teintée, j'ai croisé son regard. Il y avait une photo de nous dans sa rétine. Ils nous recherchent !

— Ils nous ont trouvés, lâcha Melidiane.

— Quelle photo ? insista Rodolpherus.

— Un cliché pris au lac, le jour où Melkaridion a oublié de faire attention. Depuis cette époque, ils sont sur nos traces. Nous avons gagné un répit en quittant aussitôt Atlanta.

Un long silence suivit cette phrase. Ils savaient ce que cela signifiait et aucun d'eux ne voulait l'entendre.

Melkaridion finissait de manger, l'air absent. Enfin, il ajouta :

— Eugénie raffolait des petits-fours à la crème… Il faut que je demande la recette à Mona.

Puis il resta totalement immobile, comme s'il dormait les yeux ouverts. Il récupérait.

— S'ils vous ont aperçus au musée, ils finiront par remonter jusqu'ici, conclut Rodolpherus. C'est une question de jours. Le grimoire était un excellent appât.

— Va-t-il falloir partir à nouveau ?

— Je le crains.

Melidiane se tassa un peu. Rodolpherus comprenait pleinement ses sentiments. Se remettre en route, errer en quête d'un abri… La grande ville leur avait pourtant paru le plus sûr des havres.

— Demain ? demanda Melidiane, accablée.

Il réfléchit un instant.

— Le décoiffage de Leamedia a lieu mercredi. Il nous faut tenir jusque-là. À quatre, nous sommes trop faibles. Nous prendrons le temps de l'initier. Après, seulement, nous partirons. À cinq, nous pourrons recommencer à lutter… Nous ne fuirons pas toute notre vie.

— Ne déménageons pas, dans ce cas, suggéra Melidiane, et livrons bataille ! Tu as entendu les ados. Ils se sont fait des amis, ici…

Le dépit perçait dans sa voix. La gardienne des consignes de sécurité édictées pour contrer leurs ennemis était elle-même lassée de leur rigueur. Sa nouvelle amitié n'avait pas eu le temps de s'installer. Elle dépérirait avec l'absence.

— Ils ont des liens dans ce quartier, reprit-elle. Le départ en catastrophe d'Atlanta reste pour eux un traumatisme non surmonté. Ils ne sont pas prêts à vivre une nouvelle rupture.

— Il le faut, dit Rodolpherus, navré. Même majeurs, les enfants ont encore tout à apprendre. En les décoiffant, on leur met entre les mains un outil dont ils ignorent l'alpha et l'oméga. Ils doivent être protégés et guidés encore longtemps. Aller au combat avec des praticiens si jeunes, ce serait les exposer follement.

Melidiane ne trouva rien à répliquer. Le raisonnement était imparable.

— Je crois aussi, continua son mari, que nous avons intérêt à nous rapprocher de la route Zéro. L'occasion est belle.

La proximité de la voie magique constituerait un élément dont la valeur était indiscutable.

— Qu'est-ce qu'on va dire aux enfants ?

— Qu'un poste se libère à l'observatoire de haute altitude du Colorado et que je l'ai accepté. C'est aussi ce qu'on expliquera aux Dandridge et aux autres…

— Leamedia est de jour en jour plus instable et plus insaisissable. Si tu savais ce que j'ai vu dans son regard, quand elle est rentrée, cet après-midi…

— Je croyais que tu ne lisais pas en eux ? On avait dit qu'on leur faisait confiance !

Melidiane leva vers lui ses yeux magnifiques :

— Elle me fait peur. Je suis terrifiée pour elle ! Elle sera toujours tentée par l'autre côté. Comme ma mère, comme moi. C'est ainsi dans notre lignée.

Désemparés, ils se regardèrent. Puis Rodolpherus s'avisa qu'ils avaient oublié de parler sans bruit.

— Tu m'as bien dit qu'ils sont allés se coucher ? fit-il, inquiet.

Après le départ de son ami, Antonius triturait la pochette écornée de *In the Heat of the Night*, songeur. David n'avait rien dit, mais il avait pensé très fort : il jugeait Melidiane trop sévère.

David était comme ça : il disait sans détour ce qu'il avait en tête, ou se taisait. Antonius, qui avait pu constater grâce à son pouvoir que la plupart des garçons de son âge travestissaient leurs pensées, appréciait la franchise du fils de Debby. Cependant il ne pouvait l'imiter : il n'avait pas droit à la transparence... « Tu sais que je suis au courant de ce qui se passe dans ta tête ? » avait-il pourtant lâché à voix haute. Cette transgression de la règle qui gouvernait le mode de vie des Dolce l'avait enivré d'une bouffée de liberté. Mais le destin avait choisi : David était en train de monter le son de Momma Stud et il n'avait pas entendu ses paroles.

Les idées du batteur parlaient au cœur d'Antonius. Sa mère n'avait-elle pas eu une jeunesse débridée, généreuse, pleine de fêtes, dont témoignaient les photos des années 1960-1970 et les souvenirs des festivals, des concerts et des grands rassemblements qui semblaient décupler la force de vivre ? Le sentiment d'injustice qui grondait en lui depuis le début de la soirée l'arracha à sa prostration. Il sortit. David voyait juste : pour quelqu'un qui avait fréquenté John Lennon, sa mère ne faisait pas preuve d'une grande ouverture d'esprit... Il ferait appel de la sentence. Quitter la maison serait irresponsable, mais l'invitation de son ami avait ouvert, pour la première fois, une brèche possible dans l'existence rigoureuse et solitaire qui lui était imposée. Il ne voulait plus se laisser faire.

En haut de l'escalier, il trébucha sur Leamedia, installée sur la dernière marche.

— Chutt ! fit-elle.

Des bouts de phrase montaient, assourdis mais nets, de la cuisine. Leurs parents avaient oublié leur règle de se parler en mode silencieux pour aborder les questions graves. « Ton café… infect… Je suis à bout… C'est toi qui… Toute seule… Marié avec ton bureau… »

— Tu crois qu'ils vont divorcer ? chuchota Leamedia.

— Sais pas. Ils disent toujours qu'on ne doit pas se séparer.

— Ma copine Lee, elle a deux familles ! Avec celle de son père et celle de sa mère, ça lui fait trois demi-frères et demi-sœurs en plus de sa sœur, et au total six grands-parents, car un est déjà mort et l'autre est parti…

— Chut. Écoute ce que dit papy.

Ils se glissèrent de marche en marche en veillant à ne pas faire grincer l'escalier. « Nous avons été localisés… C'est une question de jours… »

— Alors, elle existe vraiment, la Guilde noire ? murmura Leamedia. C'est quoi, au juste ?

— J'en sais trop rien. Des sorciers, je crois.

— Waouh ! Comme à Halloween ?

— Non, de vrais sorciers. Ou des humains normaux qui veulent plus de pouvoir. Des magiciens aussi.

— Comme notre grand-mère ?

— Oui, des magiciens qui se sont transformés. Nous ne devons pas tuer, sinon cela nous arrivera.

— C'est génial ! Gothique !

— Euh, je vois que tu ne rends pas bien compte. Tu ne devrais pas plaisanter avec ça. Si maman t'entendait…

Il dévisagea sa sœur, inquiet. Mais elle était sincère. Elle cultivait le genre nocturne et signait d'une tête de mort.

Il ajouta :

— Je crois qu'ils ont tué notre oncle et qu'ils veulent notre mort.

Leamedia fit une drôle de mine.

Soudain, tous deux se figèrent. « Oui… il va falloir repartir. »

C'était pire que la mort. Une profonde révolte contre leur destin unit en un même élan les deux adolescents. Leamedia se retint de crier en crispant ses poings. Antonius la serra contre lui pour l'empêcher de hurler. Il voyait défiler dans sa tête de mauvaises pensées, des décisions extrêmes, quelque chose au sujet de David, et surtout une rage démesurée, puérile et effrayante.

— Lea ! Lea, murmura-t-il. Écoute. Maman demande qu'on reste ici.

Ils tendirent l'oreille. Dans la cuisine, une décision était en train de se prendre, qu'ils haïssaient de tout cœur. Soudain, il fut question de Leamedia. « Elle sera toujours tentée par l'autre côté. »

— C'est quoi, au juste, l'autre côté ? souffla la jeune fille, ébranlée.

Lundi 20 juin 2011

En cette radieuse matinée de lundi, la mer brillait de mille feux et la végétation paraissait aussi épaisse qu'à l'époque où les îles étaient peuplées d'indigènes vivant comme au premier jour du monde. Dès son installation chez Philippe, à l'âge de cinq ans, Virginie avait adoré se tenir à l'avant du ferry. Excepté par gros temps, elle descendait de la vieille Buick de son père adoptif, même si la traversée depuis Shelter Island durait à peine une vingtaine de minutes, pour humer l'air salé. Elle laissait ses yeux s'emplir du spectacle de l'eau toujours changeant pendant que la côte plate et boisée, les petites villas, les embarcadères de Long Island glissaient vers elle, révélant leurs détails. Virginie avait maintenant vingt ans, mais la Buick et Philippe étaient toujours là. Depuis qu'ils avaient fait leur entrée dans sa vie, la fillette abandonnée dans un orphelinat n'avait plus jamais été seule. En ce jour précis, elle se sentait le cœur plein à déborder d'une joyeuse gratitude teintée d'une tendre mélancolie. Tournant le dos au môle avec son débarcadère encore distant, elle caressa du regard l'increvable vaisseau terrestre parqué sur le pont, moteur éteint. La Buick portait dignement son grand âge. Virginie éprouvait pour elle une sollicitude inquiète, navrée à l'idée que Philippe décide un jour de la remplacer. Quant au vieil homme, elle n'imaginait tout simplement pas qu'il puisse sortir de sa vie. Quinze années heureuses n'avaient pu effacer le souvenir de ce jour où son tour était venu d'être appelée et choisie, elle, la moins facile, la moins charmeuse de ses camarades, celle dont les sœurs qui tenaient l'orphelinat croyaient qu'elle resterait toujours avec elles dans l'Illinois.

Mais Philippe l'avait voulue, elle. Grand, l'allure élégante avec son nœud papillon, le vieux professeur d'histoire avait posé sur elle son regard vif plein de bonté. Une heure plus tard, ils repartaient ensemble dans la Buick.

Par-delà le toit de la voiture, ses yeux rencontrèrent ceux de son père adoptif, qui lui souriaient. Le vieillard à la stature impressionnante, à peine voûté, discutait dans le renfoncement abrité, entre le plat-bord et la cabine, avec le patron du ferry. Désormais à la retraite, il arborait toujours sa serviette de cuir souple, ses costumes de velours et son sempiternel nœud papillon. « J'ai mis des années à trouver une tenue qui me plaise ; pourquoi en changer ? » disait-il quand elle le taquinait. Il cligna de l'œil et lui fit un petit signe de la main.

Le cœur de Virginie chavira de nouveau dans un tumulte de bonheur et de tristesse mêlés, à l'idée de l'inévitable séparation prochaine. Tandis qu'elle se tenait debout à l'avant du bateau, en train de passer à l'autre rive de son existence pour entrer dans une vie active de jeune femme indépendante, il lui semblait voir son père et meilleur ami s'éloigner, resté sur l'autre berge. Elle ravala ses larmes et chassa ces idées noires, comme Philippe lui avait patiemment appris à le faire.

Accoudé près de la coursive, il regardait lui aussi de tous ses yeux. Le capitaine, laissant le pilotage à son second, venait de le rejoindre et ils parlaient amicalement, le visage tourné dans la même direction.

Telle une figure de proue, avec ses cheveux noirs aux reflets bleus agités par la brise, Virginie offrait au soleil ses traits fins et réguliers. Sa silhouette élancée, où se devinait la plénitude à venir de la maturité, était le charme même.

— Superbe, n'est-ce pas ? lança l'homme de mer.

— Oui. Je ne l'ai pas vue grandir.

Le patron éclata de rire.

— Je parlais de la mer, ce matin, monsieur Delondres !

Philippe sourit de sa méprise.

— Pardon, mon ami. Les enfants nous quittent trop tôt, et nous autres restons au poste, seuls dans la barque. Quinze années de bonheur, d'avoir pu partager un petit bout de sa vie. Cela m'a paru bien court.

— Court… comparé à ce qu'il vous reste à accomplir ensemble !

— Ce sera différent…, observa doucement Philippe. On a travaillé dur, elle et moi, pour réussir le concours d'entrée à Columbia. Et encore cette année, pour les examens terminaux. Un cycle s'achève.

— Ne me dites pas que la cérémonie de remise des diplômes a lieu aujourd'hui ?

— Eh si ! Ensuite, Virginie va visiter son premier studio.

Comme le ferry allait entamer les manœuvres d'accostage, le capitaine serra brièvement l'épaule de son passager et se hâta de rejoindre la cabine.

— Ne faites pas cette tête, professeur, lança-t-il. Elle nous reviendra chaque vendredi, ou je ne connais rien à notre îlienne préférée !

Mais Philippe s'était déjà replongé dans son inquiétude. Le temps de la transmission était venu. Virginie ne se doutait de rien, et lui cherchait encore ses mots.

Pour la énième fois, en regardant cette jeune femme qui était sa fille adoptive, devenue une brillante étudiante de la très prestigieuse section journalisme de l'université Columbia, il se demanda s'il avait le droit de l'impliquer.

À moins d'une encablure du quai de débarquement, Virginie rejoignit Philippe.

— Je parlais de toi, lui dit-il.

— En mal, je suppose, dit-elle, espiègle.

— Toujours, ma fille !

Les yeux rieurs de Philippe se voilèrent de tristesse :

— Alors, c'est la dernière fois qu'on fait la route ensemble ? Tu es sûre que tu ne préfères pas rester à la maison ?

— Mais je reviens chez nous dès ce soir !

— Pour déménager demain…, fit-il, faussement boudeur. Je blague ! C'est une très bonne idée, ce studio. Quand tu auras commencé à travailler, tu seras contente d'avoir ton indépendance… et moi, j'en serai très heureux. J'ai toujours voulu faire de toi une personne autonome.

— Tu crois vraiment que ça va aller si vite ?

— Les quatre premiers de la promotion, dans le cursus de journalisme à Columbia, obtiennent une proposition de stage dans les vingt-quatre heures.

— Quelque chose te fait croire que ce sera mon cas ?

Philippe la regarda, les yeux pétillants.

— Tu as toujours été une excellente élève et tu as étudié avec acharnement. Quoi qu'il advienne, je suis très fier de toi.

— Oh, papa… tu as travaillé dur avec moi.

La cloche de bord tinta, signe qu'il était temps de regagner les voitures. Ils se dirigèrent vers la Buick.

— C'étaient de bons moments, ma petite fille, soupira Philippe. Inoubliables ! Mais c'est à toi-même que tu dois ta réussite. Tu as un caractère intègre et droit. La rigueur t'a été enseignée par tes professeurs, y compris ton bon vieux pédagogue de père, mais ta persévérance et ton perfectionnisme n'appartiennent qu'à toi.

Virginie l'écoutait, émue. Ces mots sonnaient comme une consécration, une cérémonie initiatique au seuil du grand voyage que serait sa vie d'adulte.

— C'est pour cela que tu m'as choisie ? fit-elle, la gorge nouée.

La question n'avait cessé de la tarauder.

Il la regarda, surpris. Ils se tenaient de part et d'autre du toit de la Buick.

— Peut-être…

Elle le vit hésiter ; ses yeux si francs se troublèrent. Le ferry accostait. Ils s'installèrent sur les banquettes en cuir, rendu plus doux et plus chaleureux qu'un édredon par l'usage. Philippe démarra et, la voix tendue, regardant droit devant lui, enchaîna :

— Vois-tu… tu n'as peut-être pas tort. La directrice de l'orphelinat me vantait son institution. On est allés voir les enfants à la récréation. Il y avait cette môme aux cheveux courts, qui grimpait, toute seule, dans un arbre, juste pour le plaisir de s'élever, de prendre de la hauteur… Un petit bout de femme de cinq ans à peine.

— Je connais l'histoire par cœur ! J'adore. Raconte-la-moi encore.

— Je l'ai remarquée et je l'ai montrée à la directrice. « Décourageante, elle a dit. Têtue. Un dossier incomplet. » Et elle s'est mise à chanter les louanges de plusieurs autres fillettes.

— La sage comme une image, la super-douée à l'école, la jolie comme un cœur…

— Et j'en passe. Pendant ce temps, ma petite grimpeuse avait glissé. Elle s'était écorché les genoux et les avant-bras, et elle saignait du nez. Les autres gamines chouinaient pour un rien, couraient après la surveillante au moindre ongle cassé, une poussière dans l'œil… La mienne, non. Elle n'a rien dit à personne, et elle a recommencé son ascension. Quand la sonnerie a retenti, elle était à cheval sur la première branche, à un mètre cinquante du sol, et elle galopait dans sa tête. Cette fillette téméraire, c'était toi.

— Il a fallu aller me chercher… Je ne savais pas redescendre.

— Voilà. Tu as raison de parler de choix. Oui, il s'agissait d'une élection, ce jour-là. Je vais avoir besoin de toi, bientôt. Ou plutôt…

Il s'interrompit, réfléchit. Virginie, désorientée, le dévisageait. Il s'en aperçut et se reprit :

— Mais je ne peux pas t'en parler ainsi, de but en blanc. Ne t'inquiète pas. Tu comprendras quand je t'aurai raconté des choses de mon existence que je ne t'ai jamais dites.

Son débit était haché, comme s'il avait quelque chose de difficile à avouer, ou comme si sa vie en dépendait. Le ton était solennel. Les voitures descendaient une à une du pont du petit bâtiment sur le quai. Philippe passa la première vitesse. La berline avança, souple et silencieuse comme une goutte d'eau sur un plan incliné. Virginie était de plus en plus tendue. Elle se sentit pâlir.

— Tu as… Ne me dis pas…

Comme la caisse sautait un peu au passage de l'angle formé par le hayon avec le quai, il éclata d'un rire franc, fait pour rassurer, et passa la deuxième vitesse.

— Pas d'adrénaline, fillette ! Ton vieux papa va bien, si l'on excepte quelques misères inévitables, vu son grand âge. Tu te rappelles les Dolce ?

Une bouffée de souvenirs d'enfance enveloppa Virginie. Les Dolce… Un récit, débité soir après soir par son père, durant l'année de ses sept ans tel un feuilleton. Toute anxiété envolée, elle s'écria, joyeuse :

— Comme tu m'as fait peur ! Je te voyais en père de tragédie, m'intimant l'ordre de pourfendre un rival, ou prêt à m'emmener dans la montagne pour un sacrifice rituel. Cela concerne donc les Dolce ? J'ai adoré la légende que tu me racontais ! Je n'ai rien oublié, ni Veleonia transformée en sorcière pendant une nuit d'orage en pleine forêt de Trente, ni la fuite de Melkaridion avec le bébé Melidiane… C'était une histoire haletante. Tu vas enfin me dévoiler la suite ?

— C'est un peu ça, fit-il, soulagé de la voir rassurée.

— J'ai hâte. Ce soir ?

— On risque d'avoir fort à faire, si le studio te plaît… Tu t'imagines sans doute que tu n'as rien à emporter avec toi, mais je te connais, tu vas décider au dernier moment d'affréter un charter pour tes bouquins, tes bibelots, sans compter ta satanée collection de figurines. Encore heureux si tu me laisses Humphrey.

— Oh ! Tu me le prêterais ?

— Tu lui poseras la question toi-même. À mon avis, il préférera le confort de Shelter Island, plutôt que de partager la vie trépidante d'une jeune journaliste dans Manhattan. Il a besoin de grands espaces.

— Papa… à propos d'espace, je n'y connais rien en appartements. J'ai peur de ne pas savoir faire, pour cette visite… Tu es sûr que tu ne peux pas m'accompagner ?

— Je le voudrais bien… Mais il y a une exposition que je dois voir.

La voiture avait quitté le débarcadère et roulait sur la nationale qui descendait sur Long Island en direction de Brooklyn, puis de Manhattan.

— Si tu y allais demain ?

— Non… elle sera terminée. C'est un vieux bouquin qui va partir en restauration. Il n'est montré au public que ces deux jours. Et il s'est passé de drôles d'événements hier, autour de lui. Tu as entendu les infos, à la radio, ce matin.

— Moui. Et c'est plus important que ma première visite immobilière ? minauda-t-elle, jouant les capricieuses.

Il lui lança un regard grave.

— Beaucoup moins important, mais tout aussi essentiel. Et ma fille chérie ne court pas le moindre risque, tandis que cet objet…

De nouveau ce ton solennel… Elle protesta :

— De quoi tu parles… Quels risques ? Tu ne vas pas te mettre en danger, si ? Parce que, sinon…

— Ne t'en fais pas. Les seuls périls que les vieux grimoires courent de nos jours, c'est de tomber entre les mains de restaurateurs malavisés… Et dans ce cas, tu sais que ton vieux bibliophile de père entamerait une croisade, tel un Don Quichotte.

Elle se détendit :

— Le plus noble des héros de roman ! Tu ne vas pas arriver en retard, quand même ?

— Pourquoi, tu as quelque chose de prévu ? fit-il, taquin.

— Oh, juste une cérémonie de remise de diplôme, dont ta fille est l'héroïne, à l'université Columbia mondialement renommée, État de New York.

Ils rirent. La voiture roulait dans le soleil rasant.

— Et les Dolce ? reprit-elle.

Tenace, elle n'avait pas oublié.

— Ils sont toujours vivants… J'en ai la certitude, répondit Philippe.

Pour Virginie, ce fut comme si le principe de réalité était transgressé une fois pour toutes, comme si elle avait serré la main du père Noël. Les Dolce avaient peuplé son enfance de leur légende. Le conte venait de conquérir le droit à l'existence. Une immense gratitude envers la vie l'étreignit.

Mais elle en savait assez sur le destin des Dolce pour comprendre ce qu'impliquait la phrase de son père et percevoir son inquiétude.

— Ils sont en danger ? C'est pour cela que tu as besoin de moi ?

Il laissa passer quelques minutes.

— Je te raconterai tout. Mais plutôt demain soir. Je viendrai dîner au restaurant avec toi à Tribeca, pour fêter ton emménagement.

— Tu as déjà décidé que je vais le prendre, ce studio ?

— Je le parierais, fit-il, moqueur. Qu'en dis-tu, pour un dîner ?

— Je dis oui, cent fois oui ! Un chinois ou une pizzeria ?

— Un français ! rectifia Philippe, jouant l'indignation.

Depuis plusieurs semaines, les spéculations sur le thème du contrôle de fin d'année alimentaient la rumeur. Au jour dit, le lundi 20 juin, à 8 h 30, juste avant la distribution du sujet, un silence inhabituel et une tension égale à celle d'un stade olympique lors du coup d'envoi régnaient dans la classe de sixième D. Certains, stylo en main, avaient disposé sur leur pupitre un arsenal de cartouches, d'effaceurs et de bics de rechange, et n'attendaient que le signal, tandis que d'autres feignaient la nonchalance, mais tous étaient sur les dents. Le professeur de littérature les avait avertis que la réussite de l'épreuve pèserait lourd pour le passage dans la classe supérieure, et personne n'avait envie d'être parmi les redoublants.

M. Pembleton savourait le cérémonial de l'appel, dont les réponses rituelles fusaient sur le rythme syncopé bien connu des élèves.

— … Celitto, Johnny ?

— Oui…

— Chin, Marietta ?

— Présente !

— Colde, Leamedia ?

Deux « oui » résonnèrent dans la classe.

Le professeur leva les yeux de sa feuille et répéta, plissant une paupière de caïman qu'il promenait sur les rangs :

— Colde… Leamedia ?

Nul ne se risqua cette fois à répondre et le silence s'approfondit. Invité, l'ange de l'Apocalypse se promena entre les tables. Deux têtes s'enfoncèrent imperceptiblement dans les épaules. Mais le vengeur invisible négligea ce menu fretin.

— Colde, Leamedia, est donc absente aux évaluations de fin d'année, psalmodia le professeur d'un ton grave. Cela pourrait bien être la fois de trop… Je note.

Son courroux jupitérien fit monter d'un cran la tension nerveuse de la classe et le niveau de stress atteignit sept sur une échelle allant jusqu'à neuf.

— Et je poursuis l'appel…

Dans un muet claquement d'ailes, l'ange était parti en chasse dans les rues de Brooklyn.

Lorsque le surveillant vint relever les fiches d'appel, à 9 h 15, il haussa un sourcil en voyant la note de M. Pembleton, qui s'étalait jusque sur le verso du feuillet.

Melidiane s'était mise au travail après le départ des enfants pour le collège et le lycée. Formatrice en médecine alternative, elle consultait un ouvrage indien sur les énergies qui devait dater du XVIIe siècle. Elle répétait les gestes du massage ayurvédique qui y figuraient en déchiffrant sans peine les caractères sanscrits quand le téléphone sonna.

— Madame Colde ? Ici M. Dixon, le principal adjoint du Brooklyn Prospect Charter School. Je me permets de vous appeler pour m'assurer que votre fille Leamedia est bien chez vous.

Les enfants avaient quitté la maison de la 53e Rue à 8 h 15, comme tous les lundis. La magicienne pensa aussitôt à la voiture noire aperçue dans les yeux de son fils, et c'est d'une voix exagérément calme qu'elle répondit :

— Monsieur ? Leamedia est en effet fiévreuse. Je la garde au lit.

— Parfait, madame. Nous nous étonnions de son absence. Comme vous le savez, une évaluation importante avait lieu ce matin. Vous penserez à faire un mot, comme d'habitude, faute de quoi son passage en cinquième pourrait être compromis. C'est en effet sa douzième absence ce semestre, et les résultats de Leamedia sont assez fragiles, vous ne l'ignorez pas.

Melidiane sentit l'air se creuser autour d'elle. Sa fille manquait l'école, signait des mots d'absence à sa place et truquait ses bulletins. La magicienne pouvait donner n'importe quelle forme à l'élément aérien, mais en retour celui-ci tendait à la contrôler. Sa propre mère avait été vaincue par les forces célestes qui s'étaient déchaînées contre elle. Elle fit ralentir le mouvement giratoire de l'air et répondit d'un ton neutre :

— Je vous ferai parvenir un certificat médical dans les plus brefs délais. Merci de votre appel, monsieur Dixon.

Elle raccrocha, partagée entre une inquiétude lancinante et une colère irrépressible.

La sonnerie du téléphone retentit à cet instant.

— Elle n'est pas au collège, annonça-t-elle, excédée, croyant parler à Rodolpherus.

La communication télépathique entre les deux époux était si fréquente qu'il s'était installé une sorte de circuit immatériel, par où les états de conscience de Melidiane parvenaient à son mari, même sans intention de celle-ci de les lui transmettre.

— J'ai dit qu'elle était malade !

— Qui est malade ? demanda une voix de femme.

— Euh… Bonjour, Debby. Je suis désolée, je pensais que c'était mon mari et…

— Il y a un problème avec ta fille ? l'interrompit la pédiatre.

La magicienne réfléchit ; dirait-elle la vérité ou mentirait-elle ? Elle opta pour un filtrage partiel de l'information.

— Elle a séché les cours.

— Ah…

L'interjection était éloquente : Debby avait déjà dû faire face à ce genre de problème.

— Et j'ignore totalement où elle est. Qui plus est, j'ai appris qu'elle est coutumière du fait. Elle a dû contrefaire ma signature sur des mots d'absence.

— Ennuyeux, cela. Écoute, je peux téléphoner au principal adjoint.

Melidiane, désorientée, ne comprenait pas.

— Pour quoi faire ?

— Je vais essayer d'en savoir plus sur le dossier de ta fille… et, en tant que médecin scolaire, je défendrai son cas.

— La défendre ?

— Melidiane, ouvre les yeux ! S'ils t'ont téléphoné, c'est que la situation est critique. Il n'y a pas des évaluations de fin d'année en ce moment ?

— Si… M. Dixon les a évoquées.

— C'est ce que je redoutais. Je ne peux te signer de faux certificat médical, mais je vais faire tout ce qui est en mon pouvoir, puis je te rappellerai. Et…

— Quoi… ?

— Je voulais te remercier du fond du cœur pour hier soir. J'ai eu le sentiment qu'il se passait quelque chose de fort entre nous… Je l'exprime mal, mais je suis sincère.

— Je sais exactement ce que tu veux dire. J'aimerais que nous devenions amies. Si tu savais comme je suis fatiguée et seule, Debby…

Un silence à l'autre bout du fil, puis :

— Tu as quel âge, Melidiane ?

Melidiane retint un soupir : toujours ruser, biaiser, omettre, même pour les questions les plus banales… elle fut tentée de dire la vérité. Pour une fois…

— Je suis bien plus vieille que toi.

— Inutile de tricher pour me faire plaisir, je suis sûre que j'ai dix ans de plus bien tassés ! Tu sais, tu peux tout me dire, je serai discrète, ne t'inquiète pas.

Melidiane resta interdite : l'espace d'une seconde, elle crut que Debby avait lu dans ses pensées. Puis elle comprit que l'intuition de son interlocutrice lui venait du cœur, et eut envie de la serrer contre elle.

En raccrochant, Debby s'aperçut qu'elle avait oublié de parler à Melidiane de ce qui motivait son appel : la recherche de son deuxième téléphone portable. Depuis sa visite chez les Colde, elle ne le retrouvait plus.

Sans perdre de temps, elle composa un autre numéro.

— Miss Giggle ? Debby Dandridge. Pouvez-vous me passer le principal adjoint, je vous prie ? Monsieur Dixon ? Je crois qu'il y a eu un incident avec Mlle Colde, Leamedia, ce matin, en sixième D ?

— Bonjour, docteur Dandridge. J'ai justement le dossier sous les yeux.

— Où est le problème ?

— Mlle Colde se sent fiévreuse le jour des évaluations de fin d'année.

— Maladie infantile très répandue, remarqua Debby.

— Mais cette élève cumule les retards, avec une préférence pour les jours d'examens. Les absences se sont amoncelées au second semestre.

— N'ont-elles pas été justifiées ?

— Chaque fois, il y a un mot de la mère, mais nous soupçonnons des faux rédigés par l'élève. Que pensez-vous de cette jeune fille vous-même, docteur ?

— Un peu d'instabilité, certes. C'est une enfant surdouée qui peine à canaliser son énergie en classe et dans les activités scolaires.

— C'est le moins qu'on puisse dire… Ses notes sont loin d'être brillantes.

— Il lui manque peut-être un peu de maturité ?

— À moins qu'elle n'en ait trop, répliqua le principal adjoint.

— Pas faux, murmura Debby, songeant à l'étonnante femme-enfant toute de noir vêtue, cherchant à séduire David avec un art consommé, qu'elle avait observée la veille au soir.

Le principal adjoint continuait :

— Il semble qu'elle soit assez délurée et qu'elle n'hésite pas à débattre de certains sujets… crus. Elle fréquente des lycéens. Nous ne pouvons pas fermer les yeux ! Vous n'ignorez pas que depuis quelques mois le collège est le lieu d'un trafic de cannabis qui a pris quelque ampleur.

— Avez-vous la moindre preuve contre elle ? s'insurgea la doctoresse.

— Nous sommes circonspects, voilà tout.

— C'est une jeune fille parfaitement saine ! Qu'elle parle de sexe à son âge n'a rien d'étonnant, ils le font tous.

— Pas avec ce manque de retenue.

— Ne soyons pas pudibonds ! Il faut surtout essayer de l'intéresser à sa scolarité.

— Je crois que M. Pembleton, qui est justement avec moi, fait tous ses efforts en ce sens. Vous permettez, je mets le haut-parleur.

La voix un peu sèche du professeur de littérature anglaise prit le relais.

— J'ai écouté avec attention votre avis, docteur, et je suis entièrement d'accord avec M. Dixon. Cette jeune fille est très en avance pour son âge – mais pas au plan scolaire, hélas ; elle exerce d'ailleurs une influence négative sur ses camarades. Ainsi, elle avait exigé que l'une d'entre elles réponde à sa place lors de l'appel, ce matin. Et une autre a cru bon de répondre aussi pour elle. C'est un très mauvais exemple.

— Ne regardez-vous pas les enfants en faisant l'appel ? s'étonna Debby.

— Là n'est pas la question. Le problème est de gérer en classe cette personnalité difficile. Vu ses résultats, elle n'a pas sa place en cinquième, et je suis fermement opposé à la faire redoubler chez nous. Son influence, dans ce cas, serait désastreuse !

— À dire vrai, docteur, reprit le principal adjoint, nous aimerions voir cette jeune fille retirée de notre établissement.

— Sous quel prétexte ? s'écria Debby.

— Les points les plus importants vous ont été présentés. Le dossier est à votre disposition.

— Je vous préviens que, comme membre à part entière du conseil de discipline, je m'opposerai de toutes mes forces à une telle décision ! éclata Debby. Leamedia est une enfant brillante, et c'est nous qui avons de la chance de l'avoir parmi nous. Rappelez-vous son frère il y a quatre ans, un élève adorable, très intelligent et modeste à la fois !

— Manifestement, nous n'accordons pas au mot « brillant » le même sens, ironisa M. Pembleton. Antonius Colde n'a jamais été premier de sa classe.

— Quoi qu'il en soit, intervint M. Dixon, il n'est pas question pour le moment de conseil de discipline. Je commencerai par convoquer les parents pour tirer au clair cette histoire d'excuses truquées. Nous ne sommes pas sûrs que – comment dire ? – qu'ils ne couvrent pas ces agissements. Il est impossible qu'ils ne se soient aperçus de rien ! En attendant, je vous demanderai la plus grande discrétion.

Debby raccrocha, consternée et révoltée. Qu'allait-elle pouvoir raconter à Melidiane ?

— Quatorze ans, affirma Leamedia avec assurance.

Le jeune vendeur de la boutique de vidéos d'occasion, avec son look à la James Dean, eut un sourire moqueur :

— Désolé, bébé, on n'embauche pas en dessous de seize ans.

L'adolescente adopta un air digne et sortit.

— C'est pas gagné ! gémit-elle.

Elle arpentait Flatbush Avenue, au nord de Brooklyn, en quête d'un petit boulot. Trois jours la séparaient de son anniversaire, au lendemain duquel la famille décamperait une fois de plus. Trois petites journées pour gagner de quoi subvenir à ses premiers besoins. Car elle n'envisageait pas de quitter Brooklyn. Aussitôt intronisée magicienne, elle laisserait les autres déménager sans elle. Elle se débrouillerait seule désormais. L'escapade estivale prévue, elle se la paierait elle-même.

Elle avisa un gros M majuscule jaune, comme une frite qui aurait été relookée par Dalí en forme d'obus siamois.

— À moi, Myrtle Beach ! Je le tiens, mon job !

Elle traversa la rue au galop et s'adressa à un employé qui était en train de passer la serpillière dans l'entrée.

— Le manager est là ?

Sans même lever la tête, l'homme lui indiqua d'un geste de la main le comptoir.

— C'est celui qui porte une casquette propre, la renseigna-t-il sans interrompre son travail.

Moins d'une minute plus tard, elle se retrouvait dans le bureau de la direction, debout. La seule chaise était pour le gérant.

— Vous avez déjà travaillé dans la restauration rapide ? demanda ce dernier.

— Non, mais je viens tout le temps au McDo ! répondit Leamedia, enthousiaste.

— *McDo*, je ne connais pas. McDonald, merci. Vous êtes lycéenne, je suppose ?

— Ouais, c'est ça.

— Vous avez quel âge ?

— Seize ans !

Il la dévisagea :

— Vous paraissez plus jeune.

— J'ai une maladie génétique, mentit Leamedia, je fais moins que mon âge. Mais ce n'est pas contagieux.

Il agita une main molle, puis se leva et sortit du bureau sans même la regarder.

— Suivez-moi.

Elle lui emboîta le pas. Il lui montra successivement la chambre froide, les cuisines, puis le local des poubelles.

— C'est là que vous commencerez, déclara-t-il.

Elle grimaça, écœurée par les relents.

— Un bon restaurant McDonald se reconnaît au faible volume de ses déchets. Nos sandwichs ne sont commercialisables que pendant une dizaine de minutes. Mieux les commandes sont gérées, moins il y a de pertes. Il ne faut pas trop en préparer à l'avance. Tout un art.

Il continua un ton plus bas :

— Vous pouvez prendre des notes.

Mais Leamedia ne réagit pas.

— Déjà que je ne le fais pas en classe…, marmonna-t-elle.

Revenu en cuisine, il servit deux gobelets de jus d'orange, lui en donna un et leva le sien :

— Alors, prête à entrer dans la grande famille ?

Elle fit oui de la tête et garda sa boisson à la main.

— Vous n'aimez pas ? s'enquit-il.

— Je suis allergique.

— Un Coca, alors ? Ou une limonade, un verre d'eau ?

Elle secoua la tête, gênée.

— Je n'ai le droit de boire qu'à certaines heures. Ma maladie.

— Ah… Bon, il n'y a plus qu'à remplir les formalités. Vous avez votre carte d'identité avec vous, je suppose ?

— Je vais aller la chercher, fit-elle, mal à l'aise.

— C'est bon, je vous attends.

Déconfite, elle sortit et prit la direction des plages, deux kilomètres plus au sud. Il y avait bien une solution : se procurer des faux papiers. Dans la zone de Little Vietnam, non loin de la 53e Rue, ce serait facile. Mais la pègre qui la fréquentait était plus dangereuse que la fantasmatique Guilde noire. Et pour cela aussi il faudrait de l'argent…

Soudain, il lui vint une idée : elle pourrait vendre des trucs sur eBay ! Son grand-père collectionnait les vieux objets inutiles. Elle n'aurait aucun mal à se servir sans qu'il le remarque. Là au moins personne ne lui demanderait son âge.

Ne restait plus qu'à tuer le temps, pour rentrer à l'heure habituelle. Elle se dirigea vers le Brooklyn Bridge Park. Près de l'eau, au pied des arches massives en pierre d'où s'élançait la structure de fer forgé qui reliait Brooklyn à la presqu'île de Manhattan, les bruits de la ville ne s'entendaient presque plus. Elle revit son arrivée à New York, dans le bus à impériale londonien des parents, venant d'Atlanta par la côte. C'était quatre ans auparavant ; ses quatorze ans d'âge magique lui valaient dix ans d'âge officiel, qui en deviendraient sept à la rentrée scolaire à l'école de Brooklyn. De part et d'autre, le paysage s'était soudain dressé à la verticale, dans un défi grandiose, impressionnant de beauté. Pour la première fois, elle avait admiré l'œuvre des humains normaux. Elle avait aussitôt su que c'était en ce lieu qu'elle voulait vivre.

Assise sur un banc, elle se laissa partir en rêve, loin de l'ennui d'une existence vouée à l'attente et privée de liberté.

— Je peux m'asseoir à côté de toi ?

L'homme était souriant, avec un visage agréable. Il devait avoir vingt ans, ce qui suffisait à Leamedia pour le classer parmi les adultes, mais n'avait pas encore cet aspect terne qui frappait les pères de famille, les surmenés de la vie professionnelle et les gêneurs. Son costume sobre et sa chemise blanche sans cravate tranchaient avec son bronzage sportif et juvénile. Il lui plaisait : il ressemblait vaguement à David.

— La vue est à tout le monde, répondit-elle d'un ton neutre en le dévisageant, sans modifier sa position.

Il s'assit, pas trop près, et après quelques secondes de silence il engagea la conversation.

— Tu viens souvent ici ?

— Tous les jours. Mes parents vivent en Europe, j'ai l'impression d'être avec eux dans cet endroit. Ils sont de l'autre côté de l'océan, tu captes l'idée ?

Elle mentait sereinement, personne n'était là pour l'observer et la prendre en flagrant délit. L'air intrigué, le jeune homme lui jeta un coup d'œil : il se demandait visiblement si elle se moquait de lui.

— Moi, c'est ma pause. Je viens là pour contempler la mer. Je regarde les bateaux avant de reprendre mon travail.

Lea se sentit en sécurité.

— Moi, je viens ici quand je me sens seule.

— C'est triste, d'être séparé des siens. Mais tu les rejoindras cet été, non ?

— Pas sûr. Ils vivent dans un château à la campagne, j'aime pas la ruralité. Je passe mes vacances à Myrtle Beach, sur la côte atlantique.

— Tu connais déjà ? fit le garçon, intéressé.

Il se tourna franchement vers elle, un bras jeté sur le dossier du banc.

— Pas encore, avoua Lea.

— Je pourrais te montrer un endroit encore plus beau, vers le sud. Moins fréquenté, mais avec des rouleaux fantastiques : Daytona Beach. Mes parents ont un appartement là-bas.

— Ouais, je situe, j'ai vécu à Atlanta.

— J'adore cette partie du littoral. La moitié de l'année, je suis surfeur. Je fais de la compétition en semi-professionnel.

Lea ouvrit des yeux ronds.

— Pas vrai ! Et le reste du temps ?

Elle fixa ses prunelles pour lire ses activités de la dernière demi-heure. Elle y vit une grosse discussion avec deux autres gars, apparemment assez houleuse, dans un grand appartement vide. Il y avait là une fille très maquillée, qui avait l'air de s'ennuyer beaucoup. Les deux autres l'avaient empoignée par le bras, puis avaient quitté les lieux. Resté seul, il avait composé un numéro et avait parlé longuement avant de sortir à son tour, après avoir regardé à plusieurs reprises la rue par la fenêtre. Au moins, il avait une existence sportive et passionnée… Il était allé ensuite acheter des cigarettes et avait marché dans les rues, puis dans le parc. Elle se vit dans son regard, une petite fille toute de noir vêtue, une femme-poupée alanguie sur son banc face à la mer, troublante.

— Je suis agent immobilier, répondit-il.

— Moins sexy… Je sais même pas ce que c'est.

Il éclata de rire.

— Très content d'avoir fait ta connaissance. Je m'appelle Mark.

— Enchantée, moi, c'est Lea.

— Tu fais quoi, Lea ?

— Étudiante, lâcha-t-elle.

Elle lut de l'incrédulité dans les yeux du garçon et précisa :

— Je rentre à l'université en septembre.

— Ah oui ? Tu fais plutôt gamine, pour une étudiante, observa Mark.

C'était dit sans agressivité, et Lea se détendit.

— Tu fumes ? enchaîna-t-il.

Elle accepta. Elle s'étonnait elle-même, comme si elle ne contrôlait pas ses mots et son esprit. C'était peut-être ça, la liberté qu'elle cherchait. Elle prit la cigarette qu'il lui tendait.

— J'ai une maladie génétique rare, expliqua-t-elle. Je vieillis beaucoup moins vite que les autres. J'ai l'air d'avoir douze ans, alors qu'en réalité j'en ai dix-sept.

— Waouh ! fit le garçon, intéressé. Et ce n'est pas trop douloureux ?

— Si, un peu. Je voulais être danseuse étoile, mais j'ai dû abandonner. Tous les autres étaient deux fois plus grands que moi.

— Tu vas étudier quoi, à l'université ? demanda-t-il en écrasant sa cigarette.

Lea, elle, laissait la sienne se consumer au bout de ses doigts sans la porter à la bouche. Elle trouvait ça élégant, on aurait dit Audrey Hepburn dans *Petit déjeuner chez Tiffany*.

— La haute couture.

— Tu n'as jamais fumé, n'est-ce pas ?

— Quelle importance ? C'est la première fois qui compte.

Il s'approcha un peu d'elle et continua, charmeur :

— Il y a certainement plein de choses que tu n'as pas encore faites… N'est-ce pas ?

— Bas les pattes ! lança Lea.

— Te fâche pas, je voulais m'assurer que tu étais une vraie grande fille. On va marcher un peu ? Je t'offre un café.

Ils s'engagèrent dans les rues. Leamedia rayonnait ; pour la première fois, elle était traitée comme une adulte par un homme. Ils s'installèrent à une petite terrasse, elle laissa refroidir son café intact, ce dont il n'eut pas l'air de s'apercevoir. Il était sous le charme, et l'écoutait sans se lasser. Elle avait l'impression d'avoir enfin une vie normale de jeune femme. Elle s'inventa un roman familial.

— Mon père est astronome et ma mère, médecin. Le problème est qu'ils ont un passé dont je ne peux pas trop te parler, c'est secret. Pour faire court, ils ont des ennemis qui les ont repérés. Ils ont dû fuir en Europe avec mon frère aîné. Moi, j'ai refusé de quitter Brooklyn.

Mark l'écoutait avec intérêt.

— Pourquoi ? Je veux dire, qu'est-ce que tu aimes à Brooklyn ?

— Ce n'est pas tellement le quartier. Je n'avais pas envie de vivre en me cachant. Il y avait trop de contraintes, trop de règles. J'ai dit non.

— Mais alors, comment tu fais pour te débrouiller ? Ils t'envoient de l'argent ?

— Ouais, fit Lea du bout des lèvres.

— Tu m'impressionnes ! Tu n'as pas l'air, comme ça.

— Je compte gagner ma vie tout en poursuivant mes études.

— Tu es une fille super courageuse ! J'espère qu'on va se revoir. Tu as un numéro de portable ?

— Ouais, mais je ne me rappelle plus. Donne-moi le tien, je te bipe, tu auras le mien qui s'affiche.

Comme Leamedia ne savait pas se servir du portable, il le lui prit doucement des mains et composa son numéro.

— Voilà... je valide.

Il lui tendit l'appareil, qu'elle porta à son oreille.

Aussitôt, elle entendit sa voix chaleureuse qui lui disait tout bas :

— Coucou, Lea ! Tu es super jolie, tu sais ?

L'essentiel des collections du Metropolitan Museum était inaccessible à la suite des événements de la veille. Philippe, qui avait écouté les informations, s'y attendait. Mais il savait aussi que, à l'instigation des mécènes qui investissaient des sommes fabuleuses dans sa restauration, l'exposition du grimoire au public était maintenue ce lundi. La vitrine sécurisée qui l'abritait avait été transférée dans une aile latérale du gigantesque bâtiment, épargnée par les fissures. Simples lecteurs des pages culturelles des quotidiens, attirés par le caractère ultraconfidentiel de l'exposition, touristes chinois refoulés du musée et que les services d'accueil au public réorientaient vers les expositions temporaires encore ouvertes, médiévistes acharnés et adeptes d'histoire diplomatique se pressaient dans l'allée du parc. Philippe, un peu nerveux, regardait sa montre : il n'était pas question de manquer le rendez-vous de 14 heures !

Enfin, après une attente interminable, il pénétra dans la petite salle et accéda en jouant des coudes à la caisse vitrée qui trônait en son centre. Il était environ 11 h 30.

Le grimoire s'offrait à lui.

À première vue, rien en lui ne méritait l'attention. C'était un volume épais, grossièrement recouvert d'un cuir rustique marron foncé, à peine ornementé. Sur son verso, visible grâce à un socle réfléchissant sur lequel étaient posés les deux chevalets de plexiglas translucide qui maintenaient l'ouvrage, ni nerfs ni dorures. La double page sur laquelle le codex était ouvert était tout aussi sobre : du parchemin assez fin de couleur ivoire, solide mais sans ornement ni enluminure, couvert d'une écriture aux bâtonnets réguliers mais illisibles, ne semblant pas intéresser les touristes, qui regardaient un instant, stationnaient devant les cartels expliquant les caractéristiques du trésor et les circonstances de sa découverte, puis faisaient le tour de la vitrine. Pas question d'écourter une visite si coûteuse en temps d'attente ! Au milieu de cette lente déambulation, Philippe faisait figure de roc, de récif, d'écueil, contourné, mais pas ébranlé, par la marée polyglotte.

Le professeur d'histoire en retraite se concentra pour examiner le livre.

La langue était un curieux sabir, un mélange de latin écrit en caractères gothiques, d'hébreu transposé en graphie hellénique, de divers dialectes romans, mais aussi de langues plus improbables, que Philippe, pourtant fin connaisseur des idiomes orientaux et européens anciens, ne reconnaissait pas. On aurait dit que celui qui l'avait rédigé avait pris plaisir à déjouer la curiosité des érudits et s'était amusé à leur livrer une langue en délire, composée de mots les plus incroyables, reliés dans des suites syntaxiques apparemment dépourvues de sens.

Découragé, le vieil historien comprit que seule une étude approfondie du livre, page après page, permettrait d'accéder au code de ce texte manifestement chiffré, qui attendait son Champollion.

C'était pourtant ce même livre qui, la veille, au premier jour de son exposition, avait déclenché un événement inédit dans les annales new-yorkaises. Or Philippe ne croyait pas au surnaturel, et il ne connaissait qu'une seule personne capable de produire les effets qui avaient été observés la veille au Metropolitan Museum. Et cette personne n'était pas venue au musée par hasard : elle y avait été attirée par l'ouvrage qu'il avait sous les yeux. Le livre devait parler ! Il suffisait de le scruter assez longtemps.

Il se mit à se déplacer autour du cube de verre, sans perdre son objectif de vue. Le volume se présentait maintenant de trois quarts. Le chant de la reliure, d'une épaisseur inhabituelle, s'offrait à son regard.

Le dispositif de présentation ne permettait pas une observation correcte ; les lumières sertissaient l'objet plutôt qu'elles ne l'éclairaient. On pouvait cependant constater que la couverture était faite d'une seule pièce de cuir massif, et non d'un mince revêtement, collé sur du carton et replié au bord.

Ce morceau, épais de trois centimètres, avait été travaillé d'une manière que Philippe n'avait jamais observée. Les cahiers de parchemin y étaient cousus de façon un peu grossière. Mais le cuir, si épais qu'on imaginait mal quel bain et quel outil avaient pu l'assouplir assez, les épousait étroitement, recouvrant les feuillets, comme s'il était constitué d'une matière intelligente, ou comme s'il s'agissait de l'épiderme d'un organisme vivant.

Philippe était assez versé en bibliophilie pour savoir qu'il n'existait pas d'animal susceptible de fournir une peau aussi monstrueuse. Le cuir d'éléphant, le plus robuste, n'offrait que deux centimètres d'épaisseur. Il ne pouvait s'agir de peau de baleine, vu sa texture. Sa surface granuleuse était parsemée de pores épars. L'historien, dans un vertige, songea à certaines espèces préhistoriques avant d'écarter cette hypothèse comme trop farfelue.

Il devait y avoir une erreur. Il se laissa bousculer, se déplaçant lentement autour de l'objet. Il scruta de tout près la matière épaisse pour déceler la couture, le collage, la jointure. Il n'y en avait pas.

Un peu ébranlé, mais exalté, il sortit de sa poche son carnet de notes et entreprit de consigner le résultat de son enquête initiale.

À ce moment, l'un des deux surveillants, qui venait de recevoir une information dans sa radio portative, dit à voix très haute :

— Nous demandons à mesdames et messieurs les visiteurs de limiter leur temps de présence dans la salle d'exposition, à la suite de l'affluence exceptionnelle. Merci de bien vouloir quitter la salle rapidement afin de laisser la place à un nouveau groupe.

Philippe se figea : il n'était pas question de refaire la queue pour une deuxième visite ! Cependant il était loin d'en avoir terminé, et l'objet ne faisait que commencer à livrer ses secrets.

Son cœur se mit à battre anormalement vite.

« Un qui a résisté, celui-là », pensa Virginie.

L'immeuble de cinq étages, vétuste, était le seul vestige encore debout d'un rang de bâtisses démolies. Leur présence fantomatique se laissait deviner sur les murs latéraux, où l'on voyait la disposition des anciens appartements. L'immeuble était flanqué de deux parkings.

En attendant que la logeuse descende, la jeune fille regardait la façade, aussi sale et hideuse que les vitres étaient propres et pimpantes.

Enfin, une silhouette aux formes généreuses se présenta sur le perron.

— Madame Stingmann ? demanda Virginie.

— En chair et en os ! répondit énergiquement la vieille dame. Enfin… surtout en chair.

Virginie sentit immédiatement de la sympathie pour la bailleresse. Malgré son âge, elle semblait pleine de vie.

— Vous êtes juive ? voulut savoir l'octogénaire, souriante.

— Non, lui répondit Virginie d'un ton enjoué.

Mme Stingmann la jaugea d'un coup d'œil et lui dit :

— C'est pas grave, je vous garde quand même ! D'habitude, c'est la synagogue qui nous envoie des étudiants. Or ça fait au moins vingt ans que j'y ai pas mis les pieds !

Elle parlait toute seule.

— Faut de tout pour faire un monde, lâcha-t-elle en gravissant les degrés érodés menant à l'entrée. Vous connaissez les conditions ?

— C'est-à-dire ? fit prudemment Virginie.

— On paie à la semaine, et un week-end sur deux la chambre est réservée pour les retraités du quartier. On y joue au poker ! C'est pareil dans toutes les chambres du cinquième.

Le temps de monter les cinq étages, Mme Stingmann put raconter à Virginie qu'elle avait organisé un tripot clandestin, où les célibataires de plus de soixante-dix ans venaient dépenser ce qui restait de leur pension, attirés par le frisson d'un jackpot hypothétique. On n'y servait pas d'alcool, mais du thé, des gâteaux ainsi que toutes sortes de médicaments contre les rhumatismes et les problèmes gastriques.

— Tous viennent dépenser leur retraite ici. C'est moins loin qu'Atlantic City !

— Mais, la police ?

— Quoi, la police ? fit la logeuse, malicieuse, en ouvrant la porte du studio.

Les meubles étaient de style vieillot, les tentures fanées, mais l'atmosphère surannée ne différait guère de celle qui régnait dans la grande maison de bois de Shelter Island. Un as de cœur oublié traînait sur le tapis. Virginie fut instantanément conquise.

— Vous disposez d'un micro-ondes pour réchauffer vos plats, mais pas de plaques. Interdit de cuisiner. Vous étudiez pas la cuisine ?

— Non, la rassura Virginie.

— Le téléphone est en bas, dans l'entrée, il marche avec des pièces de vingt-cinq cents. Y a pas de prise téléphonique, mais c'est pas grave avec les portables. Moi, j'en ai trois. Moderne, hein ?

— D'autres étudiants louent dans l'immeuble ?

— Non, vous êtes la seule. Il n'y a que des vieux, les jeunes ne restent pas. Je sais pas pourquoi.

Mme Stingmann avait l'air triste en disant cela, mais elle se rasséréna aussitôt.

— Votre père a déjà réglé la caution. Il est passé la semaine dernière.

Virginie était surprise. Il ne lui avait rien dit. La vieille dame lui montra une enveloppe.

— Un homme bien. On doit avoir le même âge. Si ça ne vous plaît pas, je suis censée vous rendre la moitié, le reste, c'est pour les frais de réservation.

— Mais ça me plaît, annonça Virginie en souriant.

La chambre était très propre, et la double vie que ces insoupçonnables seniors menaient le week-end l'amusait beaucoup. Son père adoptif avait déjà visité l'endroit et s'il n'avait rien trouvé à redire, c'est que ça devait être une bonne affaire.

— Le loyer, chaque début de semaine. Comme ça, si vous voulez partir, vous êtes libre.

Libre. Ce studio ressemblait à ce mot.

Elle serait heureuse de rentrer le vendredi dans la maison familiale au bout de Long Island. C'est ainsi qu'elle avait imaginé sa nouvelle vie. Elle ne se voyait pas pour le moment passer ses week-ends sans Philippe. Il lui manquait déjà.

— Vous jouez au poker ? s'enquit Mme Stingmann, qui s'apprêtait à partir.

— Vous allez m'apprendre.

— Je vous aime bien, vous ! On se retrouve en bas.

Restée seule, Virginie regarda autour d'elle.

Sa chambre, située à l'angle du bâtiment, possédait deux fenêtres. L'une donnait sur un bout du pont de Brooklyn et l'autre sur les tours du *Wall Street Journal.* Sa vie était en train de prendre un tournant, là, maintenant, elle en eut la certitude. Elle commencerait à chercher un travail dès le lendemain, son diplôme en poche. Elle se sentait invincible. Elle se vit poussant les portes du *New York Times* en quête d'un stage. La perspective l'enthousiasma. Elle serait grand reporter, quoi qu'il puisse arriver.

Le bruit des pas lourds de Mme Stingmann en train de descendre l'escalier de son vieux tripot finissait de décroître. Virginie songea qu'elle tenait là son premier article.

Elle consulta sa montre : 12 h 30. La cérémonie de remise des diplômes commençait dans une heure et demie, il ne fallait plus tarder.

Comme tous les lundis, Rodolpherus s'était rendu à l'observatoire. Aussitôt arrivé, délaissant toutes les affaires courantes, il se mit à lire une série de clichés astronomiques. Il regardait chaque feuillet quelques secondes, ce qui lui permettait de les mémoriser entièrement. Il faisait ses réserves de matériel, sachant que dans moins de cinquante heures il quitterait définitivement son bureau du centre astronomique. L'anniversaire de Leamedia serait célébré le mercredi après-midi, et la cérémonie devait en tout état de cause être terminée au coucher du soleil. Le bus partirait dans la nuit, pour ne pas attirer l'attention. Il disposait donc de deux journées et demie de travail, plus les nuits. Car il resterait, autant que possible, le soir.

Ce rythme, qui aurait eu raison d'un humain ordinaire en quelques semaines, convenait parfaitement à un magicien. En effet, l'abandon au sommeil était proscrit par la Guilde, car l'inconscient, dans un cerveau fonctionnant à cent pour cent, pouvait prendre le pas sur le conscient : c'est pourquoi les magiciens ne laissaient jamais dormir tout leur corps en même temps. Ils en mettaient au repos une partie quand l'autre demeurait en éveil.

Aussi, il comptait lire, à raison de dix secondes par document, les quelque dix-huit mille pages enregistrées par le satellite RXTE. Ces informations, il en aurait besoin pour mener à terme son projet de lecture du passé grâce à l'analyse de la lumière lorsqu'il n'aurait plus accès à ces archives.

« La lumière de l'étoile la plus proche nous parvient au bout de six cents ans, avait-il expliqué à Melidiane. Quand nous regardons le ciel, nous observons donc le passé. En analysant une telle lumière, en la conservant, puis en la rediffusant, je suis capable d'éclairer un endroit comme il l'était au moment de l'émission de cette lumière. En la capturant et en la diffusant sur le site où notre maison est installée, par exemple, je pourrai savoir comment il était six cents ans plus tôt. Et si la lumière d'une étoile met quatre mille cinq cents ans à nous arriver, et que je m'en sers pour éclairer les pyramides du Caire, j'assisterai à leur construction. C'est extraordinaire, non ? » Mais sa femme s'était contentée de répondre : « Nous sommes tous capables d'aller fouiller notre passé, et parfois celui des autres. »

Chassant ce souvenir conjugal décevant, il ouvrit un nouveau dossier et entreprit de lire les clichés. En trois heures de travail, depuis 9 h 30, il avait scanné visuellement un millier de documents

— Monsieur Colde ?

Le directeur de l'observatoire, accompagné du responsable du comité scientifique et d'une délégation d'une douzaine de personnes, venait d'entrer dans la salle où il travaillait.

— Oui ? dit-il, les yeux encore pleins de poudre d'étoiles.

— Permettez-moi de vous présenter M. Debs, notre interlocuteur à la Fondation 18.

L'homme lui tendit la main. Détail troublant, son poignet portait une licorne tatouée, dont le profil caractéristique dépassait de la manche de sa chemise. Rodolpherus serra la main avec répugnance, mal à l'aise sous le regard de l'autre et gêné par la pression très forte qu'exerçait le visiteur. Quelque chose le repoussait chez cet individu qui, lui, au contraire, cherchait à se rapprocher tandis que le directeur poursuivait son laïus.

— Je vous ai parlé de la fondation, n'est-ce pas, monsieur Colde ? poursuivit le directeur. Colde est un maillon-clef de notre centre astronomique, cher monsieur, ajouta-t-il en se tournant vers Debs. Un immense astronome, qui s'occupe de ces fameuses analyses optiques… La mission RXTE, n'est-ce pas… Oui, les découvreurs du trou noir.

Il reprit à la cantonade :

— Je ne vanterai jamais assez le travail de la fondation… Nous connaissons tous la situation de notre institut, les coupes dans les dotations publiques, les difficultés structurelles de financement de l'observatoire, le délabrement de nos locaux, la difficulté à lever des fonds pour notre fonctionnement, sans même parler de renouveler notre équipement… Bref, la fondation se porte acquéreuse de nos sous-sols et nous propose un bail emphytéotique à titre gracieux, ce qui nous permettra de consolider, sans jeu de mots, nos fonds propres, ce dont nous avons cruellement besoin.

Rodolpherus avait entendu parler du projet, sur lequel il n'avait pas d'avis bien tranché. La Fondation 18 était une officine ayant pignon sur rue, qui depuis plusieurs années faisait beaucoup parler d'elle avec un ambitieux programme social et urbanistique dont Rodolpherus avait eu vent. Quant à l'observatoire, il avait la particularité d'avoir autant de sous-sols que d'étages : une dizaine.

Le directeur continua :

— Ces personnes se passionnent pour vos travaux, savez-vous ?

— La masse vectorielle des particules dans le flux d'aspiration stellaire vous intrigue ?

Rodolpherus avait volontairement compliqué sa phrase pour rebuter la plus passionnée parmi elles, mais il sentait très bien que leur intérêt était ailleurs. Il insista :

— En trois petites heures, je peux vous fournir un bref aperçu.

— Nous avons tout notre temps, répondit Debs sans se démonter.

Surpris, le magicien choisit un angle différent.

— Quel intérêt, d'acheter des sous-sols ?

Il aiguisait tous ses sens pour essayer de capter l'intention du visiteur, qui ne le quittait pas des yeux.

— Eh bien, notre fondation travaille à relier les principaux édifices de cette ville, pour mettre en place un véritable réseau souterrain et, plus tard, réduire la pollution due aux déplacements à la surface. Vous savez qu'à terme les exigences environnementales et l'explosion planétaire de la population nous amèneront à exploiter ces nouvelles terres vierges que sont nos sous-sols. Circulation, espaces techniques, stockage, nous regardons vers ce qui est dessous, tandis que vos collègues de la NASA portent leur regard vers les planètes. À leur expansionnisme, nous préférons la densification du tissu urbain.

— Fort bien… Une entreprise philanthropique, alors ?

— Résolument.

— C'est très louable et très ambitieux. New York étant construit sur une plaque de granit, votre projet est titanesque. Et notre établissement vous intéresse ?

— L'immeuble, et les gens qui y travaillent. Au fait, n'avez-vous pas vécu à Atlanta ces dernières années, monsieur Colde ? lança Debs en regardant Rodolpherus dans les yeux.

Malheureusement, Melidiane n'était pas là... Elle aurait su sonder l'esprit de cet homme et savoir pourquoi il insistait tant pour discuter avec le magicien.

— M. Colde est avec nous depuis quatre ans, intervint le directeur. Vous aurez tout le loisir de discuter de vos connaissances communes lors du cocktail que nous donnerons pour célébrer les noces de la fondation et de l'observatoire.

Il rit tout seul de sa métaphore. Le chef de la délégation ne quittait pas Rodolpherus du regard. Le magicien se contenta de lui tendre la main, mais il avait ordonné à ses muscles de se durcir, si bien que M. Debs eut l'impression de toucher un roc.

Rodolpherus, incertain, regardait les dossiers qui lui restaient à lire. Il devait appeler Melidiane pour lui faire part de cette nouvelle alerte. Pourrait-il se remettre à sa lecture, si urgente ?

À ce moment, la porte s'ouvrit, laissant apparaître la secrétaire du directeur.

— Monsieur Colde ? Un appel pour vous. Ça vient du collège de votre fille.

Aussitôt après le second appel de Debby, Melkaridion s'était mis à délirer.

Étendu sur le canapé blanc du salon, il était plongé dans un sommeil total, ce qui était extrêmement rare chez les magiciens.

Des phrases incohérentes lui avaient échappé, puis plus rien. Depuis, il ronflait bruyamment. L'air avait du mal à parvenir à ses poumons, et Melidiane ne savait que faire ; elle ne l'avait jamais vu ainsi. Elle n'osait pas le laisser.

Soudain, il se remit à parler dans son sommeil. Cette fois, ses propos étaient clairs.

— S'il dit la vérité, toutes nos fondations, celles des humains comprises, ne signifieraient plus rien.

Sa fille le remua doucement :

— De quoi parles-tu, père ?

Il ne répondit pas. Elle mémorisa la phrase pour la redire à Rodolpherus, qui attachait beaucoup d'importance à ces propos décousus. Le grand-père était une somme historique vivante ; malheureusement, l'âge avait troué ses souvenirs. Grâce au patient travail d'archivage de Mona, les faits survenus au cours de sa vie depuis six cents ans étaient connus et répertoriés. Mais la substance même du savoir historique était engloutie dans le naufrage de la mémoire. Cette Atlantide de la connaissance sur le monde, le passé et les magiciens existait bien dans les abysses de son être. Sous l'effet des circonstances, le vieux Melkaridion s'ouvrait comme un document, offrant des perspectives stupéfiantes pour ceux qui savaient entendre. C'était ce qui s'était passé au musée, la veille. Mais ce savoir remontait sous forme de dons partiels, lacunaires, aléatoires, restes et fragments d'une synthèse filtrée par l'intelligence. Il convenait donc de se faire l'archéologue de cette cohérence enfouie. Rodolpherus s'était plus particulièrement assigné cette tâche. Comme un historien du néolithique, appelé à reconstituer le passé à partir de tessons, il collectionnait les traces.

À ce moment, le téléphone sonna.

Melkaridion reprit la parole.

— Seuls les trois livres ensemble pourront me le confirmer. Il faut que je réunisse à nouveau les grimoires.

— Tu sais où sont cachés les deux autres ? demanda Melidiane.

La sonnerie du téléphone s'interrompit.

— Je les ai écrits, déclara Melkaridion.

Melidiane écoutait, médusée. Son père lui avait toujours dit que les livres avaient été rédigés par sa propre mère, Lancelia.

— Plus tard, elle a divisé le livre en trois grimoires. Le troisième…

Un spasme de souffrance tordit le vieux visage.

— Je sais où il est.

Mona poussait des petits cris, pendue aux tresses du magicien pour attirer son attention. Il ouvrit un œil et grommela :

— La ferme, Mona ! Tu ne vois pas que je réfléchis ?

Mais Melidiane lut dans ses yeux de la détresse.

— Et toi, Melidiane, cesse de te faire du souci. Tu remues trop d'air.

Le téléphone sonna de nouveau.

C'était Rodolpherus.

— Lea est à la maison ?

— Non, et elle n'est pas au collège non plus.

— Tu es au courant ?

— Ils ont appelé ce matin, j'ai prétendu qu'elle était malade.

— On est convoqués demain. Elle est sur le point d'être renvoyée.

— Je le sais aussi, par Debby.

— Tu crois qu'on doit y aller ?

— Oui. Essayons de sauver la situation. Moi aussi, comme les enfants, je suis lasse, et je ne suis pas sûre d'avoir l'énergie de recommencer.

Rodolpherus se tut un instant avant de dire :

— Il y a eu une visite ce matin à l'observatoire. Un homme qui prétend nous avoir connus à Atlanta.

— Il a prononcé notre pseudonyme d'alors ?

— Dulcie ? Non.

— Tu le connaissais ?

— Il avait une licorne tatouée sur le poignet. Je suis certain de n'avoir jamais vu son visage.

— Il faut que je regarde.

— Je vais rentrer. C'est préférable.

— Je le crois aussi, fit-elle d'un ton sec. Au fait, tu n'as pas trouvé le téléphone portable de Debby ? Elle l'a égaré l'autre soir.

— C'est le cadet de nos soucis, chérie. J'arrive.

Elle raccrocha et se dirigea vers le canapé où son père s'était rendormi. Il continuait à haleter et à gémir.

Elle lui épongea le front, s'attendant au pire. Perdre autant d'eau était mauvais signe, l'impossibilité de se réhydrater affaiblissait les magiciens pour plusieurs jours. Seule l'immersion dans l'un des cent puits légendaires dont ils avaient autrefois la garde permettait d'y remédier. Mais Melidiane n'en connaissait pas à proximité.

À cet instant, Melkaridion se redressa d'un bloc et hurla dans un râle :

— Guileone !

Il se réveilla aussitôt, comme si rien ne s'était passé. Melidiane, elle, restait pétrifiée. Cela faisait des années qu'elle n'avait pas entendu prononcer le nom de son frère.

— Toujours pas de nouvelles ? demanda Rodolpherus en rentrant.

— Viens voir, fit Melidiane, tendue.

Elle l'entraîna dans le salon. Sur le canapé, Melkaridion, le front en sueur, s'était de nouveau assoupi.

— Les événements d'hier lui ont occasionné une sorte d'overdose émotionnelle. Il est ainsi depuis ce matin, complètement déconnecté. Tantôt il délire, tantôt il parle de façon cohérente, tantôt il dort comme un humain. Et il parle en rêvant.

— Les magiciens ne rêvent pas, tu le sais bien, ils ne font que revivre leur passé. Son inconscient prend le pas. Ce dont il ne se souvient pas consciemment est en train de ressurgir. Tu as compris ce qui s'est passé au musée. Rien n'est oublié pour toujours. On devrait tout noter.

— C'est ce que je fais. Il a dit : « Toutes nos fondations, celles des humains comprises, ne signifieraient plus rien. »

Sa mémoire absolue permettait à Melidiane de restituer mot pour mot les propos de Melkaridion.

Rodolpherus fronça les sourcils.

— Je ne comprends pas.

— Il a ajouté : « Seuls les trois livres ensemble pourront me le confirmer. Il faut que je réunisse les grimoires. »

— Est-ce que cela aurait trait au cinquième secret ? dit lentement Rodolpherus.

— Le plus surprenant : il déclare avoir écrit les livres.

— Il a toujours prétendu qu'ils étaient l'œuvre de sa mère.

— Non, elle les a juste divisés, bien après leur rédaction.

— Si c'est le cas, il ne peut en avoir oublié le contenu ! Et pourquoi, si les livres n'en formaient qu'un, les avoir séparés, au risque de rendre toute lecture impossible ?

— Peut-être pour rendre précisément la lecture impossible ?

— Il n'a rien dit de plus qui pourrait nous mettre sur la voie ?

— Non. Mais il a prononcé le nom de Guileone.

Le visage de Rodolpherus changea. Lui non plus n'avait pas entendu ce prénom depuis des années. Guileone n'avait que onze ans lors de son enlèvement, plus d'un siècle auparavant. Rodolpherus aussi était un adolescent à l'époque.

— S'il te plaît, s'écria Melidiane, ne dis rien !

Elle avait du mal à supporter la pensée de son frère, même quand elle émanait d'un autre cerveau que le sien.

Il lui serra doucement le bras.

Sans un mot, ils se rendirent au centre de la maison pour regarder l'arbuste de la famille. La branche de Guileone, desséchée et dévitalisée, témoignait du drame ancien.

Quant à celle de Leamedia, elle était bien là, robuste et feuillue.

Ils se prirent par la main, et la profondeur de leur solidarité, l'ancienneté et la force du lien qui les unissait circulèrent dans cette étreinte.

Puis Melidiane dit :

— La chambre de Lea ! Il y a peut-être un indice.

Mais avant que sa femme n'ouvre la porte, Rodolpherus la retint.

— Si elle apprend qu'on est allés chez elle en son absence…

— Elle n'a pas eu besoin d'autorisation pour sécher les cours !

Ils entrèrent dans la pièce décorée de gris et de noir. Elle était vide. Le lit profita de l'énergie des deux parents Dolce pour se refaire tout seul. Docteur Green vint dire bonjour en dessinant une broderie compliquée sur le sol.

— Rien, dit Rodolpherus en soulevant quelques cahiers et une pile de livres.

Sa femme, elle, regarda sous le matelas. Elle y découvrit un prospectus touristique de Myrtle Beach.

— Qu'est-ce que c'est que ce truc ? demanda-t-elle.

— Du marketing.

— Merci, je suis assez grande pour le voir. Mais qu'est-ce que ça fait ici ? Pourquoi dissimuler un tel papier ?

Rodolpherus réfléchissait.

— Elle n'est pas partie là-bas, quand même ? s'interrogea Melidiane.

— Tu n'as rien vu dans ses yeux, hier ?

— Je te rappelle que tu désapprouves le procédé... De toute façon, elle ne me les montre pas. Elle cligne sans cesse des paupières et chantonne dans sa tête pour que je ne discerne rien. J'ai seulement vu quelque chose concernant David, l'ami d'Antonius.

— Tu crois que son frère sait quelque chose ?

— Je l'ignore. Il a ses examens de fin d'études secondaires, maths ce matin, composition d'histoire cet après-midi.

— Écoute, je vais à la gare routière. Ensuite, j'arpenterai les rues partout où elle a ses habitudes – les boutiques gothiques, Prospect Park... Tu vois autre chose ?

— Les tatoueurs...

Il lui jeta un regard effaré.

— Tu crois ?

Elle hocha la tête, une lueur de réprobation dans le regard.

— Bon… Toi, tu appelles les parents de Valente et de Lee, je te téléphone environ tous les quarts d'heure.

Rodolpherus plongea sa main dans le pot en verre où étaient rangées les pièces de vingt-cinq cents.

— Finalement, c'est bien pratique, un téléphone portable, lâcha-t-il.

— Tu crois qu'on devrait en acheter un ?

— La question ne va plus se poser. Je te parlerai ce soir de la drôle de visite que j'ai reçue à l'observatoire.

Il se voûta légèrement, lissa ses cheveux, dissimula le pendentif en forme de capsule qu'il portait au cou dans l'échancrure de sa chemise, prenant son allure passe-partout, et quitta la maison.

Les gardiens s'étaient montrés intraitables, jusqu'au moment où Philippe avait eu la lumineuse idée de dégainer quelques billets. Il s'était ainsi évité une nouvelle attente exténuante, et avait infligé une sérieuse écorniflure à sa pension. La science avait un prix… mais elle payait mal les pauvres diables à son service, qu'ils soient gardiens de musée ou professeurs en retraite.

Sans perdre de temps, il commença par dessiner l'objet dans un premier carnet, entièrement empli de croquis ; puis entreprit de recopier, dans un deuxième calepin, le texte qu'il avait sous les yeux. Inébranlable, sourd aux soupirs agacés que poussaient les visiteurs gênés par sa haute stature, il reproduisait scrupuleusement les mots rédigés de manière à ne pas être compris des non-initiés. Ses yeux brûlaient, sa nuque lui semblait un morceau de bois sec, ses épaules et ses bras s'engourdissaient. Il griffonnait pourtant sans discontinuer, commentant chaque détail de crainte de l'oublier. Il savait la valeur de notes soigneusement prises, que l'on peut consulter des années plus tard.

Le travail auquel il se livrait était un relevé précis des caractères, indépendamment des mots qu'ils servaient à former. Pour un érudit comme lui, l'inclinaison d'un jambage, la boucle ou l'angle d'une consonne, tout parlait, dévoilant l'instrument, la main, l'époque, les conditions et, même avec des écritures aussi stéréotypées que celles des manuscrits anciens, l'état d'esprit du rédacteur, son calme ou sa nervosité, sa vigueur intellectuelle.

L'écriture qu'il avait sous les yeux était singulièrement mécanique, et même maladroite, comme celle d'un débutant ou de quelqu'un qui recopie sans comprendre. En compensation, le rédacteur l'avait enjolivée d'une foule de détails baroques, amusants, laissant sa verve graphique envahir le texte. Comme il était d'usage dans les temps anciens, les abréviations y étaient fréquentes. Ainsi, les terminaisons en *on* étaient notées avec une sorte de tilde surmontant le *o*, un tortillon qui n'était ni un accent ni un trait, mais la consonne *n* stylisée.

Philippe dessinait pour la énième fois ce bizarre symbole quand son attention fut attirée par une particularité. La terminaison était ici une séquence associant les voyelles *i*, *o*, à la consonne *n*. Le *i* était réduit à un seul point qui interagissait avec la séquence graphique déjà repérée, de manière à dessiner une quasi-signature.

Frappé par une évidence qui montait en lui avec une force irrépressible, Philippe cessa de recopier et son regard se perdit dans le vide.

Il venait de trouver le signe qu'il cherchait.

À ce moment, le gardien se leva et fit une nouvelle annonce.

— Mesdames et messieurs, le musée va fermer ses portes. Nous vous demandons de bien vouloir vous diriger vers la sortie.

— On avait dit 13 heures ! protesta Philippe.

Autour de lui, la foule s'était raréfiée, découragée par la file d'attente.

— Nous évacuons les salles un quart d'heure avant, déclara le gardien.

Philippe eut une nouvelle montée d'adrénaline. Il lui restait plusieurs lignes à recopier. Le manuscrit serait enlevé pour être restauré et ne remonterait plus. Pourtant, une autre urgence l'appelait.

Fébrile, il ouvrit son portefeuille où dormait, dans un repli, un feuillet mince, jauni par le temps, écorné, au moins aussi âgé que lui. Précautionneusement, il le déplia et scruta la signature : Limakedrion Celdo, un pseudonyme maladroit. Les dernières lettres du prénom comportaient exactement la même caractéristique graphique que le texte qu'il avait sous les yeux.

Les deux écritures, elles, étaient totalement différentes. La seconde, produite par un stylo à encre à plume d'or sur un papier crème, fluide, déterminée, révélait une personnalité qui n'avait pas eu à réfléchir pour s'exprimer dans les formes convenant à la circonstance. Elle n'avait rien à voir avec la graphie riche en rêverie, déposée sur la surface ivoirine d'un parchemin par un instrument rigide avec une encre épaisse. Mais le dessin était exactement identique.

Sans aucun doute, les deux textes étaient dus à une même main et un même esprit.

« Je le savais, jubila-t-il. Melkaridion ! »

— Il faut partir maintenant, insista le gardien. Le grimoire doit être enlevé en début d'après-midi. Il sera préparé avant d'être enfermé demain en chambre de stérilisation.

Le cartel, que Philippe avait lu distraitement, indiquait en effet que le codex serait restauré grâce au mécénat de la Fondation 18. Comme Philippe, hagard, ne bougeait toujours pas, le gardien ajouta, agacé :

— Vous ne pouvez pas rester !

— Oui, oui, désolé.

Philippe, confus, ferma son carnet, rangea son portefeuille et enfin, poussé par le gardien, sortit de la salle parmi les derniers visiteurs. Un maladroit le heurta lourdement ; il faillit perdre l'équilibre. Dans un réflexe, il serra sa serviette sur son cœur. Les précieux carnets étaient saufs. Il les rangerait une fois sorti, mais sans trop s'attarder toutefois, car la cérémonie à Columbia commençait dans moins d'une heure. Une exaltante ivresse lui faisait tourner la tête. Il parcourut plusieurs centaines de mètres dans Central Park, sa serviette toujours pressée contre sa poitrine.

Il s'assit sur un banc, sortit les deux carnets et relut ses notes.

Le petit idéogramme qu'il avait repéré était bien là. Il chercha la lettre pour comparer les deux signes. Où l'avait-il fourrée ? Il ne se rappelait pas l'avoir remise dans le portefeuille. Il l'ouvrit, elle n'y était pas. Fébrile, mais avec les gestes précis d'un homme de sang-froid, il feuilleta un à un les carnets. Il palpa ses poches, de plus en plus inquiet.

Il se fouilla à nouveau, mais dut se rendre à l'évidence : l'unique spécimen de l'écriture de Melkaridion en sa possession avait disparu.

Comme un fou, il refit le chemin en sens inverse, scrutant les allées et les pelouses. Une fois au musée, il eut beau tambouriner à la porte de la petite salle d'exposition temporaire, personne ne vint. Il resta là longtemps, désespéré, le regard vide.

Puis il regarda sa montre. Que faire ?

D'abord, ne pas décevoir Virginie.

Il quitta le musée et héla un taxi.

La cérémonie se déroulait dans la cour de l'université. Les familles, les professeurs et les personnalités invitées occupaient le parterre face à l'estrade, où les lauréats, en toge et coiffés du traditionnel bonnet carré, piétinaient, excités. Dans quelques minutes, le nom de chaque diplômé, ainsi que son classement, serait proclamé devant les parents tout fiers de leur progéniture, et les étudiants s'avanceraient un à un pour recevoir leur diplôme. Ce rituel de célébration de la fin des études marquait symboliquement l'entrée dans la vie active. Les meilleurs et les plus chanceux récolteraient dès le lendemain une moisson d'offres d'emploi.

Le président allait parler. De petits signes s'échangeaient entre le public et les jeunes gens. Virginie s'agitait : toutes les familles étaient là, sauf une, la sienne.

— Il n'est pas là ? lui chuchota Alice, sa voisine.

La fille de Philippe, déçue, se dit qu'il serait en retard. Heureusement, les mieux classés de la promotion étaient toujours appelés les premiers, et plusieurs discours improvisés seraient prononcés. Cela laisserait à son père le temps d'arriver.

Le président monta à la tribune, salua les assistants et rappela les titres de gloire et de prestige de l'université. Son allocution, brève et enlevée, joliment tournée, lui valut des applaudissements nourris. Il laissa ensuite sa place au directeur de l'école de journalisme.

Virginie balayait la foule du regard. Ce moment était à elle, mais aussi à son père adoptif, tuteur attentif tout au long de ses études, et plus particulièrement depuis qu'elle était à Columbia. Qu'il ait oublié l'heure n'était pas envisageable. Il avait dû lui arriver quelque chose ! L'anxiété le disputait en elle à la mélancolie.

Le directeur prit la parole.

— Mesdames, messieurs, dans un instant seront appelés devant vous ceux qui s'apprêtent à rejoindre ce qui est, mieux qu'un métier, une mission. Les jeunes gens que nous féliciterons tout à l'heure ont appris un journalisme patient, entêté, critique. Ils sont appelés à devenir l'élite de leur profession.

Virginie était distraite. Des bouts des phrases lui parvenaient pourtant, familiers, rassurants ; ils évoquaient les valeurs de la profession qu'elle s'apprêtait à embrasser, et auxquelles elle tenait parce qu'elle les partageait avec Philippe. « Rigueur… exigence… investigation… l'indispensable lenteur, la vérification des sources… surtout, l'indépendance envers les pouvoirs… » Virginie scrutait les visages. Plusieurs retardataires se joignirent à l'assistance, mais pas de haute silhouette caractéristique avec l'éternel costume de velours et le nœud papillon. « Des enquêteurs redevables devant le public… quatrième pouvoir… devoir d'influence… prix Pulitzer… » Le discours venait de prendre un tour très engagé. Face au déclin de la presse écrite, le directeur défendait le rôle des journalistes dans un État démocratique. Furtivement, elle regarda son téléphone portable. Rien.

Alors, son nom fut prononcé. Amplifié par les haut-parleurs, il emplit la cour, s'insinua dans les rangs des spectateurs, roula parmi les étudiants et, tel un champignon sonore, s'éleva dans le ciel de Manhattan avant de se disperser aux quatre coins de l'horizon. Comme animées par l'impact de ce nom, « Virginie Delondres », les mains se mirent à applaudir à tout rompre tandis qu'une houle admirative parcourait les rangs des lauréats.

Le directeur avait terminé son discours et était passé à l'appel des noms. Virginie, stupéfaite, se sentit poussée en avant par Alice. Ses camarades lançaient : « Bravo, Virginie… Virginie, la crack de la promo ! Vive Virginie ! Hip ! Hip !… » Elle s'avança sur l'estrade.

— Venez, Virginie… Mademoiselle Virginie Delondres, vous êtes proclamée major de votre promotion à l'unanimité du jury.

Les applaudissements redoublèrent. Ahurie, la jeune fille reçut le rouleau officiel ceint d'un ruban rouge qui attestait sa réussite. Elle avait toujours été une très bonne élève et elle aurait été contente d'être dans les dix mieux classés, pour Philippe. Elle avait donné le meilleur pour cela. Mais de là à être la première… C'était une bonne surprise et un heureux présage, mais elle était plus étonnée que franchement heureuse. Triompher devant de parfaits étrangers était décevant.

Le podium l'attendait. Il était d'usage que les trois premiers s'expriment publiquement. Elle prit le micro et s'apprêta à improviser. Les applaudissements se turent. Seul un crépitement, frénétique, résonnait en continu en dépit des : « Chut !… Silence, elle va parler… Mais asseyez-vous donc ! »

Elle baissa les yeux : Philippe se tenait au pied de l'estrade, debout, sa chevelure grise en bataille, son nœud papillon de travers, sa chemise froissée par la course et son pardessus, coincé sous son bras avec sa serviette, traînant au sol. Il applaudissait de toutes ses forces, avec le bon sourire qui avait accompagné chacun de ses succès depuis l'âge de cinq ans.

À cet instant, la scène s'imposa à sa conscience dans un puissant flux d'émotions. Elle, l'orpheline, et Philippe, le vieux professeur d'histoire en retraite, venaient de triompher dans la plus célèbre des enceintes universitaires, devant tant de jeunes gens plus brillants à l'oral, mieux renseignés, introduits dans les cercles d'influence, initiés aux codes ! Toute la communauté enseignante et étudiante les fêtait, reconnaissant le travail patient, acharné, qu'ils avaient fourni jour après jour. Le ciel bleu s'engouffra en elle, l'ovation du public se grava pour toujours dans son cœur. Ses larmes débordèrent, vite séchées, et un sourire éblouissant s'installa sur son visage.

Elle prit le micro.

— Merci !

Elle hésita avant de poursuivre :

— J'ai opté pour le journalisme par admiration et par conviction. J'observerai, j'analyserai et je témoignerai. Être journaliste, à mes yeux, c'est, pour citer un maître et un ami cher à mon cœur, choisir de contribuer à notre monde. Ces mots sont de mon père, Philippe Delondres, ici présent, qui m'a permis de réaliser ce rêve.

Elle alla se poster sur le côté de la tribune. Elle regardait Philippe, et lui-même n'avait d'yeux que pour elle. Toute son enfance se bousculait dans sa tête, la demeure aux allures coloniales avec son perron de bois, le premier ferry du matin, la mini-valise bleue dans laquelle son père glissait son déjeuner, toujours accompagné d'un petit mot, les soirées sur la balancelle en compagnie du chat Humphrey, les histoires que Philippe lui racontait pour l'endormir, la vieille Buick qu'il astiquait le dimanche…

— C'est lui ? demanda Alice, qui venait de rejoindre Virginie, munie de son diplôme.

— Oui, dit la jeune femme sans le quitter des yeux.

— Il est drôlement vieux ! Elle a quel âge, ta mère ?

— Trente-cinq, elle m'a eue à quinze ans, elle a quarante-cinq ans d'écart avec mon père.

Alice fit une mine consternée.

— C'est horrible !

Virginie éclata de rire.

— Je blague ! J'ai pas de mère, je suis orpheline.

— Ah bon, je préfère, fit l'autre, soulagée.

— Pas moi.

Philippe avait pris place sur une chaise vide, à côté d'un quatuor peu avenant, massif, près de quatre cents kilos à eux quatre, des durs à cuire inaccessibles aux émotions simples et fortes qui affleuraient partout dans l'assistance. Ils applaudissaient mollement, à l'unisson ; de temps à autre, ils se consultaient du regard, tombant d'accord d'un haussement de sourcils ou d'un mouvement de tête. Le plus gros, complètement chauve, griffonnait parfois dans un calepin.

— C'est qui, là, devant ? demanda Virginie à son voisin, fils d'un grand reporter du *New York Times*, honorablement classé et attendu le lendemain pour son premier stage dans le journal du papa, qui était venu l'applaudir avec quelques confrères.

— Le jury, répondit-il en faisant signe de la main à sa famille. Le premier rang est réservé aux dix grands journaux d'informations new-yorkais. Ils font leurs courses. On est en train d'être vendus comme des bestiaux dans une foire. Demain, tu écriras la rubrique nécrologique d'un de ces quotidiens.

— Et les quatre, là ?

— Ça, c'est la terreur, ou l'honneur de la profession, selon le point de vue. Ils doivent totaliser deux cents ans d'expérience professionnelle, ils ont tété le Watergate avec leur premier biberon, couvert le concert de Simon et Garfunkel à Central Park, l'arrivée de Giuliani à la mairie, puis Ground Zero et le 11 Septembre. Ils connaissent tout New York et ont fait carrière dans les journaux les plus prestigieux de la ville, du *New York Times* au *Daily Telegraph*.

— Mais quel journal ils représentent ? voulut savoir Virginie, qui s'attendait à entendre le nom de l'un des fleurons de la presse écrite américaine.

— Une feuille locale, qui tire à un faible nombre d'exemplaires, le *Brooklyn Daily Eagle*. Ils ont connu les grandes heures de la presse imprimée et assistent à son lent naufrage. Ils sont revenus aux origines, à la mère patrie, comme ils s'acharnent à l'appeler.

Virginie le regarda, désarçonnée.

— Et où est l'envoyé du *New York Times* ? questionna-t-elle, fidèle à ses ambitions.

Il lui désigna le journaliste, un quadragénaire qui semblait mal à l'aise. Au moment où Virginie avait terminé sa courte allocution, lui et le pachyderme chauve avaient échangé quelques mots. Elle espéra très fort qu'elle avait été remarquée.

Le dernier rouleau avait été décerné et les cinquante diplômés avaient changé de côté sur l'estrade. Il y eut le traditionnel jeté des coiffes universitaires, puis parents, étudiants et professeurs se réunirent autour du buffet. Virginie et Philippe venaient de trinquer au jus d'orange quand elle sentit qu'on lui tapait sur l'épaule. Elle se retourna, et son sourire se figea sur ses lèvres. À la place du représentant du

New York Times, elle vit l'homme chauve qui lui tendait sa carte.

— Demain, 9 heures.

Il la salua en inclinant la tête et retourna d'un pas lent vers ses trois compagnons qui l'attendaient pour partir.

Virginie examina le bristol, sur lequel était inscrit le nom du journal : *Brooklyn Daily Eagle*.

Philippe perçut sa joie d'avoir décroché un premier entretien d'embauche, mais aussi sa déception.

— C'est un début…, dit-il. Je crois que les journalistes légendaires du *Daily Eagle* ont un accord avec les autres membres du jury : le premier de la promo est réservé pour eux.

La voyant se rembrunir, il ajouta avec un clin d'œil :

— Tu n'es pas obligée d'y passer ta vie !

Quand vint la fin de l'épreuve de mathématiques, David n'avait pas terminé les exercices. Il restait deux questions, à peine un quart d'heure, le temps qu'il avait passé à regarder Antonius remplir sa copie, fasciné par l'aisance avec laquelle son ami alignait les calculs, le front lisse, sauf lorsqu'il s'agissait d'insérer dans son devoir ces erreurs d'inattention, comme disait le professeur, que cela rendait fou, pour éviter la note maximale.

Parmi des dizaines d'autres candidats au diplôme de fin d'études, ils déboulèrent dans la courette enserrée entre les hauts murs qui résonnait d'un brouhaha incroyable. Un pauvre bouleau tendait désespérément ses branches vers le ciel.

— On dirait qu'il est en prison, observa David.

— Ce n'est pas une impression, fit Antonius qui caressa le tronc au passage.

— Pourquoi tu fais toujours ça ?

— Quoi, toucher l'arbre ? Pour imiter mon grand-père.

Il se reprit. Il avait décidé d'être sincère avec David.

— Pour lui donner un peu d'énergie. Ça l'aide.

— Tu te prends pour un générateur ? Tu t'es réveillé adepte du Temple solaire ?

— Non, non, essaie avec le ficus de ta mère, tu comprendras.

— Remarque, elle passe son temps à le bécoter, et il est magnifique. Un point pour toi !

Ils quittèrent l'enceinte du lycée et rejoignirent Prospect Park, à deux pas de là. L'épreuve d'histoire devait commencer dans une heure. D'ici là, ils pouvaient s'offrir un hot-dog à la buvette du jardin.

Un bouleau, frère vigoureux du premier, s'élançait jusqu'au ciel. David trouva du vrai dans les élucubrations de son ami. Pousser en liberté : c'était un projet…

Ils achetèrent un pique-nique et marchèrent jusqu'à un banc libre où s'affaler pour discuter en mangeant. David chercha une ouverture pour sonder Antonius sur sa sœur. Il se sentait très attiré ; il ne pensait qu'à cette fille, mais pour rien au monde il n'aurait accepté de sortir avec elle : se mettre avec une gamine de onze ans lui vaudrait l'opprobre général. D'ailleurs, des lois existaient sur le détournement de mineurs… Croupir en prison, oui, mais pas avant la tournée des Dirty Devils !

Comme s'il avait entendu ses pensées, Antonius l'interrogea :

— C'est du sérieux, cette tournée, ou juste un plan foireux ?

— Les deux… On n'a pas l'âge légal pour se produire dans les débits de boissons, mais le patron du Back Fence, sur Bleeker Street, nous propose de jouer devant son établissement. Ça se pratique en été. Si on a du succès, on fait toute la rue, elle est blindée de bars.

— Et il est d'accord pour notre musique ?

— Je lui ai fait écouter.
— On n'a jamais enregistré !
— La semaine dernière, j'ai filmé notre répétition avec mon téléphone.
— Super, la qualité…
— Il a adoré. Il trouve que, toi et moi, on déchire. Il dit rien sur Brian, il a plus de mal avec Elton.
— Les Beatles se sont séparés au bout de dix ans. Nous, on va exploser avant d'exister.
— Il offre quatre-vingts billets par soirée si on s'engage pour une semaine ! En écoutant « Good Death », il a dit que tu jouais comme Hendrix, et que ça faisait quarante ans qu'il attendait ça.
— Quatre-vingts !
Antonius resta bouche bée.
— C'est la somme que j'ai gagnée en huit jours l'été dernier en lavant des voitures.
— Avec les pourboires, ça peut facilement doubler.
— Dans ce cas…
Antonius faisait une drôle de tête.
— Tu te sens bien ? s'inquiéta David.
— Hier soir, j'ai entendu mes parents parler de déménagement.
— Quoi ? Quand ? souffla le batteur.
— Ça pourrait être imminent, fit Antonius avec tristesse.
David le regarda, effaré.
Ils se levèrent en silence : l'épreuve suivante allait commencer. Arrivé devant la salle d'examen, Antonius se tourna vers son ami et lui dit :
— Écoute… ne dis rien aux autres pour samedi. On n'annule pas.

David prit une mine de conspirateur. Tous les deux étaient très graves. Ils se sentaient adultes. Antonius enchaîna :

— Si je pars de chez moi, tu viens avec moi ?

— Sans problème, répondit David en rêvant aux bouleaux dans les grands espaces.

Leamedia rentra à 5 heures. Au rez-de-chaussée, la cuisine et la salle de séjour s'étaient rétractées. En revanche, la chambre du grand-père et l'atelier étaient manifestement occupés. Melidiane était sans doute en train de déverser sa mauvaise humeur sur une toile, comme toujours. Elle n'était jamais meilleure artiste que lorsqu'elle se battait avec les couleurs pour ne pas avoir à lutter contre elle-même. Leamedia se glissa à pas de loup dans l'escalier. Celui-ci, évidemment, couina et bougea à son passage, tandis que Docteur Green déboulait du haut des marches.

— Tu étais où ? cria sa mère.

— Ben, au collège ! prétendit-elle.

Elle se hâta de filer dans sa chambre et se jeta sur son lit.

Derrière la paroi, Antonius répétait. Même avec l'ampli réglé au minimum, la guitare déroulait des cascades tonitruantes.

La tête sous un coussin pour atténuer les nuisances et son baladeur MP3 à fond sur les oreilles, elle s'enivra de Lykke Li en rêvant à la grande aventure : partir sans rien dire à personne. *Partir*… Un verbe parfait, un thème de chanson.

Cette rêverie exaltée ne dura pas. Les autorités répressives firent irruption chez elle en la personne de son père. D'habitude, il se montrait modéré, et même tolérant envers elle, mais là, il retira d'un coup sec coussin et baladeur.

Chez Anto aussi, la musique s'était tue.

— Vous descendez tout de suite, lança-t-il sèchement.

Pour une fois, Leamedia évita de répondre.

Au séjour, l'ambiance était à l'orage. L'air autour de Melidiane était anormalement pesant, presque gluant. Leamedia connaissait ce symptôme : si la mère adressait la parole à ses enfants, elle les collerait au mur. L'adolescente retint sa respiration, se mit à fredonner dans sa tête et à battre des cils. Antonius, lui, venait carrément de passer en mode d'apnée contrôlée.

— On parle de moins en moins dans cette famille, commença Rodolpherus, faussement calme. On devrait pouvoir se raconter notre journée, pour partager les moments que nous avons vécus chacun de notre côté.

Le ton était fleuri et Antonius s'y laissa prendre.

— C'est quoi, ce nouveau règlement ? demanda-t-il.

— Les règles, on en parlera juste après ! fit Rodolpherus, maintenant cinglant. Toi, par exemple, Lea. Qu'as-tu fait aujourd'hui ?

— Bah, je suis allée en cours, c'est tout.

— C'est curieux, ta mère et moi avons reçu un coup de fil de ton principal qui, pour la énième fois du semestre, se demandait où tu te trouvais. Nous sommes conviés demain pour une petite explication. Qu'est-ce que tu as à nous dire ?

Leamedia opta pour un silence buté, attitude qui avait le don de mettre Melidiane hors d'elle.

— Ton anniversaire est dans deux jours, ma fille, siffla celle-ci. Si tu veux devenir magicienne, tu as intérêt à te comporter autrement, et tout de suite.

À la fin de sa phrase, elle hurlait.

Leamedia la défia du regard. Elle venait de prendre sa décision. Adieu, tour de taille et de poitrine retravaillé, silhouette façonnée par la pensée, et non grâce à la nature, promesse de grandir à volonté. Bonjour, liberté.

— Je m'en fiche. Je ne serai jamais magicienne, déclara-t-elle en détachant les syllabes pour que chacun comprenne ce qu'elle pensait. Je préfère être comme les autres et devenir normale, au fil des années, vivre sans avoir à me cacher.

Melidiane et Rodolpherus en eurent le souffle coupé. Même Antonius était surpris. Elle continua avec la même détermination et une colère qui l'étonnait elle-même. Elle sentit l'air frémir autour d'elle.

— Je veux être humaine. Je refuse de vieillir moins vite que les autres ! J'en ai ras le bol des précautions, des différences, des contraintes, des règles, des subterfuges et compagnie ! Assez d'attendre de vivre enfin ! À quoi bon être magicienne, si c'est pour ne pas en profiter ? Je boirai du Coca, j'aurai enfin l'air moins tarte quand on se retrouvera au café avec les copines.

— Tu fréquentes les cafés ? s'offusqua Melidiane.

— Dès que je peux ! Si j'avais pu manquer tout le trimestre, je ne me serais pas gênée !

Melidiane se leva d'un bond comme si elle allait lui donner une claque. Leamedia le sentit et la défia :

— T'as peur de finir comme ta mère, de passer de l'autre côté !

La gifle que se prit la jeune Dolce résonna dans toute la pièce, plongeant la famille dans un silence de cathédrale. La tête baissée, les cheveux devant le visage, Leamedia se tenait la joue. Sa mère brandit alors le dépliant qu'elle avait trouvé sous son matelas.

— Et ça, c'est quoi ?

— Parce que tu fouilles dans ma chambre, maintenant ?

— Tant que tu ne seras pas majeure, ça peut arriver, oui.

Leamedia quitta la pièce et monta l'escalier quatre à quatre. Arrivée en haut, elle se retourna, au bord des larmes.

— C'est quoi, être majeur, chez les magiciens ? C'est quand on a tué un dragon ? Quand on a sorti l'épée du rocher ? Vous ne voyez pas qu'on passe pour de pauvres débiles ? Qu'on vit en plein conte de fées ? On est à New York, en plein XXIe siècle, c'est fini, les citrouilles à minuit ! Ouvrez les yeux ! Et toi, tu peux remonter, Anto, de toute façon, ils n'en veulent qu'à moi !

Elle conclut en claquant violemment sa porte.

Melkaridion, réveillé, apparut quelques secondes plus tard. Il comprit, en entendant les pensées de chacun et en mesurant la tension qui faisait vibrer l'air, ce qui venait de se passer. L'écho des paroles hurlées était encore suspendu entre les murs. Le vieux magicien savait le percevoir. Il regarda sa fille, qui semblait désemparée.

— Tu n'étais pas plus facile à son âge, lui rappela-t-il.

— Mais le monde a changé, papa, répondit-elle, à bout de forces.

Il réfléchit quelques secondes et rétorqua :

— C'est très juste. Si rien n'est fait, le roi sera décapité et les sans-culottes prendront le pouvoir !

Sur ce, il regagna sa chambre.

— Il évolue à nouveau en pleine Révolution française, commenta Rodolpherus en se levant.

— Je peux remonter ? demanda Antonius, qui n'avait pas encore ouvert la bouche, et il s'esquiva.

Melidiane et son mari se dévisagèrent.

— C'est réussi, remarqua Rodolpherus.

Melidiane se pinçait la base du nez entre le pouce et l'index, et lui dérobait son visage, mais il percevait une énergie destructrice en elle, un ouragan en formation. Impuissant, il la regardait lutter. Il ajouta, plus doucement :

— Le grimoire, l'anniversaire de Lea, le collège. Ça fait beaucoup ! Si on laissait tomber la convocation, demain ?

Il n'y avait pas de bonne réponse à cette proposition. Ils laissèrent s'étirer un silence significatif, puis Rodolpherus reprit :

— Ce matin, les gens de la Fondation 18 sont venus à l'observatoire. Tu les connais ?

— J'en ai entendu parler, comme tout le monde, voilà tout.

— Je voudrais que tu les examines bien, pour voir si tu n'identifies pas l'un de ceux-là.

Il ouvrit les yeux et laissa sa femme scruter le film de sa journée jusqu'à la visite de l'observatoire. Le résultat tomba :

— Non, aucun. Pourquoi ?

— J'ai trouvé étrange qu'ils insistent tant pour me rencontrer. Surtout un certain M. Debs, celui qui a parlé d'Atlanta sans me quitter du regard. Je ne prends pas part à la transaction immobilière pourtant. J'ai redoublé de vigilance en quittant l'observatoire.

— Qu'est-ce qu'ils veulent ?

— Les sous-sols.

— Curieuse idée. Laisse-moi essayer de nouveau.

Elle se pencha et fixa sa prunelle.

— J'essaie de lire dans sa rétine, mais il ne s'est pas suffisamment approché de toi.

Elle s'écarta.

— Je t'assure que s'il avait pu se coller à moi, il l'aurait fait.

— Je vois seulement des sous-sols, des hommes qui vont et viennent. Rien de significatif.

Elle fit quelques pas de sa démarche de lionne, puis ajouta, songeuse :

— Je crois qu'on doit aller quand même au collège demain. Avec le durcissement de la politique scolaire et sécuritaire, ils sont capables de nous envoyer le FBI.

— Ils n'ont pas notre adresse.

— Tu t'imagines que c'est un obstacle ?

— Nous aurons décampé à leur arrivée.

— Je ne le jurerais pas.

— Alors, nous irons. Juste un moment désagréable à passer. Un de plus, soupira le magicien.

— Vous êtes sûr que vous ne voulez pas qu'on vous rapporte des valeurs monnayables ?

— Non, vous prendrez juste le codex.

Les quatre hommes se tenaient debout, de part et d'autre d'une large table métallique éclairée par une ampoule qui pendait au bout d'un fil électrique. Son halo, noyé par l'ombre qui régnait dans la pièce, répandait sa lumière jaunâtre sur le plan déployé entre les silhouettes détourées de noir. Les visages se discernaient à peine. On ne distinguait rien à un mètre, mais, à en croire la propagation des sons, l'espace était très grand.

Le local souterrain donnait sur une coursive du réseau du chauffage urbain par une porte de fer d'une épaisseur à décourager toute intrusion. Trois des hommes avaient cheminé longuement à partir d'une gaine technique située au troisième sous-sol d'un parking public. Les galeries souterraines s'étaient succédé sur plusieurs kilomètres : stations de métro désaffectées, canalisations d'égouts, fondations d'immeubles, vastes vides techniques où des tonnes de câblage s'enchevêtraient et enfin quelques cavités destinées à des parkings qui n'avaient jamais été construits.

Elles étaient reliées par un labyrinthe d'interminables tunnels de briques ou de béton, et chacune était percée d'ouvertures qui donnaient sur de nouvelles ramifications. Au cours de leur marche, les trois hommes avaient croisé une centaine d'ouvriers qui travaillaient dans les sous-sols new-yorkais. On installait des tubes en PVC, des câbles électriques. Des arcs de soudure apparaissaient au loin tels des éclairs, les lampes de poche zébraient les zones non reliées au réseau électrique. Un brouhaha accompagné d'échos remplissait cet énorme chantier. Par endroits, le sol était recouvert d'eau. On ne voyait aucune issue, aucun moyen de remonter à la surface.

— 4 heures du matin. Cette nuit, dit l'hôte, qui pointait son doigt sur le plan.

— Il faut compter au moins cinq heures pour accéder à l'objectif, remarqua l'un des visiteurs.

— Et autant pour le retour, compléta un autre.

— Moins que cela. Les murs auront déjà été percés. Vous reboucherez le dernier trou.

— Et le matériel pour la maçonnerie ?

— Vous l'emporterez avec vous.

Les trois hommes de main échangèrent un regard.

— Ça va être sportif !

— Ce sera efficace, c'est tout, les coupa celui qui donnait les ordres. Quand vous aurez le colis, vous me le rapporterez au plus vite. C'est compris ? L'objet est dans un caisson étanche. Vous devrez l'ouvrir.

— On peut prendre le plan ?

— Ce soir. Vous le rendrez en même temps que le livre.

Il les poussa vers la porte, qui se referma sur eux.

L'homme rangea le plan et patienta. Le bruit métallique d'un pêne résonna au fond du local, et bientôt deux autres personnes le rejoignirent. L'homme étala sous la lampe des clichés représentant un grand vieillard à la lumineuse chevelure blanche, en salopette marron, et un jeune homme aux cheveux noirs, assis sur un banc de la ville.

L'homme désigna les photos. Le geste fit remonter légèrement la manche de sa chemise blanche, dévoilant un tatouage qui représentait une licorne. Les yeux de la bête étaient constitués de deux petits points rouges, seule tache de couleur du dessin.

— Ce sont les photos les plus récentes. Retrouvez-les, et ne les lâchez plus. Il ne faut pas qu'ils vous voient.

Les autres se penchèrent et leur visage apparut dans la lumière. C'étaient deux femmes.

— Des indices ? interrogea l'une d'elles.

— Ils ont pris le métro au niveau du Metropolitan Museum, dimanche, vers 18 heures. Remontez la piste. Surtout, soyez attentives à tout événement sortant de l'ordinaire, comme hier au musée. Lisez la presse, en particulier les pages insolites, les faits divers. Ils ont des pouvoirs pas ordinaires. C'est ce qui nous a permis de les localiser hier.

— Une fois qu'on les aura retrouvés, qu'est-ce qu'on fait ? demanda l'autre.

— Vous me prévenez. Aucune intervention. Évitez à tout prix de les alerter, ils lèveraient le camp. Ils sont capables de le faire en quelques minutes. Ce serait la pire des options. Les photos sont pour vous.

Celle qui avait posé la question s'empara des clichés et les glissa dans sa poche.

— Si vous avez besoin de me joindre, vous utilisez la procédure habituelle.

Les visiteuses sorties, l'homme éteignit la lumière.

Un noir absolu noya la pièce, ainsi que le silence.

Au bout d'un instant, une voix de basse légèrement voilée se fit entendre :

— Parfait. Nous touchons au but.

L'homme au tatouage prit un briquet. Il le décoiffa d'un geste sec et présenta la flamme devant lui, bras tendu. Un cigare émergea de l'ombre. Pendant quelques secondes, on n'entendit que le bruit de l'air aspiré par petites bouffées. Une odeur piquante se répandit alentour. Seuls deux yeux, rouges comme un lac de sang éclairé par les feux de l'enfer, étaient visibles.

— Bon travail, Debs. Faites le nécessaire pour les trois rigolos, à leur retour.

— Les carrières souterraines sous la galerie nord ?

— Oui. Pour les filles, traitement différent. Elles sont des nôtres.

Le visiteur sortit de l'ascenseur au vingt-septième étage de la fondation.

La Fondation 18 était née au début des années 1970, juste avant le choc pétrolier. Son projet était associatif et non lucratif. Moyennant une mise de fonds minime et avec l'appui des mairies, elle achetait pour un dollar symbolique des immeubles insalubres dans les centres urbains et procédait à leur réhabilitation. Puis les logements rénovés étaient loués à prix modéré à des familles aux revenus modestes ou à des associations. Les loyers perçus étaient réinjectés dans le circuit achat-réhabilitation-exploitation.

L'association avait ainsi restauré une soixantaine d'immeubles par an jusque dans la décennie 1980-1990. Le tournant ultralibéral sous la présidence Reagan avait failli causer sa disparition. En effet, le mécanisme mis en place par la Fondation 18 nécessitait la participation bénévole d'artisans du bâtiment, qui travaillaient moyennant la promesse de bénéficier de logements rénovés. Or le boom économique et immobilier et le plein-emploi drainaient cette catégorie professionnelle vers les entreprises privées grâce à des rémunérations très attractives. En même temps, la révision à la baisse des politiques publiques de subventions sapait la rente de fonctionnement de l'association. *In extremis*, elle avait été reprise et restructurée sous la houlette d'une nouvelle présidence, qui l'avait transformée en fondation et lui avait donné son nom actuel. Depuis, elle avait connu un redressement spectaculaire et s'était imposée comme un acteur incontournable sur le marché du logement. Au tournant du millénaire, elle gérait un parc de centaines de milliers de logements à bas loyers, et était devenue un partenaire qui traitait d'égal à égal avec les mairies des grandes villes. Depuis, son champ d'action s'était élargi à des espaces souterrains. Les sous-sols étant inaliénables, les mairies ne pouvaient les vendre, mais des concessions emphytéotiques de quatre-vingt-dix-neuf ans étaient signées, qui conféraient de fait la gérance, la mise en valeur et l'usage de ces espaces à la fondation. Des investissements énormes devaient être consentis dans les trente années à venir pour des aménagements urbains.

La fondation avait pignon sur la 34e Rue, où elle avait fait construire en 1995. L'immeuble proclamait la puissance de l'institution. Il abritait le volet stratégique et la gestion financière du groupe, plus une banque d'investissement et une société d'assurances qui complétaient la structure. Quant à la gestion locative et aux affaires techniques, elles étaient délocalisées.

L'arrivant cligna des yeux, ébloui par l'intense luminosité d'un *open space*, cerné de baies vitrées et surmonté d'un plafond troué d'innombrables spots. Puis il emprunta en habitué l'allée centrale qui ouvrait une tranchée entre les cloisons blanches et mauves, cernant des alvéoles occupées par des ordinateurs, des photocopieurs et des employés. Une rumeur studieuse montait des postes de travail, formée du cliquetis de centaines de milliers de touches de claviers d'ordinateurs. De temps à autre, on entendait des conversations, faisant suite au grelot discret d'un téléphone.

Au bout du plateau il y avait une cloison de verre fumé, percée d'une porte unique, qui coulissa à son approche. De ce côté, c'était le monde du silence, une austère harmonie de métal, de gris anthracite et de verre. Derrière une table, la secrétaire particulière du directeur dépouillait la presse.

— Bonjour, Sue ! Veuillez m'annoncer.

— Un instant.

Au fond de l'antichambre, des baies vitrées presque opaques laissaient entrevoir des formes vagues. La jeune femme se glissa de l'autre côté et, aussitôt, l'occupant des lieux vint à la rencontre de son hôte.

Ses vêtements aussi noirs que ceux que l'on met pour une cérémonie, cintrés à la taille, témoignaient d'un dandysme des plus raffinés. Ses cheveux très noirs, grisonnants aux tempes, semblaient avoir servi de code couleur pour la décoration de cette partie de l'étage. Un bouc ornait son menton, touche méphistophélique bien assortie à son port allier et à son visage brun aux sourcils expressifs. Main tendue, il accueillit son invité, qui baissa les yeux en le saluant.

— Quel résultat, pour la visite à l'observatoire ?

— La vente sera finalisée au plus tôt.

— Et pour l'employé que vous deviez approcher ?

— C'est bien lui, ou son sosie. Ses traits correspondent à ceux de l'homme dont vous possédez une photographie, datant du début des années 1990. Il n'a pas vieilli.

— On s'y attendait.

— Il se fait appeler Rodolphe Colde.

— Pathétique anagramme !

— Brillant astronome, il est entré à l'observatoire comme documentaliste il y a quatre ans. Depuis, on lui a confié l'étude des documents publiés par la mission RXTE.

— Dans ce cas, la quête est terminée.

— Non. Les Colde ne sont enregistrés nulle part. Pas de ligne téléphonique à ce nom, pas d'adresse postale.

— Vous savez que le temps presse. D'après les calculs, l'anniversaire de la dernière aura lieu mercredi. Il nous reste deux jours. Suivez-le.

— J'ai mis deux personnes sur le coup.

— Attention, il est très fort au jeu de l'esquive !

— Oui, maître. Plusieurs équipes sont mobilisées sur le projet. Helen et Maude sont parties en chasse aujourd'hui.

— Pas hier ?

— Une faute de ma part.

L'homme porta la main à son col, et une minuscule licorne incrustée dans son poignet pointa sa corne sous la manchette.

— Dissimulez mieux ce ridicule tatouage, Debs ! Pourquoi ne pas porter un panneau, tant que vous y êtes ? fit l'homme au bouc, glacial.

— Je n'y manquerai pas, répondit l'autre humblement. En attendant, permettez-moi d'attirer votre attention sur un nouveau protagoniste. Un homme est resté près de deux heures dans la salle d'exposition. Aucun des Dolce n'est revenu voir le grimoire aujourd'hui.

— Ah oui ? Cela montre que nous aurions dû mettre en place la surveillance dès dimanche.

— L'effet d'amorce n'était pas le but principal, et nous avons été les premiers surpris des conséquences inattendues de l'exposition…

— Gardez vos leçons pour vous, Debs. C'est vous, l'agent opérationnel. Montrez-moi sa photo.

Sur l'écran du portable s'afficha un homme grand, âgé, au charme désuet avec son nœud papillon, son pardessus et sa serviette de cuir sous le bras.

— Il a carrément recopié le grimoire, avec d'innombrables commentaires.

Le directeur agrandit la photographie, absorbé.

— Tiens… le retour de la concurrence.

— Vous dites ?

— Ce gars était sur le point de mettre la main sur votre nouvel ami Rodolphe Colde, en 1995, lorsque nous l'avons manqué. Il a choisi de faciliter sa fuite plutôt que de le voir tomber entre nos mains.

— Je peux déjà vous remettre ceci. Il le consultait avec la plus extrême attention. Notre homme présent sur place l'a bousculé pour se le procurer.

Il tendait une lettre signée Limakedrion Celdo, datée du 29 janvier 1943 et adressée au surveillant général d'un établissement de Londres. Il s'agissait d'excuser l'élève Pherodolrus, retenu à la maison par une cérémonie familiale. Perplexe, le maître retourna le feuillet, cherchant un code, une énigme. Pourquoi un banal mot d'excuses revêtait-il une telle importance aux yeux de leur adversaire ? Il finit par mettre le papier dans sa poche.

— Avez-vous une équipe de disponible ?

— Il ne reste que moi.

— Alors, retrouvez-moi cet homme-là, Debs. Et découvrez tout ce qu'il y a à savoir sur son compte.

— Tu m'avais caché ta visite à Mme Stingmann ! cria Virginie depuis le premier étage de la maison de Shelter Island.

— Ah bon ? Dis, le sac étiqueté « Peluches », je l'emporte ?

— Euh… oui ! Au fait, elle te trouve très bel homme !

— Cela t'étonne ? lança-t-il, jouant l'indigné.

Elle empilait des vêtements dans les valises. Tailleurs pour les interviews télévisées… talons de cinq centimètres, jupe sage sous le genou… et des jeans et des sweats confortables, pour le travail d'écriture.

— Et tu ne t'es aperçu de rien sur les lieux ?

— Qu'est-ce que mon enquête aurait dû mettre en évidence ? demanda Philippe.

Sa voix parvenait à Virginie par la fenêtre de sa chambre, ouverte sur la lumière jaune de la fin du jour. Il avait dû aller vers la Buick.

— Que j'habite un tripot clandestin !

— Mme Stingmann exagère son affaire, non ?

— Je te raconterai… Je suis mise dehors tous les quinze jours pour le week-end. Je pourrai te demander l'asile ?

Elle finit de sceller ses cartons et descendit plusieurs petites caisses pesantes. Des livres… mais pas seulement les siens.

— Dis, papa, si Rodolpherus et Melidiane sont nés au début du XIXᵉ siècle… comment ils peuvent être encore en vie ? C'est leurs descendants ?

— Non. Les magiciens vivent très vieux. Une année n'est qu'un mois pour eux.

— Ça paraît invraisemblable !

— Je sais. Et pourtant…

— Et toi, comment tu le sais ?

— C'est justement ce que je dois te raconter. Demain…

— Je préférerais maintenant. Je peux emporter ton feutre du ferry ?

Le vieux couvre-chef, accroché au portemanteau, était celui qu'il portait quand il venait la chercher après une journée d'école, à sa descente du bateau, les mains enfoncées dans les poches de son grand pardessus, avec le même regard rassurant, la même allure droite qui l'avaient accueillie au bout du long couloir de l'orphelinat.

— À condition que tu m'en offres un neuf pour Noël prochain.

— Alors non, je ne saurais même pas où le racheter.

Il s'empara d'un carton étiqueté « Dickens, Thackeray, Wilkie Collins ».

— Tu as décidé de déménager la bibliothèque paternelle ?

— Seulement les classiques et les grands reportages.

— Indispensables…, approuva-t-il.

— … pour travailler mon style. Mais laisse-moi les porter, papa.

La voiture était bien chargée déjà. Philippe mit le holà.

— Encore un paquet, et on va causer le naufrage du ferry...

Une main sur ses reins douloureux, son pantalon de velours et sa chemise blanche couverts de poussière, il remontait vers la maison.

— Pourquoi avoir attendu aujourd'hui pour me reparler des Dolce ? Tu es sûr que tu m'as tout dit, pour le musée ?

— Presque. J'ai perdu un document irremplaçable.

— Mince !

— Oui. Une faute d'inadvertance, ou un peu de malveillance, je l'ignore. J'ai été bousculé... En revanche, j'ai fait une découverte très importante.

Il s'était arrêté et réfléchissait à voix haute, comme il le faisait parfois.

— Ce livre a été écrit par quelqu'un que je connais.

— Tu ne m'as pas dit que c'était un grimoire très ancien ?

— C'est là toute l'énigme. Mais pour l'heure, ce que je ne comprends pas, c'est pourquoi il se trouve à New York, qui l'a acquis et comment.

— Ce n'est pas indiqué sur le catalogue ?

— Si... mais les informations publiques ne m'apprennent rien, ou presque. Je vais faire des recherches complémentaires sur Internet ce soir. Je t'en parlerai avec tout le reste. Demain, on a dit ? Allez, zou ! Ce soir, sandwiches !

— Et ton légendaire parmentier du lundi, alors ?

— C'était hachis ou déménagement.

Réfugiés dans la cuisine, ils étalèrent des pâtes aux fruits de mer et aux légumes sur le pain de mie, et savourèrent leur dînette. Le chat Humphrey, un peu déstabilisé par les changements, vint réclamer sa part.

— Tu sais ce qui va me manquer le plus ? fit-elle.

— Moi ?

Ils rirent.

— Et cette odeur balsamique de bois sec. Elle n'existe que chez nous.

Comme pour l'approuver, le vieux plancher gris craqua.

Ils firent la vaisselle, taciturnes et fatigués. La soirée était gâchée par l'appréhension du déménagement et de la place vacante que laisserait le départ de Virginie dans la vieille maison.

Quand Philippe se fut retiré dans son bureau, Virginie erra dans les pièces, incapable de se concentrer. Elle s'aperçut qu'elle avait oublié les photos. Elle ouvrit les albums, fouilla dans le passé. L'un des plus anciens remontait à l'enfance de Philippe, dans les années 1940. Les pages en carton étaient reliées par un ruban jauni, et les photographies un peu fanées en nuances de sépia ou de gris, entourées d'un liseré dessiné à la plume ou au crayon blanc, étaient soigneusement collées et légendées. Elle cherchait une photo de Philippe à son âge pour l'emporter tel un trésor dans sa nouvelle vie.

Un cliché tomba par terre. Elle le ramassa : on y voyait deux élèves. Philippe, déjà grand, avec le même visage mais juvénile, bras dessus, bras dessous avec un adolescent qui ne devait pas avoir plus de douze ans lui aussi.

Au verso, une mention : « 1943 / Rodolpherus *alias* Pherodolrus. »

Intriguée, elle le glissa dans un ouvrage de philosophie générale qu'elle voulait prendre.

La nuit était tombée depuis longtemps. Virginie, exténuée, prit une douche et s'étendit entre ses draps blancs. Comme tous les soirs de son enfance, Philippe vint lui lire quelques lignes.

— Je ne suis plus une gamine, tu sais, dit-elle, nostalgique.

— On devrait continuer à raconter des histoires aux adultes, ça leur éviterait d'en faire dans la journée.

Ce soir-là, il lui lut un passage de Balzac, une histoire de peau de chagrin qui diminuait à chaque vœu. Elle écoutait attentivement sa voix, et savourait bien plus le moment que le récit.

Quand il eut terminé, il lui déposa le baiser rituel sur le front, puis se redressa en se plaignant du dos.

— Dors bien, ma petite fille. Je vais travailler encore un peu. Demain, départ à 7 h 15, ça ira ?

— Mmoui, fit-elle, à moitié endormie.

— Et on se retrouvera le soir. J'ai réservé.

— Va pour des cuisses de grenouilles et du foie gras ! Et tu vas me raconter ?

— La suite de l'histoire des Dolce ? Oui. J'ai des révélations à te faire, dit-il d'un ton grave.

Il ajouta :

— Mais seulement si tu es sage et si tu réussis à être à l'heure à ton premier job !

Mardi 21 juin 2011

De minuscules vis éparpillées dans le couloir attirèrent l'attention du binôme de surveillants pendant la ronde de 4 heures du matin. La plaque du digicode qui commandait l'ouverture du département des manuscrits pendait au bout de ses fils. La porte d'accès était entrebâillée.

Qu'est-ce que les cambrioleurs avaient bien pu chercher dans un laboratoire consacré aux paperasses défraîchies ? La salle hautement sécurisée des sous-sols où étaient restaurés les trésors les plus tentants, gemmes, pierres, bijoux, matières précieuses, n'avait pas éveillé leur intérêt.

Ils s'avancèrent, aux aguets : aucun désordre. Le caisson pressurisé où l'on conservait les manuscrits les plus abîmés et les plus fragiles lors de leur exposition au public et pendant les transferts vers les salles où ils étaient traités était bien là. Il abritait un numéro de *Mickey Magazine.*

— Curieux…, commenta le vigile.

Il ressortit prestement et appela le responsable de la sécurité :

— 4 h 25… Le laboratoire de conservation des manuscrits a été visité… Pas de dégâts, mis à part le tableau de commande d'ouverture démantibulé… Oui, nous restons sur place en attendant…

Il se tourna vers son collègue :

— Ils restaurent là-dedans un album de *Mickey*… Drôle de façon de dépenser l'argent du contribuable.

L'autre se frappa le front :

— Si j'avais su ! On en a jeté toute une collection, chez ma grand-mère.

Philippe et Virginie quittèrent la maison de Shelter Island au moment où la lumière hésitait encore à éclater. Virginie, qui avait le trac, ressentit seulement le froid de l'aube et la tristesse d'abandonner la maison. À 8 h 45, la Buick se garait à proximité du pont de Brooklyn. Virginie avait la gorge nouée. Philippe plaisanta pour la détendre :

— Tu crois que Mme Stingmann nous aidera à monter tes bagages ?

Elle fit une moue amusée. Philippe coupa le moteur.

— La première journée de ta vie professionnelle !

— Ce n'est qu'un entretien, papa.

— Crois-tu ?

— J'espère avoir de bonnes nouvelles à te rapporter tout à l'heure.

— Aucune mauvaise nouvelle possible : si tu es engagée, c'est ton premier poste, et si tu ne l'es pas, tu iras postuler au *New York Times*. Tu as toujours tout bon.

— Vu comme ça…

Philippe reprit la parole :

— Avant de te rejoindre à Tribeca, j'irai au musée.

— Tu as oublié quelque chose ?

— J'espère retrouver mon feuillet.

Toute la nuit, il avait envisagé les différentes hypothèses. Il éclata :

— Pourquoi ont-ils sorti le codex pour quarante-huit heures seulement ?

Virginie remarqua, taquine :

— Ce bouquin t'obsède…

— Et pas seulement lui. Sa réapparition est un événement.

— Il était perdu ?

— Non, selon moi, il était caché.

Le parfum du secret vint éveiller l'instinct de la future journaliste d'investigation.

— Il est dangereux, c'est ça ?

— Il faut le croire. J'ignore à quel degré, et pour qui.

— Tu veux dire, pour ses rédacteurs, ou pour ses lecteurs ?

— Les deux, à mon avis. Ce dont je suis certain, c'est que ce codex ne devrait pas être actuellement enfermé au Metropolitan. Il appartient à ceux qui l'ont rédigé, et qui savent en faire usage.

Il lui parlait comme s'ils faisaient équipe. Virginie était une jeune professionnelle désormais, une adulte comme lui.

— On va mener l'enquête ensemble, alors ? dit Virginie.

Cette proposition atteignit Philippe comme une déclaration d'amour. À travers toutes les années qui les séparaient – elle au seuil de son épanouissement de jeune femme, lui au déclin d'une existence vouée à la recherche et à l'obscurité –, elle venait vers lui, embrassait sa cause.

Révéler à sa fille le sens qu'avait pris son destin un jour de 1953 était un projet aussi ancien que le début de leur histoire. À mesure que Virginie grandissait, il avait douté.

Impliquer l'enfant dans la grande passion qui avait orienté sa vie n'était-il pas égoïste ? Lui-même n'avait-il pas consumé ses heures dans une quête et un dévouement sans éclat ? N'avait-il pas souffert ? Virginie était le premier bonheur sans contrepartie qui lui était échu. Avec l'adoption, le sens de son existence avait changé et s'était enrichi : prendre la responsabilité d'un jeune être était tout aussi important que d'enquêter sur les Dolce.

Virginie venait de le libérer. En acceptant d'emblée la mission qui l'attendait, elle balayait ses doutes. Il ne sut que dire. Ce fut elle qui parla.

— Alors, c'est d'accord ? Et rendez-vous vers midi ?

Elle lui fit une bise et se glissa avec son sac à dos d'écolière par la portière de la Buick.

Avant de la refermer, elle se pencha.

— Au fait, j'ai trouvé une photo de toi, hier soir.

— Tu l'as emportée, j'espère ?

— Oui… Je t'interviewerai tout à l'heure pour savoir qui est le garçon à côté de toi, lança-t-elle avant de filer.

Il était 8 h 57.

À 9 heures exactement, Virginie pénétra dans les locaux du *Brooklyn Daily Eagle*, très émue. Alors même que l'exaltation de son succès n'était pas retombée, elle vivait l'excitation d'une première installation teintée de mélancolie, et le trac d'un premier entretien d'embauche. Et, surtout, son père lui avait promis des révélations qui l'appelaient déjà comme une vocation et qui réclamaient une concentration incompatible avec les événements.

Elle se força à regarder autour d'elle.

Les locaux du fleuron de la presse locale avaient un parfum spécifique. Relents de papeterie, d'imprimerie et de produits d'entretien flottaient dans l'air saturé de poussière. S'y ajoutaient des notes sucrées des viennoiseries consommées sur le pouce, mêlées à des odeurs plus âcres, nicotine, caféine, solvants. Un tel remugle ne pouvait s'obtenir que dans des lieux véritablement historiques.

— C'est pour quoi ? lui lança un gars qui passait, un gobelet fumant à la main.

— J'ai rendez-vous.

Elle s'égara du côté des rotatives, fut redirigée vers la rédaction. C'était un grand espace éclairé par la lumière verdâtre des néons, qui évoquait une salle des ventes et où s'entassait un mobilier vétuste, vieillot, encombrant.

Au centre se trouvait une pièce close de vitres qu'on aurait dit dépolies, et qui n'étaient que fatiguées de ramasser scotch, autocollants et coups de chiffon rageurs des femmes de ménage luttant contre les dépôts de tabac et de café. Depuis ce bocal, Edward, celui qui lui avait donné sa carte, lui fit signe. Il était entouré par ses trois compères, dont elle s'était fait expliquer la veille les attributions : Rob, le dessinateur du journal, vêtu d'un pantalon et d'une veste à carreaux ; Ryan, l'éditeur, qui fumait une cigarette pendant qu'une autre attendait, coincée derrière son oreille ; et son bras droit Stanley, qui portait les lunettes les plus épaisses que Virginie ait jamais vues, des culs de bouteille qui donnaient l'impression que ses yeux étaient loin derrière sa tête, tant ils paraissaient petits.

Sous leur regard scrutateur, elle se sentit très seule et très petite. Ils évoquaient le quatuor de têtes sculptées du mont Rushmore, aussi inaccessibles, massifs et intimidants.

Enfin Edward, le patron, prit la parole.

— Rob et moi, on pense que vous êtes faite pour exercer ce métier.

Virginie répondit timidement :

— Je pense que je suis prête à…

Elle n'eut même pas le temps de terminer sa phrase qu'Edward continuait la sienne, sans lui prêter la moindre attention.

— … Par contre, Stanley et Ryan, eux, sont persuadés que non.

Rob la fixa en fronçant les sourcils.

— Et vous ? Vous en pensez quoi ?

Elle s'était attendue à la question, mais elle n'avait pas imaginé que ce serait si difficile de prononcer sa phrase.

— Je ne crois pas qu'on puisse espérer plus que moi embrasser cette profession. J'ai la chance de pouvoir l'exercer, je m'en montrerai digne.

Stanley, l'homme aux lunettes monstrueuses, parla à son tour :

— Vous récitez mal vos leçons.

— Je ne suis pas là pour faire l'actrice.

— Certes, mais on ne vous demande pas de répéter votre discours de fin d'année.

— Je ne vois pas où vous voulez en venir. Vous m'avez donné un premier prix, et vous m'avez proposé cet entretien. À quoi bon, si vous doutez de mes capacités ?

— Nous n'en doutons pas. Nous cherchons à définir le travail à vous confier.

— Je souhaite devenir grand reporter. Mais je comprendrais que, dans un premier temps, on m'attribue de petits sujets. J'ai pensé, par exemple, à un article social, à la fois humoristique et narratif, sur ma logeuse. Une octogénaire qui résiste aux transformations urbaines dans sa maison de Tribeca.

Elle se mordit les lèvres. Quelle gaffe ! Les quatre sexagénaires qu'elle affrontait ne faisaient pas autre chose que résister au temps, qui prenait pour eux la forme du lent déclin d'une certaine idée de la presse imprimée, dont ils se voulaient les défenseurs et les gardiens.

— Comment s'appelle notre journal ? articula Ryan, d'un ton de maître d'école.

— Le *Brooklyn Daily Eagle*.

— Parfaitement. De Brooklyn, vous voyez ? Et Tribeca, c'est… ?

Il avait insisté sur le nom du quartier.

— Tribeca est l'acronyme de *Triangle Below Canal Street*, au sud de Manhattan, et alors ? répliqua Virginie, du tac au tac. On ne va parler que de la vie locale, loto, chiens écrasés et vide-greniers ?

Les trois autres se regardèrent, l'air malicieux. Edward lui montra du doigt un endroit dans la salle de rédaction.

— Vous voyez le néon qui clignote ?

— Oui.

— Votre bureau est juste en dessous. Paula vous dira comment vous débrouiller. Café, archivage, rangement, voilà votre job, c'est bien clair ?

Il lui fit signe de sortir, mais au moment où elle refermait la porte, il ajouta :

— Et vous n'oublierez pas de remplacer le néon.

En marchant vers la salle de rédaction, elle avait le vertige, tant elle était heureuse. Elle était engagée, et elle avait un bureau à elle ! Celui-ci était un vieux modèle qui devait peser des tonnes. La chaise à roulettes désassortie penchait à droite, et sa corbeille était pleine.

— Bienvenue dans le trou du cul de New York, entendit-elle dire dans son dos.

Elle se tourna, choquée. La beauté de la fille qui venait de prononcer cette phrase contrastait violemment avec son contenu. Elle se tenait en équilibre dans son fauteuil, les jambes croisées et les pieds sur la table où traînaient des objectifs.

— Je m'appelle Paula, je suis la photographe de cette feuille de chou.

— Moi, c'est Virginie, répondit-elle, intimidée.

La symétrie parfaite des traits de cette brune aux yeux verts l'impressionnait ; elle ne pouvait détacher son regard de son visage.

— Alors, c'est toi, le petit génie ? Pas de chance ! Chaque major de l'école de journalisme de Columbia atterrit ici. Privilège exorbitant des quatre dinosaures qui dirigent ce journal. Personne n'ose le leur contester. Surtout qu'ils sont membres du jury de l'école. Sans quoi, tu aurais été recrutée par le *New York Times*. Fallait te débrouiller pour être deuxième, au lieu de faire la maligne ! Enfin, c'est cool, de voir débarquer une gonzesse, ça m'évitera d'être la seule à me faire reluquer le cul à longueur de journée.

— Toi, tu pourrais postuler à la rubrique « Poèmes » du journal !

La réflexion de Virginie fit tellement rire Paula qu'elle en tomba à la renverse, ce qui redoubla son hilarité. La nouvelle venue l'aida à se relever. Malgré sa silhouette fine, elle pesait son poids.

— Tout dans les os !

Virginie fut gagnée par le fou rire.

— Je vais t'expliquer comment te démerder ici. Sinon tu vas juste répondre au téléphone, trier le courrier, réserver le restaurant pour les patrons et changer le papier des toilettes. Si encore tout cela se passait au *New York Times*... Mais il ne s'agit que du légendaire *Brooklyn Daily Eagle* !

Virginie ne se sentait plus seule. Elle commença à installer ses affaires, sa trousse, ses cahiers. Paula s'extasia.

— Wouah ! T'as pas de portable ?

— Il n'y a pas d'ordinateur ici ?

— Si... enfin, tout dépend. Si tu appelles ordinateur un gros Apple des années 1980 en noir et blanc, oui, on en a.

— Y a pas Internet ?

— Tu sais, le journal en est encore à l'imprimerie rotative, alors... Faudra t'y faire. Bon, tu vois le tableau là-bas ?

Elle désignait du doigt un immense *paperboard* qui occupait un quart du mur opposé.

— Oui ?

— C'est là que sont inscrits les ordres du jour, les infos à creuser, ou les événements à couvrir. Aujourd'hui, on avait entre autres un vol spectaculaire au Metropolitan Museum. La nouvelle est tombée à 7 h 30 du matin.

— Un livre ? demanda Virginie à tout hasard.

— Oui. Un bouquin du Moyen Âge.

— Mince !

— Pourquoi, tu le connais ?

— Moi, non. Mon père... Qu'est-ce qu'ils ont dit ?

— C'était juste un communiqué d'agence de presse. Si tu veux l'info, il faut aller la chercher, je te rappelle que c'est cela, ta mission. Bon, dès que le tableau est rempli, tu lis la première ligne et tu l'effaces.

— Pourquoi ?

— Comme ça, elle est à toi. Quoi qu'il arrive, le sujet t'appartient.

— Mais… les autres journalistes ?

— Si tu joues à faire des politesses, tu te retrouveras face à un tableau vide. Et adieu, la carrière, parce qu'une fois que t'es à la rubrique nécro, t'en bouges plus !

— C'est l'arène, quoi !

— Pas si tu connais les règles. Au début, je viendrai avec toi, ils publient systématiquement les articles avec photo.

— Merci, Paula.

— Tu me dois déjà un déj' ! Viens, je vais te montrer un truc important.

Elle redressa son mètre quatre-vingts, laissant apparaître sa taille dénudée par son tee-shirt court, puis elle précéda Virginie vers le fond de la salle et prit un petit couloir sur la droite encombrée de photocopieuses, avant de stopper devant le percolateur.

— Tu veux quoi ?

— Rien. J'aime pas trop le café.

— Je te prends un déca, alors.

— Mais…

— Si t'as pas un café vissé à la main, c'est que t'es pas à ta place ici. Le café, ça fait celle qui bosse beaucoup et qui a besoin de tenir.

— Va pour un déca, alors.

Paula sourit et tapa les codes sur la machine.

— C'est près du distributeur de café que ça tchatche. S'il y a un truc à savoir, tu l'entendras ici.

Elle posa les deux gobelets, puis sirota son café. Virginie plongea le nez dans le sien et fit une mine dégoûtée quand l'arôme corsé pénétra ses narines.

— Et toi, comment tu es entrée ici ? Tu es sortie major de ton école de photo ?

Paula recracha la moitié de son café et éclata de rire :

— J'ai quitté l'école à seize ans, pour poser. Un jour, j'ai piqué l'appareil de celui qui était en train de me shooter. On n'apprend pas ça à l'école !

Virginie était fascinée ; Paula incarnait pour elle la liberté, la provocation, et elle adorait cette touche de mauvaises manières qui contrastait de façon si piquante avec sa beauté. Paula vida son gobelet en le broyant dans sa main et continua :

— Comment j'ai atterri ici ? J'ai apporté une photo à Edward, qui a décidé de la publier tout de suite sans me payer. C'était ça contre une place au journal.

— C'était quoi, sur cette photo ? demanda Virginie.

— L'*Attorney General* Kenny de New York. Cet ultramoraliste tripotait les fesses d'une employée municipale.

— Ça alors ! C'est toi, l'affaire Kenny ?

— J'aurais jamais montré cette photo s'il n'avait pas fait condamner des douzaines de mecs pour moins que ça.

— Ils doivent être contents de t'avoir.

— T'emballe pas, ils me paient au cliché et ne remboursent jamais mes frais de taxi. Mais c'est pas plus mal : je ne leur dois rien, je ne suis pas obligée de faire de la lèche.

— C'est quoi, l'avantage de bosser ici, finalement ?

— Le café. Il est gratuit. Tu ferais bien de te mettre à aimer ça !

Elles repartirent toutes les deux vers la salle de rédaction. Le jean taille basse de Paula laissait deviner un tatouage sur le haut de ses fesses. Virginie se surprit à regarder.

— C'est une flamme, chérie, expliqua Paula sans se retourner.

Virginie rougit violemment.

— Absences, provocations, contestations, refus d'autorité, tenues vestimentaires douteuses, arrogance vis-à-vis des dames de service, soupçons de consommation et de vente de marijuana. Dois-je continuer ?

Le principal du collège leva le nez et regarda successivement Melidiane et Rodolpherus. Leamedia et Melkaridion, qu'on n'avait pu laisser seul, se tenaient en retrait. Simone restait dissimulée dans la barbe du vieillard.

— Marijuana ? releva Melidiane.

— Oui, notre expérience des adolescents nous permet de déceler ce genre de comportement chez les élèves. Cela dit, nous n'avons pas de preuve formelle, pour le moment.

Melidiane lut dans ses pensées le désir de se débarrasser de cette élève encombrante qui mettait à mal l'autorité des professeurs et des responsables.

— Par ailleurs, son dossier présente de curieuses anomalies, dont j'aurais souhaité m'entretenir avec vous.

Les époux Dolce échangèrent un regard inquiet.

— Vous donnez pour adresse une poste restante. Seriez-vous sans domicile fixe ? Pourtant, je vois que vous êtes astronome, monsieur. Une profession prestigieuse… À moins que je ne doive lire astrologue ?

— Je vous en prie, monsieur ! protesta Rodolpherus, mal à l'aise.

— Je plaisantais… Pardon. Je m'interroge sur le circuit des lettres, voilà tout. Il arrive que le courrier adressé aux parents de nos élèves emprunte des chemins tortueux. Mais dans la mesure où vous endossez la responsabilité des mots d'excuses fournis par votre fille, nous n'avons rien à redire.

— Je m'étonne que vous ayez pu penser autre chose, déclara Melidiane avec dignité.

— Les erreurs d'orthographe indiquent généralement une grossière falsification.

— Des fautes d'inattention, prétendit la mère de Leamedia. Je parle couramment plusieurs langues, il m'arrive de buter sur un mot.

— Soit. Vous êtes signataire. L'excuse invoquée étant, généralement, une « cérémonie familiale », en l'absence de dossier médical nous estimons que le contrat entre l'école et la famille est écorné. Nous ne pouvons continuer à contribuer au projet de formation de votre enfant si vous prenez la responsabilité de la retirer si fréquemment de l'école, surtout au moment des évaluations.

— Nous comprenons, dit Rodolpherus en se levant. Vous nous demandez de la changer d'école. Nous allons y réfléchir.

— Je n'ai pas fini, monsieur Colde.

Le ton s'était durci.

— J'espère que vous avez une meilleure explication pour le numéro de sécurité sociale de votre fille, qui correspond à celui d'une fillette actuellement scolarisée dans le Minnesota.

Melidiane put, grâce à l'image qui était imprimée sur la rétine du directeur, lire le nom de l'assurée sociale.

— Je crois que j'ai inscrit par erreur le numéro de sa cousine Evelyne…

Elle se pencha en avant, pour mieux voir.

— Evelyne Filmore, vous m'en voyez navrée.

Le principal regarda sa fiche pour vérifier. Dépité, mais impuissant, il reprit :

— C'est effectivement ce nom. Nous nous en tiendrons là pour le moment. Le cas de Leamedia passera en commission dès mercredi, nous vous ferons connaître notre décision. D'ici là, vous aurez la gentillesse de fournir le bon numéro de sécurité sociale à ma secrétaire.

— Nous allons mettre de l'ordre dans tout cela, n'est-ce pas, chérie ? intervint Rodolpherus.

— Je m'en occupe dès que je rentre, assura Melidiane au directeur.

— Vous ne le connaissez pas par cœur ? insista celui-ci.

— J'ai une très mauvaise mémoire, affirma-t-elle en le fixant d'un air convaincu.

Une fois dehors, Melidiane demanda à Rodolpherus :

— Qui s'occupe des numéros de sécu, d'habitude ?

— C'est moi, répondit Rodolpherus, embarrassé.

— On avait dit pas de vivants ! C'est pourtant pas compliqué.

— Dans les années 1970, les recoupements entre les bases de données administratives étaient beaucoup moins systématiques. Je me sens dépassé.

Ils longeaient Prospect Park. Au bras de sa fille, Melkaridion semblait apprécier la sortie. Melidiane s'étonna :

— Pourquoi n'es-tu pas effrayé par les voitures, aujourd'hui, ou par le bruit, la sonnerie des téléphones, tout ce qui te surprend d'ordinaire ? C'est un peu quand ça t'arrange, non ?

Melkaridion sourit.

— Il est fatigant à mon âge d'utiliser tout mon cerveau en permanence, comme nous le faisons. J'ai besoin de me reposer. La vie ne me demandait aucun effort quand nous étions des milliers.

Melidiane regardait ce guerrier qui avait besoin de son aide aujourd'hui.

— T'emballe pas, ma fille. Si je me mets à courir comme une antilope, nous serons à la merci de nos ennemis.

— Sage décision, après avoir ébranlé le musée.

— L'émotion, Melidiane, l'émotion.

— Qui a choisi mon prénom, toi ou maman ? voulut savoir la magicienne.

Melkaridion réfléchit un instant.

— C'est toi, répondit-il. Melidiane est le premier mot que tu as prononcé.

— Et Guileone ?

Le vieil homme s'assombrit et fixa le sol. Soudain, il hurla :

— Qu'est-ce que c'est ?

Un taxi jaune venait de passer devant eux. Melidiane leva les yeux au ciel.

— Quand ça t'arrange ! C'est bien ce que je disais…

Pendant ce temps-là, Rodolpherus interrogeait sa fille.

— Pourquoi Myrtle Beach ? Il n'y a que des minigolfs, là-bas.

— Tu connais ? s'étonna Leamedia.

— On y est allés une fois ; je m'en souviens donc parfaitement.

Il fit une pause.

— J'ai demandé à maman de ne pas écouter.

Leamedia se détendit.

— Elle n'était pas supposée fouiller ma chambre non plus !

— Ma fille, nous pardonnons beaucoup de tes erreurs, essaie d'être indulgente avec nous quand nous en faisons une.

— Tu ne peux pas comprendre, t'es toujours dans tes bouquins !

— Je comprends très bien justement parce que je suis toujours dans mes bouquins. Nuance.

— C'est inutile de parler avec toi. Tu as réponse à tout.

— Ça devrait te réjouir. Tu préférerais un père qui ne sait répondre à rien ?

— J'aimerais avoir un père normal.

Leamedia savait qu'elle le blesserait en disant cela. Elle ne se trompait pas. Rodolpherus, malgré la crise d'adolescence de sa fille, estimait entretenir de bons rapports avec elle. Il eut du mal à trouver ses mots.

— Ton anniversaire, c'est demain. Ta vie changera si tu le décides.

— Elle changera si je me prête au rituel. Mais je ne le…

— Tais-toi ! l'interrompit-il, tendu.

Ils venaient de déboucher dans Nostrand Avenue, et il ne sentait plus la présence de Melidiane derrière eux. Il se retourna.

À quelques mètres, un couple d'inconnus avait engagé la conversation avec Melkaridion. Rodolpherus revint sur ses pas.

— Quel talent !

— Vous devez être un fameux historien.

— Et où était cachée la caméra alors ?

Melkaridion les fusilla du regard :

— J'avais conseillé à Louis Capet de se méfier de Mirabeau.

— Mon père ne sait pas de quoi vous parlez. Il n'est qu'un vieillard fatigué, intervint Melidiane pour couper court à la discussion.

— Pas du tout ! Il nous a passionnés hier. Vous auriez dû le voir, au musée…

— Un acteur extraordinaire !

— Dites-nous au moins quand sera diffusée l'émission.

Rodolpherus s'interposa.

— Vous faites erreur. Nous devons vraiment vous abandonner. Excusez-nous.

Pendant ce temps, il transmettait ses pensées à Melidiane : « Ils sont suspects ! Trop banals, transparents, naïfs. Pas question de nous laisser pister jusqu'à la maison. On fait demi-tour et on va vers le pont. »

« On va prendre un taxi, et se faire déposer au sud », fit la voix de Melidiane dans sa tête.

Ils battirent en retraite dans la direction d'où ils étaient venus, entraînant Melkaridion, qui protestait.

— Mais où vous allez ? Ce n'est pas par là !

Une fois dans Erasmus Street, ils faillirent s'écraser sur le capot d'une BMW blanche dont le moteur tournait au ralenti, bloquant la circulation. Quelques klaxons retentirent.

Melidiane s'était figée. Car si, derrière la vitre, les visages de la conductrice et de sa passagère lui étaient inconnus, elle reconnaissait celui qui était inscrit dans la rétine de la première.

— On court ! Et seulement par les sens interdits !

Prenant chacun Melkaridion par un bras, ils s'élancèrent. Ils se jetèrent à droite dans Lloyd Street, puis dans Church Avenue, pour rejoindre la 31e Rue. La BMW, elle, devait emprunter Nostrand Avenue ; le temps qu'elle tourne dans Snyders, puis Rogers, ils seraient loin et auraient trouvé un taxi.

— Elle est de mèche avec l'homme que tu m'as montré à l'observatoire ! cria Melidiane. Et ils ont la photo de mon père et d'Antonius.

Soudain, elle demanda :

— Leamedia n'était pas avec toi ?

Rodolpherus, le cœur glacé, regarda autour de lui : leur fille n'était pas là.

Antonius savait exactement quand la sonnerie retentirait. Encore une fois, il tomba pile.

Il sauta sur ses pieds et alla déposer sa copie sur le bureau du surveillant.

— Anto ! Attends-moi.

David arrivait en courant. Deux minutes plus tard, ils franchissaient les grilles du lycée.

— Ouf. Plus que deux épreuves, demain et jeudi.

Ils s'étaient arrêtés à l'entrée du métro, à côté du kiosque. Les journaux faisaient leur une sur l'affaire du musée. En plus petit, un accord historique entre la ville de New York et la Fondation 18 était annoncé.

David tendit une clef à son ami.

— Aux abattoirs, les Haïtiens m'ont désigné un coin dans l'ancienne zone administrative. J'y ai déposé un sac de couchage, des vivres, des bouteilles d'eau. Voilà la clef du cadenas. Je vais essayer de te dégoter un téléphone portable.

Antonius le regarda, ému : l'amitié, pour lui, aurait désormais un visage. Ils se sourirent.

— En avant pour la grande aventure !

— Et longue vie aux Dirty Devils !

Puis David dégringola vers les sous-sols.

Le guitariste était encore en train de sourire quand il tomba à sa grande surprise sur Leamedia, sortie de derrière le kiosque.

— Lea ? Qu'est-ce que tu fais là ?

— Je me suis tirée, annonça-t-elle d'un ton grave en regardant autour d'elle.

— Encore ?

— Je déconne pas, Anto, je les ai laissés dans la rue. Ils ont joué les paranos avec une voiture, qui soi-disant les suivait, et j'en ai profité pour me barrer.

— De quelle couleur, la voiture ?

— Blanche.

— Ah… Tu rentres avec moi ?

— Non. C'est pour ça que je suis venue te voir.

Antonius la dévisagea : il sentait que sa sœur ne plaisantait pas.

— Viens, on marche un peu.

Ils firent quelques pas en silence vers l'est, en direction des quais. Antonius n'essayait pas d'entendre les pensées de sa sœur ; il attendait qu'elle s'exprime, ce qu'elle fit au bout de quelques minutes.

— Je ne suis plus une gamine. J'en ai marre, de cette vie : on change d'école tous les deux ans, pour que les autres ne s'aperçoivent pas qu'on ne vieillit pas. C'est débile, non ?

— Je l'ai fait avant toi, je sais que ce n'est pas facile.

— Et David, quand il s'en rendra compte, tu feras comment ?

— Une fois qu'on a notre taille adulte, c'est pas pareil. Toi, tu es encore en période de croissance, tu dois faire plus attention.

— Je peux me débrouiller toute seule.

— Tu devrais attendre encore un peu.

— Tu me dis ça, alors que t'es prêt à tout abandonner pour faire ta tournée !

— Comment tu le sais ?

— Je vous ai entendus.

— Moi, je suis en âge de partir, c'est toute la différence, Lea.

— Tu sais très bien que j'ai pas le même âge que les bécasses de ma classe.

— Moi, oui. Mais les autres voient une fille de onze ans. Tu auras beau leur dire qu'en réalité tu en as seize, ça ne marchera pas.

— T'es comme eux !

— Comme qui ?

— Les parents. Ils disent tout le temps ça.

Antonius se rappelait les interrogations qu'il avait au même âge.

— Des fois, ils ont raison…, remarqua-t-il.

— Pourquoi cette période pourrie doit-elle durer aussi longtemps ? s'insurgea Leamedia.

— Parce qu'on vit plus vieux. On a peut-être plus à apprendre que les autres pour se protéger. Tu sais, j'étais avec grand-père au musée. Je ne l'avais jamais vu comme ça avant. C'est vrai, tout ce qu'il raconte, les batailles, les rois. J'avais l'impression de les vivre avec lui. Il a connu tant de choses, affronté tant de dangers ! La Guilde noire aussi. Enfin, sûrement.

— Tu vois ? T'es même pas certain.

Antonius ne savait que répondre à cela.

— Peut-être que papa et maman font suffisamment bien ce qu'il faut pour que, toi et moi, on ne soit pas exposés aux dangers.

— Explique-moi à quoi sert tout ce cirque, si on ne peut même pas utiliser nos pouvoirs.

— C'est marrant, t'es la seule à employer ce mot.

— Lequel ?

— Pouvoir.

— C'est vrai, maman passe son temps à nous raconter l'épopée du grand-père ou de l'arrière-grand-père, et nous, on est condamnés à l'inaction.

— Il n'y a plus de magiciens, Lea. La bataille s'est terminée bien avant notre naissance. Le flux est désormais insuffisant pour qu'on puisse exercer.

— Alors, pourquoi continuer à faire des efforts ?

— Parce que maintenant il n'est plus question de régner, mais de survivre.

— Elle veut quoi, cette fameuse Guilde noire ?

— À part nous tuer, je l'ignore. Mais tu sais que papa n'a pas le droit de nous mentir. S'il dit qu'on est en danger, c'est vrai.

— Rien ne l'empêche d'exagérer !

Antonius comprit qu'il était inutile d'essayer de la convaincre. Il tenta donc une autre approche :

— Attends demain… Tu verras, quand tu seras intronisée, ça change beaucoup de choses. Avant, c'est difficile de comprendre.

Lea s'arrêta de marcher et fixa son frère comme s'il venait d'un autre monde. Elle ne se reconnaissait plus dans ses mots.

— Eh bien, si je veux être libre, je dois commencer par refuser cela.

— Tu vivras moins longtemps. Ton vieillissement va s'accélérer après tes seize ans si tu n'es pas décoiffée.

— Mais je conserverai mes amis.

— Et tu vas dormir où ?

— Chez Valente, ses parents sont d'accord.

— Et après ?

— Je verrai.

Elle lui fit un signe et s'éloigna, seule. Antonius la regarda partir. Avant qu'elle ne soit trop loin pour l'entendre, il lui dit tout fort :

— Quand tu n'auras plus personne pour t'aider, il y aura nous. Ne l'oublie pas.

Elle tourna au coin de la rue sans se retourner. Elle venait de porter sa paume à son oreille. Antonius se demanda où, et depuis quand, elle s'était procuré un téléphone portable.

Philippe gara la Buick dans un parking souterrain à proximité du musée. Les cartons de Virginie s'empilaient dans l'habitacle. La voiture était à l'image de son existence : chargée d'une autre vie, qui prenait presque toute la place, mais que lui-même conduisait sciemment vers une destination inconnue.

Il fit surface non loin de l'aile du Metropolitan où, la veille, il avait patienté pour pouvoir contempler à son tour le codex. L'entrée principale demeurait condamnée depuis le coup de folie de Master Markus et ne rouvrirait probablement pas avant des mois à cause des dégâts subis par le bâtiment. Mais il y avait de l'inédit. Devant le pavillon où le livre avait été exposé, on avait installé un périmètre de sécurité. Plusieurs voitures de la police municipale y stationnaient, un camion des services techniques était aussi sur place. La plupart des chaînes de télévision ainsi que les principales radios avaient dépêché des équipes.

Pâle comme s'il venait d'assister à un accident, Philippe avança vers les bandes fluorescentes.

— Reculez ! lui ordonna un agent en uniforme.

— Pardon… j'ai rendez-vous, improvisa le vieux professeur. Je viens chercher un feuillet laissé au musée hier.

— On ne passe pas. Tout est annulé. Un vol y a été commis cette nuit.

Philippe se figea.

— Le grimoire… ?

— Comment vous le savez ?

— Un pressentiment, murmura Philippe.

Il réfléchissait à toute allure. Il y avait deux hypothèses : soit c'était eux… soit c'était des tiers. Et dans ce cas…

— C'est un hold-up ? demanda-t-il à l'agent.

Mais il se rendit compte que sa question était absurde : il ne pouvait pourtant pas demander si le livre avait été volé grâce à un tour de magie.

— Monsieur ? Vous vous sentez bien ?

L'agent héla un homme d'une trentaine d'années arborant une moustache, selon la tradition de la police new-yorkaise.

— Inspecteur Ruffalo ! Venez par ici une minute.

Il saisit le bras de Philippe.

— Il y a là une personne qui a peut-être des renseignements.

L'inspecteur s'approcha et Philippe dégagea sa manche d'un coup sec.

— Philippe Delondres, professeur en retraite. J'ai égaré hier un document auquel je tiens énormément. Je comptais le récupérer auprès des services du musée.

Le nouveau venu le dévisagea.

— Vous avez passé un certain temps dans la salle où était exposé le livre, hier, n'est-ce pas ?

— Oui, concéda Philippe, ennuyé.

Les caméras de surveillance avaient-elles aussi enregistré le moment où il avait glissé des billets au gardien ? Il se justifia :

— Je suis historien. Je m'intéresse à la période.

— Tiens, tiens... Vous êtes donc l'homme qu'il nous faut. Qu'est-ce que cette consultation vous a-t-elle révélé ?

Philippe n'était pas dupe : l'autre le testait. Il livra des renseignements sans importance :

— Rédaction avant le XIVe siècle, pour autant que je puisse en juger. Reliure tardive. Le texte est un sabir : une langue qui mêle les idiomes. Certainement codé.

— Quel est ce code ?

— Comment voulez-vous que je le sache ? s'emporta Philippe. Je ne l'ai pas feuilleté.

— Qui peut convoiter cet ouvrage, selon vous ?

— N'importe quel collectionneur. Les textes rédigés en langue ancienne attirent les adeptes du démonisme, de la magie noire, de l'occultisme, et j'en passe. Sa rareté fait encore monter les enchères. Soyez sûr que les voleurs savaient ce qu'ils faisaient et qu'ils ont eu une commande précise.

— Connaissez-vous ces deux personnes ? demanda l'inspecteur en lui présentant des clichés issus des caméras de surveillance.

Elles montraient un vieillard doté d'une impressionnante chevelure blanche, accompagné d'un grand jeune homme.

— Non, déclara Philippe d'un ton qu'il voulait neutre.

— C'est regrettable. Le plus âgé est notre principal suspect. Il a tenté de s'emparer du grimoire, avant-hier. Mais je vois que vous ne pouvez pas nous aider..., fit le lieutenant.

Il scrutait le professeur avec attention.

— Une dernière question : ce livre avait-il un quelconque rapport avec Mickey ? demanda-t-il à brûle-pourpoint.

— Le héros de la BD ?

— Un magazine de Disney a été substitué au grimoire. L'inspecteur Ruffalo guettait la réaction de Philippe, mais il en fut pour ses frais.

— Je ne vois pas le rapport. Ce qui me surprend, c'est que dans une institution telle que le Metropolitan Museum une disparition aussi lamentable puisse se produire. Le laboratoire n'était donc pas sécurisé ?

— Le département des manuscrits est le maillon faible du musée. Bon… Je vous demanderai de vous tenir à disposition de la police, monsieur. Vous pourriez être un témoin capital.

Il fit signe à l'agent, qui dégaina son calepin. Philippe dut perdre un temps précieux à fournir des informations personnelles. Il était près de midi quand il recouvra sa liberté de mouvement. Il lui fallait téléphoner à Virginie : elle devait déjà l'attendre. Il prit dans sa sacoche le portable que sa fille, après d'âpres négociations, lui avait fait acheter et qu'il utilisait jamais.

Elle lui avait écrit un interminable SMS.

« Je suis engagée ! Je commence aujourd'hui. Te raconterai ce soir. Je déjeune finalement avec ma nouvelle collègue, Paula. Impossible de te rejoindre à Tribeca avant la fin de la journée, je n'ai qu'une heure de pause. Tu n'as qu'à rentrer, tant pis pour le déménagement, ou m'attendre si ça ne te fait rien. Navrée de te poser un lapin ; on se voit tout à l'heure ? Je t'embrasse, Virginie. P-S : J'ai appris la disparition du codex. »

Mélancolique, il rangea l'appareil.

Substituer un vulgaire album de bande dessinée à un document inestimable était une provocation gratuite, aux antipodes de l'esprit des Dolce. Ils n'étaient pas les auteurs du vol. Ils allaient donc chercher à récupérer leur livre...

À moins qu'un danger pire encore ne soit à craindre. Les Dolce n'étaient pas les seuls capables de déchiffrer le grimoire. La Guilde noire le pouvait aussi.

Il prit l'escalier pour descendre au parking. Il eut de la chance : deux voix résonnaient dans la cage verticale. Des employés du musée commentaient les événements.

— Le directeur de la sécurité a été viré.

— Pour un vieux bouquin ?

— Ce n'était pas seulement « un vieux bouquin », comme tu dis.

— On l'aurait su, non ?

— En tout cas, le circuit de restauration ne correspondait pas à nos procédures administratives, aucune équipe de chez nous n'y était affectée. Sur le tableau, il n'y avait que des mecs de l'extérieur. Excuse-moi, mais la poignée de spécialistes capables de restaurer ces livres anciens, on les connaît tous. Là, que des inconnus.

— J'ai pas fait attention.

— Et puis je l'ai vu, moi, l'ouvrage. Il était en meilleur état que mes bandes dessinées.

— Elles sont pourries, tes BD !

— Ouais, mais laisse-moi te dire qu'à part le dépoussiérer je voyais pas trop ce qu'ils auraient pu faire.

— Pourquoi ils l'ont pas exposé plus longtemps, alors ?

— Va savoir...

Les deux hommes s'engouffrèrent dans le quatrième sous-sol, et la porte coupe-feu étouffa leurs propos. Philippe s'arrêta et pressa la main contre son front comme pour en faire jaillir une idée vraiment lumineuse, une vision assez claire de la situation pour passer à l'action.

La double porte de l'ascenseur s'ouvrit après une descente interminable. Au-delà s'étendait une salle qui devait être immense : le premier pas du visiteur éveilla un écho lointain. Mais le noir était absolu, et il était impossible de définir l'étendue de ce néant.

L'homme connaissait cet espace comme sa poche et avançait sans hésiter. La lumière blafarde et bleutée de la cage d'ascenseur illuminait son dos. La silhouette imposante, évoquant un grand fauve, s'évanouissait lentement dans l'obscurité comme dans une eau profonde, inquiétante. Seul le bruit de ses pas, sourd et régulier, résonnait dans l'obscurité comme les battements d'un cœur.

Les pas cessèrent. Après quelques secondes de silence, dans le vacarme caverneux d'une pierre qui se déplaçait, une ouverture apparut, libérant un filet de lumière qui éclaira le bouc et les tempes grisonnantes du nouveau venu, son impeccable costume sombre. Il entra dans la lumière et la porte se referma sur lui avec un bruit de dalle que l'on traîne, comme le marbre d'une tombe.

La salle où il venait de pénétrer avait les dimensions d'une nef de cathédrale, si haute que le plafond en était invisible. Les parois de pierre étaient polies, travaillées et sculptées dans la masse. Au centre de la pièce trônait une table ronde monumentale comme celle des chevaliers légendaires de la quête du Graal. Une carte du monde y figurait, composée de pierres dures.

Autour, sept personnes siégeaient, trois femmes et quatre hommes. Ils étaient sans âge et arboraient des tenues sans couleurs. Une huitième place restait vide, celle de l'homme au bouc. Il la rejoignit et demeura debout.

— Nous vous écoutons.

L'ordre émanait d'un homme à l'allure plus jeune que le reste de l'assemblée. La douceur de ses traits contrastait avec son expression incisive. Rencogné dans son siège, il semblait observer plutôt qu'attendre. Fait surprenant, la lumière paraissait absente autour de lui. L'éclairage discret de la pièce donnait l'impression que l'endroit où il se trouvait n'était pas illuminé. En revanche, ses yeux étaient rouges comme des gouttes de sang.

L'invité entama son discours.

— Je vous remercie d'être là ; je sais à quel point il est difficile de vous réunir tous au même moment.

Chacun approuva d'un petit signe de la tête, et il continua :

— Plus rien ni personne ne peut entraver notre marche salutaire. À l'allure où nous avançons depuis trois ans, le réseau sera bientôt bouclé. Nous contrôlons quinze pour cent des immeubles de la ville, nous sommes sous contrat pour la mise en valeur des étages souterrains de soixante pour cent de bâtiments publics et d'entreprises privées. Les projets concernant l'observatoire de New York et le *Brooklyn Daily Eagle* sont à un état d'avancement satisfaisant. Ces deux bâtiments occupent des emplacements stratégiques, le second en particulier nous permettrait d'opérer la jonction de Brooklyn et de Manhattan, en dépit des barrières géologiques.

Les autres hochèrent la tête. Il poursuivit :

— Enfin, notre grand projet est sur le point d'aboutir : nous signons mercredi avec la mairie de New York, qui nous concède les droits d'exploitation sur l'ensemble des sous-sols de la ville. Quant aux premiers travaux d'aménagement, il est raisonnable d'envisager leur achèvement cette année même.

Au moment précis où il avait pris la parole, toute l'Amérique du Nord, y compris le Canada, s'était éclairée sur la carte. Les pierres qui la composaient devenaient translucides et une lueur les irisait de l'intérieur.

— Tout ce que vous voyez là est sous notre contrôle pour un minimum de cinquante et un pour cent, un chiffre seuil, au-delà duquel nous pouvons nous considérer comme propriétaires des sous-sols. Enfin, j'ai une nouvelle qui vous réjouira tous. Nous possédons désormais le premier livre.

Il posa le codex sur la table en prenant soin d'ôter l'emballage qui le dissimulait. Sa carapace de peau souple apparut. Un murmure parcourut l'assemblée. Après un bref silence, celui qui se tenait dans l'ombre se leva à son tour.

— Veuillez maintenant quitter la salle, ordonna-t-il aux autres.

Les six silhouettes disparurent. Il s'agissait d'hologrammes, si parfaits qu'ils demeuraient indécelables. Celui qui avait mené les débats malgré sa jeunesse apparente dit à l'homme au bouc, qui paraissait plus âgé :

— Heureux de te voir, mon fils.

— Merci, père. On les a localisés.

— Dis-moi tout et n'omets aucun détail.

— J'ai organisé un suivi permanent de l'actualité afin de repérer les phénomènes inexpliqués du type de ceux que peuvent causer les Dolce : incidents aquatiques, terrestres et aériens. Dimanche un tel événement a été repéré : un séisme partiel au Metropolitan Museum. Aussitôt, j'ai dépêché une équipe, avec des photographies du précédent événement – là, le vieux avait inversé le sens d'un cours d'eau d'un débit de cinquante mètres cubes à la seconde, parce qu'un gamin était aspiré dans un mini-tourbillon. Bref : Melkaridion y a été vu, en compagnie de son petit-fils. Ils sont entrés dans le métro et mes hommes ne les ont pas suivis, conformément à mes instructions. Les effaroucher reviendrait à les faire disparaître de nouveau.

— New York est un immense terrier. Comment les retrouveras-tu ?

— J'ai lancé Helen et Maude sur la piste.

— Tes chiennes ? fit l'autre en levant un sourcil.

— Elles-mêmes. Elles sont parties en chasse, au départ de la station de métro où ils avaient été vus. Les pistes convergent vers un quartier compris entre Prospect Park et la marina. Elles ont les photos de l'ancêtre et du jeune homme, ainsi qu'un cliché plus ancien de Rodolpherus, et tout le matériel dont nous disposons. Elles ont pris position ce matin aux alentours du groupe scolaire du quartier près de Prospect. J'aurai leur rapport tout à l'heure.

— Bien, fils.

— De plus, nous connaissons le lieu de travail de Rodolpherus. Les hommes envoyés sur place ont pour consigne de ne pas l'alerter. Il est trop fin pour être suivi. C'est un maître dans l'art de la dissimulation. Bref, il ne nous manque plus qu'à localiser le bus. C'est une question d'heures. La curée est programmée.

— Il le faut. J'ai refait les calculs. Le décoiffage de la dernière aura lieu demain. Si l'on empêche la cérémonie, ils seront totalement démunis. Avec seulement quatre magiciens intronisés, leur magie sera aussi inutile que ridicule.

Ils continueront à communiquer avec les éléments, à agir sur eux, mais avec si peu de résultats qu'ils cesseront d'être une menace. Nous pourrons nous permettre de les ignorer.

— J'ai une information supplémentaire. Un autre que nous cherche les Dolce.

Le maître prit un air ennuyé.

— Un sorcier isolé ?

— Je l'ignore. Mais je l'ai déjà vu, la dernière fois que nous avons failli mettre la main sur Rodolpherus, en 1995. J'ai demandé qu'il soit retrouvé. J'aurai des nouvelles tout à l'heure. Nous lui avons pris ceci.

L'homme au bouc posa près du grimoire la lettre perdue par Philippe Delondres.

L'être aux yeux rouges mit la paume sur la surface de pierre. Les différents cercles concentriques qui la composaient se lancèrent dans des mouvements giratoires inverses, et les deux objets arrivèrent devant lui.

Il prit le feuillet et éclata d'un rire cruel.

— Limakedrion et Pherodolrus ! Trop drôle. Les voir réduits à se cacher, quelle jouissance !

Il jeta négligemment la feuille sur la table comme un détritus sans valeur. Elle fit un vol plané et atterrit devant l'homme au bouc, qui la glissa dans sa poche de poitrine.

L'autre s'était emparé avec respect du livre, qu'il éleva devant lui.

— Le grimoire ! Le premier livre. Le deuxième secret est à nous… La fabrication du démon.

Après un silence, il ajouta :

— Aujourd'hui est une journée parfaite pour réduire à néant les Dolce.

— Enfin, père !

— Oui, Demetrius. Rien ne pourra plus nous arrêter.

Il s'était penché en avant pour appuyer sa phrase et son visage était sorti de l'ombre. Ses yeux rouge vif étaient lumineux comme du feu. Son fils dit, songeur :

— Je ne crois pas me tromper en affirmant qu'ils ignorent le pouvoir qu'ils ont.

— Tu en es sûr ?

— J'en suis certain, père. À l'évidence, ils fuient sans savoir qu'ils possèdent la réponse.

L'autre se renfonça dans son siège, plongeant dans l'ombre. Seuls deux points rouges indiquaient sa présence.

Il agita une main molle : l'entretien était terminé.

Virginie essayait en vain de connecter l'ordinateur qu'on lui avait fourni à Internet.

Une enveloppe kraft atterrit brusquement sur son bureau. Elle tourna la tête. Edward se tenait debout à côté d'elle.

— Le journal a reçu une offre de la Fondation 18 qui veut racheter ou prendre en gérance nos sous-sols. C'est notre réponse. Et c'est vous qui allez la porter. Ça fera toujours un coursier d'économisé !

Edward regagna le bocal sans plus d'explications.

Avant de s'y enfermer, il lui cria :

— À remettre en main propre. C'est urgent !

Virginie lut l'adresse :

M. Torque
Directeur de la Fondation 18
34e Rue

Il était 17 h 45. Elle se pencha vers Paula.

— C'est où ? C'est quoi ?

— Panique pas, je t'emmène.

— Mais j'ai rendez-vous avec mon père ! Je m'installe dans un nouveau studio. On déménage mes…

— Tu veux être journaliste ou jouer les filles à papa ?

— On peut faire les deux, non ? répliqua Virginie, piquée.

— Bon, le papa, il est joignable sur son portable ? Tu lui dis que t'auras du retard.

Philippe ne répondait pas, mais Virginie s'aperçut qu'il avait laissé un message. Il la félicitait et lui faisait confiance. Il était fatigué et préférait rentrer. Ils se téléphoneraient le soir, et se verraient le lendemain.

Le message avait été enregistré quinze minutes auparavant, alors qu'elle était en salle d'archives. Préoccupée et déçue de l'avoir manqué, elle raccrocha.

Elle prit l'enveloppe et sa veste, Paula son blouson et son appareil photo.

— Tu vas faire des photos ? demanda Virginie.

— Si je vois un avion qui pénètre dans une tour, et que j'explique que j'avais pas mon appareil sur moi, je peux m'inscrire au chômage.

Elles descendirent les escaliers et marchèrent dans la rue vers la bouche de métro.

— C'est quoi, la Fondation 18 ? voulut savoir Virginie.

— Waouh ! Vaste sujet. Va falloir prendre un omnibus si tu veux tout entendre.

— Pas de souci. Finalement, j'ai tout mon temps ce soir.

— Plaquée par papa ? fit Paula gentiment.

Elle enchaîna :

— La fondation rachète des immeubles insalubres et, pour leur éviter une destruction programmée, les réhabilite, et en fait le siège d'associations, ou des logements à loyer plus que modeste.

— Ça a l'air génial.

— Sur le papier, c'est comme tu dis. En réalité, c'est moins joli. Le journal a fait une enquête là-dessus, mais la mairie a mis son veto.

— Je ne comprends pas.

— La mécanique est parfaite, je t'explique. Généralement, pour rénover des vieux immeubles, ils font appel à des professionnels du bâtiment mal logés ou même sans domicile.

— Et alors ? C'est plutôt louable.

— Attends, c'est pas fini.

Les deux filles étaient arrivées à la station de métro et pénétraient dans la rame qui venait d'arriver.

— Ces gens-là bossent contre la promesse d'habiter le bâtiment qu'ils réparent. Les travaux s'effectuent plus vite et mieux en contrepartie de leur participation gratuite qui leur donne la priorité d'habitation.

— OK, c'est pas facile, mais au moins ils ont un toit.

— Ah ! Ça… Ils veulent tous participer au programme. La fondation a du mal à suivre la demande. Sauf que, au bout de quelques mois, la mairie augmente les impôts locaux, les loyers grimpent, on leur demande des contributions imprévues, et ils finissent par se faire expulser. Et la fondation récupère la différence. Simple, efficace, très rentable. Surtout que leur action sociale leur permet de récolter des tonnes de fonds pour acheter de plus en plus de biens. Ils s'étendent comme une tache d'huile.

— C'est légal ? demanda Virginie, choquée.

— Conseillé même. Les mairies se battent pour que la fondation s'installe chez eux.

— Personne ne dit rien ?

— Lors de l'enquête au journal, l'entente fiscale avec les municipalités n'a jamais pu être prouvée. Mais certains ex-élus qui ont participé au décollage du projet, il y a plus de vingt ans, travaillent maintenant à la fondation.

— S'ils ne sont pas réélus, ils ont une place qui les attend bien au chaud ?

— T'as tout compris.

— Comment tu sais tout ça ?

— Je bois beaucoup de café ! fit Paula avec un clin d'œil.

Le métro filait à travers les sous-sols de New York.

Au vingt-septième étage, derrière la cloison de verre presque noir, l'homme au bouc affichait un calme qui contrastait avec la tension régnant dans l'atmosphère.

— Ces gourdes se sont fait surprendre ! Je n'en crois pas mes oreilles.

— Les quatre Dolce revenaient par les petites rues, et trois d'entre eux, les adultes, ont fait demi-tour sans raison. Ils ont failli tomber sur le capot d'Helen et Maude, qui ont suivi les instructions : pas d'interception.

— Ni les alerter ni les effaroucher, telles étaient les consignes ! C'est gagné. Elles sont nulles !

Son interlocuteur ne répondit pas. Il tenait les mains dans son dos pour dissimuler une petite licorne sur son poignet.

— Bref, reprit son chef. Et la gamine ?

— Elle n'était plus avec eux.

— Les filles auraient dû la traquer, au point où en était le gâchis !

L'autre remua, pressé de parler.

— Quelque chose ne va pas, capitaine Debs ?

— Nous avons piraté en début de matinée le système informatique du collège suspecté de l'accueillir. Nous sommes tombés sur une Leamedia Colde, scolarisée en sixième.

L'autre écoutait, tel un grand fauve sur le point d'attaquer.

— L'adresse qui a été trouvée est une poste restante, comme nous le supposions. Nous avons donc aussi dépêché des agents aux abords de leur boîte postale.

— Bien, Debs… Espérons qu'ils n'ont pas déjà levé le camp dans leur bus infernal.

— Ce n'est pas tout. Nous avons une photo de la petite, prélevée dans la base de données de l'établissement. Nous avons aussi remarqué que la gamine était absente. Elle a séché les cours. J'ai recruté des hommes pour la pister dans les environs. L'un d'eux l'a abordée dans un parc près du pont de Brooklyn. C'est un petit loubard qui s'essaie à jouer les protecteurs… si vous voyez ce que je veux dire.

— Bien, bien, bien ! fit son patron en *crescendo*.

— La fille raconte que ses parents vivent en Europe et qu'elle a besoin de gagner sa vie. Ils ont rendez-vous ce soir. Le projet est de la kidnapper.

— Félicitations, Debs. J'ai toujours eu l'intuition que vous pourriez siéger à la Table. Cela ne saurait plus tarder désormais. Toutefois, vous manquez encore de subtilité.

— J'écoute humblement vos leçons.

— Vous allez vous contenter de l'effrayer. Je veux qu'elle rentre droit chez elle et qu'elle nous mène au nid. C'est la couvée entière qu'il faut exterminer, Debs. Par prudence.

Il fit quelques pas.

— Lancez les chiennes sur elle. Si la petite fait une fugue, elle n'a pas communiqué avec ses parents et ne connaît pas de vue Helen et Maud. Les instructions sont de la suivre, et de n'intervenir qu'au dernier moment, au cas où elle s'échapperait. Si cela venait malheureusement à arriver, l'objectif changerait de nature.

— Ce serait ?…

— Oui : la destruction de la cible.

— Et les adultes ?

— On abandonne. Pour le moment. Mettez tout votre personnel sur l'autre cible.

— Rodolpherus ?

— Décidément, vous êtes bouché, Debs. J'ai parlé trop vite à propos de votre initiation à la Table. Je parle de cet homme qui cherche les Dolce. Où en êtes-vous ?

— Je l'ai guetté ce matin près du musée. Je n'avais pas d'autre point de départ. J'ai pensé qu'il reviendrait pour récupérer son feuillet. Et je ne me suis pas trompé.

— Pas mal. Mais c'était extraordinairement risqué, après le cambriolage de l'autre nuit. Le coin devait grouiller de policiers.

— Et alors ? J'ai toujours été un citoyen honorable. Comme vous-même, d'ailleurs.

— Vous jouez gros, Debs. Ne recommencez pas.

L'homme baissa la tête en signe de contrition avant de reprendre :

— Je l'ai suivi. Il est en train d'aménager un petit studio à Tribeca.

— Quoi ?

Pour une fois, l'homme au bouc, qui maîtrisait à la perfection les muscles de son visage, semblait désarçonné.

— Il serait alors, non pas un adversaire, mais… un supporter des Dolce ? Un ami ? Il préparerait une cache ?

Il parlait pour lui-même, comme s'il voulait clarifier ses idées. Il fixa de nouveau ses yeux féroces sur son subordonné :

— Que savez-vous exactement de lui, Debs ?

— Philippe Delondres. Domicilié à Shelter Island.

— Delondres ? Je ne vois pas. Quoi d'autre ?

— Professeur d'histoire en retraite. A adopté une gamine il y a quinze ans. La fille étudie le journalisme à Columbia. Très intelligente, rigoureuse, timide. Vient de terminer son cursus major de sa promotion. Lui est un gars sans histoire. Cultivé. Terne.

— Et pourtant… Il avait bien cette lettre avec lui. Il n'y a pas de hasard.

À cet instant la voix de Sue, la secrétaire, résonna dans l'interphone. Très irrité, son patron se dirigea vers l'appareil pour répondre.

— N'ai-je pas été assez clair ? aboya-t-il.

— Pardon de vous déranger, monsieur Torque. Mais deux personnes, deux jeunes femmes, insistent pour vous rencontrer. Elles viennent de la part du *Daily Eagle* et ont un pli à vous remettre en main propre.

Il réfléchit.

— Allô ? Monsieur ? Que dois-je leur dire ?

— Que je vais les recevoir.

Il coupa la communication et se tourna vers son agent.

— Qu'a-t-il fait, ensuite ? Le vieil intello qui aime les grimoires ?

— Il a acheté les principaux quotidiens, et il est allé à la bibliothèque publique de la ville de New York.

— Quelle annexe ? fit l'autre, plus nerveux qu'il ne voulait le laisser paraître.

— Le bâtiment de recherche sur la 42e Rue.

— Qui abrite ?...

— Entre autres, la collection entière du *New York Times* depuis le XIXe siècle.

Philippe aimait le journalisme radiophonique. Il prenait les nouvelles tous les matins sur un vieux poste en bois d'acajou qu'un brocanteur venait chaque année essayer de lui racheter. Quant à la télé, il s'était longtemps refusé à l'installer dans la maison de Shelter Island, jusqu'à ce que Virginie lui fasse comprendre qu'entreprendre des études de journalisme sans avoir fréquenté un minimum ce média dénotait une attitude trop conservatrice et pourrait se retourner contre elle. Cependant, quand il avait un dossier à creuser, il compulsait la presse écrite.

En quittant Tribeca, il ne savait pas comment trouver les Dolce, mais il savait où enquêter. Il se procura les quotidiens, puis se rendit au volant de sa grosse voiture à la bibliothèque de recherche. Il allait se livrer à l'activité qu'il avait pratiquée toute sa vie : collationner des documents, jusqu'à ce qu'une intuition jaillisse. Il savait que ce serait interminable, laborieux, des heures de lecture, un processus artisanal et incroyablement lent dans la course contre la montre qui venait de s'engager. Mais il fallait compter sur la chance.

Il montra son badge et se rendit à la salle des périodiques. On pouvait tout consulter sur microfilms, mais lui préférait manipuler le papier, quitte à paraître un homme du passé. En revanche, le catalogue des références de la presse quotidienne informatisé se révélait pratique, même si Philippe déplorait la disparition des vieux fichiers en tiroirs, qu'il avait su utiliser avec brio.

Il s'installa derrière un poste, puis se releva : il y avait une chose urgente à faire d'abord.

L'usage du portable dans les salles de consultation étant proscrit, il dut ressortir pour téléphoner.

Il eut le répondeur de Virginie. Cela lui convenait : il aurait été plus difficile de mentir en direct. Il laissa le message qu'il avait préparé : « Ma petite Virginie, je te félicite très fort pour ton embauche. Pas de souci pour Tribeca. » Elle aurait la surprise. « Ton vieux père est fatigué et va rentrer à la maison tranquillement. On se verra plutôt demain, mais on se téléphone ce soir. Je t'embrasse fort. » Il raccrocha.

Puis il refit le chemin vers les salles. Il resterait jusqu'à ce qu'il trouve quelque chose, et y passerait la nuit au besoin. Inutile d'alerter Virginie, elle serait déjà bien assez déçue de manquer le récit promis. Mais il ne pouvait pas perdre la moindre minute.

Il ouvrit le moteur de recherche et saisit les mots « fondation +18 ».

L'écran afficha 11 987 références sur la période 1970-2011.

Avec un soupir, il limita son investigation aux années 1995-2011.

Le moteur de recherche relevait encore 7 659 occurrences.

Il ajouta le mot de recherche « mécénat ».

Aucune référence ne fut produite.

— Curieux, murmura-t-il.

Il essaya une autre entrée. Cette fois, il écrivit « Metropolitan Museum + manuscrit ».

Cela donnait 6 551 références. Il réfléchit et borna sa requête aux huit derniers jours. Le chiffre tombait à 139.

« Évidemment, avec le cambriolage ! »

Il resserra encore son champ, en prenant la période du mercredi 15 au dimanche 19 juin. Il restait une vingtaine de références, dont deux dans le *New York Times*, qu'il nota. Il se dirigea vers les casiers où s'empilait la presse quotidienne du dernier mois et trouva l'article qui l'intéressait. C'était une présentation assez complète de l'exposition à venir d'un précieux grimoire médiéval. En substance, les données qu'il avait lui-même entendues à la radio cette semaine-là. Il trouva enfin l'info qu'il cherchait :

« … sera restauré grâce au soutien de généreux mécènes. »

Le nom de la Fondation 18 n'était pas cité. Mais Philippe avait déjà avancé.

La fondation n'avait aucune expérience dans le mécénat. C'était la première fois qu'elle se lançait dans une aventure financière et d'image de ce type.

Il reformula alors sa demande, pour faire sortir tous les articles qui concernaient la Fondation 18 depuis l'année 1995.

La nuit promettait d'être longue.

Virginie et Paula patientaient dans le hall d'entrée de la fondation, une prouesse technique de béton armé et de verre qui évoquait par ses dimensions une station intergalactique. Le matériau lissé et verni au sol se mariait avec celui des murs, laissé brut. Tout n'était que nuances de gris, à l'exception d'une toile de grand format due à un artiste abstrait, où dominait le rouge vif. Un appareil sonna sur deux notes étouffées, et l'hôtesse d'accueil s'adressa aux deux envoyées du *Daily Eagle*.

— Vous pouvez monter : vingt-septième étage.

Elles se dirigèrent vers un ascenseur rutilant, une cage en chrome patiné et cuir noir, dotée de ce qui ressemblait à deux boutons d'appel couleur rubis luisant d'une pulsation fascinante.

— Trop rock'n'roll, le monte-charge, lâcha Paula avec un sifflement.

— Pas celui-ci ! les avertit la secrétaire. La cabine est réservée au directeur. Les ascenseurs destinés aux visiteurs sont de ce côté.

— Il y séjourne, c'est ça ? repartit Paula d'un ton gouailleur.

— Je l'utilise en tout cas fréquemment…

Les panneaux s'étaient effacés si prestement que les filles sursautèrent. D'un vaste compartiment capitonné de satin ardoise, contrastant avec l'ébène des boiseries, sortit un homme habillé avec élégance. C'était lui qui venait de parler. Nimbé d'une lumière bleutée qui émanait de la cabine dans son dos, il s'avança, souple comme un fauve, et tout aussi séducteur. Même le bouc qu'il portait au menton, loin de le déparer, paraissait une originalité supplémentaire, un trait d'esprit.

L'hôtesse d'accueil, peu habituée à voir le patron fouler le même sol que les employés, s'écria :

— Oh ! Monsieur le directeur…

Il salua les deux jeunes femmes d'une poignée de main subtile et douce, arrêtant longuement son regard sur chaque visage.

— Quel plaisir d'accueillir au sein de la fondation deux hymnes à la beauté !

« Il a une allure folle », pensa Virginie, qui ressentit une pointe de jalousie en se demandant s'il n'avait pas dévisagé Paula avec plus d'insistance. Intimidée, elle balbutia :

— Nous sommes du *Daily Eagle*.

— Qui est Eagle, et qui est Daily ?

Elles sourirent franchement.

— Paula Linski.

— Virginie Delondres.

Cette fois, la jeune journaliste fut comblée. Il la fixa comme si l'être profond de la jeune fille s'était soudain révélé à lui et l'avait conquis sur-le-champ.

— Tout juste diplômée de Columbia, n'est-ce pas ? Et brillamment !

Elle piqua un fard et baissa les yeux, espérant que personne ne remarquerait rien.

— Demetrius Torque, pour vous servir, fit-il en s'inclinant.

Les ondes de sa voix faisaient vibrer les nerfs, caressantes comme un câlin, mais stimulantes aussi comme le danger. Virginie se laissa délicieusement aller à cet appel. Par chance, elle s'était vêtue avec soin en vue de son entretien d'embauche du matin, et sa mise toute classique – jupe, cardigan à manches courtes et ballerines – faisait plus professionnel que sa tenue préférée, jean et sweat-shirt à capuche. Elle avança d'un pas et tendit avec assurance l'enveloppe qui lui avait été confiée.

— De la part de M. Ropp.

— Je connais bien Edward. Depuis de nombreuses années…

Il décacheta le pli, en sortit la lettre à en-tête du journal et fit une moue déçue.

— Votre patron n'a pas l'air d'apprécier notre offre.

— Il ne nous a pas fait part du contenu de sa missive, monsieur, répondit Virginie.

— Vous êtes pressées ?

Les deux jeunes femmes échangèrent un regard, mais Paula ne dit rien pour une fois. La journaliste opta pour la prudence :

— Pas vraiment. Pourquoi ?

— Je vais faire rédiger une nouvelle proposition, que je vous remettrai. Votre patron ne pourra pas la refuser. Voulez-vous me suivre ?

Il fit un pas en arrière et les invita à le rejoindre dans la cabine. Aucun bouton d'appel n'était visible mais quand il posa sa paume sur la paroi, les portes se fermèrent sans un bruit. Une brève pression sous leurs pieds leur apprit que l'habitacle avait entrepris son ascension – ou était-ce une descente ? Nul cadran ne fournissait la moindre indication.

Les secondes parurent interminables à Virginie, oppressée par la promiscuité avec cet inconnu. Paula, elle, semblait plus à l'aise. Elle avait adopté une posture branchée et gardait les yeux obstinément baissés.

Enfin l'ascenseur ouvrit ses portes sur un grand hall flanqué de part et d'autre par des cloisons de verre aux teintes inégalement foncées, mais pareillement froides. Intimidée, Virginie se laissa conduire dans une salle qui évoquait un boudoir victorien métissé de teintes gothiques. Paula suivait, toujours aussi nonchalante.

— Voulez-vous patienter ici ? Je suis à vous dans un instant.

Le directeur disparut. Virginie en profita pour glisser deux mots à sa copine.

— T'étais plus bavarde au journal !

— Je suis photographe, pas journaliste.

— T'abuses.

— Edward s'est adressé à toi. C'est ton boulot.

Demetrius Torque revint.

— Asseyez-vous, je vous prie. Dans cinq minutes, l'offre sera prête.

Il sourit et enchaîna :

— Quand Edward a été contraint de renoncer à publier son enquête sur notre fondation, je l'ai appelé. Nous n'étions pour rien dans la censure municipale. Aussi, je lui ai proposé de nous rencontrer pour discuter des faits. Il a refusé. Quel dommage ! J'aurais pris le temps de lui dévoiler notre fonctionnement.

Les lumières savamment tamisées enveloppaient la scène d'une atmosphère feutrée.

— Les conclusions de l'enquête étaient donc fausses ? rétorqua Virginie.

La photographe fit de grands yeux à sa compagne et s'enfonça dans son siège.

— Pas toutes, il faut le reconnaître, mais certaines l'étaient à coup sûr. Nous avons commis des erreurs, essuyé beaucoup d'échecs, mais nous avons créé en trente ans plus de cinq cent mille logements. Les enquêteurs du *Daily Eagle* se fondaient sur des dérives qui ont concerné au maximum zéro virgule un pour cent de nos projets. Des faits de corruption et des actes peu recommandables sont attestés, mais les responsables ont tous été licenciés.

Virginie réfléchit : pouvait-elle pousser son investigation ? La sincérité de son interlocuteur paraissait réelle et il les prenait au sérieux, mais la jeune reporter avait en tête les mises en garde de Paula. Elle ne savait que penser. Au cours de ses études, elle s'était forgée une image solide d'elle-même en train de questionner sans relâche chaque détenteur d'un pouvoir, pour faire surgir les incohérences ou pointer des invraisemblances. Mais rien ne l'avait préparée à des jeux aussi subtils. Elle eut soudain envie d'être très loin, sur Shelter Island, à l'abri de l'atmosphère déstabilisante où elle évoluait depuis le matin. Elle n'était pas prête. Cependant, leur hôte continuait :

— Franchement, ce n'est pas ce qui m'a le plus peiné. Après tout, ces cas, même isolés, justifiaient une enquête. Mais il y avait plus dérangeant, et injuste, c'était l'intention qu'on a prêtée à notre fondation. Je le répéterai partout avec autant de force : nous sommes une association à but non lucratif et œuvrons uniquement pour le bien de nos concitoyens. Certes, la fondation représente aujourd'hui une puissance financière colossale, mais celle-ci est tout entière tournée vers l'amélioration de l'habitat. Nul n'ignore que l'urbanisme est un enjeu crucial sur une planète qui accueille près de sept milliards d'humains, dont plus de la moitié vivant en ville, et qui pourrait en compter près de dix à la fin du siècle. Enfin ! Edward est toujours le bienvenu ici. Comme vous deux, mesdemoiselles.

Sa voix capiteuse, ses intonations appuyées montaient insidieusement à la tête. Virginie se sentait délicieusement vulnérable. Elle jeta un coup d'œil à Paula. La sculpturale brune avait croisé ses longues jambes de manière audacieuse et elle effaçait ses épaules pour mettre en valeur sa poitrine. D'un air détaché, elle observait ses ongles peints d'une couleur sang. Elle était splendide.

Une jeune femme blond vénitien à la peau café au lait, que Virginie avait aperçue dans le hall, entra. La jeune journaliste admira sa tenue discrète mais parfaite, dans le genre BCBG.

— Merci, Sue, fit le directeur en frôlant ses mains qui tendaient le parapheur.

Il parcourut le courrier du regard, apposa sa signature, plaça le feuillet dans l'enveloppe apportée par l'assistante et remit le tout à Virginie.

— Dites à Edward que j'attends sa réponse avec impatience et renouvelez-lui mon invitation. Quant à vous, j'espère que vous me ferez l'honneur d'être présentes lors de la signature avec le maire de New York, ce jeudi. Mon assistante vous adressera au journal un laissez-passer personnel. Nous ferons mieux connaissance à cette occasion.

Cinq minutes plus tard, les deux jeunes filles marchaient sur le trottoir de la 5ᵉ Avenue.

— On va boire un coup à Times Square ? proposa la photographe.

— On porte la lettre d'abord ?

— Tu rigoles ? Il est la demie, le temps qu'on prenne le métro et qu'on descende jusqu'au journal, il sera 20 heures passées. Il n'y aura plus personne. Ce n'est pas un soir d'élections !

— Tu es sûre qu'ils ne nous attendent pas ?

— Si j'appelle maintenant, je te parie que personne ne répondra.

Elle composa le numéro sur son portable et patienta quelques instants avant de raccrocher.

— Tu vois ? J'avais raison, fit-elle en rangeant l'appareil.

— OK, je te suis.

— Tu connais ce coin ?

— On vient à chaque Nouvel An avec mon père.

— Tu mériterais d'habiter le New Jersey ! Une vraie Bécassine, la railla Paula, hilare.

Virginie ne comprenait pas. Elle aimait bien ce moment partagé avec Philippe.

— Je suis sûre qu'on recommencera, cette année ! affirma-t-elle.

— Te fâche pas… Italien ou irlandais ?

— Je ne connais pas la cuisine irlandaise, répondit Virginie.

— Je te parle pas de petits plats, mais de serveurs. T'es trop ! Je t'adore.

Paula lui déposa un baiser sur la joue. Virginie se laissait aller à l'ascendant qu'exerçait sur elle la brune ; elle se découvrait une nouvelle vie, une personnalité inconnue. Elle s'extirpait de sa carapace. Tout ce qui avait constitué son monde, Philippe, Humphrey, la grande maison de bois, la Buick, le ferry, les études sages, se condensait en images douces et lointaines. Même le roman des Dolce avait perdu de son urgence. Il dérivait vers le passé, avec la petite fille que le conte avait tenue en haleine.

— Bon, si je te dis : Martini ou bière ?

Paula souriait en lui posant la question. Elle irradiait de féminité.

— Bière ! décida Virginie. Les serveurs irlandais seront moins collants.

— Bravo ! acquiesça la photographe.

Elles coupèrent entre les pâtés de maisons pour rejoindre Broadway. En chemin, Virginie essaya d'appeler son père, sur le fixe, puis sur son portable. Mais il l'avait éteint. Elle lui laissa un message.

Elle avait l'impression de faire ses premiers pas dans le monde des adultes.

Vers 21 h 45, Philippe se redressa, le dos raide et la nuque douloureuse. Ses yeux lui brûlaient.

Il avait reconstitué l'histoire des réalisations de la Fondation 18 sur la période de sa grande expansion, entre 1995 et 2005. Quelques sondages ciblés dans les journaux de la période 1972-1995 avaient évoqué la crise responsable du changement de direction et de gestion des années 1980. L'association avait connu une seconde naissance avant de monter en puissance et de devenir un groupe financier, sous l'égide d'un directeur providentiel, Demetrius Torque. L'homme était discret. Il fallait lui reconnaître du génie dans l'organisation des affaires.

Philippe avait aussi retracé les événements survenus autour du Metropolitan Museum depuis le dimanche précédent.

Les deux histoires se recoupaient : la Fondation 18 avait financé le transfert, l'étude et la restauration du grimoire. Grâce aux sommes pyramidales offertes par l'association, les découvreurs du manuscrit, une équipe d'archéologie anglo-saxonne et romane installée à Oxford, avaient consenti à se séparer provisoirement de l'ouvrage et à le laisser partir outre-Atlantique, où le laboratoire des manuscrits du Met de New York permettrait de produire un incomparable matériel de recherche grâce à sa technologie dernier cri.

Songeur, Philippe rassembla ses notes, rangea ses carnets. La salle de lecture fermait. Il gagna la sortie et s'enfonça dans la nuit. Il ralluma son portable pour téléphoner à sa fille. Celle-ci dînait avec sa nouvelle amie, comme il l'apprit par un message. Elle avait dû terminer son repas maintenant. Il composa son numéro, mais seule la messagerie lui répondit.

— C'est bien la peine de se balader avec son téléphone ! maugréa-t-il.

Il laissa à son tour un message. « Ma petite Virginie, j'espère que tu passes une douce soirée. Je me réjouis que tu ne sois pas seule. De mon côté, je suis certain que l'exposition du grimoire a servi à piéger les Dolce. Je cherche actuellement à reconstituer le circuit des événements. N'essaie pas de me joindre à la maison, je n'y suis pas. Et si tu entends parler autour de toi, au journal, d'un événement insolite, comme celui qui a eu lieu au Metropolitan Museum dimanche dernier, *surtout*, surtout, préviens-moi aussitôt ! Inutile de te dire que je suis très soucieux. »

Puis il se mit en quête d'une boutique encore ouverte pour acheter quelque chose à manger. Il n'avait rien dans l'estomac depuis le matin. Ensuite… Eh bien, il dormirait dans la voiture, à la dure. La salle de lecture rouvrait le lendemain, à 7 h 30. Il fallait poursuivre l'enquête sans relâche, trouver le chaînon manquant.

Dans l'oppressant brouhaha du pub, Paula vidait déjà sa quatrième chope de Guinness alors que Virginie avait du mal à finir sa pinte.

— Faut pas avaler la mousse, lui apprit sa nouvelle amie.

— Parce qu'en plus il y a des règles ? ronchonna Virginie.

— Elle sert à marquer ton verre. Tu y dessines tes initiales quand tu t'éloignes, pour retrouver ta bière au retour, vu qu'ici tout le monde boit la même chose. Le but, c'est qu'il ne reste plus que la mousse et ta signature, à la fin.

Virginie secoua la tête, feignant le découragement :

— Trop technique pour moi !

Paula éclata de rire et choqua son verre contre celui de Virginie.

— Si mon père me voyait…

— Il te tuerait ? se moqua Paula.

— Pas du tout. Il est juste un peu décalé.

— Et ta mère ?

— Je n'en ai pas, dit Virginie en souriant.

— Mince ! Navrée d'avoir gaffé. Ça ne te rend pas triste ?

Virginie pouffa en voyant la mine catastrophée de sa collègue.

— Je n'ai qu'un père, mais lui m'a choisie. J'ai été adoptée.

— Tu as de la chance…, commenta la brune, pensive.

— Pourquoi ? Ça s'est mal passé de ton côté ?

Paula éluda la question :

— Raconte-moi votre rencontre. Tu avais quel âge ?

Le visage de Virginie s'illumina. Cette première journée avec Philippe resterait à jamais la plus belle de sa vie.

— Je venais d'avoir cinq ans. Il n'y avait pas eu de gâteau, et encore moins de bougies au réfectoire.

— Sympa, l'orphelinat.

— Ils rigolent pas, dans l'Illinois. Mais Philippe, quel cadeau ! D'abord... il avait l'air immense.

Paula l'interrompit.

— Pas si vite. Tous les détails, t'es journaliste ou non ?

Elles rirent. Virginie se redressa sur son tabouret de bar et reprit par le menu :

— La directrice m'avait demandé de m'habiller avec le plus grand soin. On savait toutes ce que cela signifiait.

— Vous n'étiez que des filles ? Pas de garçons ? demanda Paula.

— T'es bouchée ou quoi ? Je t'ai dit que c'était dans l'Illinois...

— C'est pour ça que tu détournes la tête chaque fois qu'un mec te reluque.

Virginie haussa les épaules et continua :

— Les autres filles me dévoraient des yeux, avec mon cardigan bleu marine. Certaines étaient envieuses, d'autres tristes... Moi, j'étais crispée, mais prête. Super motivée.

Elle but une gorgée de sa Guinness blonde en essayant d'éviter la mousse, mais s'en emplit les narines, ce qui la fit éternuer.

— J'accompagnais la directrice dans le couloir du rez-de-chaussée, les pas résonnaient tellement que j'essayais de marcher sur la pointe des pieds. « Tiens-toi droite ! » m'a-t-elle fait. Le couloir... Je te jure, Paula, il faisait mille kilomètres de long. Ça n'en finissait pas. On n'allait jamais jusque-là dans la journée. Et puis on est entrées dans une pièce très claire, que je ne connaissais pas.

Virginie avait les yeux brillants ; Paula n'en perdait pas une miette, fascinée.

— Philippe était là… haut comme un géant. C'était la première fois que je voyais un nœud papillon. Depuis, je lui en offre un à chaque Noël !

Elles éclatèrent de rire ensemble. Tout était naturel entre elles. L'amitié était en train de prendre ses marques, doucement, comme une évidence.

— J'ai pas osé demander où se trouvait ma future maman. Lui s'est penché vers moi. J'avais peur qu'il change d'avis, mais il m'a pris la main. J'ai tout de suite su que c'était lui. Je ne marchais plus, je volais ! Jusqu'à ce qu'on rentre dans la Buick flambant neuve, je craignais une catastrophe.

— Par exemple ? questionna Paula.

— N'importe quoi, un tremblement de terre, un débarquement de Martiens. Mais rien n'est arrivé et je suis montée à l'arrière. Je me souviens encore de l'odeur du cuir… Il a toujours cette voiture ; de toute façon, je lui interdis de la vendre. J'ai regardé de tous côtés, persuadée que ma mère allait surgir, mais il a démarré. Voilà. Pas de maman, mais un papa. C'était déjà inespéré… J'avais cinq ans et onze jours.

Elle s'arrêta, termina sa pinte sans avaler la mousse et montra le verre à Paula comme si elle tenait un trophée. La photographe l'applaudit. Virginie, elle, pensait à la réflexion de sa nouvelle amie sur ses relations avec les hommes. Elle avait consacré tout son temps à profiter de son père ; alors, les garçons… Elle commanda d'un geste un deuxième verre, comme elle l'avait vu faire à sa compagne, et la défia du regard, rieuse.

— À toi de me raconter, maintenant, lança-t-elle.

Paula but une gorgée, s'assombrit et répondit :

— Moi ? J'ai rêvé que mes parents m'abandonnent.

Les parents Dolce ne poussèrent la porte de leur habitation magique qu'à la nuit tombée. Ils avaient pris un taxi qui les avait menés dans une direction diamétralement opposée à celle de la 53e Rue, puis avaient effectué un parcours compliqué avant de rentrer séparément, Rodolpherus d'un côté, et Melidiane et son père de l'autre, pour ne pas être repérés.

— Je ne sens pas sa présence, gronda la mère de Leamedia, entre déception et colère, aussitôt qu'elle fut dans la maison.

Rodolpherus, lui, était terriblement inquiet.

— C'est fâcheux, déclara Melkaridion en s'asseyant. Si la Guilde noire l'attrape, nous sommes condamnés à fuir pour toujours. À quatre, nous sommes condamnés à des opérations magiques de moindre envergure, comme tresser des branches d'arbre, ou faire d'une pierre un tas de sable. Autrement dit, c'est la fin. À cinq, nous pourrons nous opposer à nouveau, reconstruire un contre-pouvoir. Et tenter de faire revivre notre guilde.

Un silence pesant s'installa entre eux.

— Et Antonius ? fit Rodolpherus en tendant l'oreille.

Quand il était là, leur fils jouait de la musique, ou descendait retrouver ses parents. Mais il n'avait pas bougé.

Melidiane s'apprêta à l'appeler ; Rodolpherus lui posa la main sur le bras.

— Je crois qu'on a assez crié pour cette année. Venez, c'est à nous de monter.

Ils trouvèrent Antonius, dans sa chambre, en train d'écrire sur une partition de musique vierge. La pièce s'agrandit quand ils entrèrent.

— Elle n'est pas là, leur apprit-il, anticipant leur question.

Il fredonnait sa composition dans la tête pour que sa mère n'entende pas ses pensées. Melkaridion pouvait le faire en toutes circonstances, mais il était sûr que son grand-père ne le tenterait pas.

— Elle ne rentrera pas, elle est venue me le dire, poursuivit-il.

— Et tu n'as rien fait ?

— Qu'est-ce que tu voulais que je fasse, maman ? C'était à la sortie du lycée, j'allais pas l'attacher et la mettre sur mon dos, elle ne se serait jamais laissé faire.

— Tu aurais pu tenter quelque chose ! s'emporta Melidiane.

Antonius se leva, blessé par le ton :

— Si elle s'en va, ça n'est pas ma faute. Passe pas tes nerfs sur moi !

Un silence lourd et tendu s'abattit sur la pièce.

— Et puis, si, j'ai fait quelque chose. Je lui ai parlé puisque, avec vous, ce n'est plus possible. J'ai essayé de la convaincre d'attendre au moins demain. Je lui ai dit que j'avais traversé avant elle cette adolescence interminable, comme un vestibule de la vie qui n'en finit pas. C'est le thème de la chanson que je suis en train d'écrire.

Melidiane se tourna vers les deux autres. Melkaridion restait impassible pour le moment. Simone, elle, était sortie de sa chevelure pour mieux écouter la conversation.

— Ce sera une belle chanson, glissa-t-elle à l'oreille de son maître.

Rodolpherus s'approcha de son fils et le regarda dans les yeux.

— Elle est en sécurité ?

— Pour autant que je le sache, oui.

Le père savait qu'Antonius n'en dirait pas plus. Il fit comprendre d'un geste à sa femme qu'il ne fallait pas le forcer.

— Comme il ne faut pas forcer Lea, ajouta leur fils.

Rodolpherus s'en agaça et Melidiane commenta, piquante :

— Moi, je ne t'écoute pas penser, aie la décence d'en faire autant avec nous.

— Excuse-moi, papa. J'ai voulu dire qu'il faut la laisser faire. Si elle nous rejoint pour son anniversaire, ce sera son choix, et plus le vôtre. Je crois que c'est ce dont elle a besoin.

— Et si elle ne vient pas ?

Melkaridion prenait enfin la parole, ce qui surprit tout le monde. Antonius regarda son grand-père dans les yeux.

— Il nous faudra changer de vie, j'imagine, de nom, de pays. De mémoire peut-être aussi. Je n'en sais rien.

Il s'adressait à son aïeul en adulte. Il avait un peu plus de vingt-cinq ans en âge magique. Tout le monde venait d'en prendre conscience en l'écoutant.

Melkaridion s'avança vers lui et s'assit sur son lit avec lui.

— Nous ne sommes pas une famille ordinaire. Nous défendons une caste, une conception de la vie et la possibilité d'un avenir. Il me faudra prochainement transmettre ce que je sais. Et l'héritage des secrets doit aller aux plus jeunes d'une lignée. Ce sera toi, ta sœur, ou les deux peut-être. Le destin n'a pas encore choisi. Mais ce que je sais, c'est que notre guilde, et maintenant notre famille, a la lourde responsabilité d'une quête. J'en ignore encore le but. Je l'ai cherché toute ma vie, ma mère n'a pas eu le temps de me le transmettre, mais elle me l'a fait écrire, pour qu'un jour je le décrypte. Elle se nommait Lancelia. Elle était la fille unique de Merlin, qui n'engendra qu'un seul enfant, contrairement aux autres membres de notre guilde. Il reporta sur elle l'ensemble de ses pouvoirs, ce qui fit d'elle une magicienne remarquable et détermina la puissance de notre lignée, qui n'a pas sa pareille à cet égard.

— Merlin est une légende, papy.

— Je t'ai déjà prié de m'épargner ce sobriquet. Pour te répondre, les romans ont fait de Merlin un personnage légendaire, mais il ne méritait pas un tel honneur. Il a manqué d'humilité, a préféré la gloire à l'anonymat qui régissait notre guilde, et même si le monde entier connaît son nom, nous autres magiciens lui devons le début de notre fin. Telle est la vérité sur Merlin, fils. Vers l'an mille, la terre était peuplée d'un nombre incalculable de magiciens. Le flux magique était si fort que l'on pouvait jeter quantité de sorts sans se préoccuper de gérer la pénurie d'énergie. Mais de siècle en siècle, nous fûmes persécutés, pourchassés. Les humains ressentaient notre différence comme un danger, et les sorciers attisaient cette défiance. C'est pourquoi il ne reste plus qu'une seule famille de magiciens au monde aujourd'hui.

— Pourquoi choisir ce jour pour m'expliquer cela ? Pourquoi n'avoir rien dit avant ? À moi et à Lea ?

— Il faut un temps pour tout. Sans cette épreuve que nous traversons, tu aurais prêté une oreille plus distraite à ce que je te raconte.

— Peut-être que non.

Antonius sentait le nom des Dolce résonner en lui. Melkaridion continua :

— J'ai payé un lourd tribut pour défendre notre caste.

— Contre la Guilde noire ? demanda Antonius.

— Oui. C'est Anademe qui la nomma ainsi.

— Qui est Anademe ?

Antonius n'avait jamais entendu ce nom.

L'aïeul jeta un regard vers Rodolpherus. Celui-ci lui fit un signe de la tête et sortit de la pièce. Melkaridion posa sa main sur la cuisse d'Antonius pour qu'il ne le suive pas.

— La mémoire n'est pas toujours une compagne douce et aimante. Anademe était le père de ton père. Il était mon ami, d'une fidélité sans faille. Il vivait en Europe et était le gardien d'un de nos puits les plus actifs.

— Nous possédions des puits ?

Antonius ne comprenait pas. Melidiane prit la parole.

— Nous, personnellement, non, mais notre guilde, oui. Il existe cent puits à travers le monde. Il appartient à tout magicien de les trouver et de les visiter pendant son existence. C'est la seule eau que tu pourras boire ta vie durant. C'est pourquoi il nous faut voyager. Ils se trouvent sur la route des origines.

— Tu lui expliqueras cela un autre jour, ma fille, l'interrompit Melkaridion. Le temps presse. Je vais à l'essentiel : au début du XXe siècle, je suis venu rendre visite à Anademe. Ta mère avait huit ans d'âge humain, et son frère, Guileone, onze.

La voix de Melkaridion avait tremblé à l'énoncé du prénom de son enfant disparu.

— Tous deux étaient nés dans les années 1860. Nous vieillissions beaucoup moins vite avant la Seconde Guerre mondiale, car le flux magique restait puissant. Les magiciens étaient encore nombreux sur terre. C'est au cours de ce conflit mondial qu'ils finirent d'être exterminés. Les périodes de guerre, avec leurs désordres, avaient de tout temps été favorables aux sorciers, et beaucoup de magiciens périrent en essayant de sauver des humains au cours de celle-ci.

Il se tut un instant avant de poursuivre :

— Je te raconterai tout cela une autre fois. La raison de notre voyage était la montée en puissance de la Guilde noire, une assemblée de sorciers. Anademe avait été localisé. Il lui fallait de l'aide pour dissimuler le puits avant que nos ennemis ne le découvrent et s'en rendent maîtres. Mais ceux-ci étaient déjà sur place à notre arrivée. Quand Anademe sortit de sa cachette pour nous accueillir, il fut pris pour cible. Mon premier soin avait été de cacher les enfants, avant de me porter au secours de mon ami.

— À quoi ça ressemble, une bataille contre des sorciers ? s'enquit Antonius.

— Eux ne se privent pas de tuer, tandis que nous n'en avons pas le droit. Si nous provoquons la mort d'un homme ou d'un des leurs après notre décoiffage, nous perdons nos pouvoirs, notre mémoire. Nous devenons humains. Et si nous assassinons délibérément, nous nous transformons à notre tour en sorciers.

— Comment les combattre, alors ?

— Nous avons avec nous la nature, les éléments. Nous pouvons retourner leur force contre eux, les mettre hors d'état de nuire sans les achever. Les solutions sont nombreuses quand tu dois rester en vie.

— Qu'est-il arrivé à Anademe ?

— Quand je pus enfin le rejoindre, il tua pour me sauver la vie.

— Il est devenu un sorcier ?

— Non. Il avait tué dans l'urgence, sans préméditation, parce qu'il ne pouvait pas faire autrement. Il oublia dans la minute qui suivit son geste qui il était, et qui était son fils. Rodolpherus, dont la mère avait été tuée par les sorciers peu après sa naissance, vit son père le dévisager comme un inconnu. C'est le pire regard que tu puisses croiser dans ta vie.

Melkaridion s'était tu. Les souvenirs violents de cette matinée d'avril 1906 le faisaient suffoquer. Après de longues minutes de recueillement, le grand-père, qui semblait plus vieux que jamais, reprit la parole.

— Il s'est condamné délibérément pour que je perpétue les secrets que m'avait transmis ma mère.

Il inspira à fond et continua, ému :

— Quant à Guileone, mon fils, il s'était mêlé à la population du village voisin avec les autres enfants, comme je le leur avais demandé. Anademe, ayant perdu la mémoire, fut exhibé à la population. On fit proclamer que j'étais prisonnier et que si les enfants des magiciens ne se rendaient pas, tout le village et ses occupants seraient brûlés. Guileone fit un pas en avant. Rodolpherus avait éventé la ruse et empêcha ma fille de suivre son frère. Il lui sauva ainsi la vie. On donna un pistolet à Guileone et celui qui dirigeait les sorciers l'obligea à exécuter Anademe d'une balle en pleine tête, à ce qui m'a été rapporté. Mon meilleur ami fut tué par mon fils après m'avoir sauvé la vie ! Guileone devint un meurtrier, avant même d'avoir été décoiffé. Il fut emmené, et je ne l'ai plus jamais revu. La perte d'un enfant est une douleur que même un magicien ne peut supporter.

Les larmes de Melkaridion se mêlaient à ses paroles. Melidiane, toute à ces souvenirs douloureux, laissait échapper aussi des pleurs où Antonius voyait apparaître les images du drame. Le vieux magicien rescapé avait emmené Rodolpherus, le fils de son ami, et l'avait aimé comme son propre enfant.

Ce dernier revint se joindre à eux, le front plissé par le souci. Il posa la tête de sa femme contre son épaule et ils demeurèrent ainsi jusqu'à ce que Melidiane s'apaise. Son visage retrouva peu à peu son modelé parfait.

L'aïeul paraissait plus vieux et fragile que jamais. Il resta longuement recueilli. Antonius partageait le chagrin des siens, sa composition musicale oubliée.

Le jour se levait. Melkaridion, soutenu par Melidiane, sortit. Mais au moment de franchir le seuil, il se retourna vers son petit-fils :

— Avant que Lea ne prenne la décision qui lui appartient, il est de ton devoir de lui transmettre notre histoire. On ne peut pas décider de sa vie dans l'ignorance. Au coucher du soleil, ce soir, il sera trop tard.

Melidiane ajouta :

— Sois très prudent. Si tu croises une voiture blanche avec deux femmes à l'intérieur, prends la fuite. L'une d'elles est en relation avec l'homme qui vous observait à la sortie du musée, c'était écrit sur sa rétine. N'essaie pas de les combattre.

Mercredi 22 juin 2011

Quand Virginie ouvrit enfin un œil, elle constata que le réveil avait sonné quarante minutes plus tôt. Elle n'avait rien entendu.

— Oh, ma tête ! gémit-elle.

Le jour entrant à flots par les baies vitrées lui semblait particulièrement agressif.

Elle revit le pub irlandais, les rires, les pintes de bière, les danses celtiques sur le bar, d'autres bières encore ; le métro en panne, le taxi pris à 3 heures du matin sur la 7e Avenue avec Paula, hilare. Puis son désarroi quand, les cheveux dans les yeux, l'estomac au bord des lèvres, elle avait ouvert la porte du studio de Tribeca. Les vêtements étaient pliés ou suspendus sur des cintres, les livres avaient trouvé leur place sur les étagères et les peluches, alignées sur le bord des fenêtres, semblaient lui reprocher sa nuit de débauche. La pièce était entièrement rangée. Philippe s'était occupé seul de l'emménagement la veille, avait monté ses paquets et ses cartons, tout installé, sans rien lui dire, pour qu'elle se sente chez elle quand elle rentrerait le soir. Sans ôter ses vêtements, écœurée, elle s'était jetée sur le canapé et avait sombré dans l'inconscience.

Le retour à la réalité était brutal. Il lui restait un quart d'heure pour se préparer. Elle se dévêtit, entra dans la douche en frissonnant. L'eau était glaciale et ne commença à se réchauffer que quand elle eut fini de se savonner. Transie, elle ébouriffa ses cheveux courts et enfila un jean plutôt que de repasser une jupe. Baskets, tee-shirt et sweat à capuche, c'était assez bien pour faire du classement au *Daily Eagle*. Elle était prête. Elle achèterait un *cream bagel* avant d'entrer dans le métro.

Elle se dirigea vers la commode près de l'entrée pour prendre l'enveloppe que le ténébreux Demetrius Torque lui avait confiée. Elle ne s'y trouvait pas.

— Ce n'est pas le moment ! s'énerva-t-elle.

Elle chercha partout, retourna tous les coussins, vida la poubelle, regarda sous le tapis… Elle ne découvrit qu'une carte de deux de trèfle oubliée dans le canapé par l'un des hôtes de Mme Stingmann. L'enveloppe était perdue !

La panique lui brouilla le cerveau. Elle vida son sac, bien inutilement car le document était assez grand pour être visible au premier coup d'œil, même plié. Le pire était qu'elle ne gardait aucun souvenir de la lettre, après le moment où elle lui avait été remise.

Accablée, elle se laissa tomber sur le canapé. Le mieux était de ne jamais retourner au journal. Elle faillit appeler son père. Mais il faudrait lui raconter sa soirée. Elle s'en voulait de n'avoir rien contrôlé dès le premier jour de sa vie d'adulte. Elle préféra remettre à plus tard. Il avait tenté de la joindre dans la soirée. Elle écouterait son message dans le métro.

— S'il savait…, pensa-t-elle tout haut.

Elle composa le numéro de sa nouvelle amie.

— Paula ? Il m'arrive une catastrophe ! cria-t-elle avant même de dire bonjour à la photographe.

— T'inquiète, l'honneur est sauf ! On s'est contentées de picoler.

— Je ne parle pas de ça. J'ai perdu le courrier, tu ne l'aurais pas récupéré par bonheur ?

— La proposition de la fondation ? chuchota Paula.

— Pourquoi tu parles tout bas ?

— Parce que je suis déjà au boulot, mademoiselle la journaliste.

— Ça craint, je suis encore chez moi.

— J'en reviens pas que t'aies paumé l'offre ! Tu m'éclates. Rapplique, je te couvre.

Virginie raccrocha, défaite.

Elle était en retard, avait perdu un document confidentiel et stratégique, s'était saoulée la veille et trahissait la confiance d'un père adorable.

On frappa à sa porte. Mme Stingmann fit irruption dans le studio, brandissant une liasse de billets d'un dollar qu'elle agitait en tous sens, les yeux brillants.

— Ah ! Mademoiselle Delondres. Rien qu'avec une paire de huit, vous vous rendez compte ?

Elle portait une jupe un peu trop courte pour ses quatre-vingts ans. Sans s'attarder à demander une autorisation, elle se mit à fouiller le canapé, retournant à nouveau les coussins un à un.

— Je viens de le faire, lui dit Virginie.

Mme Stingmann se redressa avec difficulté.

— Mme Blinkwood, qui habite au-dessus, a oublié ses gains samedi dernier. Il y en a tout de même pour huit cents dollars ! Elle était assise là toute la soirée.

— Je n'ai rien trouvé, je vous assure. Moi, j'ai perdu une grande enveloppe.

— C'est moins cher.

— Pas sûr. Si je mets la main sur le pactole de Mme Brinkwood, je vous préviendrai.

Philippe Delondres était déjà au travail depuis deux heures. Les cheveux en bataille, la mise défraîchie, l'œil rougi et les joues grisâtres de celui qui ne s'est pas rasé, il se faisait apporter les cartons d'archives contenant les journaux et compulsait une à une les références. Il venait de parcourir ceux des années 2005-2008. Poursuite du programme d'acquisitions ciblées, réhabilitations saluées, signatures d'accords de partenariat dans les principales villes, publication des comptes, l'insolente puissance de la Fondation 18 s'étendait sous ses yeux. Un article attira plus particulièrement son attention : il s'agissait d'une tribune, signée du directeur, Demetrius Torque, plaidant habilement pour un usage rationnel de l'espace du dessous, les sous-sols des grandes villes. Philippe cherchait l'erreur. Il n'y en avait pas. Seul le *Daily Eagle* de Brooklyn avait en son temps émis des réserves sur la politique urbaine de la fondation, contraire à l'éthique de la démocratie citoyenne. C'était en 2008. Mais la campagne de presse avait tourné court. Seul le *New York Times* s'en était fait l'écho.

Le quotidien de référence de l'actualité new-yorkaise avait toujours usé avec parcimonie de la photographie dans ses colonnes. C'est pourquoi ce fut seulement vers 9 h 30, ce mercredi, qu'il tomba sur le chaînon manquant. Et encore, ce fut par hasard.

Il rapportait le carton de décembre 2008 pour emprunter celui de janvier 2009, où quatre articles mentionnaient la Fondation 18, quand son regard fut attiré par les présentoirs où s'affichait la presse quotidienne fraîchement livrée.

La une du *New York Times* titrait sur l'accord historique qui devait être signé le lendemain. « New York vend ses sous-sols. L'espace souterrain est concédé par bail emphytéotique de quatre-vingt-dix-neuf ans à l'association caritative. » La nouvelle n'en était pas une : c'était la principale affaire de politique locale de la semaine, elle remplissait les colonnes de la rubrique « Société » depuis huit jours. En l'honneur de l'événement, deux portraits de grand format se regardaient en une. Le premier représentait le faciès bien connu du maire de New York ; l'autre, un visage que Philippe n'aurait jamais cru associer à ce chapitre de l'histoire new-yorkaise.

Il l'avait vu, pour la première et dernière fois, à Philadelphie, avant l'adoption de Virginie. Le professeur d'histoire avait remonté la piste de Rodolpherus et celui-ci, contacté, avait accepté une rencontre. Rendez-vous pris au café, Philippe, arrivé en avance, guettait l'arrivée de son ancien condisciple. Avec une émotion exaltée, il avait reconnu sa silhouette sur le trottoir opposé. Il avait beau connaître le principe de jouvence des magiciens, il n'en croyait pas ses yeux. Rodolpherus avait à peine changé et arborait l'allure d'un trentenaire alors que Philippe marquait visiblement ses soixante ans bien sonnés.

Soudain, une voiture avait stoppé à la hauteur du magicien. Deux costauds en avaient jailli et ils venaient de l'empoigner pour l'attirer de force dans l'habitacle. Philippe s'était jeté au milieu de la circulation. Un véhicule avait freiné pour l'éviter et avait été percuté par celui qui le suivait.

Le professeur lui-même avait culbuté sur le capot d'une berline et était retombé sur ses jambes, miraculeusement indemne. Au bord des trottoirs, les passants s'attroupaient, les cris fusaient. Des klaxons retentissaient. Rodolpherus, lui, avait profité de la confusion pour se débarrasser de ses adversaires, qui gisaient au sol, et il n'était en vue nulle part. Philippe s'était rué vers la voiture des ravisseurs, mû par une colère qui lui donnait un sentiment d'invincibilité. Derrière la vitre, le conducteur avait tourné le visage vers l'intrus. Le professeur d'histoire et l'inconnu au bouc et aux cheveux noirs s'étaient dévisagés. Tout s'était suspendu, les cris, la sirène de police dont la stridence augmentait de seconde en seconde, même le temps. Le face-à-face s'était prolongé ; enfin, le flux de haine contrariée de l'agresseur s'était brisé contre la furie du professeur. D'une main de fer, celui-ci avait agrippé la portière, comme pour l'arracher. Rien n'aurait pu lui résister. À ce moment, les deux malabars s'étant hissés dans l'habitacle du côté opposé, le conducteur avait écrasé la pédale d'accélération. Philippe avait été traîné sur plusieurs dizaines de mètres, avant de lâcher prise, étourdi. Il avait roulé sur la chaussée et s'était retrouvé sur le dos, meurtri dans son corps et son âme. Le magicien avait failli se faire enlever par ses ennemis sous ses yeux, sans doute à cause de lui. Il n'avait plus jamais osé le rappeler, de peur de le mettre en danger. Dans la semaine, il avait liquidé ses affaires et ses abonnements à Philadelphie et s'était installé, incognito, dans l'État de New York.

Philippe posa le carton d'archives et s'avança vers le présentoir. Les années s'effaçaient. Le visage séduisant qui s'étalait devant lui, à peine changé, était celui d'un être qu'il savait habité par le mal. Le professeur en retraite banda ses vieux muscles : le défi lancé entre les deux hommes, à Philadelphie, n'avait pas été annulé. Le duel restait à venir.

Dans un état second, il approcha ses yeux brûlants de fatigue de la légende. Il devinait déjà ce qu'il allait lire et c'est sans surprise qu'il apprit l'identité de son ennemi : « Demetrius Torque, le tout-puissant directeur de la Fondation 18 ».

Il resta longtemps debout au même endroit. De nombreux éléments lui manquaient, mais il savait comment retrouver les Dolce.

Cependant il ne s'agissait pas seulement de les retrouver. Il fallait les sauver. Et il y avait autre chose dont il était certain : il ne pouvait accomplir ce dessein sans s'exposer. Il devait absolument parler à Virginie. Mais il était urgent, aussi, de la protéger.

Comment affronter la fondation, avec ses réseaux, sa puissance financière et sa réputation impeccable, quand on est un banal et obscur retraité ? Tel était l'objet de la réflexion du vieillard. À cette équation démesurée, il voyait une solution qui ne demandait qu'un peu de courage physique. Mais l'homme des livres savait depuis l'incident de Philadelphie qu'il possédait ce genre de bravoure.

Antonius était resté quelques heures seul, entre le lever du jour et le moment de partir au lycée pour ses examens. Il avait essayé d'endormir son corps ; en vain. La maîtrise parfaite du sommeil ciblé que pratiquaient ses aînés ne s'acquérait qu'avec les années. Les pensées et les questions qui agitaient sa conscience diffusaient de la nervosité dans ses yeux, ses épaules, son ventre, le long de son dos et de ses articulations. Chaque fois qu'il réussissait à dénouer une contraction, une autre se manifestait ailleurs.

Leamedia avait osé. Lui, jamais. La juger égoïste n'y faisait rien, il admirait cette capacité de ne pas douter, de choisir un camp, une couleur, un destin.

Il se leva de son lit, sur lequel il s'était assis tout habillé, adossé contre le mur. Il regarda un long moment le petit bus londonien qui trônait au bout de sa table de travail et sourit. Il savait ce qu'il avait à faire. Il prit son sac et sortit de sa chambre.

En bas, dans la cuisine, Rodolpherus prenait son petit déjeuner.

— Dis-moi, papa, on va bientôt partir ?

Son père arrêta son geste. Il savait qu'Antonius pouvait entendre sa dernière pensée, mais il se retourna quand même vers lui.

— C'est certain, fils. Bien plus tôt qu'on ne le croit.

Antonius baissa la tête.

— J'ai construit des relations ici.

— Tu ne les perdras pas vraiment. Et tu t'en feras de nouvelles, ailleurs.

— Et David ?

Rodolpherus parut embarrassé.

— J'ai eu un ami très cher quand j'avais douze ans d'âge humain. Me séparer de lui m'a bouleversé, et je ne l'ai jamais oublié. Au fond, je ne l'ai pas réellement quitté.

Il regarda son fils.

— Tu feras un magicien sublime, j'en suis sûr.

— Est-ce que je ferais un bon sorcier ?

Ils sourirent.

— Il n'existe rien de tel, dit Rodolpherus.

— Ils ressemblent à quoi ? demanda Antonius, concentré.

— À toi, à moi. En fait, il y a plusieurs sortes de sorciers. Les magiciennes qui sont passées de l'autre côté, les magiciens qui n'ont pas été décoiffés et qui sont tombés entre les mains de la Guilde noire…

— Et Guileone ?

— Il est sans doute mort, et c'est peut-être mieux ainsi, lâcha Rodolpherus, blanc comme un linge.

L'extrême gravité de son expression était similaire à celle qu'Antonius avait observée chez son aïeul, quand il parlait de l'oncle disparu. Mais le jeune homme avait besoin de connaître ce qui lui avait été caché.

— C'est une éventualité, dit enfin le fils d'Anademe. Il y a une troisième sorte de sorciers…

Antonius comprit que son père ne lui apprendrait rien de plus sur Guileone, ce matin-là.

— … ceux qui ont assassiné volontairement.

— Papy m'a expliqué, pour eux.

— Mais ceux-là rejoignent leur âge humain, et tout le bénéfice de leur exceptionnelle conservation cellulaire est annulé d'un coup. La plupart des autres vieillissent moins vite que les humains, mais pas aussi lentement que nous. Le temps joue en notre faveur.

— C'est eux, la Guilde noire ?

— Elle est composée de sorciers et d'humains qui se sont associés à eux. Elle poursuit un projet qui suppose l'élimination des magiciens, même si j'en ignore bien sûr la teneur.

— Ils ont plus de pouvoir que nous ?

— Ils sont différents. Ils se nourrissent de la douleur, Antonius. L'acte du mal provoque dans leur cerveau des substances chimiques naturelles qu'on nomme agonistes, ce qui vient d'un mot grec qui signifie « combat », et qui développent les sens indispensables à la chasse et à la prédation : l'ouïe, la vue. Cette molécule stimule aussi l'agressivité, la nervosité.

— Il ne leur manque plus que les griffes.

— C'est un bon raccourci. Ils ont un pouvoir d'influence énorme, une puissance musculaire impressionnante et sont insensibles à la douleur.

— Superman était un sorcier ?

Rodolpherus sourit à la réflexion de son fils.

— Non, mais ils sont âpres au combat et il est difficile de les vaincre.

— Difficile, ou impossible ? insista Antonius.

Son père chercha loin dans ses souvenirs.

— Nous maîtrisons la nature. Quand les magiciens étaient nombreux, ils se servaient de tout ce qui était naturel pour les mettre hors d'état de nuire. Depuis que l'urbanisme et la pollution dominent, la lutte n'est plus aussi simple.

Le père et le fils se regardèrent dans les yeux. Rodolpherus savait que pour Antonius aussi certaines décisions se prendraient aujourd'hui.

— Je sais qu'à ton âge on a envie d'autre chose. De ses propres rêves.

Le jeune homme réfléchit longuement à ces dernières paroles.

— Oui. Un jour, il faudra que je vive les miens.

Puis il se dirigea vers la porte d'entrée et, en l'ouvrant, se retourna une dernière fois vers son père.

— Comment il s'appelait, ton meilleur ami ?

— Delondres. Philippe Delondres.

— La deuxième fois, ça sera la porte. Est-ce clair ?

— Cristallin, dit Virginie, la tête basse.

— Vous m'épargnez vos effets de style, et vous vous mettez au travail, ajouta Ryan du haut de son mètre cinquante.

Elle opina du chef, évitant toute réponse verbale. Quoi qu'elle dise, elle serait réprimandée.

Une fois le savon passé pour le retard, la stagiaire retourna à son bureau, où l'attendait Paula.

— T'as rien dit pour l'enveloppe, j'espère ? murmura cette dernière.

— Rien. Je vais mourir de honte !

— T'inquiète, le ridicule n'a jamais tué. Détends-toi, après tout, c'est qu'un bout de papier.

— Je rate tout ce que j'entreprends, soupira la jeune diplômée.

— En plus t'es dépressive. Je crois que je vais changer de bureau.

Virginie venait de s'apercevoir qu'elle avait oublié le chargeur de son portable, dont la batterie était presque vide. Elle n'avait pas eu assez de présence d'esprit pendant la nuit pour le brancher.

Edward sortit du bureau et se dirigea vers elles.

— Il vient par ici, paniqua Virginie.

— C'est normal, c'est son journal.

— J'ai l'impression que c'est marqué sur mon front.

— Ça l'est ! répondit Paula d'un ton agacé.

Le rédacteur en chef s'arrêta devant elles.

— Ils ont réagi comment à la fondation, hier ?

Virginie était en train de réfléchir à sa réponse à vitesse grand V quand sa collègue la devança :

— Ils étaient dégoûtés. Ils vous ont traités d'idiots, et je reste polie, et nous ont jetées dehors.

Edward souriait, ce qui lui arrivait rarement.

— On a bien fait.

Il repartit vers son bocal, satisfait.

Derrière les murs transparents du bureau vitré, on le devinait en train de raconter l'incident aux trois autres qui avaient l'air furieux. Virginie se décomposa quand elle vit Bob décrocher son téléphone.

— Et s'ils appellent la fondation ?

Sur son bureau, le téléphone sonna.

— Ici Rob. Venez donc nous faire un compte rendu !

Virginie raccrocha, blanche comme un linge.

— Qu'est-ce qu'il y a ? demanda Paula.

— Ils veulent que je leur donne des détails.

— Bah, t'as qu'à leur mentir, c'est tout.

— J'ai jamais menti, Paula. Jamais.

La photographe se leva d'un bond avec un grand sourire.

— Alors, je ne peux pas louper ça !

Virginie s'avança vers le bocal avec l'impression de porter la croix sur son dos.

Les quatre patrons patientaient, alignés comme un jury. Virginie mit un soin tout particulier à bien fermer la porte, comme si cela repoussait sa sentence, puis se tourna vers eux. Paula, visiblement, ne dirait pas un mot.

— Ça s'est passé très vite, en fait.

— Vous avez vu qui, exactement ? questionna Rob.

— Demetrius Torque.

— Il nous a traités de quoi, précisément ?

— Hé bien… heu, il avait l'air déçu.

— Parlez, Delondres, on attend !

— D'idiots, lâcha-t-elle du bout des lèvres en regardant Paula.

— C'est tout ? demanda Ryan à la photographe.

Celle-ci haussa les épaules et montra Virginie, signifiant par là que c'était sa collègue qui avait parlé avec le directeur, et non elle. La fille de Philippe Delondres l'aurait égorgée si elle l'avait pu.

— Virginie, faites un effort, soyez précise et décrivez-nous exactement ses faits et gestes.

— Il a parlé du dossier ? voulut savoir Edward.

— Justement. Il a détesté.

Si elle disait la vérité, ils risquaient de le contacter aussitôt. À cet instant, le téléphone de Rob sonna. Il fit signe à Paula de décrocher.

Paula prit une mine préoccupée et mit sa main en cornet sur le combiné :

C'est sa secrétaire… Pas pour le moment, il est occupé… Vous êtes ?… Je n'y manquerai pas.

Puis elle raccrocha, fit un clin d'œil à Virginie, qui terminait péniblement son premier mensonge.

Rob se retourna vers elle.

— Il y a un message ?

— Non. C'était le fournisseur de papier. Il demandait quand il serait payé.

— Bizarre. On a envoyé le chèque au début du mois.

— Voulez-vous du café ? improvisa Paula.

— Quatre, dit Edward.

Une minute plus tard, les deux jeunes femmes se retrouvaient à la machine à café.

— C'était qui, au téléphone ?

— La fondation.

Virginie pâlit.

— Mais ils vont rappeler…

— Pas sûr. Ils sont persuadés que Rob est au courant de leur coup de fil. Ils attendront qu'il prenne sa décision et les rappelle. Quant à toi, tu viens de prendre ta première leçon de journalisme.

La photographe la regardait, fière de sa pupille.

— Ah bon ? lâcha Virginie, incrédule et anéantie par l'exercice.

— Oui : créer l'information quand elle fait défaut.

Virginie ne sourit même pas. Les fautes en entraînaient d'autres, et l'ivresse pétillante de la veille s'était transformée en un malaise profond. Elle ne maîtrisait plus rien et devinait que la journée ne se terminerait pas sans une catastrophe dont elle serait sans aucun doute la première victime.

Elle voulut appeler son père et prétexta un besoin urgent. Il faudrait tout lui raconter, ce serait un moment difficile, mais Philippe l'avait toujours aidée à surmonter ses difficultés. La petite réunion du dîner à venir lui apparaissait, dans son désarroi, comme un moment de douceur et de réconfort. Elle s'aperçut qu'il l'avait appelée la veille au soir, mais sans évoquer leur repas. Il enquêtait encore sur le grimoire. Elle fut un peu déçue, puis chercha à le joindre. Son téléphone était éteint, elle raccrocha pour économiser sa batterie.

Antonius sonna. Comme la porte restait close, il répéta son geste, laissant son doigt appuyé sur le bouton.

Enfin, Valente ouvrit.

— Je viens chercher Lea.

— Elle est pas là, répondit, détachée, la lycéenne.

— Ne mens pas. Je sais qu'elle est chez toi. Tu es sa meilleure amie, non ?

— Je ne te dirai rien.

— C'est important, crois-moi !

— Je lui ai promis, Anto.

— Écoute, Valente, tu m'as déjà vu me mêler des affaires de ma sœur ? Je t'assure que je ne le ferais jamais sans une raison capitale, cruciale, que je ne peux même pas t'expliquer !

— Bon, elle est chez Lee. Ses parents sont à un séminaire. Mais, Antonius…

Il fila comme une fusée, sans attendre. Valente le regarda s'éloigner, si vite qu'elle en fut subjuguée et que son penchant pour Brian subit une brève éclipse.

— Antonius ! cria-t-elle. Je dois te prévenir de quelque chose !

Mais il était déjà loin. L'Eurasienne habitait à trois blocs plus au nord. Il ne fallut qu'une minute au jeune homme pour se trouver devant sa porte. Il frappa. Quelques secondes plus tard, Lee ouvrait.

— Je dois voir Lea ! lança-t-il.

Sans lui laisser le temps de protester, il passa devant elle, monta l'escalier et se dirigea vers la pièce où il entendait des rires.

Il s'arrêta dans l'encadrement de la porte.

— Anto ? fit sa sœur, gênée.

Il ne lui répondit même pas, s'adressant au garçon qui la serrait dans ses bras.

— Je ne m'attendais pas à te trouver là, David.

Le batteur se leva, rouge de confusion.

— C'est pas ce que tu t'imagines, Anto.

Antonius avait le regard dur, le sentiment d'être trahi par son meilleur ami lui tordait le ventre. Pour la première fois, il se laissait faire par son corps, plutôt que de le diriger.

— David vient d'arriver, dit Lee en se glissant derrière lui dans la chambre.

Antonius le savait bien, puisqu'ils avaient passé ensemble l'épreuve de langues vivantes le matin même. David avait fini avec une demi-heure d'avance et s'était empressé de partir.

— Faut que je te parle, Lea.

David voulut s'approcher de lui, mais l'énergie négative qu'Antonius dégageait retint le batteur, comme au bord d'un périmètre sécurisé.

— C'est moi qui l'ai appelé, continua Lee.

— On voulait la convaincre de rester, enchaîna le jeune homme.

— J'ai dit que je voulais parler à Lea.

Leurs deux amis échangèrent un regard et le contournèrent pour sortir.

Antonius et Leamedia se retrouvèrent seuls dans la chambre toute blanche de Lee, qui était restée dans le couloir pour écouter. David, lui, était descendu.

Ils se regardèrent. Antonius n'arrivait pas à parler, submergé par ses émotions. Il respira profondément en envoyant un signe de détente à tous les membres de son corps. En moins de cinq secondes, il se ressaisit.

— Je croyais que tu avais un truc à me dire.

Antonius répondit à côté.

— C'est bizarre, le bus, sans toi. C'est la première nuit que tu n'y dors pas.

— C'est quoi, le bus ? cria de derrière la porte Lee, qui ne pouvait refréner sa curiosité.

— C'est notre maison, expliqua Leamedia à son amie. On l'appelle comme ça.

— Tu peux nous laisser, Lee, s'il te plaît ?

Vaincue par le charme d'Antonius, la jeune fille descendit à son tour.

— Qu'est-ce qu'ils ont dit ? Ils ont hurlé ? demanda Leamedia.

— Non. Ils sont inquiets pour toi, pour nous. Papy m'a raconté des trucs incroyables cette nuit, j'aurais voulu que tu sois là pour connaître l'histoire de papa, d'Anademe, de Guileone.

— Tu crois que c'est bien le moment, Anto ?

— Il ne peut pas y avoir meilleur jour que celui-là. Après, tu feras ce que tu voudras. Mais il faut que tu saches avant de prendre une décision.

Il enleva sa veste et commença à lui répéter, mot pour mot, ce que Melkaridion lui avait expliqué quelques heures auparavant, résolu à prendre tout le temps nécessaire.

L'Empire State Building commençait à rosir, signe que le soleil déclinait. Dans une heure, il deviendrait orange. Et dans deux heures, il serait couché. Torque surprit Debs au téléphone avec ses deux « chiennes ».

— Alors ?

— Rien de nouveau à signaler, répondit le capitaine. Rodolpherus n'est pas réapparu à l'observatoire. La fille et son frère sont toujours chez la petite Eurasienne.

— Bon sang ! Il faut tout de même qu'ils rentrent, si elle veut se faire décoiffer.

— Et si elle ne le souhaitait pas ?

— Comment ça ?

— Les choses ne se passent pas comme prévu avec elle. Au lieu de s'apercevoir qu'elle a encore besoin de ses parents et de rentrer dare-dare, elle campe chez sa copine. Hier soir, notre gars n'a pas réussi à l'effrayer, et si ses amis n'étaient pas venus la chercher, elle aurait marché jusqu'en enfer avec lui.

— Rebelle, hein ?

— Quelque chose du genre. Nous gardons le contrôle. Helen et Maude la pistent.

Pointant le doigt vers un plan de New York numérique affiché au mur, il désignait un quartier au nord de la marina. La position des deux voitures qui patrouillaient pour la fondation était signalée par un clignotement. Un technicien rivé à un écran d'ordinateur séparé en une douzaine de cases passait d'une caméra publique de Brooklyn à l'autre.

— Et les écoutes ?

Un autre agent, oreillette en place, surveillait sur un deuxième ordinateur les connexions téléphoniques et, chaque fois qu'un des huit mots sélectionnés était prononcé, il s'invitait dans la conversation. Il s'agissait du nom propre « Dolce » et de son anagramme « Colde », des cinq prénoms de la famille et du mot « magie ».

— Rien non plus, répondit Debs. Ils se terrent.

— Vous ajouterez « Delondres » aux autres mots-clefs. Où en est notre ami ?

— L'homme qui m'a remplacé dans la filature me confirme qu'il a fait des recherches à la bibliothèque publique, dans les archives. Il a enquêté sur la fondation depuis hier soir, comme nous le craignions.

— Le craindre, Debs ? Pourquoi ?

— Nous avons redouté par le passé des campagnes de presse diffamatoires.

— Et que peut un simple professeur d'histoire à la retraite, sans relations ni pouvoir, Debs ? La question est ailleurs : pourquoi s'intéresse-t-il à nous ? Il cherche, comme nous, les Dolce. Est-ce qu'il s'imagine que nous les cachons ?

— Ce serait savoureux.

— Et au studio de Tribeca ?

— Aucun mouvement suspect. Pas de trace d'une famille. Les photos n'ont rien évoqué pour les locataires approchés.

— En tout cas, lui est négligeable. Quoi qu'il trouve, et même s'il exhume ce qui a transpiré dans la presse, sa parole ne compte pas face à la nôtre.

— À moins qu'il ne fasse le lien entre le vol du grimoire et la fondation.

— Comment le pourrait-il ? répliqua Torque.

Mais sa protestation manquait de vigueur. Il était manifestement préoccupé.

Il réfléchit et déclara :

— On lance la phase deux de l'opération. Que nos chiennes s'emparent des deux petits ou les détruisent. Vous, ajouta-t-il à l'adresse des techniciens, trouvez-moi les parents. Quant à nous, Debs, nous partons. Je veux assister à la mise à mort !

— Je dois vous dire…

— Plus tard, Debs.

En quittant la bibliothèque, Philippe était allé droit à la Fondation 18, dans la 34e Rue. L'immeuble occupait un bloc entier et avait sa propre rampe de parking. De là où il était, il pouvait voir les deux issues du bâtiment, à supposer qu'il n'y en ait pas d'autres. Il s'était garé, bien en évidence, et s'était mis à attendre.

Son raisonnement était d'une simplicité lumineuse. Demetrius Torque courait encore après les Dolce. Il n'y avait pas d'autre explication à l'exposition du grimoire. Celui-ci avait servi d'appât. Le dénouement était imminent. Philippe ne pouvait pas stopper lui-même le directeur, ni provoquer son interpellation. La fondation était aussi puissante qu'un ministère du Logement. Nul crédit ne serait accordé à un professeur d'histoire en retraite s'il énonçait ses soupçons : les preuves reposaient sur une ressemblance physique et sur un carambolage vieux de quinze ans, qui passait pour un banal accident de la circulation. Il serait pris pour un aigri cherchant à salir les personnalités en vue, un cinglé parmi d'autres. Si en plus il se mettait à parler des Dolce, ce serait pire : il risquait carrément l'internement pour paranoïa. À moins qu'on ne le prenne au sérieux, et alors il ne réussirait qu'à les mettre en danger, car leur survie dépendait de leur invisibilité. La trace laissée par l'amitié brisée dans le destin de Philippe l'attestait, puisque Rodolpherus avait littéralement disparu de son adolescence du jour au lendemain. Il avait les mains liées, et une puissance de frappe proche de zéro.

Mais, s'il n'était pas capable d'arrêter Torque, il pouvait le retarder. Il l'avait déjà fait. Il se dresserait partout sur son chemin, le gênerait, le harcèlerait. Si Torque dénichait les Dolce, Philippe serait sur place en même temps que lui, comme une Érinye, un scrupule, une âme damnée. Il ferait échouer son plan.

En le reconnaissant, son adversaire de Philadelphie le prendrait pour un vieil exalté, un Don Quichotte ravagé, tout aussi mal armé que l'hidalgo de la Manche. Et il aurait raison. Cependant Philippe avait une conviction chevillée à l'âme : un grain de sable peut enrayer un engrenage, même s'il doit être broyé dans l'opération.

La cabine privée s'arrêta au niveau des parkings et les deux hommes en sortirent.

— À propos, l'affaire du *Daily Eagle* prend une bien curieuse tournure, annonça le directeur de la fondation. Hier, deux jeunes filles sont passées, l'une affolante à se damner si c'était encore possible, une lady Macbeth, l'autre touchante et pathétique comme une Ophélie, et sans doute destinée à connaître un sort tout aussi funeste. Tant de candeur me charme et m'étonne.

La voiture du directeur s'avança, ils montèrent et le véhicule s'engagea sur la voie menant à la surface.

— … Messagères du journal, elles sont devenues les miennes. La petite Ophélie – fille, à propos, de votre ami le professeur – a emporté mon infernale missive. C'était jouissif.

La voiture grimpait la rampe en spirale.

— Rob et Andrew acceptent ?

— Non, ils m'opposent un refus. De mon côté, je leur ai intimé l'ordre de signer. Après tout, nous contrôlons par le biais de notre banque d'investissement leurs principaux créanciers. Or, leur déficit est abyssal. Comme toute la presse écrite traditionnelle indépendante, le *Daily Eagle* est structurellement en crise. Nous pouvons faire fermer demain ce satané journal.

— Coucher cette argumentation sur le papier n'est-il pas imprudent ?

— Il suffit d'y mettre les formes. Mes tournures sont absolument lisses, et le message ne se laisse lire qu'entre les lignes. Rob ou Edward n'auraient pu en faire état contre nous. De toute façon, ils ne risquent pas de publier ma lettre.

— Pourquoi ?

— Parce qu'elle ne leur a pas été remise.

Une porte vaste comme celle des Enfers, et identiquement noire, éclairée par le feu soufré de veilleuses, fermait la voie. La voiture ralentit. Debs le regarda, surpris.

— Il y a eu interception ?

Le directeur ne le renseigna pas tout de suite. Il jouissait du spectacle du battant s'ouvrant comme un pont-bascule ou un pont-levis, tandis que la lumière dorée de la fin du jour entrait à leur rencontre, tel le présage d'un succès à venir.

— Le plan que je viens de vous décrire a connu des aléas. Je ne sais pas si je vous ai déjà appris, Debs, que notre stratégie consiste à transformer un plan A en plan A + en quelques secondes.

— Si, monsieur, opina le capitaine.

— Eh bien, nous venons de recruter un nouvel agent… Bon sang !

La voiture, qui avait accéléré sur l'ultime plan incliné débouchant à l'air libre, venait de piler net après un tournant.

Un grand type dégingandé se tenait en travers de la voie. Son costume fripé, ses joues râpeuses, sa chemise tire-bouchonnée évoquaient un naufragé de la rue ou un dément. Le chauffeur klaxonna, mais l'homme fit quelques pas dans leur direction, cherchant à discerner les visages des occupants, qui distinguaient bien le sien. Et même, ils le reconnaissaient. D'ailleurs, à la place du traditionnel chariot que les errants emmenaient avec eux dans les rues, celui-ci avait pour véhicule une Buick géante qui paraissait avoir cinquante ans.

Le directeur, crispé, s'adressa à Debs tout en gardant les yeux fixés sur l'homme.

— Encore ce vieux fou… De nouveau sur ma route. Vous n'étiez pas censé organiser sa surveillance ?

— Je vous prie de m'excuser. Tout à l'heure, vous ne m'avez pas laissé terminer : après avoir quitté la bibliothèque, il est venu à la fondation. Depuis la fin de la matinée, il tourne autour. Il n'est pas armé. Voulez-vous que je donne l'ordre à la voiture de passer en force ?

— Certainement pas. C'est une manœuvre imbécile. Vous ne voyez pas que la Buick nous barre le passage ?

Le professeur ne faisait rien. Il demeurait là, l'air perdu. Enfin, il battit en retraite, monta dans sa voiture et fit reculer celle-ci de quelques mètres.

— Il vaudrait mieux s'en débarrasser, fit Debs, la main sur la poignée, prêt à passer à l'acte.

— Non, ne perdons pas de temps. Il ne peut rien. Il doit être gâteux, fit Torque en se maîtrisant.

La grosse Buick démarra derrière eux et se mit à les suivre.

Combien de substances industrielles pouvaient contenir les quatre œufs ? Melidiane avait séparé les blancs des jaunes par la pensée. Quand elle ordonna aux premiers de se monter en neige, ceux-ci firent la sourde oreille.

— Tu perds ton temps, lui dit Rodolpherus. Tu sais bien que nous ne pouvons travailler que les matières naturelles. Ces œufs sont pollués.

Depuis que les produits chimiques avaient envahi les aliments, Melidiane devait de plus en plus mettre la main à la pâte, comme les humains normaux.

— Dans ma famille, on est assez puissants pour que ça ne fasse aucune différence, lança-t-elle avec superbe.

— Tu veux un fouet ? lui demanda Rodolpherus.

Elle ne releva pas son ironie et se concentra sur la confection du dîner d'anniversaire : entremets, biscuits et gâteaux au cacao. Leamedia ne concevait pas un dessert sans chocolat.

— Que fait papa ?

— Mona lui a trouvé les archives de l'année de naissance de Leamedia. Il prépare la cérémonie.

— Tu crois qu'on aura assez d'énergie ?

— Ayons confiance. Il se repose.

Ils faisaient semblant d'être détendus. Dans un peu moins de deux heures, le soleil serait couché, et les blancs d'œufs destinés à la mousse au chocolat formaient toujours une gélatine inerte à laquelle Melidiane ne réussissait même pas à imprimer un mouvement giratoire.

Elle aurait pu employer la magie. Trois Dolce dans la maison suffisaient à réaliser de petites tâches, comme monter les œufs en neige, justement. Elle s'y refusa : la moindre opération magique ponctionnait l'énergie de chacun des membres de la famille, et en l'état des réserves, mieux valait l'éviter.

Elle saisit donc, en dernier recours, une fourchette en bois et entreprit de passer ses nerfs sur les œufs. Elle émulsionnait avec rage, contraignant l'air à se laisser emprisonner en minuscules bulles dans la mixture.

— Elle viendra.

C'est alors que la sonnerie du téléphone retentit. La peur d'une mauvaise nouvelle étreignit chaque membre de la famille. Toute la maison s'immobilisa.

— Melidiane ? J'ai une nouvelle qui va te causer un grand soulagement !

Debby ! La magicienne fit signe mentalement à chacun dans la maison. Celle-ci reprit le cours de ses activités. L'escalier remua pour soulager ses rhumatismes, la poussière reprit son glissement discipliné en direction du balai, les ustensiles se nettoyèrent. Dans la cuisine, cependant, les blancs s'avachissaient et les bulles d'air qui avaient structuré les splendides circonvolutions se libéraient l'une après l'autre.

— Ça concerne Leamedia ? murmura Melidiane, pleine d'espoir.

— Oui ! Elle ne sera pas renvoyée !

— Formidable, dit la magicienne d'un ton tiède.

— Ça ne te fait pas plaisir ?

— Si, bien sûr. Excuse-moi de ne pas montrer plus d'enthousiasme. Je suppose que nous te devons cette décision. Nous ne te remercierons jamais assez.

— Mais quoi ? s'impatientait Debby.

Melidiane ne devait pas parler. Les humains normaux n'avaient pas à être mis au courant.

— Lea est partie depuis hier soir, s'entendit-elle avouer.

Debby accueillit la nouvelle par un long silence.

— Une fugue ? finit-elle par lâcher.

— C'est certain.

— Ils ont dit quoi, les flics, quand tu les as appelés ?

— Je ne leur ai pas téléphoné.

— Mais il faut le faire, et immédiatement !

— Je ne peux pas, Debby, et, s'il te plaît, ne me demande pas pourquoi.

— Ce n'est pas son anniversaire, aujourd'hui ? enchaîna la pédiatre.

Soudain il n'y eut plus que la tonalité. En tournant la tête, Melidiane vit que Rodolpherus avait arraché le fil.

— Une voiture noire vient de passer pour la deuxième fois dans la rue. Elle roule lentement. On est en train de se faire repérer.

— Quel rapport ?

— Le quartier doit être sur écoute. Ils procèdent par mots-clefs, « Leamedia », « Dolce », « Melidiane », etc. Comment se seraient-ils rapprochés si vite, sinon ? Dimanche au musée, hier dans le quartier du collège, aujourd'hui dans la rue, demain… chez nous ? Nous partirons à l'aube.

— Et Leamedia ?

— Espérons de toutes nos forces qu'elle sera rentrée.

— Il a une BMW, ton père ? demanda Lee en faisant irruption dans sa chambre.

— On n'a pas de voiture, répondit Antonius.

S'approchant de la fenêtre, elle regarda dehors.

— T'as raison. C'est deux femmes. Elles viennent vous chercher, c'est ça ?

— De quoi tu parles ?

Il la rejoignit et regarda à son tour.

— Merde !

Il bondit en arrière.

— Tu les connais ?

— Malheureusement, oui. Tu as passé un coup de fil ? demanda-t-il à voix basse.

— Juste à ma mère, pour l'avertir de la présence de Lea à la maison.

— T'as attrapé le virus de la parano parentale ? intervint Leamedia, acide mais inquiète.

La sonnette de la porte d'entrée retentit. Antonius retint l'Eurasienne par le bras.

— Ne va pas ouvrir, s'il te plaît.

— Vous êtes recherchés ou quoi ?

— C'est à peu près ça. Dis-moi vite s'il y a une autre issue !

— Par la fenêtre de la chambre des parents, tu montes sur le toit du garage et là, t'es dans le cerisier du voisin.

— Merci ! J'espère qu'on se reverra.

D'un coup sec, il mit Lea debout.

— Tu passes devant.

— Non mais, tu te prends pour mon père ?

Pourtant elle se laissa faire.

La sonnette retentit une seconde fois. Antonius jeta un dernier coup d'œil à Lee, qui descendait l'escalier.

— N'ouvre surtout pas, chuchota-t-il.

Elle acquiesça d'un signe pendant qu'il disparaissait. Elle eut à peine le temps de se retourner que le bruit fracassant de la porte forcée la fit sursauter.

Les deux femmes venaient d'entrer.

Antonius retrouva sa sœur sur le toit du garage.

— C'était quoi, ce bruit ? lui demanda-t-elle.

— Le début des vrais problèmes !

Ils marchèrent jusqu'au cerisier voisin qui étendait sa ramure par-delà la clôture. Ils étaient à cinq mètres du sol.

— Concentre-toi sur ta coordination bras-jambes et saute !

Les deux enfants Dolce bondirent dans l'arbre et se raccrochèrent aux branches.

Helen et Maude avaient été retardées par deux adolescents qui avaient voulu leur barrer la route. Après les avoir écartés sans ménagement, elles grimpèrent à l'étage. Une rapide visite des pièces les renseigna : les branches maîtresses du grand arbre qu'on voyait au-dessus d'un toit plat par la fenêtre ouverte remuaient encore, et des petites feuilles arrachées par le passage de quelqu'un tournoyaient lentement vers le sol. Les deux prédatrices renoncèrent à les suivre sur ce terrain et repartirent aussitôt, sans un regard pour la fille qui gisait sur le sol, sonnée par la gifle que Maude lui avait décochée. Le garçon avait été plus coriace. Un coup de pied à la tempe avait été nécessaire pour l'assommer. Les deux agents hésitèrent avant de repartir ; mais il serait toujours temps de revenir finir le travail.

Antonius sauta de branche en branche, puis atterrit souplement sur le sol.

— T'as appris ça où ? souffla Leamedia, qui venait de s'écorcher méchamment les mains et les genoux en glissant le long du tronc.

— Quand tu seras initiée, tu pourras demander ce que tu veux à ton corps, expliqua Antonius en l'aidant à franchir la clôture. Maintenant, on court !

La BMW venait de tourner avec un crissement des pneus dans la rue où ils se trouvaient.

— Tiens ! C'est la même qu'hier ! s'exclama Leamedia.

Sans lâcher la main de sa sœur, Antonius se jeta dans une contre-allée encombrée de voitures ainsi que de poubelles familiales qui freineraient la progression de leurs poursuivantes.

Leamedia n'arrivait pas à suivre son frère, ce qui contraignait celui-ci à ralentir.

— Vivement que tu sois décoiffée !

Au bout de la contre-allée, elle avait un point de côté.

— Je te porte si tu veux.

— T'as décidé de m'humilier ou quoi ?

Elle reprenait à peine son souffle quand la BMW freina à une dizaine de mètres d'eux, bloquant l'issue de la ruelle. La conductrice braqua à fond, fit marche arrière et redémarra dans leur direction, éjectant les poubelles sur son passage.

Antonius prit sa sœur par la taille et sprinta. Les jambes de Lea ne touchaient plus le sol.

— Je vole ! cria-t-elle.

La voiture les talonnait. Antonius zigzagua, puis pila et fit face. La BMW s'arrêta.

Antonius sentit Leamedia paniquer. Il réfléchissait à cent à l'heure.

— Recule doucement, dit-il à sa sœur.

— C'est qui, Antonius ? demanda-t-elle tout en lui obéissant.

— La Guilde noire que tu rêvais de connaître, sans doute. Je ne vois pas qui d'autre peut nous en vouloir à ce point.

— C'est vrai, tout ça, alors ?

— Dommage d'être obligés d'en arriver là pour que tu réalises qui tu es.

La BMW avançait tout doucement. Antonius jeta un coup d'œil derrière son épaule, regarda sa sœur, puis la voiture.

— Tu pèses combien ? demanda-t-il.

— C'est pas trop le moment.

— Je rigole pas, Lea, dis-moi, vite.

— Trente-neuf. Si jamais tu le révèles…

— Laisse-toi faire !

Il l'agrippa et fonça vers la voiture.

— T'es complètement dingue ! hurla-t-elle.

La BMW démarra en trombe, couvrant sa voix.

Antonius fit un crochet vers la droite, comme pour contourner le bolide, qui braqua pour les faucher.

— Maintenant ! Plie les genoux et saute !

Le pare-chocs avant était à moins d'un mètre. Antonius connaissait le poids de sa sœur et le sien et savait exactement la puissance nécessaire pour s'élever au-dessus du véhicule avec elle. Il s'envola dans les airs, l'attirant dans son mouvement.

Emportés par l'élan d'Antonius, ils se sentirent flotter tandis que la mort glissait sous eux.

Ils retombèrent durement sur le sol. Lea mit un genou à terre, échevelée.

Un choc de tôle broyée secoua l'air au même moment : la voiture venait de s'écraser contre le muret de parpaings d'une habitation.

Ils coururent sans s'arrêter jusqu'à Flatbush Avenue, où Antonius héla un taxi.

— On est tout près de la maison, s'étonna Leamedia.

— D'autres équipes peuvent être à notre recherche. En voiture, on sera plus discrets. Et on fera plus vite, il ne nous reste plus beaucoup de temps !

Le soleil déjà orangé se reflétait dans le rétroviseur du conducteur, signe que, dans une quarantaine de minutes, il serait couché.

— Antonius ? dit Leamedia.

Sa voix était fluette, presque puérile. C'était celle de la fillette qu'elle était toujours dans son corps et, parfois, dans sa tête. Cette intonation était si peu habituelle qu'Antonius eut envie de la protéger, alors que le reste du temps il cherchait plutôt à défendre son amour-propre, son territoire et sa collection de vinyles contre la jeune fauve.

— Quoi, petite sœur ?

— Je dois t'avouer quelque chose au sujet de David.

Il se détourna, maussade. Le sujet, douloureux, était encore trop frais.

— J'ai vu. J'ai compris. Mon meilleur ami drague ma sœur, c'est ça ? Ou l'inverse ?

— OK, on s'est embrassés. Tu ne vas pas en faire un plat ! Tu es jaloux ? J'allais pas chez Valente, hier. J'étais avec Mark, un agent immobilier. Il m'a invitée à boire un café sur Flatbush.

Antonius, ahuri, regardait sa cadette.

— Bref, il m'a rappelée dans l'après-midi hier…

— Tu as un téléphone à toi ? souffla Antonius.

Encore un coup de David, sans doute. Il lui en avait bien promis un, la veille, en lui donnant la clef du cadenas.

— Laisse-moi parler. T'imagines pas la galère que c'est à Brooklyn pour trouver un job. Je te raconterai une autre fois. Bref, Mark pouvait me faire gagner du fric, facilement, sans diplôme, sans âge minimal requis. Je lui avais expliqué la situation. Enfin, j'ai simplifié. J'ai décidé de rester à Brooklyn, Antonius. C'était pas des paroles en l'air, hier. J'avais besoin de m'autofinancer.

Antonius l'écoutait, abasourdi par son audace, et en même temps dominé par une appréhension qui l'envahissait comme une nausée. Il n'était pas sûr de vouloir connaître la suite.

— Mark m'a donné rendez-vous le soir, pour dîner. Il me faisait la cour.

— Il voulait sortir avec toi, c'est ça ? s'écria Antonius, horrifié.

— Non. Tu sais pas ce que les mots veulent dire ? Il me courtisait.

— Et il te plaisait ?

— Pas mal, fit sobrement Leamedia. On est allés dans un studio, il voulait prendre des photos.

Antonius manqua s'étrangler.

— Tu veux dire… nue ?

— T'es fou ? Non, en jupe courte avec des stilettos vernis noirs. Il m'a dit que c'était pour des castings ! Mais ce n'est pas du tout ce que tu penses, c'est très encadré, j'aurais eu un contrat. Pour frimer, j'ai envoyé des photos à Lee et à Valente. Son père à elle est flic, tu étais au courant ?

Antonius l'écoutait, accablé.

— Je vois que tout cela ne te surprend pas, mais moi, j'étais quand même assez ébranlée. Mark fait peut-être partie d'un réseau, finalement. Ils font venir des filles d'Europe de l'Est et d'Asie. Bref, j'étais assez contente de voir arriver David.

Antonius se sentit trahi.

— J'y comprends rien ! Que faisait mon ex-pote dans ce studio ?

— Lee te l'a expliqué, mais tu t'entêtes à rien comprendre. Elle l'a appelé, quand elle a vu que c'était sérieux, mon départ.

— Pourquoi lui, et pas moi ?

Leamedia ne répondit pas.

— Évidemment, fit Antonius, amer. Vous vous racontez tout, c'est ça ? C'est toi qui as voulu sortir avec David ?

Elle lui lança un regard de défi et reprit sa confession.

— J'aurais jamais suivi un policier, même le père de ma copine. Alors, il s'est fait accompagner par David.

Les yeux de Lea brillaient.

— Tu aurais dû voir sa tête quand il m'a vue avec Mark ! J'ai cru qu'ils allaient s'entretuer.

Elle rêva un instant à son roman de chevalerie.

— Alors, tu comprends, conclut-elle, pragmatique, je devais bien une récompense à ton batteur, aujourd'hui...

— Tu as surtout de la chance d'avoir de telles amies, maugréa-t-il. Fais-moi penser à remercier Lee et Valente, si toi, tu l'oubliais.

Leurs parents croyaient que les Dolce seraient plus forts en famille. Mais la vérité était que ce qui avait sauvé Lea la veille, c'était l'amitié de deux filles qu'elle ne connaissait pas quatre ans auparavant et à qui elle imposait à longueur de journée ses poses et ses caprices de diva.

— Qu'est-ce qu'elles fabriquent ! Elles auraient déjà dû ramener la proie. Elles vont entendre leur maître.

Demetrius Torque et le capitaine Debs, en voiture dans Brooklyn, attendaient que le piège se referme pour déclencher l'assaut final. Plus loin, dans le PC du vingt-septième étage, Sue récoltait les informations des équipes et les transmettait aussitôt à son patron. Mais la surveillance vidéo et les écoutes n'apportaient rien. Les Dolce semblaient s'être évaporés dans la ville. Helen et Maude ne donnaient aucune nouvelle ; or cela faisait plus de cinquante minutes qu'elles avaient reçu leur dernier ordre de mission.

La réponse ne vint pas de Debs, occupé à surveiller nerveusement la Buick noire, qui venait de tourner derrière eux, tout en réajustant son oreillette comme si cela pouvait faire venir les informations espérées. Une technologie de pointe avait été déployée, tel un immense organe sensoriel appliqué à la ville entière, pour capter une seule fréquence, l'onde formée par la vie des Dolce. La radio faisait partie du dispositif : capables de produire en un tournemain arbres noués, architectures aquatiques, cristaux de glace en plein soleil, les magiciens faisaient de bons candidats pour la rubrique « Insolite », dont raffolaient les stations locales. Mais un fait divers d'une autre nature retint l'attention des deux hommes. « … course-poursuite au sud de Brooklyn, en face de Coney Island, qui a mal fini. On ignore encore pour quelle raison deux femmes embarquées dans une BMW blanche ont encastré leur véhicule dans un mur de soutènement en parpaings. Les témoins font état d'un authentique rodéo, "comme à Calgary", selon l'un d'eux. Plus de peur que de mal pour les passagères, heureusement, qui ont été emmenées aux urgences pour observation. Les deux adolescents impliqués dans l'incident, indemnes, se sont enfuis à pied. Ils sont activement recherchés. Toute personne… »

— Les idiotes ! grinça le directeur, incapable de masquer sa nervosité. Elles nous refont la baie des Cochons !

Il se tourna vers son adjoint.

— Une autre piste, Debs. Tout de suite ! aboya-t-il.

L'autre était déjà en ligne avec le PC de la 34e Rue. Il répétait à mesure que l'information parvenait dans son oreillette :

— On a une conversation téléphonique interceptée, qui situait l'appel dans cette zone.

Il pointait une tablette numérique où s'affichait le plan de Brooklyn. Un périmètre se délimita en rouge. Il partait de la marina et allait jusqu'à la 54e Rue.

— Ils n'ont pas pu entendre la totalité de l'appel. La communication a été coupée. On a la confirmation que la fille n'est pas chez elle.

Le directeur grimaça.

— On le sait. Ça ne suffit pas ! Je veux des faits précis. Nous sommes à trente-cinq minutes du coucher du soleil.

Vous savez que nous n'avons plus le temps. Il faut les trouver avant que la gamine soit décoiffée.

Le triomphe espéré en début d'après-midi était en train de se transformer en fiasco. Pour comble, la Buick les avait doublés et roulait lentement devant eux.

— Qu'est-ce qu'il veut, ce vieux minable ? s'emporta Debs.

— Vous avez la lettre ? demanda le directeur, impassible.

— Laquelle ?

— Celle que vous lui avez prise.

— La voici.

Demetrius l'étudia de près.

— Janvier 1943… Ils ont dû se rencontrer au collège. Mais alors…

Il était interdit aux stagiaires du *Daily Eagle* de passer des coups de fil personnels depuis le bureau pendant leurs heures de travail. Celles-ci étaient depuis longtemps dépassées, mais Virginie faisait du zèle pour rattraper son retard matinal.

Pour la première fois de leur existence commune, Virginie et Philippe ne s'étaient pas vus ni parlé depuis plus de vingt-quatre heures. S'absorber dans une recherche n'avait rien d'anormal pour le vieil historien. Toutefois, Virginie, déstabilisée par ses mésaventures, aurait voulu se réfugier près de lui, pour lui raconter ses échecs et profiter de ses conseils.

Après ses frasques nocturnes, la journée n'avait été qu'une suite de tâches ingrates, allant du rangement au classement d'archives. Paula s'était esquivée en fin de matinée, prétextant la quête d'un sujet. Virginie n'en avait pas été fâchée : elle avait besoin de se recentrer dans son univers, après avoir partagé celui de sa nouvelle amie.

Sur son bureau, les cartons s'empilaient, à gauche les papiers qu'il fallait classer, à droite ceux qui l'étaient déjà. Cachée derrière ce rempart, elle réécouta le message que son père lui avait laissé, puis réessaya de le joindre. Et, miracle, il décrocha !

— Papa !

— Virginie, je vais te poser encore un lapin ce soir. Je crois savoir qui est à l'origine du piège contre… tu sais qui. Je n'ai que peu de temps. Je te téléphonerai dès que je pourrai. D'ici là, n'oublie pas mes recommandations. Appelle-moi au moindre fait insolite. Sois mes yeux et mes oreilles.

— Mais il faut que je te raconte…

— Je t'expliquerai tout très bientôt. Je te rappelle vite. Mais je dois aussi te dire…

— J'ai presque plus de batterie !

— Écoute-moi bien, c'est très important…

— Mademoiselle Delondres !

Elle sursauta.

Edward se tenait à côté d'elle. Dans un réflexe de panique, elle coupa la communication.

— Ça fait cinq minutes que votre poste clignote, vous avez l'intention de décrocher, ou vous ne vous intéressez qu'à vos conversations privées ?

Rouge comme une tomate, elle attrapa le combiné.

— Laissez tomber, c'est moi qui essayais de vous joindre. Suivez-moi.

Il repartit dans le bocal. Ryan, Rob et Stanley s'y trouvaient déjà, les quatre mousquetaires de Brooklyn au grand complet.

« Ça y est, je suis virée, pensa-t-elle en passant la porte vitrée. Le retard, plus le coup de téléphone, et puis on a dû les prévenir pour l'enveloppe. » Tout s'accélérait dans sa tête. Elle s'apprêtait à se confondre en excuses quand Ryan prit la parole.

— Aucun de nos reporters n'est disponible, on a donc décidé de vous confier un fait divers.

La température de Virginie passa instantanément de « glaciale » à « brûlante ».

— … Plusieurs habitants du sud de Brooklyn, en face de Coney Island, ont appelé les autorités pour signaler une poursuite entre des adolescents et une BMW blanche. Allez voir ce qui se passe là-bas et emmenez la photographe avec vous.

Virginie restait figée devant ses patrons, attendant des précisions. Mais ils se mirent à discuter entre eux sans plus se soucier d'elle. Au bout de quelques secondes, Edward se tourna vers elle :

— Qu'est-ce que vous faites encore là ?

Quand les deux plus jeunes Dolce passèrent le seuil, la maison sentait le chocolat et les goûters d'enfance.

— Papa, faut que je paie le taxi, dit Antonius.

— Pourquoi rentrer en voiture ?

— On a rencontré les deux tueuses.

— Papy, papa, maman ! s'écria Leamedia. Antonius a explosé leur BMW, mieux que dans un film de kung-fu. C'était génial ! Je vous raconte…

— Une autre fois, Lea, dit doucement Melidiane.

L'air frémissait tout autour d'elle : pas de colère ni de rage, mais de confusion, de soulagement. C'était, oui… accueillant. Lea se sentit attirée dans cette fête des particules aériennes. L'instant d'après, sa mère la serrait dans ses bras et elle-même se lovait contre son corps, heureuse de ne pas être rejetée.

« Comment peux-tu penser une chose pareille ? » dit la voix de Melidiane dans sa tête.

— C'est maintenant, intervint Melkaridion. Sinon, Leamedia ne sera jamais magicienne.

Melidiane regardait sa fille dans les yeux, mais pas pour y lire les détails de sa fugue. Elle la contemplait, émue.

— Tu le veux, ma Lea ?

— Oui.

La salle de séjour avait été dégagée. L'adolescente fut conduite sur un grand tapis rouge au centre de la pièce. Sa mère se tint à sa gauche accompagnée de Rodolpherus et de Melkaridion. Antonius prit place à sa droite. Mona était à son poste dans son nid, comme d'habitude.

La cérémonie commençait. Rodolpherus prit la parole :

— Ma fille, tu dois savoir une chose…

Lea connaissait par cœur la suite. Elle l'interrompit :

— C'est bon, je sais ! On est une famille de magiciens et on doit pas se faire repérer !

Sans relever l'entorse au rituel, son père poursuivit le protocole. Lea n'écoutait pas. Elle ne tenait plus en place ; elle était passée de l'indécision la plus totale à une impatience mêlée d'anxiété.

— Ça fait mal ? demanda-t-elle à son père, aussitôt qu'il eut terminé.

— Ne crains rien.

— Nous n'avons plus le temps d'en discuter, Leamedia, dit le vieux Melkaridion. Les heures vont nous manquer, en ce jour solennel, pour t'enseigner nos cent lois, nos coutumes et nos règles. Les circonstances nous contraignent à écourter le rituel. Je ne te parlerai donc ni des secrets, ni des puits, ni des magiciens, ni des raisons qui nous contraignent à ne jamais boire, ni de ce que nous savons, ni de ce que nous avons oublié. Je ne te conterai pas l'histoire de notre famille depuis la dixième génération. Les minutes avant le coucher du soleil nous sont comptées. J'ai donc choisi de t'enseigner une règle unique. La plus importante. Ma petite-fille, tu appartiens au clan des Dolce…

Sa voix portait plus que d'ordinaire, comme s'ils se trouvaient au centre d'une nef gothique.

— Dolce, la dernière famille de magiciens au monde.

Plus personne ne remuait. Il continua :

— Nous avons été chassés, excommuniés, diabolisés. Et maintenant nous sommes dépassés par la technologie. Mais il y a une chose qu'il ne faudra jamais oublier, Leamedia, jamais...

Il fit une pause pour donner plus de solennité à son propos. Tous étaient suspendus à ce qui allait suivre. Mais le silence s'éternisa. Le vieillard avait un trou de mémoire. Leamedia sentit monter un irrépressible fou rire ; son frère, qui venait de lire ses pensées, la fusilla du regard, ce qui l'aida à se calmer. Pendant ce temps, Simone s'agitait. Enfin, l'aïeul reprit son discours.

— Ah oui... Or donc, avant que je ne débloque tes pouvoirs et sortilèges, il y a une chose que tu dois savoir.

Leamedia ne souriait plus, et pour rien au monde elle n'aurait interrompu le discours de Melkaridion, qui reprit :

— Être magicienne, c'est posséder la maîtrise totale de son cerveau, et une communication parfaite avec chaque molécule de son corps. Ce sont, également, des pouvoirs personnels, tels la lecture dans la rétine, chez ta mère, ou l'écoute des pensées, chez Melidiane et Antonius, ou la maîtrise de l'air, comme c'est le cas pour ma fille.

Leamedia avait constaté tout cela depuis sa plus tendre enfance, mais on ne le lui avait jamais expliqué clairement. Elle trouvait cela intéressant. Elle aurait bien voulu demander ce que seraient ses propres pouvoirs, mais comme cela risquait de prolonger la cérémonie, elle s'abstint.

— De plus, quand des magiciens sont ensemble, il se dégage de leur association une certaine énergie, qui active les éléments naturels autour d'eux. Ainsi, cette maison est magique, au sens où notre présence la rend intelligente. Toutefois, il y a une chose à laquelle tu n'as pas encore assisté. Enfin, je ne crois pas…

Leamedia écoutait avec une intensité presque douloureuse.

— Tu n'as jamais vu la puissance que dégagent les magiciens associés, à partir de cinq, quand ils déploient ce qui est, à proprement parler, la magie. De mon temps…

Il allait manifestement se lancer dans ses souvenirs héroïques. Simone trépigna.

— Bon, bon. D'accord pour être bref. Il n'est rien qui résiste, dans la nature, à une réunion de magiciens. Nous pouvons faire remonter les rivières vers leurs sources, faire pleuvoir dans le désert, déclencher l'éruption d'un volcan ou la stopper, commander aux tornades, réchauffer ou refroidir l'air, la terre ou les eaux, dévier une météorite ou inverser le cours du soleil dans le ciel… Comment ? Mais si, Mona. Rappelle-toi, avant ma naissance, en 8000 environ avant Jésus-Christ, à Mycènes… Non, pas 8000 ?

— Père ! murmura Melidiane.

Le soleil descendait inexorablement au-dessus des bâtiments. L'ombre gagnait les rues. Melkaridion se racla la gorge et reprit :

— Oui, bon, c'était quand les magiciens étaient innombrables, cela. À cinq, ce n'est plus possible. À quatre, on n'en parle même pas. Tout juste de quoi couper en tranches un bloc de marbre ou évaporer une flaque d'eau…, grommela-t-il avant de reprendre un ton plus haut. Une fois décoiffée, tu pourras invoquer ce pouvoir.

Leamedia, éblouie par ce fabuleux cadeau, cessa d'écouter. Remplie d'une joie vibrante, elle entendait des bouts de phrases. « En dehors de notre maison et de la route Zéro… épuiserait grandement la famille… pourrait la plonger dans un sommeil profond… proche de la catalepsie… totalement vulnérables… » Elle allait devenir une magicienne ! Tous ses vœux seraient exaucés. Il suffirait de désirer. Melkaridion continuait. « … flux magique très faible, maintenant… sommes les seuls à le générer… avant chaque sort… consultation nécessaire… obligatoire ! »

Encore des règles ! Le mot « obligatoire », comme ses copains « devoir », « falloir », les jumeaux « règle » et « règlement », entraînait une fermeture instantanée de l'entendement de Leamedia. En prenant bien soin de chantonner dans sa tête pour ne pas être percée à jour, elle se mit à faire la liste de toutes les choses qu'elle aimerait… qu'elle ferait… Déplacer Myrtle Beach sur les plages de Brooklyn… Ouvrir une mer à l'endroit du collège et faire de celui-ci une nouvelle Atlantide… Elle sourit en imaginant M. Pembleton en train de réciter son cours de littérature anglaise sous les eaux turquoise. Les mots sortaient de sa bouche comme des bulles transparentes, et le son, enfermé, ne parvenait pas jusqu'à elle. Elle reprit conscience de la pièce et des membres de sa famille au moment où Melkaridion terminait son discours.

— Ne l'oublie jamais. Pour nous, c'est le plus grand des dangers.

Il fit une brève pause, mais elle n'était pas due à une absence cette fois. Une nouvelle phase du rituel commençait. Leamedia se demanda si c'était enfin le décoiffage. Mais non.

— Tes parents vont maintenant te faire une promesse définitive. Ces vœux te sont spécialement dédiés, ils ne seront pas les mêmes que ceux qu'ils ont faits pour ton frère.

Melkaridion fit signe à Melidiane de parler. Leamedia sourit à sa mère. L'odeur des desserts au chocolat qui venait de la cuisine avait le parfum de la petite enfance.

— Je suis ta mère, Leamedia, et tu seras mon unique fille jusqu'à ma mort. Tu vas devenir mon égale puis, sous mon égide, tu me dépasseras, j'en fais mon vœu.

Leamedia, inquiète, fronça les sourcils. Elle n'était pas sûre d'avoir envie de ressembler à sa mère. Savoir réussir la mousse au chocolat, oui. Se mettre en colère à tout propos, non.

Melkaridion cependant avait tourné la tête vers Rodolpherus. Celui-ci regarda sa fille avec amour et prononça son vœu.

— La connaissance est la plus subtile des armes. Je te transmettrai tout ce que je sais. Tu seras le fruit de la force et du savoir.

Le vieillard reprit :

— De ta descendance dépend notre avenir. Toi seule pourras décider de la survie de notre guilde. Il te faudra t'unir. Nous te procurerons toutes les armes pour guider, fédérer et reconstruire.

Leamedia écoutait, impressionnée. Le silence qui suivit donnait à l'instant toute l'ampleur méritée. Les derniers rayons du soleil éclairaient presque à l'horizontale le mur du salon. Le coucher de l'astre était imminent. L'instant crucial approchait, avec le geste sans lequel tout ce qui précédait resterait lettre morte.

Melkaridion saisit les deux mains de Leamedia et s'adressa à elle à voix basse :

— Ferme les yeux et regarde-toi comme s'il s'agissait d'une autre personne.

Leamedia suivit ses instructions. Elle se vit de l'extérieur, tout étonnée. C'était une sensation nouvelle.

— Maintenant, approche-toi de ton visage. Plus près encore. Fixe ton regard désormais. Et, petit à petit, pénètre-le, comme un miroir dans lequel tu entrerais.

La lumière s'était estompée d'elle-même, d'un seul coup, comme si toute l'énergie disponible était aimantée par ce qui se passait entre le vieillard et sa petite-fille. L'atmosphère de la pièce n'était plus la même non plus, l'air avait fraîchi, les sons étaient caverneux.

Leamedia se trouvait en apesanteur. Il lui était impossible de se situer dans l'espace, elle n'avait plus d'autre point de repère que son propre regard.

— Ouvre tes yeux, lui dit son grand-père.

Elle obéit et ne reconnut pas la scène. Il n'y avait plus de pièce, plus de meubles, plus de plafond. Juste une lumière bleue, sombre, évoquant les abysses. Les murs, majestueux, dessinaient un monumental cylindre de pierre. L'eau, invisible, imprégnait l'atmosphère.

Les mots venaient d'un peu partout, comme s'ils étaient vivants ; les visages de ses proches tournaient autour d'elle lentement. Elle chercha Melkaridion du regard. Elle aurait voulu bouger pour le repérer, mais aucun de ses membres ne répondait à ses ordres. Figée, muette, elle se sentait enfermée dans son corps. Même si ces sensations étaient nouvelles et surprenantes, Leamedia ne paniquait pas ; elle se trouvait en sécurité dans ce flux d'émotions inconnues.

Melkaridion avait contourné l'assemblée et s'était placé derrière sa petite-fille. Il continuait à lui parler, et sa parole provoquait comme une hypnose qui la maintenait entre deux mondes. Elle était à la fois minuscule et géante, brûlante et glacée, les contradictions les plus folles se bousculaient dans sa tête et dans son corps, la matière et l'esprit fusionnaient.

Alors, elle sentit Melkaridion plonger dans sa chevelure ses vieilles mains ridées et magnifiques, que Rembrandt avait peintes au XVIIe siècle, dans le tableau connu sous le nom de *Saint Matthieu et l'Ange*, et qui représentait en réalité le grand-père. Une décharge électrique la frappa.

— Tu es venue au monde, comme chaque magicien, avec un cheveu blanc. Jusqu'à ce jour, il aurait été impossible de te l'enlever, même avec la lame la plus acérée.

Les derniers rayons de soleil glissaient sur les lattes du vieux plancher. Il ne restait que quelques dizaines de secondes.

— Mais en cet instant, le soleil n'éclaire que toi, de même qu'au moment de ta venue au monde, voilà seize ans. La lune était énorme, face au soleil, comme pour toute naissance de magicien, soit du même côté de la Terre, soit aux deux côtés opposés, pour que les influences s'équilibrent. Tu es née solaire-lunaire, une configuration rarissime : les deux astres étaient parfaitement alignés. Cela fait de toi une élue naturelle : ta magie sera d'une puissance inouïe. Je vais maintenant t'ôter ce cheveu et, en te décoiffant, libérer ton cerveau. Seul le membre le plus âgé d'une famille peut procéder à ce geste, une fois dans une vie, à un moment précis d'un jour unique. Si j'échoue, ton cerveau restera à jamais privé de sa puissance, tout comme ceux des humains. Si je réussis, ta mémoire deviendra totale, tu communiqueras avec ton corps, et tes limites ne dépendront désormais que de ta volonté. Tu vieilliras lentement, tu contrôleras toutes

tes cellules, tu pourras t'adapter aux changements d'environnement les plus violents, tu comprendras le langage des animaux et agiras sur la nature et la matière naturelle. Seuls les magiciens ont ce privilège. Mais, avant, tu devras apprendre la patience.

Tout en parlant, il fouillait la chevelure noire de Leamedia. Elle était incapable de respirer, tant les moindres mouvements effectués par son grand-père se répercutaient dans sa pensée telles des décharges électriques. Elle était terrorisée à l'idée qu'il ne trouve pas ce qu'il cherchait ; en même temps, elle était totalement confiante et sereine.

Enfin, il trouva ce qu'il cherchait. Une légère traction s'exerçait dans sa nuque, en un point précis de la base du crâne.

— Il me suffit de t'ôter ce cheveu, qui est le seul à être relié directement à ton cerveau. En le tirant à moi, j'allumerai ce dernier, le rendant actif à cent pour cent. Les humains n'utilisent leur cerveau complètement qu'une seule fois dans leur vie, à leur naissance. Alors, leur pouvoir est immense. Ils passent en quelques secondes d'une respiration liquide dans le ventre de leur mère à une respiration sèche, à base de l'air ambiant. Plus tard, ils n'exploiteront qu'un à deux pour cent de leurs méninges. Assez pour poursuivre des recherches scientifiques, pour mener une existence intéressante… mais très loin d'un destin de magicien ! Tu t'apprêtes à connaître une deuxième naissance qui va transformer ta vie.

Il n'y avait plus ni fatigue ni faiblesse chez le vieux magicien, uniquement de la grandeur et de la majesté. La lumière déclinait d'instant en instant. Mais le temps ne comptait plus. Melkaridion *était* le temps.

Il posa sa main droite sur le front de Leamedia, pendant que la gauche tenait le fameux cheveu. Il inspira profondément et attendit que sa petite-fille fasse de même. Quand ils furent à l'unisson, l'aïeul lui parla tout doucement.

— Es-tu prête ?

Leamedia n'eut pas à répondre ; tout son être tendait vers ce cheveu qui allait quitter sa tête. Elle sentait la présence d'Antonius, de Rodolpherus, de Melidiane. Tous avaient fermé les yeux et respiraient sur un même rythme, si bien qu'on croyait entendre un seul et même corps, celui que formait le clan des Dolce.

Melkaridion tira d'un coup sec. Leamedia bascula sa nuque vers l'arrière en ouvrant la bouche, comme si elle sortait d'une longue apnée sous l'eau et prenait enfin sa respiration. La première vraie respiration de sa vie. Son cerveau se dépliait, son intelligence s'accroissait démesurément de seconde en seconde. Cette inspiration primordiale n'en finissait plus, comme si sa capacité pulmonaire était sans limites. Elle eut l'impression de grandir d'un coup. Ses jambes poussaient, et ses yeux voyaient si loin et si nettement qu'elle dut baisser les paupières. Son ouïe était devenue extraordinairement aiguë, elle entendait les moindres bruits, même les plus infimes, même ceux de son propre sang glissant dans ses veines, dont elle pouvait contrôler le débit. Sa peau frémissait au contact de l'air, comme si chaque molécule était devenue perceptible. Toutes les parties de son corps s'ajustaient entre elles, comme si, pour la première fois de sa vie, elle était vraiment aux commandes de son propre corps.

Le soleil venait de se coucher.

Melidiane, Melkaridion, Rodolpherus et Antonius rouvrirent les yeux. Tout avait repris son aspect ordinaire, à une exception notable près : Leamedia avait disparu. Ne restait que son cheveu blanc, entre le pouce et l'index de Melkaridion. Des regards perplexes s'échangèrent. Ils sentirent alors un léger courant d'air balayer leur visage. La porte d'entrée grinça légèrement.

Melidiane, alertée, bondit. Puis elle comprit ce qui était en train de se passer : trop tard !

Elle poussa un cri primal, un cri rauque de fauve à qui on a enlevé ses petits, un cri à glacer les sangs.

— Noooon !

Tous les quatre tombèrent sur le sol et plongèrent dans un profond sommeil. Ils dormaient comme s'ils venaient d'être anesthésiés.

Plus un bruit dans la maison. La matière, désertée par l'énergie et l'intelligence, était inerte.

Simone, à demi assommée par le choc, se fraya un passage dans la barbe de Melkaridion et émergea à la surface.

Étalés les uns près des autres comme des pétales détachés d'une fleur, les Dolce gisaient sur le parquet. Le grand-père, tenant encore le cheveu blanc dans sa main, émit un faible ronflement. Melidiane respirait paisiblement, le visage calme, tourné en direction de la porte d'entrée. Quant à Antonius et à son père, ils étaient tombés dans les bras l'un de l'autre. Tous étaient inconscients.

La souris pluricentenaire n'eut pas besoin qu'on lui installe les sous-titres : Leamedia avait jeté son premier sort.

— On lui a pourtant expliqué à haute et intelligible voix que la première et la plus fondamentale règle dans cette famille, c'est qu'aucune magie ne peut être utilisée sans l'accord unanime du reste du clan ! maugréa la souris.

Ce principe de base protégeait la dynastie des Dolce depuis des siècles. Son non-respect avait causé la disparition de la plupart des autres familles de magiciens.

Simone trotta du plus vite qu'elle put jusqu'à la porte entrouverte. Allongée sur le trottoir à une centaine de mètres de la maison, Leamedia dormait tout aussi profondément, près d'un poteau électrique en bois.

De ce qui avait été un poteau…

Par chance, la rue était totalement déserte à l'heure du dîner en famille et des informations télévisées.

Le bois brut du poteau avait littéralement implosé en une exubérance de fibres en délire, maintenant figées en une danse hystérique des tresses sèches, éclisses pointillées, rondes d'échardes, lamelles fines tordues par un créateur de génie. Le tronc, ouvert en son centre, formait une sculpture qui, vue sous un certain angle, représentait un crâne humain, symbole punk et gothique par excellence.

Les fils à haute tension dessinaient un éclair qui traversait le crâne vide à l'endroit du cerveau, avant de repartir, tendus à l'extrême, vers les poteaux voisins.

— Peuh ! fit Simone. Un jeu d'enfant pour une magicienne du cinquième cercle, même sans expérience. On devrait interdire les sorts aux débutants.

Les êtres vivants, dont les végétaux, ne se laissaient pas totalement maîtriser. Tant qu'un arbre était enraciné, et que sa sève coulait en abondance, changer sa forme à sa guise réclamait une technique poussée. Mais une pièce de bois façonnée par la main de l'homme était modulable à souhait, car taillée dans une matière naturelle, vivante et docile à la fois.

— Et c'est pour qui, tout le boulot ? Pour Simone, évidemment.

La souris soupira longuement, songeant à la multitude des tâches ingrates qui lui incombaient dans ce genre de situation.

Elle se dirigea vers l'escalier pour remplir sa mission : sauver les Dolce !

— Si c'est pas un comble !

Elle fit un crochet par le trou dans la plinthe et attrapa un corset de contention, dans lequel elle se sangla. Puis elle se mit à gravir les vingt-quatre marches menant à la chambre d'Antonius.

Mona savait exactement combien de temps il lui fallait pour monter l'escalier. Elle s'entraînait chaque jour, en prévision d'une telle catastrophe.

En gémissant, elle attaqua la vingtième marche. Plus que quatre. Elle savait que Docteur Green, le chat en peluche de Leamedia, l'attendait au coin de l'escalier. Elle en couina de découragement. Dépressive à cause de son grand âge – près de six cents ans ! –, elle ne cessait d'espérer une fin rapide. Elle aurait adoré être dévorée par le félin, qui était le seul à ignorer son état de vieux doudou. Ses dents en mousse ne faisaient que chatouiller le ventre rose de la vieille souris. Elle avait beau lui répéter qu'il n'était que la peluche de la petite dernière, Docteur Green demeurait persuadé d'incarner le plus redoutable carnivore du quartier. C'est pourquoi Simone se bandait le dos avant de grimper à l'étage. Ses vieux reins ne supportaient plus la chute depuis la gueule du prédateur quand ce dernier renonçait à la dévorer. Trop usée pour retomber sur ses courtes pattes, elle protégeait ses lombaires.

Vingt-quatrième marche, Docteur Green, dents en mousse, rien ne manquait.

— C'est bon, Green. On jouera demain !

Ballottée de droite à gauche par le chat en peluche, elle essayait de lui faire entendre raison.

— Doudou, t'as pas de vraies dents ! Tu me fais perdre mon temps !

Le ton sur lequel Simone avait prononcé ces derniers mots déprima le chat, qui repartit, découragé, vers la chambre de Leamedia. La souris put reprendre son périple vers le bureau d'Antonius. C'est là que se trouvait le déclencheur. Ni bouton ni interrupteur, mais un petit bus londonien à impériale, rouge, posé tout en haut du bureau comme une voiture de collection.

Ce jouet commandait la métamorphose de la maison. En appuyant dessus d'un coup sec, Simone activa le mode « repli ». La demeure familiale abandonna en quelques secondes son habillage qui lui donnait l'air d'une banale maison de banlieue new-yorkaise. Les trompe-l'œil et les décorations tombèrent au sol et laissèrent apparaître le bus londonien qui en constituait la structure. Le véhicule pouvait alors se mettre en marche, sans chauffeur à son volant.

Le bus se trouvait maintenant dégagé au milieu des débris, paraissant flotter dans la poussière soulevée par le microséisme qui l'encadrait d'un brouillard mystérieux.

— Pourvu qu'il démarre…

Rodolpherus avait équipé le véhicule d'un petit moteur. Le bus toussa et commença lentement, péniblement, à rouler.

Le travail n'était pas terminé. Il fallait installer un faux chauffeur gonflable, une sorte de ballon de baudruche habillé en conducteur de bus, destiné à faire illusion. Un engin pareil n'était pas censé avancer sans personne au volant. C'était le moment que Simone détestait entre tous. Ses poumons ne lui permettaient pas de gonfler un tel volume ! Il lui fallait donc sauter cent trente et une fois exactement sur le gonfleur manuel installé au pied du siège de conduite.

Le temps pressait. Le vacarme occasionné par la chute des décors avait attiré des visages aux fenêtres. Bientôt, la rue serait impraticable.

— Green ! Viens m'aider !

Le chat, toujours prompt à jouer, vint rejoindre la souris et tenta de l'attraper. Il suffisait à Mona de l'éviter pour qu'il retombe sur le gonfleur.

Une fois le bus démarré, le faux chauffeur au volant, il ne restait plus à Simone qu'à récupérer Leamedia, le seul membre de la famille à être encore dehors. Le véhicule sortit de son nuage de poussière et s'arrêta près de l'adolescente. La souris devait maintenant baisser le hayon latéral, qui servait à charger les objets lourds ou les personnes handicapées, conformément à la réglementation en vigueur.

L'opération ne présentait pas de difficulté majeure. Mona disposait de son propre volant, adapté à ses bras d'à peine deux centimètres, installé dans une encoche sur la plage avant. Son arbre était relié à celui du conducteur par un système d'engrenages que Rodolpherus avait recopié sur un dessin de Léonard de Vinci. Grâce à cette direction assistée, la souris pouvait piloter l'engin. Le véhicule effectuerait de micro-manœuvres pour que la jeune magicienne glisse petit à petit sur le hayon.

« Faut faire attention à pas lui tirer les cheveux », se dit la souris.

Quelques voisins assistaient, stupéfaits, à l'opération. Ils n'allaient pas tarder à prévenir la police !

Pour compliquer encore plus la situation, la baudruche faisant office de conducteur commença à se dégonfler.

Entre-temps, le plateau avait glissé sous la jeune magicienne et l'avait portée sous le bus pour la ramener à l'intérieur par une ouverture dans le châssis.

À cet instant, deux policiers à cheval tournèrent dans la 53e Rue.

— Ah non ! Ça ne va pas recommencer.

La dernière fuite de la famille Dolce remontait à cinq ans. C'était à Atlanta. Il leur avait fallu éviter de multiples barrages, rester cachés pendant de longues semaines.

— Démarre doucement, ordonna Simone grâce aux commandes vocales stockées dans un lecteur MP3.

Le chauffeur était affalé sur le siège avant, complètement dégonflé. Docteur Green se mit à feuler : il détestait quand le bus roulait. Il décida de revenir à la charge et sauta sur le petit rongeur, qui donnait ses instructions au micro, pour que l'engin s'éloigne sans provoquer le moindre soupçon de fuite.

— Ça va maintenant ! couina la souris. Stupide, idiot, décérébré, rebut ! Tu n'es qu'une pelote défraîchie et inutile !

Docteur Green baissa ses oreilles usées et rétracta ses griffes en mousse, pendant que le bus tournait vers la marina. La souris, à bout de forces, sautait à nouveau sur le gonfleur. Dans le rétroviseur, elle put apercevoir juste avant le virage les deux policiers noyés dans la masse de curieux qui s'étaient assemblés sur la chaussée. Elle respira de soulagement juste avant de se faire éjecter du gonfleur, qui s'était relevé d'un seul coup.

Le bus longeait à présent la marina de Brooklyn sur Shore Parkway, se dirigeant vers l'immense pont du Verrazano qui traversait la baie, et qui, avec un peu de chance, leur permettrait de rejoindre le New Jersey en moins de vingt minutes.

Simone regardait New York défiler derrière les vitres. Elle contemplait la modernité dans toute sa splendeur, sa démesure et son excès.

À presque six cents ans, elle perdait de décennie en décennie sa faculté à s'émerveiller. Elle avait vu tant de choses, croisé tant d'hommes et entendu tellement de pleurs que seule la nostalgie pouvait encore l'apaiser. Elle avait beau vider régulièrement sa mémoire, elle ne pouvait s'empêcher de garder quelques images anciennes en tête. Elle se souvint alors de l'impression qu'elle avait eue en foulant pour la première fois le sol new-yorkais en 1906. Elle avait encore presque tous ses poils. La ville venait d'être rebaptisée, et beaucoup l'appelaient encore La Nouvelle-Amsterdam. Il n'y eut pas dans sa longue existence de choc plus violent. Même en rejetant la tête en arrière le plus possible, elle était incapable de voir le sommet de certains immeubles. Elle prit conscience d'avoir réellement traversé les siècles. Comment aurait-elle imaginé que l'être humain serait un jour capable de construire de si hautes bâtisses, en si grand nombre, et si serrées ? Cela lui rappela quelques forteresses qu'elle avait vues tomber quand la famine ruinait l'Europe et décimait ses populations. Oui, New York lui avait donné l'impression d'être un de ces châteaux forts, qu'elle avait pourtant oubliés – mais plus grand, plus délirant.

Regarder ce paysage éveillait en elle cette langueur triste qu'elle adorait savourer en se rappelant le temps d'avant.

Au bout d'un moment, elle s'endormit à son tour. Il ne s'agissait là que de fatigue, et non des effets secondaires de la magie. Sa petite tête pointue aux moustaches encore séduisantes, quoiqu'un peu tombantes, s'écrasa contre la vitre. Elle n'entendait plus les klaxons, les sirènes de pompiers et de police, tous ces sons qui n'existaient pas au siècle précédent. Juste avant de sombrer dans le sommeil, elle se demanda où partaient tous ces bruits. Couraient-ils éternellement vers une destination inconnue ? Ou, comme la buée sortant de la bouche les matins d'hiver, s'évaporaient-ils aussitôt ? Elle n'eut pas le temps d'opter pour une réponse et se laissa emporter par le bus qui roulait doucement vers un avenir incertain.

Pour se rendre dans le sud de Brooklyn, le chauffeur de taxi voulut imposer aux deux jeunes femmes un détour par les berges, en évitant les quartiers situés entre la marina et la 54e Rue. Virginie protesta. Paula, qu'elle avait alertée par un SMS et cueillie au passage, la regarda, amusée.

— Tu m'as bien dit qu'ils ne remboursent pas les notes de taxi, non ? maugréa son amie.

Le chauffeur se justifia :

— Regardez l'écran ! Il se passe quelque chose là-bas !

Tout en maniant d'une main son volant, il leur montrait son smartphone, où s'affichait un message Twitter :

« Embouteillage monstre en plein cœur de Brooklyn. Une manifestation artistique fait le buzz. »

Paula, intriguée, se pencha en avant :

— Au contraire, déposez-nous au plus près ! En plein cœur de la manif, si possible.

— T'es folle ou quoi ? protesta Virginie. On m'a confié une enquête sur une course-poursuite, pas les pages culturelles.

— Si on n'a pas la photo pour le journal demain, crois-moi, ce sera autrement plus grave pour la suite de ta carrière.

Le taxi s'enfonça dans le réseau des petites rues. La circulation se densifiait d'instant en instant dans les dernières lueurs du crépuscule. Des badauds convergeaient vers le site telle une manifestation géante.

Le conducteur twittait comme un fou en commentant :

— La police montée vient d'arriver… Il paraît qu'un bus rouge londonien à impériale s'est volatilisé, certains disent qu'il a décollé.

Bientôt, la voiture ne put plus avancer.

— On va descendre là, dit Paula en tendant un billet de dix dollars au chauffeur.

— J'ai pas la monnaie, la prévint celui-ci.

— Comme d'habitude, lança la photographe, déjà sortie et qui armait son appareil.

Une foule bigarrée – ménagères en tablier et tongs, un fichu sur les cheveux, gamins munis d'appareils photo ou tournant des vidéos avec leur téléphone, boutiquiers qui avaient baissé leur rideau de fer pour se précipiter aux nouvelles – remontait la rue dans une confusion bon enfant. Questions et suppositions fusaient.

— C'est un attentat ?

— Non, plutôt un reality show.

— Y a quelque chose à gagner ?

— Paraît que c'est les extraterrestres.

— Non, le Messie.

— Mon gourou m'écrit qu'on s'assemble au croisement de la 53e Rue et de l'Avenue L pour une prière œcuménique. Joignez-vous à nous !

Les deux filles s'ouvrirent un passage en criant : « Service de presse ! » C'était grisant. Paula, plus haute, photographiait la foule tout en avançant. Virginie veillait à ne pas la perdre de vue.

À l'approche de la 53e Rue, l'atmosphère était suffocante. On n'avançait qu'à grand-peine, des personnes se plaignaient de malaises, et les cris d'alarme se mêlaient aux exclamations admiratives.

— Que c'est beau ! Loué soit Krishna.

— Un médecin, vite ! Faites de la place !

— Vous approchez pas des fils électriques ! Laissez passer les électriciens.

Quelque part sur la droite s'élevait un cantique.

Virginie et Paula se hissèrent sur la plateforme déjà très encombrée d'un pick-up et jouèrent des coudes pour apercevoir dans la nuit tombante l'objet qui avait provoqué cet attroupement.

Le spectacle était d'une beauté à couper le souffle. Un côté de la rue était plongé dans la pénombre. Un réseau d'éclats de bois reliés par des fibrilles arachnéennes enserrait une forme au centre creux parcourue des éclats de lumière provenant d'un enchevêtrement de câbles électriques. Ce qui avait été un simple poteau-relais pour les lignes d'alimentation du quartier était devenu une sculpture urbaine d'une finesse et d'une puissance expressive dignes d'un maître.

Virginie contemplait cette œuvre improbable, sidérée. Des moyens peu communs avaient dû être employés pour réaliser cette explosion gelée en plein vol, qui affectait une forme de crâne humain.

— C'est… magique, murmura Paula, très impressionnée elle aussi.

Virginie, frappée par sa remarque, se mit à composer fébrilement un texto.

— À qui t'écris ? Tu as des amis chez la concurrence ?

— Non… Mon père s'intéresse aux phénomènes inexpliqués. Je te raconterai, fit Virginie sans cesser de pianoter sur son portable.

— Comme tu veux, dit Paula avant d'armer son appareil. En tout cas, ajouta-t-elle gentiment, tu viens de prendre ta deuxième leçon de journalisme.

— Oui ? fit distraitement Virginie.

— Aller à l'événement quand il se présente sur ta route.

La Buick les poursuivait implacablement dans le jour tombant comme si un invisible fil de remorque avait relié les deux véhicules. Debs tira une arme de sa poche intérieure et commença à baisser sa vitre.

— Vous prenez trop de risques, capitaine, remarqua Torque. Je vous l'ai déjà dit. Vous feriez mieux de stimuler vos troupes ! Le temps presse ! Il est même sans doute déjà trop tard.

— Je ne vise que les pneus. Quelque chose me dit qu'il va devenir gênant.

Au moment où il mettait sa cible en joue, la grosse voiture noire obliqua soudain à une intersection.

— Je l'ai effrayé. Nous en sommes débarrassés, fit le capitaine.

— Vous ne réfléchissez pas, comme d'habitude. Si le vieux Delondres nous a lâchés, c'est qu'il a une meilleure piste pour trouver les Dolce. Il doit savoir où ils sont. Demi-tour ! cria le directeur.

Le chauffeur remonta la rue en marche arrière à toute vitesse. Une fois au croisement, la limousine fit un dérapage contrôlé et s'élança à la poursuite de la Buick en multipliant les appels de phare.

L'homme au bouc vibrait d'impatience.

— Accélérez ! Et mettez la radio plus fort.

Mais l'information qu'ils espéraient entendre ne circulait pas encore sur les médias traditionnels.

— Pas la peine, fit Debs, qui venait de prendre un appel. J'ai l'info par notre PC, captée sur les fréquences de la police et confirmée par les réseaux sociaux. Je sais où ils se trouvent.

Le directeur lui arracha son portable. Sa secrétaire prit la communication.

— Nous venons d'intercepter un message de la police qui signale un embouteillage sur la 53e Rue, lui apprit-elle. Un banal poteau électrique a été inexplicablement métamorphosé en une œuvre d'art contemporain qui représente une tête de mort. Les enquêteurs soupçonnent un manifeste religieux de la part d'une secte, ou un happening de l'underground gothique.

— Je ne connais qu'une famille capable de faire ça. On y va directement !

— Une tête de mort ? répéta Debs.

— C'est une bonne et une mauvaise nouvelle, répondit son maître.

— Pourquoi ?

Torque le regarda dans les yeux. La soif de vaincre, quel qu'en soit le prix, se lisait sur ses traits.

— Elle signifie qu'on les a localisés. Mais elle veut dire aussi que la dernière des Dolce a été décoiffée. Aucun des quatre autres n'aurait mis à exécution une idée aussi stupide. Cela ne peut être le fait que d'une gamine trop pressée de tester ses nouveaux pouvoirs. Il faut les attraper avant qu'ils ne filent.

Le directeur souriait largement.

— Les nouvelles ne sont pas si bonnes…, nuança Debs. Maintenant qu'elle est devenue une magicienne en possession de ses pouvoirs, ils vont vouloir lutter, non ?

— Ils ne le peuvent pas. Ils dorment, capitaine.

— Comment ça ?

— La Fondation 18 que je représente et pour laquelle vous travaillez prolonge l'œuvre d'une guilde qui a passé ces derniers siècles à éliminer un à un les magiciens de cette planète. Le flux magique qu'ils généraient et qui leur permettait de régner a désormais disparu, excepté sur leur maudite route. Ils ne peuvent exercer leur magie nulle part ailleurs sans le payer cher physiquement. Jeter les sorts les épuise. Ils sont totalement vulnérables. Et je doute que la jeune Dolce ait demandé au puissant Melkaridion l'autorisation de customiser un vulgaire poteau électrique.

Debs écoutait, fasciné par les propos de son maître. Cet ancien flic tombé pour corruption avait enfin trouvé un univers à sa démesure.

Le quartier était interdit à la circulation, mais grâce aux laissez-passer municipaux dont disposait la limousine de la fondation, ils avaient pu s'approcher du site.

— Allons finir ce que nos prédécesseurs ont commencé, lança Torque.

Debby avait essayé de rappeler Melidiane, mais celle-ci n'avait pas répondu. La ligne était en dérangement, selon le message sonore que lui délivrait l'opérateur téléphonique. Elle renouvelait l'appel quand David revint de chez Lee avec un énorme hématome à la tempe.

— Maman… Deux femmes ont cherché à enlever Antonius et Leamedia ! Elle avait fugué, mais on l'a retrouvée grâce au père de Valente, je ne peux pas te raconter maintenant. C'est là que j'étais, hier soir. Antonius nous a rejoints ce midi chez Lee. Plus tard, ces femmes ont défoncé la porte.

— Elles ont osé te toucher… Et les enfants de Melidiane ? Ils n'ont rien ?

— Ils se sont enfuis. Après, je ne sais pas.

— On ne va pas laisser faire ces gens-là ! Bob ?

Le psychiatre venait de rentrer du bureau. Il haussa un sourcil en voyant le visage tuméfié du garçon, mais il n'intervint pas. Debby lui en fut reconnaissante. Elle aimait son flegme et sa disponibilité.

— On prend la voiture, mon chéri. Les Colde ont des ennuis. Tu veux bien nous accompagner ? Si on s'est trompés, je dirai que je venais chercher mon téléphone portable.

— Tu ne l'as toujours pas retrouvé ?

— Non…

Ils ne purent même pas pénétrer dans la 53e Rue.

— Qu'est-ce qui se passe ? s'étonna Debby.

— Les véhicules ne vont pas au-delà, les informa un agent en uniforme. La circulation est coupée : un incident, plus haut dans la rue.

— Mon Dieu ! souffla Debby en portant la main à sa gorge.

— Vous avez de la famille là-bas ? Ne vous inquiétez pas, c'est juste une anomalie sur le réseau d'électricité, qui provoque une manifestation. Il n'y a pas de blessés, pour le moment.

— Descendez et allez-y, je vais garer la voiture, décida Robert. On se retrouve devant la maison des Colde.

Debby et son fils, un peu sonnés, commencèrent à marcher à travers la foule vers la maison où ils avaient dîné trois jours plus tôt. L'atmosphère était angoissante : les maisons plongées dans le noir, des lueurs de bougies aux fenêtres, des vagues de curieux…

Ils crurent d'abord qu'ils avaient dépassé la bâtisse sans la reconnaître, à cause de la foule qui encombrait la chaussée et les trottoirs, et de la nuit qui tombait. Les imprécations se mêlaient aux incantations, promeneurs et visiteurs occasionnels zigzaguaient parmi ceux qui déjà s'installaient pour un sit-in en vue de méditer le signe qui venait d'être donné à la population de Brooklyn. Ils aperçurent l'objet qui captait tous les regards, une structure aérienne faite de bois, à laquelle des électriciens tentaient d'accéder, pris vertement à partie par les adorateurs de l'œuvre échue au quartier, qui entendaient défendre leur nouvelle idole. Une ligne électrique de secours avait été installée, et des projecteurs de chantier éclairaient violemment la sculpture. Debby observait sa forme étrange.

— On dirait le petit tatouage que tu portes sur le biceps droit, fit-elle remarquer à son fils.

Celui-ci rougit sans raison apparente.

Ils revinrent sur leurs pas. Mais le bâtiment qu'ils cherchaient n'était pas là. Désorientés, ils promenèrent leurs regards sur les façades voisines.

— Je reconnais parfaitement ces géraniums, dit Debby. Leur maison était en face.

— De la chambre d'Anto, je voyais ce pignon, confirma David.

Ils étaient sur le trottoir où la demeure des Colde était censée se trouver. Il n'y avait plus qu'un terrain vague, couvert de panneaux de bois.

— Je ne comprends pas, murmura Debby.

Ils regardèrent à nouveau l'espace vide. Robert les rejoignit à ce moment-là et fouilla des yeux les environs.

— Mais… elle est où ?

La maison des Dolce avait disparu.

La foule, les sirènes, les klaxons, les conversations provoquaient un brouhaha assourdissant.

— Viens, on n'apprendra plus rien ici, cria Paula en entraînant Virginie vers le haut de la rue, où la foule était un peu moins dense. Qu'est-ce que tu as récolté ?

Il était impossible de se parler sans hurler. Virginie lisait ses notes.

Prédictions fumeuses, spéculations teintées d'occultisme à quatre-vingt-dix pour cent, plus des protestations d'habitants du quartier contre le dérangement.

— Classique. Personne ne peut fournir le moindre renseignement, mais chacun a quelque chose à raconter.

— Une rumeur insistante fait état d'une intervention extraterrestre, un engin spatial d'un rouge délavé qui ressemble à un bus londonien à impériale, piloté par un chauffeur qui est en réalité une baudruche à moitié dégonflée.

— Génial ! On va être très crédibles… T'as intérêt à trouver mieux.

— Ça paraît loufoque, en effet. Autre chose : une jeune fille aurait été enlevée. Le voisin mentionne lui aussi un bus londonien rouge qui a fait halte près du poteau et a chargé une fillette évanouie sur le sol.

— Pas mal, la félicita la photographe, qui prenait des photos du réseau d'électricité de la rue.

Elles étaient devant un terrain vague, à une centaine de mètres de la sculpture. Virginie se retourna pour avoir une vue d'ensemble de la scène pendant que Paula flashait l'alignement des poteaux et des câbles, sous tous les angles. Non loin, un couple accompagné d'un grand adolescent discutait en regardant le terre-plein. Virginie les remarqua, car ils étaient les seuls à s'intéresser à cet endroit.

Une voix éraillée s'éleva près de la jeune femme.

— C'est d'là qu'il est parti, l'bus !

Un poivrot barbu montrait du doigt l'espace vide. Virginie ne prêta pas attention à ce qu'il disait ; mais le clochard n'avait pas l'intention de se taire.

— Il est sorti de la maison, comme ça !

Joignant le geste à la parole, il écarta les mains et dessina en l'air une sorte de champignon.

— Y a plein de morceaux de bois qui sont tombés. Pis après, il a fait halte devant le poteau.

Virginie avait cessé de prendre des notes. Le vieil ivrogne s'appliquait à articuler, tant ce qu'il racontait paraissait, même à lui, stupéfiant. Paula, qui avait entendu, commenta :

— Ça va être dur, de mentionner tes sources...

Elle haussa les sourcils et reprit quelques clichés.

Elle avait changé d'objectif pour cadrer son sujet de plus près. Mais Virginie ne riait pas, elle écoutait le bonhomme avec une grande attention, car, si incroyable que cela puisse paraître, un des panneaux de bois qu'il avait décrits comme formant la façade de la maison disparue se trouvait à ses pieds ! Elle se baissa et regarda de plus près, écartant du bout de sa semelle la poussière qui s'y était déposée. Des tuiles en trompe-l'œil y étaient peintes. Une autre plaque gisait un peu plus loin, et il y en avait beaucoup d'autres sur le terrain vague, comme si un décor de cinéma s'était effondré à cet endroit. On distinguait nettement dans l'ombre les traces de pneus du véhicule sur la pelouse rase. Elle se tourna vers son informateur pour obtenir des précisions supplémentaires, mais ce dernier avait disparu. Elle s'adressa à une habitante de la rue, qui assistait à la scène depuis sa fenêtre comme d'une loge de théâtre.

— C'est vrai, qu'il y avait une maison, ici ? cria-t-elle.

— Une baraque, plutôt, témoigna la femme. Elle s'est effondrée en moins d'une minute, vers 20 h 40, petit à petit comme un château de cartes. Au milieu, il y avait un bus londonien à impériale, dans un nuage de poussière. Il est parti en direction du sud, conclut-elle en agitant la main.

— Bizarres, ces assertions, commenta Virginie.

— Pas plus que la transformation du poteau, rétorqua Paula.

Virginie tendit l'oreille.

— T'as pas l'impression qu'on m'a appelée ? demanda-t-elle.

— J'ai rien entendu.

Virginie regarda autour d'elle et surprit la conversation du groupe qui se trouvait à quelques pas. Eux aussi parlaient de maison, de famille et de disparition mais, d'où elle était, elle n'entendait pas distinctement. Elle les aborda.

— Excusez-moi. Je m'appelle Virginie Delondres, je suis journaliste. J'ai par hasard entendu vos propos, vous avez vu quelque chose ?

La femme regarda son compagnon, mais celui-ci ne dit rien. Elle hésita, puis se lança :

— Écoutez, c'est difficile à dire sans passer pour des affabulateurs ou des illuminés. Mais ici, il y avait une maison dimanche dernier.

Virginie avait entamé une nouvelle page de son bloc.

— Et vous la connaissiez bien ?

— Pas vraiment. Nous y avons dîné une fois. C'était celle de nos amis, les Colde.

À ce nom, le visage de Virginie se décomposa : il ressemblait curieusement à un autre patronyme, dont il formait une anagramme.

Dans un instant de vertige, des connexions se firent dans son cerveau entre la bâtisse envolée, le solide poteau métamorphosé par une force invraisemblable, l'inquiétude de son père au sujet des Dolce, ainsi que ses récentes affirmations sur le clan des magiciens. L'histoire que Philippe lui racontait quand elle était petite venait de prendre une brûlante actualité.

— Désolé, mademoiselle, mais il nous faut partir, dit l'homme. Nous sommes garés en double file, chérie, ajouta-t-il à l'intention de sa femme.

— Je peux noter votre nom et un numéro ? demanda Virginie *in extremis* alors qu'ils s'éloignaient en hâte.

Un véhicule de la fourrière muni d'un gyrophare venait de traverser la rue en amont.

— Debby Dandridge, médecin…, cria la femme. Nous sommes dans l'annuaire.

Virginie réfléchissait à toute allure. Son père n'était ni farceur ni habitué à faire des surprises. Il était un cartésien pur et dur, seuls la science et les faits comptaient à ses yeux. Elle eut le sentiment très net qu'il devait savoir ce qui se passait.

— On y va ? lança Paula.

Virginie ne répondit pas. Elle essayait de joindre Philippe, dont le portable restait éteint.

— Dès qu'il arrive, je lui demanderai ! se dit-elle.

— Hein ? fit Paula.

Virginie avait pensé à haute voix.

— Mon père va venir ici. Il a peut-être une explication.

— Tu crois vraiment que c'est le moment d'organiser une réunion de famille ?

— Tu comprends pas. Je crois que si quelqu'un peut comprendre ce qui s'est passé ici, c'est lui.

— Il doit être génial, alors.

— Quand j'étais gamine, il m'a raconté l'histoire d'une famille qui est capable de faire ce genre de choses.

— Moi aussi, j'en ai lu, des contes de fées. Il est auteur de science-fiction ?

Virginie se sentit stupide et écarta les associations d'idées qui lui étaient venues depuis cinq minutes. Elle s'en voulut d'avoir écrit à son père, cédé à ses requêtes. Elle ne voulait plus qu'il la rejoigne alors qu'on venait de lui confier son premier reportage. Elle avait enfin l'opportunité de rédiger son premier article, sur un fait complètement original, et perdait son temps à s'interroger encore sur les récits de Philippe. Il était temps de grandir ! Elle fit le vide dans sa tête, fixa son regard sur le poteau et chercha la phrase liminaire de son texte.

Brooklyn booggie night, trouva-t-elle.

Elle crut reconnaître quelqu'un dans son champ de vision, un visage brièvement éclairé par un projecteur : celui de Demetrius Torque, apparu brusquement dans un remous de la foule. La vision s'éteignit. Elle rougit : elle avait des hallucinations !

Au loin, une sirène d'ambulance hurlait, dominant la rumeur incessante de la foule. Elle stridulait dans un même point de l'espace, sans doute immobilisée.

« Événement sortant de l'ordinaire. Croisement 53e Rue et Avenue L. Appelle-moi. Suis sur les lieux. »

En lisant le texto de Virginie, Philippe sut qu'il avait retrouvé les Dolce. Mais plutôt que de téléphoner à sa fille, il prit la route vers le lieu indiqué, abandonnant la chasse de la limousine de Torque. Il lui fallut plus de vingt minutes, après avoir garé sa voiture, pour parvenir au croisement. Là, il connut son premier moment de soulagement depuis des heures.

L'objet de l'attroupement n'était qu'un poteau customisé, qu'il ne put s'empêcher d'admirer. Vu le pouvoir des magiciens, il s'agissait d'un ouvrage banal, même s'il frappait par son inspiration punk. Philippe avait craint de trouver les Dolce aux mains de la foule ou de la police. De minute en minute, en interrogeant les gens, il comprit que les responsables de la métamorphose avaient quitté les lieux, assez discrètement. Les allusions à un vaisseau spatial et à un enlèvement d'une jeune fille évanouie étaient transparentes pour quelqu'un qui vivait, comme lui, dans l'intimité des Dolce depuis des années, grâce à ses recherches.

Il se mit en quête d'un endroit pour s'asseoir ; ses jambes ne le portaient plus. Il s'appuya contre une voiture. Il ne savait pas s'il n'était pas, malgré tout, déçu. Qu'avait-il espéré ? Réparer le guet-apens de 1995 par une action éclatante et chevaleresque, sans aucun doute. Se faire reconnaître de Rodolpherus, obtenir peut-être même sa gratitude, et aider la famille de son ami. Il avait choisi son camp depuis longtemps et aspirait à en témoigner.

Mais les Dolce avaient décampé. Ils n'avaient pas eu besoin de lui. La fatigue, la douleur de son corps surmené se manifestèrent avec violence. Il lutta contre l'amertume, avant de se souvenir de ce qu'il avait découvert dans la matinée.

Il se redressa et, se haussant sur la pointe des pieds, balaya la houle des têtes du regard, à la recherche d'une chevelure noire aux reflets bleus dans les lueurs mourantes du jour. Il appela, à tout hasard :

— Virginie !

En vain : sa fille était invisible. En revanche, il vit très bien Demetrius Torque et son assistant se frayer un chemin à travers la foule. Aussitôt, il se courba pour se fondre parmi les gens et se mit à réfléchir. Les conséquences de son imprudence lui apparaissaient clairement. Les délinquants qu'il suivait avaient les moyens de mettre sur écoute tout le quartier. Il repassa mentalement les textos et les messages échangés avec sa fille. Il pensait avoir été prudent, mais, en s'exposant, n'avait-il pas orienté les malfaiteurs vers Virginie ? Il l'avait protégée en évitant de lui téléphoner, en ne l'approchant pas, mais cela avait-il été suffisant ?

Les autres ne tarderaient pas à suivre le même raisonnement que lui. Les Dolce à nouveau évanouis dans la ville, leur prochain geste serait de mettre la main sur ceux qui pouvaient les renseigner. Lui, et celle qui lui était la plus chère : sa fille. Et elle était sur place ! Il posa la main sur sa poitrine pour comprimer la douleur naissante. Une sueur glacée coulait sur son visage. Il attendit que la crise reflue, puis chercha son téléphone et appuya sur le rappel automatique. Tout allait se jouer à quelques minutes. Il devrait alerter Virginie !

Mais tout le monde tentait d'appeler au même moment, et le réseau était saturé. Il se lança à la recherche de sa fille en contournant le périmètre où il avait aperçu les deux hommes. Il n'avait plus le choix, il fallait trouver Virginie au plus vite. Anxieux, il brassa la foule, jetant des coups d'œil affolés de tous côtés, suivant du regard les moindres rais de lumière qui striaient par moments l'ombre, appelant parfois à mi-voix sa fille. Il ne songeait plus à se dissimuler. Il reprit dans sa poche son téléphone. Il n'y avait même plus de sonnerie désormais, le bip du réseau occupé arrivait tout de suite. Enfin, il put obtenir la messagerie. Il dit sans trop réfléchir : « Ma fille, si j'ai une dernière chose à te dire, c'est : personne n'est aussi dangereux que Demetrius Torque, le directeur de la Fondation 18. S'il croise ton chemin, fuis à toutes jambes sans te retourner… C'est une image, mais elle est exacte. » Haletant, il raccrocha et reprit sa quête hagarde, appelant tout bas :

— Virginie !

Soudain, comme un écho, le nom de sa fille retentit près de lui.

— La petite Delondres…

Frappé, il s'immobilisa, tendant l'oreille.

— À quarante mètres… joli morceau, n'est-ce pas, capitaine ?… avec mes mains… une position… libre…

L'outrage l'atteignit telle une blessure dans sa chair. Comme à Philadelphie, mais cette fois, il s'agissait de sa fille. Les Dolce avaient entièrement déserté le champ de sa conscience. Bousculant les badauds, il se redressa de toute sa taille, et il s'avança, furieux, sur ses jambes tremblantes. Il n'avait aucun doute sur l'homme qui venait de prononcer ces mots.

Torque humait l'air, comme s'il avait pu sentir la piste des Dolce, toute chaude.

— Ils ne sont plus ici. Mais avec un peu de chance, ils se trouvent encore dans les parages. Appelez toutes les équipes, qu'elles patrouillent sur les grands axes de sortie de Brooklyn.

— Apparemment, ils voyagent dans un bus londonien rouge à impériale, le renseigna Debs, qui centralisait les informations.

Son chef eut un sourire carnassier :

— On n'aura aucun mal à les repérer.

Soudain, à moins de vingt mètres, il aperçut Philippe Delondres. Il dominait de sa haute taille la foule qu'il sondait du regard. Ils se baissèrent un peu et profitèrent d'un mouvement dans la masse humaine pour remonter la rue.

— Tiens ! Voilà mes deux jolies journalistes ! s'exclama le directeur de la fondation, émoustillé.

— Où cela ?

— La grande brune, là, en train de photographier la rue avec un objectif de cinquante centimètres de long. La petite aux cheveux très noirs est Delondres… Ophélie, vous vous souvenez ? Il faut vous hausser par là pour l'apercevoir. Elle est juste dans le halo du lampadaire qui fonctionne sur la partie gauche de la rue. Joli morceau, n'est-ce pas, capitaine ? L'ovale du visage, un peu sage, est relevé par le petit nez, qui est franchement mutin. C'est elle qui a dû alerter son père.

— On s'en empare, chef ?

— Mmm ? Non, je pensais à autre chose. Je suis très habile de mes mains. Elle me tombera dans les bras quand je voudrai. Elle sera beaucoup plus intéressante à écouter dans une position… disons, libre.

Un mouvement parmi les gens qui les entouraient l'alerta. Philippe Delondres avançait dans leur direction d'un pas rapide et déterminé. On ne discernait pas vraiment ses traits dans le noir, mais il dégageait exactement le même genre d'impression qu'à Philadelphie, plusieurs années plus tôt : un être habité par une fureur dangereuse, prêt à tout. Il avait encore de l'allure, mais il était vieux. Ses gestes fébriles en faisaient un piètre adversaire.

— Le papa ! Quelle guigne, fit Torque, singeant la consternation d'un libertin surpris.

Suivi de son coéquipier, il se retira prestement dans l'ombre, entre les groupes qui se refermèrent sur eux.

— En voilà un qui commence à nous gêner, poursuivit-il. Mais il a connu les Dolce. Il peut être précieux. Suivez-le, Debs. Il est un bon chien de chasse, pistez-le à son tour.

Philippe Delondres fouillait la multitude du regard. Il s'immobilisa. Il appelait maintenant à tue-tête par-dessus les conversations :

— Virginie !

En même temps, comme un fou, il s'était remis à progresser dans la foule, cherchant son adversaire. Les gens s'écartaient, un peu inquiets.

À un moment, il fit un brusque écart, plongea sa main dans la poche de sa veste.

Le capitaine Debs, certain d'avoir été repéré et d'être menacé, passa à l'action : il enfonça d'un coup bref la lame de son couteau dans le dos de sa proie. Le vieil homme, frappé sous l'omoplate, avança encore de quelques mètres, puis s'écroula lentement sur le sol sans un cri. Habilement guidé par le tueur, il tomba sur le dos. Ils étaient tout près du poteau métamorphosé. Une écume rougeâtre aux lèvres, le professeur s'étrangla :

— Virgi…

Son visage, éclairé par les lueurs hachées des projecteurs de chantier qui filtraient entre les jambes des passants, marquait une grimace de souffrance. Dans sa main, il serrait un téléphone portable.

Debs se fondit dans la cohue, juste avant que le sang, un temps contenu par la vieille veste de velours, ne déborde sur le trottoir et ne dénonce le crime.

Jeudi 23 juin 2011

Virginie avait travaillé toute la nuit, portée par l'inspiration et la certitude de bien faire.

Le texte écrit pendant ces heures fiévreuses démontrait ses facultés d'analyse, son style impeccable. Sous le titre : « Le poteau pirate. Mystérieuse manifestation d'art brut à New York », quatre pages denses et rythmées relataient l'événement de la 53e Rue dans une veine comique, mais avec la solidité d'une information étayée par des sources. Cela commençait par une brève description de la sculpture, censée mettre en valeur ses qualités plastiques. Suivait une évocation des scènes loufoques provoquées par l'énigmatique happening. Ensuite, l'origine inconnue de l'installation était soulignée, dans un passage construit sur des interrogations, qui prouvait l'impossibilité patente de sa mise en place dans le temps et le lieu retenus. En conclusion, des corrélations étaient établies entre la métamorphose du poteau, la disparition d'une maison dans la même rue et les événements survenus au Metropolitan Museum le dimanche précédent.

Le tout formait un article à sensation, qui soulignait les questions en suspens, sans verser dans l'irrationnel. C'était, elle en était sûre, un très bon reportage. Elle était surtout fière du dernier trait qui, en reliant le musée et la 53e Rue, justifiait son titre. Guidée par les indices que lui avait livrés son père, elle subodorait un fil conducteur souterrain capable de joindre des faits apparemment éloignés. Elle avait construit une hypothèse bien à elle, dont Philippe aurait applaudi la rigueur et l'intuition : sans mentionner les Dolce, elle postulait une logique des événements tout en la mettant sur le compte d'un projet artistique. Elle serait la première à l'avoir trouvée. Aucun autre journaliste n'aurait pensé à ce rapprochement. Cela lui vaudrait d'être enfin reconnue à sa juste valeur au *Daily Eagle*. Il le fallait : on l'avait envoyée en reportage sur un sujet, et elle avait pris seule l'initiative d'engager une autre enquête. Après ses débuts lamentables, elle jouait quitte ou double.

L'aube se levait. Elle relut l'article une dernière fois pour en éradiquer coquilles et négligences, puis chercha la carte d'Edward. Elle releva son adresse e-mail et posta le document, accompagné d'un bref message relatant les circonstances exceptionnelles de leur sortie, la veille, et mentionnant le choix de Paula, qu'elle assumait solidairement. Il n'arriverait sans doute pas à temps pour l'édition du matin, mais elle avait fait de son mieux.

Il lui restait trois heures avant la sonnerie du réveil.

L'esprit agité, la respiration encore courte, elle se leva, impatiente d'affronter sa journée. Écrire avait élevé son esprit vers ses grands projets journalistiques, et elle ne pouvait s'empêcher de rêver à ces années prochaines où elle serait envoyée de par le monde pour couvrir les événements les plus difficiles et les plus exaltants, réclamant des qualités hors pair. Pour atténuer sa nervosité, elle se prépara un thé, rangea son bureau, puis voulut consulter sa messagerie.

Mais son téléphone ne s'alluma pas. Elle insista : la batterie était déchargée. Avec une célérité presque douloureuse, son cerveau surmené restitua l'enchaînement, le chargeur oublié le matin précédent dans la bousculade du retard, puis les petits « Bip ! » d'alerte et de détresse émis par son appareil juste avant qu'il ne s'évanouisse. C'était le moment où elle croyait avoir aperçu Torque dans la foule, juste après avoir constaté la disparition de la maison des Dolce, et elle n'avait pas prêté attention aux signaux d'essoufflement de l'engin.

Elle le brancha sur le secteur et, bientôt, l'écran s'alluma. Son père avait laissé un message. Elle s'apprêtait à le lire quand la sonnerie se déclencha. Il était 7 heures. Qui pouvait appeler ? Le numéro ne lui disait rien. Prudemment, elle décrocha.

— Mademoiselle Virginie Delondres ?

— Oui ? répondit-elle, tendue.

— Ici le King's County Hospital. Vous êtes bien la fille de Philippe Delondres, professeur en retraite ?

— C'est bien cela, fit-elle d'une voix blanche.

Tout en elle s'était gelé dans la crainte de ce qui allait suivre. Son cœur même lui parut avoir cessé de battre. Ses pensées étaient figées, sa vie était suspendue à l'écouteur. Mais dans la couche la plus profonde de sa conscience, elle ne pouvait croire qu'il soit advenu quelque chose de grave. Philippe l'avait guérie de sa peur de redevenir orpheline. Il était intouchable, immortel et invincible. Le contraire était inenvisageable.

— Je vous rassure : M. Delondres a pu être perfusé à temps et son état est stabilisé. Il a été amené dans la nuit aux urgences, ayant perdu beaucoup de sang. Des organes vitaux ont été atteints.

— Un accident ? demanda Virginie, si faiblement que la secrétaire, à l'autre bout du fil, la devina plutôt qu'elle ne l'entendit.

— Une agression, semblerait-il. Mais la police vous en dira plus. Nous avons pensé que vous souhaiteriez le voir. Les visites ont lieu entre 9 heures et 10 heures, mais vous pourrez entrer dès 8 h 30.

Virginie, désemparée, s'enquit avec sa voix de petite fille :

— C'est grave ?

— Oui.

— Mais grave comment ? murmura-t-elle, osant à peine poser la question.

— Le prognostic vital est engagé. Toutefois, votre père est encore solide malgré son âge. Nous espérons qu'il tiendra.

Philippe Delondres, très pâle, sommeillait sur son lit d'hôpital, relié par des tubes et des fils à des machines qui émettaient des bruits discrets et affichaient des chiffres. Elle le voyait couché pour la première fois, comme un chêne abattu. Il lui parut plus petit, plus mince, presque frêle.

Philippe n'avait jamais été malade. En le découvrant si vulnérable, Virginie s'éveilla brutalement d'un rêve de bonheur et de sécurité qui avait duré quinze ans et avait paru être la réalité même. Tout cela avait reposé sur la solidité de ce géant indestructible au caractère égal. Lui à terre, son univers vacillait. Elle sentit monter en elle une vieille connaissance, l'angoisse de ses débuts dans la vie. Celle-ci balaya tout ce qui avait été patiemment construit, ne laissant qu'un halo de panique, qui tétanisait la moindre pensée et abolissait toute initiative. La rage de survivre, la foi en des temps meilleurs qui l'avaient accompagnée à l'orphelinat, cette énergie sombre et utile manquait à l'appel. Les bonnes années étaient derrière elle. L'avenir lui parut vide, et sa jeunesse, vaine. Sa pensée tournait à vide, incapable de mettre en place une logique. Virginie refusait de comprendre ce qu'il lui arrivait.

Puis Philippe lui sourit. Des cernes de mauvais augure soulignaient son regard bleu, mais elle y lut la même insondable bonté que quinze années auparavant, à l'orphelinat. L'angoisse reflua devant la force du lien, malgré l'odeur d'hôpital. Sa gorge se dénoua, et elle ne songea plus qu'à le rassurer, à lui insuffler sa propre force. Elle lui sourit à son tour, s'approcha, s'assit sur le bord du lit et saisit la main qu'il lui tendait. La communion des deux esprits fut instantanée, tous les deux savaient ce que ressentait l'autre.

Philippe prit difficilement sa respiration.

— Ne crains rien, ma fille. Je ne suis pas encore parti.

— Papa !

— Écoute-moi. Je dois te parler… d'homme à homme, ajouta-t-il en risquant un sourire qui ressemblait à une grimace.

Il souffrait, pourtant il se redressa sur ses oreillers. Virginie se força à lui rendre son sourire. Il avait voulu la rassurer : c'était l'expression qu'il utilisait quand il devait la gronder, ou lui dire une chose très importante.

— Voilà, j'ai été frappé dans le dos hier. Embroché comme un chevreuil.

Il avait beaucoup de mal à articuler.

— Je te cherchais dans la 53e Rue…

Virginie retint un sanglot : elle avait manqué leur rendez-vous ! Elle l'avait laissé seul, et il s'était trouvé en danger, sans défense.

— Qui t'a attaqué ?

— Je l'ignore. J'ai seulement… des soupçons. Cela concerne les Dolce. J'y arrive. Mais d'abord…

Il respirait avec difficulté.

— J'ai une sœur, c'est ça ?

La fierté de la voir si brave brilla dans ses prunelles, mais il fit non de la tête.

— Mes jours ont été voués au travail, avant toi. La tâche qui m'est échue, dans ma jeunesse, réclamait une vie entière. Plusieurs vies, même.

L'air épuisé, il la regarda un instant en silence.

— Écoute, Virginie. Tu dois continuer.

Il avait mis toute l'énergie dont il était capable dans sa phrase. Fatigué, il se laissa aller sur son oreiller, où ses cheveux gris lui dessinaient une couronne.

Elle acquiesça, lui pressant la main. Elle s'y était engagée l'avant-veille. C'était la dernière fois qu'elle l'avait vu avant l'accident. Elle retint ses larmes : le temps des pleurs n'était pas venu.

Philippe rouvrit les yeux.

— Dans mon bureau, tu trouveras une boîte en métal, rangée en haut de la bibliothèque. Elle est lourde… tu feras attention. Elle contient une vingtaine de carnets. Lis-les avec attention, sans en sauter aucun. Il m'a fallu une vie pour les écrire, et tout autant pour admettre que ce qu'ils contenaient était vrai. Il ne s'agit ni de fables ni de contes, et encore moins d'un délire. Tu apprendras qui je suis et, surtout, qui sont les Dolce.

Le temps qu'il prit pour retrouver un nouveau souffle parut interminable à Virginie.

— Papa, ne t'épuise pas… Tu me raconteras tout à l'heure, demain…

— Oui, Virginie, je te le promets. Mais je veux que tu saches, dès maintenant.

Il respira faiblement.

— J'ai trop tardé.

Il se tut. Elle crut qu'il s'était endormi.

— Je ne t'ai pas laissé le choix dans tes études, je t'ai guidée. Je voulais que tu deviennes journaliste d'investigation, que tu apprennes les techniques.

Le ton de sa voix avait changé. Il rassemblait le peu d'énergie qu'il lui restait pour être le plus cohérent possible.

— L'enjeu est colossal, infiniment plus que tu ne l'imagines. Il sera difficile pour toi de l'accepter ou de le comprendre. L'avenir de cette famille conditionne le tien, le nôtre et tout ce que cette planète comporte de vivant.

Virginie voulut parler, mais Philippe l'en empêcha d'un geste impatient, comme quelqu'un qui sait que son temps est compté.

— Ne vends jamais notre maison, elle est pleine de souvenirs et d'émotions qui te seront nécessaires quand tu chercheras un soutien ou un peu de réconfort. Tu ne peux encore savoir à quel point…

— Mais, papa…

— Laisse-moi terminer.

Ses yeux, de plus en plus fatigués, la suppliaient. Soudain, ils chavirèrent. Affolée, Virginie appela l'infirmière de garde, une Mexicaine qui accourut aussitôt et prit le pouls de Philippe, puis manipula quelques appareils.

La respiration du patient se fit plus stable, et il rouvrit les yeux.

— Il ne faut plus parler, monsieur Delondres. Vous vous fatiguez trop. Vous aurez tout le temps de vous raconter tout cela ! Pour le moment, on va se reposer.

Le ton de la jeune femme était ferme. Elle se tourna vers Virginie.

— Ce sera bientôt l'heure des soins, mademoiselle. Votre père va s'en sortir, il est entre de bonnes mains. Ne vous faites pas de souci.

— Je peux rester, et le voir après ?

— Pas avant 16 heures, mademoiselle. Votre père a besoin de repos plus que tout, il a perdu beaucoup de sang, et il a fallu l'opérer.

Elle la poussa vers la sortie. Virginie crut percevoir de la panique dans les yeux de Philippe.

— Les carnets, Virginie… et je t'ai envoyé… la Fondation 18… Alvin…

Les mots tombaient, l'un après l'autre, dans l'urgence. Mais l'infirmière devait avoir raison. D'ailleurs, un médecin aux cheveux gris venait de pénétrer dans la pièce, l'air affairé.

— Oh ! la la ! M. Delondres ne devrait même pas être adossé comme ça !

Mais le ton était bon enfant, dépourvu de sévérité ou d'inquiétude.

— Vous êtes sa fille ? s'enquit-il, jaugeant Virginie d'un air appréciateur.

Elle opina.

— Il en a de la chance ! Alors, filez bien vite et soyez sage. Nous allons vous le requinquer, à condition qu'il se repose. Revenez tout à l'heure, nous ferons ensemble un bilan plus serein.

Sa bonne humeur se communiqua à Virginie. Elle envoya du bout des doigts un baiser à son père et se laissa conduire hors de la chambre.

— La fondation, Virginie… Il faut…

La porte se referma sur elle.

Tout ce qu'il lui avait dit tournoyait dans son cerveau, les carnets, Alvin…

En revenant, elle lui demanderait ce qu'il avait voulu lui dire.

L'édition spéciale du *Daily Eagle* avait été aussitôt portée au maître de la Fondation 18. En première page, une photo spectaculaire, prise au grand angle et évoquant les gigantesques manifestations contre la guerre du Vietnam à la fin des années 1960, montrait la rue envahie par la foule, convergeant vers une sculpture urbaine improbable. La photographe avait réussi à capter sur un même cliché l'émotion et la liesse populaire, et la beauté monumentale de l'œuvre dressée entre les maisons tranquilles, comme une déclaration de flibusterie. À l'intérieur, d'autres prises de vue montraient l'œuvre, mais le directeur n'était pas pressé de tourner la page. Il lisait avec délectation l'article consacré au poteau pirate, et signé Virginie Delondres. La jeune fille était une journaliste sensible, intuitive, brillante. Elle avait flairé tout de suite la piste des Dolce.

— Elle a de qui tenir…, murmura l'homme au bouc.

Sue passa la tête dans le petit salon de la suite présidentielle qu'il occupait dans le Rockefeller Center.

— Le capitaine Debs, monsieur.

Ce dernier entra, une épaisse enveloppe à la main.

— Ah. Voilà notre tueur, fit Torque d'un ton faussement calme. J'avais dit « prendre en chasse », « pister », Debs, pas « assassiner »

— Il ne nous espionnera plus, déclara Debs.

Il déposa l'enveloppe sur le bras du fauteuil en cuir et expliqua :

— Le rapport qu'il a rédigé est entre nos mains.

Il désignait le paquet.

— Mercredi, avant de quitter la salle de lecture, il a écrit ces notes. L'employé de la bibliothèque devait les mettre à la poste.

— Et... ?

— Notre homme s'est fait passer pour un policier et n'a eu aucun mal à obtenir le document.

— Pourquoi Delondres ne l'a-t-il pas posté lui-même ?

— C'est indiqué. Il se savait surveillé.

Méfiant, le directeur ouvrit la missive. Elle était composée de plusieurs feuillets agrafés ensemble, et de quelques articles de journaux photocopiés et regroupés dans une pochette plastifiée.

Un mot griffonné à la hâte l'accompagnait :

Ma petite Virginie,

Je t'envoie ces éléments par la poste, car j'ignore si je pourrai te voir ou te parler au téléphone dans les prochains jours. Il est possible que nos lignes soient sur écoute. Je pense être surveillé et suivi ; de plus je dois m'engager dans une action qui peut être dangereuse.

Heureusement, s'il arrivait quoi que ce soit, tout figure dans mes carnets.

Je m'en veux beaucoup : si j'avais regardé plus souvent la télé, comme tu me le conseillais, au lieu d'écouter la radio et de lire la presse, j'aurais sans doute identifié depuis longtemps le mystérieux commanditaire de la tentative de rapt, que j'ai fait échouer, en 1995, à Philadelphie, contre Rodolpherus Dolce. Oui, j'ai connu Rodolpherus, mais tu trouveras tout cela dans mes écrits, qui sont pour toi.

J'ai vu la photo de cet homme en une du *NYT* à l'instant. L'agresseur de Rodolpherus et le directeur de la Fondation 18 ne sont qu'une seule et même personne. Je suis sûr de ce que j'avance.

J'ai voulu comprendre le rapport entre les Dolce et la fondation. J'ai rassemblé les éléments ci-après, lacunaires, mais évocateurs. Je suis rassuré de savoir qu'ils te parviendront. Fais très attention à toi. Les ennemis des magiciens sont dangereux, j'ignore encore à quel point.

Ton père aimant,
Philippe.

Intéressé, le directeur de la fondation parcourut le dossier. Sur la première page, le titre annonçait : « La Fondation 18 ». Une chronologie détaillée retraçait l'histoire de l'association. Puis, sous l'intertitre « Transparence ? », Philippe avait écrit :

Les commissions qui ont été chargées à un moment ou à un autre d'enquêter sur la Fondation 18 ont échoué à mettre en évidence des faits de corruption, de détournement de fonds, ou de prévarication. L'équité et l'indépendance de ses membres ont été contestées, mais la fondation a toujours agi dans le cadre de la légalité.

L'homme au bouc savait tout cela. Il sauta les pages explicatives et se rendit à l'intertitre suivant : « Rapports Dolce/fondation ? »

Voilà une dizaine d'années, la fondation, qui met la main sur des immeubles et des sous-sols dans le monde entier, et pas seulement à New York, s'est mise à racheter systématiquement, sous des prétextes urbanistiques et sociaux, des bibliothèques publiques. Je connais bien certaines d'entre elles : elles contenaient des fonds consacrés à la magie. Vois mes carnets, au sujet de la bibliothèque médiévale d'Alicante, en Espagne.

Le texte se terminait par des hypothèses atterrantes :

Pourquoi accaparer les sous-sols ?
L'accord historique entre la ville de New York et la Fondation 18, en apparence, permettra à une ville comme New York d'assainir ses comptes, de réparer ses installations en concédant un espace réputé inexploitable. Personne n'y voit rien à redire, surtout pas la centaine d'autres maires qui ont déjà signé un pareil contrat, dans les plus grandes villes des États-Unis et du monde entier.
Selon un autre point de vue, dans une vingtaine d'années, la population terrestre pourrait être contrainte de quitter la surface de la terre, pour respirer un air conditionné et échapper aux rayons UV rendus mortels par la destruction de la couche d'ozone.
La fondation paraît avoir basé sa stratégie sur la dégradation rapide de l'environnement, en exerçant un lobbying sans relâche auprès des gouvernements pour soutenir les industries les plus polluantes. Si le pétrole est encore à l'honneur, on le doit grandement à la fondation, qui possède des actifs dans toutes les grandes compagnies de forage.
En favorisant la pollution et en se rendant propriétaire des sous-sols des principales métropoles terrestres, la fondation spéculerait sur cette catastrophe planétaire à venir. Mieux,

elle deviendrait la propriétaire unique des espaces occupés par la population mondiale, le premier pas vers un esclavagisme total.

— Pas mal, pour un simple professeur d'histoire. Un esprit brillant, commenta Torque.

Il se dirigea vers la cheminée de la suite, sortit un briquet et brûla le dossier. Puis il fit quelques pas le long de la grande baie vitrée qui fermait l'immense pièce. Il longeait le vide lentement, comme les félins en cage qui ne cessent d'aller d'un bout à l'autre de leur grille, sans jamais s'arrêter. Il fixa son regard sur l'un des innombrables taxis new-yorkais qui arpentaient la 5e Avenue, comme l'infatigable sève jaune de cet arbre immense que symbolisait Manhattan. De là où il se tenait, tout semblait petit.

— Il n'y a pas de copie ?

— Non, affirma Debs.

Après un silence, ce dernier ajouta :

— Il a été hospitalisé aux urgences.

— Mort ?

— Pas encore. Sa fille est venue le voir.

Torque leva un sourcil.

— Ennuyeux, tout de même.

— Non. Il ne sait pas qui l'a frappé.

— Il s'en doute.

— Je ne crois pas.

— Nous verrons bien. En tout cas, je n'aime pas les compromis, Debs. On est mort, ou on est vivant. Pas les deux à la fois. Arrangez-vous pour que la première option soit acquise…

Il suspendit sa phrase et un sourire sardonique se dessina sur son visage.

— Mais pas avant la conférence de presse, n'est-ce pas ? Ne troublons pas la jeune Virginie, je souhaite qu'elle honore mon invitation.

Tandis que Debs filait prestement, il ajouta pour lui-même :

— J'aimerais la féliciter pour son article… personnellement.

Vers 11 h 20, rentrée dans la maison de Shelter Island, Virginie mit la main sur la boîte dont Philippe lui avait parlé. Elle contenait une vingtaine de carnets noirs identiques numérotés sur la tranche. Elle porta le coffret jusqu'à la table de travail du bureau, perpendiculaire à la fenêtre d'où l'on voyait le grand noyer royal qui ornait la pelouse. La maison était pleine du parfum de l'enfance, fait des senteurs du bois sec, de l'après-rasage de son père, des mille objets qui avaient vieilli là. En s'installant dans le fauteuil en cuir, Virginie eut une bouffée de chagrin, tant il évoquait Philippe. C'était la première fois qu'elle prenait sa place, et c'était comme si elle se lovait dans les bras de son père.

Sur les carnets était posé un feuillet. Une lettre, adressée à elle. Elle la prit avec émotion, elle avait le sentiment de recevoir un héritage, qu'elle refusait d'assumer parce qu'il supposait la disparition du légataire. Elle eut l'impression de faire intrusion dans l'avenir. Mais elle se reprit : son père l'avait voulu. La lettre était datée du lundi 20 juin 2011, sa dernière soirée dans la maison, la veille de son déménagement. Philippe était longuement resté dans son bureau, elle s'en souvenait.

Virginie, ces livres sont pour toi, il t'appartiendra certainement d'écrire les suivants. Il faut que tu comprennes avant tout ce que tu fais, qui t'a élevée, et dans quel dessein.
Oui, je t'ai adoptée pour que tu continues ma tâche. Tu sais l'impression qu'ont faite sur moi les premières images que j'ai de toi, cette escalade passionnée et solitaire. Depuis, tu es devenue mon unique préoccupation, et je ne souhaite plus rien que ton bonheur. Si je ne croyais pas que les Dolce sont la clef de tout avenir sur notre Terre, je jetterais les cahiers rédigés pendant plus de quarante ans, et qui témoignent de ma vieille lubie, et j'ouvrirais mes bras pour te laisser aller, toi, la plus belle chose qui m'ait été donnée.

De grosses larmes aveuglaient Virginie. Elle posa un instant la lettre pour s'essuyer les yeux et lut avec passion.

Mon histoire commence réellement à l'âge de dix ans. La Seconde Guerre mondiale allait bientôt s'achever.
J'habitais en Angleterre et les écoles étaient remplies d'élèves sans parents, orphelins ou sans identité. Il était alors facile de se refaire un nouvel état civil. Tu comprendras plus tard. Je ne parle pas de moi, mais d'un camarade de classe avec qui j'ai partagé le banc dès mon entrée au collège. Il se faisait appeler Pherodolrus. Il ne parlait pas beaucoup, mais savait une quantité incroyable de choses. Il feignait de prendre des notes, tant sa mémoire était phénoménale. Il n'avait pas besoin d'écrire la leçon, il lui suffisait de l'écouter pour la restituer au mot près, même des jours plus tard. Il savait aussi écrire d'une main pendant que l'autre était en train de dessiner avec une grande dextérité. Essaie de l'imiter, tu verras, c'est impossible.
J'ai été le témoin d'un fait inexplicable : il rendit sa vigueur à un bouquet de fleurs fanées, rien qu'en effleurant leurs tiges. Il savait que je l'avais surpris, mais je sus rester discret, et ne pas le questionner. C'est ainsi que naquit notre amitié.

Je crois sincèrement qu'il accordait une grande importance à notre relation. Il m'a défendu à maintes reprises, repoussant avec une facilité déconcertante l'assaut de quelques brutes qui devaient peser le double de son poids.
Je l'acceptais tel qu'il était et, encore à ce jour, je sais bien peu de chose de lui. Je me sentais honoré d'éveiller son intérêt. J'aimais sa manière particulière d'observer les choses. Pourtant, il ne se fit plus jamais remarquer, et il veillait à ne pas se distinguer en classe. Il ratait exprès quelques questions élémentaires dans nos interrogations, pour éviter d'être en tête de classe malgré ses aptitudes extraordinaires. Il jouait à être un élève moyen, alors que tous les autres ne pensaient qu'à se mettre en avant.
Un jour, j'allai le trouver, à la récréation, pour l'inviter chez moi. Embarrassé, il refusa, prétextant qu'il n'en avait pas le droit. Je sais maintenant qu'il disait la vérité. Mais je pris sa réponse pour du mépris, et j'en fus blessé, ce qu'il remarqua. Il se confondit en excuses, l'air sincèrement chagriné de me causer de la peine. Cet incident anodin nous rapprocha. Ce fut la plus belle amitié de ma vie. Je crois qu'il aurait voulu se confier à moi, sans jamais s'y résoudre.
Peu de temps après, à la sortie de l'école, il me parla comme un adulte. Il se dévoila par compassion pour moi, m'expliquant qu'il était impossible pour lui de s'attacher à un ami, car, plus tard, la tristesse de le voir vieillir et disparaître serait insupportable. J'avoue qu'à ce moment je n'ai pas compris le sens de ses paroles. Je n'ai su que plus tard qu'il ne vieillissait pas comme nous. Le lendemain, il avait disparu. Lui et toute sa famille avaient quitté la ville.
Son père adoptif se faisait nommer Limakerdion. C'est un court texte signé de sa main que j'ai perdu, aujourd'hui, au musée.

Virginie revit la photographie qu'elle avait glissée dans ses cartons. Le garçon qui se tenait près de son père était un magicien ! Peu à peu, le conte s'emparait de son intelligence, et ce que les autres nommaient la réalité perdait de sa teneur. Elle reprit sa lecture.

Je n'ai commencé mon travail sur les Dolce que bien des années plus tard. En 1953, j'avais terminé mes études d'histoire, et je faisais mes premiers pas dans l'enseignement. C'est aussi là que débutèrent mes recherches secrètes, après ma deuxième rencontre avec mon camarade de classe. Vingt ans s'étaient écoulés. Et il n'avait pratiquement pas changé, pas vieilli ! D'abord, je crus à une illusion, mais il portait à son cou un pendentif, une croix arrondie qui ne ressemblait en rien aux emblèmes catholiques, et qu'il avait déjà au temps de notre enfance. Alors, je le pris pour le fils de mon ancien ami, qui lui aurait beaucoup ressemblé, mais le regard qu'il me jeta ne permettait aucun doute : c'était celui d'un homme qui me reconnaissait, et cet homme était bien Pherodolrus. C'est juste qu'il vieillissait plus lentement que nous. Très vite, il s'esquiva, l'air peiné.

J'ai su à ce moment que comprendre qui il était était plus important pour moi que toute autre chose dans la vie. J'avais en face de moi l'un des derniers magiciens au monde, mais à ce moment-là je ne le savais pas encore. Tu trouveras dans les carnets les détails du cheminement de pensée que j'ai suivi ; ici, je te résume quelques principes fondamentaux concernant le fonctionnement des Dolce. Ils valent pour tous les magiciens, si toutefois il en existe d'autres.

1. D'abord, et c'est bien le plus important, ils sont capables d'utiliser la totalité de leur cerveau. Navré de t'apprendre que ce n'est ni mon cas ni le tien. Ils doivent cependant conserver leur fameux cheveu blanc sur eux. D'où le pendentif, dont

tu trouveras la description dans les carnets. Je ne connais pas exactement la signification de cet élément capillaire, mais il est visiblement primordial. Il y avait un petit capuchon en haut du pendentif. Je crois que c'est là qu'ils mettent leur unique et si important cheveu blanc, sans avoir jamais pu le vérifier.

2. J'ai acquis la certitude qu'ils ne pouvaient agir que sur ce qui est naturel. S'ils vieillissent plus lentement que nous, ils ne peuvent cependant pas remonter le temps. Et, chose extraordinaire, ils ne boivent jamais, ni eau ni un autre liquide.

3. Les magiciens sont considérablement affaiblis par les persécutions qu'ils ont subies. En réalité, ils n'ont plus guère de pouvoir que sur la route Zéro. Une carte complète de ce chemin se trouve dans la bibliothèque médiévale d'Alicante en Espagne. Nous nous y sommes rendus ensemble voilà quelques années, je pense que tu t'en souviendras. Il lui manquait à l'époque quelques morceaux, mais elle était lisible. J'en ai fait une copie à main levée, que tu trouveras dans le cinquième carnet. J'attire ton attention sur le fait que, cette bibliothèque sublime étant partie en fumée il y a deux ans, lors d'un incendie dramatique qui a ravagé la collection inestimable qu'elle renfermait, notre copie revêt une importance cruciale ; prends-en bien soin. Ne la montre jamais. Quant à la route Zéro, tu la connais un peu. Même si le prétexte de nos escapades estivales était souvent éducatif, j'ai pris un soin particulier à voyager le plus possible sur cette route. Tu en as donc visité plusieurs tronçons.

Il existe encore quelques ouvrages consultables dans ce monde, où sont consignées certaines des informations que je rassemble dans les carnets. Le premier appartient à la Bibliothèque nationale de France, mais le livre est malheureusement manquant depuis que le fonds a été transféré sur le nouveau site du 13e arrondissement de Paris. Il ne semble pas qu'il ait été volé mais, lors de la numérisation des références de

classement, il a été mal étiqueté et il se trouve désormais égaré parmi deux millions de publications.
Le deuxième et le troisième manuscrits de magie sont introuvables, mais il existe un ouvrage au musée Getty de Los Angeles qui comporte, codée, la clef de lecture des trois livres et des cinq secrets. Ses pages contiennent toutes les informations nécessaires à leur déchiffrage. Ce recueil a été rédigé en même temps que les trois autres. Il se nomme *Le Livre du code des marées* et date de la fin du XVe siècle. On y trouve la description des éclipses, une carte du ciel étoilé, dont Christophe Colomb a utilisé une copie pour sa navigation. Il donne la clef du langage codé qui ne s'obtient qu'en superposant certaines feuilles. Apparaît alors en transparence le code original des gardiens des puits – tu trouveras cette expression dans les carnets. J'ai cru comprendre que les trois grimoires n'étaient initialement qu'un seul livre, qui a été subdivisé par la suite pour que les cinq secrets soient mieux protégés. Un magicien unique en est le garant. À ma connaissance, Lancelia, la mère de Melkaridion, alias Limakerdion, les a transmis à son fils. C'est l'un de ces trois livres, le premier, qui vient d'être volé au Metropolitan Museum. J'ai la certitude que les Dolce n'y sont pour rien, même si l'ouvrage leur appartient de droit.
Un autre volume consultable sur les magiciens figure dans la collection privée d'un milliardaire, Juan Antonio Perez, qui réside à Mexico. Il ne connaît pas la valeur de ce qu'il possède et le laisse croupir au fond d'un coffre.
J'ai expertisé pour ce trader retiré des affaires, avant qu'il ne s'en porte acquéreur, un livre exceptionnel qui regroupe tous les écrits concernant l'apprentissage des magiciens dans ce monde.
J'ai appris que je n'étais pas le seul à enquêter. Il y a des gens, et j'en ai malheureusement la preuve, qui connaissent l'existence de cette famille et tentent de la réduire à néant. Je n'ai pas encore été capable de les identifier, mais ils doivent

être nombreux pour posséder de tels moyens. Ils ont réussi à se procurer une carte de la route Zéro, incomplète mais suffisante pour les harceler. Je n'ai aucun doute quant à leurs intentions. J'ai assisté en 1995 à un attentat contre l'un des membres de la famille Dolce. C'était à Philadelphie. J'avais retrouvé la trace de mon ami d'enfance et pris contact avec lui. Nous devions nous rencontrer et je comptais lui parler de mes recherches. Mais il a été victime d'une tentative d'enlèvement, sous mes yeux. Ces hommes avaient traqué Rodolpherus à cause de moi ! J'étais d'une naïveté dangereuse pour les Dolce. Ils ont un besoin vital de discrétion. La règle élémentaire de leur survie est l'anonymat, le silence, la transparence. Depuis, j'ai respecté ce principe et n'ai plus cherché à contacter mon ami.

Virginie sentit que ce fait était important. Un signal clignota dans sa tête, mais trop d'informations s'y bousculaient – l'enfance de Philippe, les signes distinctifs, la longévité des magiciens, les pouvoirs ; mille renseignements se bousculaient dans son esprit sans encore se cristalliser en idées précises. Les souvenirs des vacances avec son père, les nombreux indices qui trouvaient maintenant leur explication fusaient sans discontinuer dans sa conscience. Elle reprit avidement sa lecture.

Peu de temps après, j'ai déménagé sur Shelter Island, et je t'ai adoptée.
Mon récit, quoi que tu puisses en penser, n'est pas le fruit de mon imagination. À mon grand regret, je n'ai jamais été vraiment capable de créer des fictions. Il me fallait toujours des preuves pour croire. Descartes, comparé à moi, était un doux rêveur. Il y a quinze ans, quand j'ai vu que le temps et les capacités me manqueraient pour achever cette quête, j'ai

décidé d'adopter une enfant. Toi. Si tu le désires, et je l'espère sincèrement, à ma mort tu reprendras mes recherches. Tu as maintenant vingt ans et tu termines tes études de journaliste, que je t'ai encouragée et incitée à poursuivre. Tu as une telle soif du métier que j'ai souhaité pour toi, un goût si marqué pour l'histoire que je te racontais, qu'il m'est arrivé de me demander si ce n'était pas toi qui m'as choisi.

Si l'au-delà existe, je serai toujours en pensée près de toi.

Philippe, ton père aimant qui souhaite ton bonheur.

P-S : Je te conseille de bien relire le dixième carnet sur les sorciers, car, il y a un siècle, ils ont malheureusement réussi à s'unir. C'est depuis ce moment-là que la chute des magiciens s'est accélérée. Le fait que ces gens possèdent une carte partielle de la route Zéro est une véritable tragédie, car cela les rend capables de localiser les Dolce. Ceux-ci vivent dissimulés depuis des années ; étant donné les événements au Metropolitan Museum je crois qu'ils pourraient être à New York. Si par malheur ils devaient fuir à nouveau, ils seraient localisés par les sorciers, et dans ce cas je ne donne pas cher de leur vie. Or il est primordial de sauver et de protéger les derniers membres de cette caste, et de leur permettre de retrouver les leurs, car certains êtres humains portent en eux sans le savoir les gènes de la magie. Seul un magicien peut révéler un semblable.

Virginie replia la lettre, bouleversée. Elle n'aurait jamais le temps de tout lire ! Elle décida de survoler les ouvrages ; elle prendrait le temps de les consulter la nuit suivante. Elle ouvrit le carnet V, qui traitait de la route magique. Elle trouva, relevé sur un large feuillet replié, le schéma de la route Zéro, qui passait au sud de New York, dans le New Jersey, avant de filer dans l'Indiana. Elle reconnaissait le nom de localités visitées avec Philippe.

Il l'avait incitée à rédiger un journal de vacances à chacun de leurs voyages. Elle se réjouit à l'idée de les relire tous sous ce nouvel éclairage.

Philippe avait pris soin de diviser son travail en chapitres. Elle en parcourait les titres et lisait ceux qui lui évoquaient quelque chose. Elle s'aperçut que le texte était à la fois une synthèse et un journal intime.

> La route Zéro. Le monde ignore l'existence de cette route, même si les gens l'empruntent sans le savoir. Autrefois, il n'y avait sur la Terre qu'un seul chemin, une route unique qui faisait le tour du monde, celle qu'utilisaient les magiciens pour se déplacer. Il fut nommé ainsi, après l'invention de ce concept par les Arabes, car il formait un ovale presque parfait, comme le zéro. Les hommes et les femmes qui voyageaient ne se définissaient pas comme des magiciens, ils ne connaissaient pas ce terme. Ils étaient nomades, et d'après le peu d'informations que j'ai pu recueillir, on les appelait au tout début de la civilisation « les gardiens des puits ». Je ne sais pas à ce jour quelle est la raison de ce nom, mais de toute évidence ce secret bien gardé est une des clefs de leur pouvoir. L'eau a une importance majeure dans leur métabolisme, mais sur ce chapitre, je n'ai jamais pu en apprendre plus.
>
> La route est enfouie sous le sable, la terre, les villes et le goudron. S'ils veulent exercer un minimum de leur magie, les magiciens doivent rester à proximité. Le flux y est encore présent et leurs pouvoirs sont garantis. S'ils s'en éloignent trop, ils deviennent comme les autres humains, se mettent à vieillir plus vite et perdent leurs pouvoirs. Hors de cette route, toute tentative d'exercer la magie les plonge dans un coma instantané.

Virginie jeta de nouveau un œil sur la carte et réfléchit, les sourcils froncés. La route Zéro ne passait pas par Brooklyn. Pourtant, les habitants de la maison changée en bus avaient pu s'enfuir juste après la transformation du poteau électrique, deux métamorphoses qui requéraient sûrement une grande dose de magie. Il devait y avoir une erreur. Elle renonça à trouver la clef de l'énigme pour l'instant et poursuivit :

> Un séjour trop prolongé en dehors de la route Zéro tuerait assurément le grand-père Dolce. Je n'ose calculer son âge quand je constate qu'à l'aube du XXIe siècle mon compagnon de classe, Rodolpherus, ne paraît que trente-cinq ans. Melkaridion, lui, a l'air d'un très vieil homme, ce qui doit correspondre à plusieurs centaines d'années. Cela défie l'imagination !
>
> Il y a un signe très particulier qui ne trompe pas au sujet de cette route, et que j'ai remarqué systématiquement au cours des voyages que nous avons faits ensemble. Il suffit de regarder les arbres qui la bordent : s'ils sont penchés vers l'intérieur, c'est-à-dire vers la chaussée, quelle que soit la direction du vent, c'est que tu te trouves dessus. La végétation est souvent dense et fournie, presque sauvage dans ses alentours, comme si une énergie spéciale s'en dégageait.

Virginie sourit : ainsi, même ses voyages d'enfance n'étaient pas dus au hasard. Elle pensa qu'elle ne manquerait pas d'en parler à son père dès cet après-midi. Mais elle se sentait déjà perdue devant cette histoire. Il lui fallait commencer par le début. Elle attrapa le premier carnet, qui s'intitulait *Les Magiciens*. Elle s'y attarda :

Bien avant Marco Polo, il régnait sur le monde une paix et une sérénité qu'il est difficile de concevoir de nos jours. Une tranquillité que l'on devait en grande partie à la magie, ou plus précisément aux magiciens. Je ne parle pas des élucubrations sur Merlin ou des fables similaires. Les magiciens ont influencé la société et son développement. Leur extinction presque totale a permis au chaos qui ronge notre monde de s'installer définitivement. Ils ont été exterminés, poursuivis par différents ordres religieux naissants, qui avaient besoin de la terreur pour s'imposer. S'ils avaient su que la plupart des magiciens avaient pour grand-père un être vivant aux temps des prophètes, et servant alors la cause des humains…

Virginie interrompit sa lecture. La voix venue de l'enfance, le récit qui avait enchanté ses sept ans remontait jusqu'à elle lors de cette lecture silencieuse. Une joie irrationnelle l'envahit à l'idée de posséder ce trésor, d'avoir à sa disposition ce conte, et de s'apprêter à y inscrire sa propre vie.

Elle sauta quelques pages.

Mais la bêtise humaine, constante dans l'évolution, en avait décidé autrement au fil des siècles…

Elle sauta un passage de théorie.

L'unique famille de magiciens encore en vie, à ma connaissance, est celle des Dolce. Il est terrible de songer qu'après eux leur caste s'éteindra ! Chaque couple engendre deux enfants. Leur nombre était censé perdurer ainsi, sans grossir ni diminuer. Melidiane et Rodolpherus ont ainsi eu deux enfants, Antonius, né dans les années 1980, qui doit paraître entre dix et quinze ans aujourd'hui, et Leamedia, sa cadette.

Dans la marge, Philippe avait ajouté, d'une encre toute récente, une note :

> Antonius serait un grand jeune homme qui a l'air d'avoir seize ans. Témoignages au Metropolitan Museum, dimanche 19 juin, recueillis par les journalistes.

Virginie prit au hasard un autre carnet et tomba sur un chapitre qui s'intitulait « Melidiane ».

> Épouse de Rodolpherus, fille de Melkaridion, elle a perdu sa mère à l'âge de huit jours. Un récit de première main est consultable à la bibliothèque Vaticane, rédigé par le bourgmestre du village de Stroncone, à cinquante kilomètres au nord de Rome, au XIXe siècle. En voici un extrait : « Nous avons aperçu le père, Melkaridion, partir au galop sur son cheval avec la jeune enfant dans sa cape. Alors nous sommes entrés dans la maison. Veleonia se tenait au centre de ce patio, les bras levés vers le ciel. Ses longs cheveux gris qui flottaient autour d'elle lui donnaient des allures de gorgone. Elle ouvrit les yeux d'un seul coup : ils étaient rouges, lumineux. Elle vociférait, nous menaçait. Nous avons pris peur et brûlé sa maison après qu'elle s'est enfuie dans les bois. C'était la première fois que nous voyions une sorcière.

L'extrait s'arrêtait là. Virginie lut les commentaires de son père.

> La magie est plus puissante chez les magiciennes, mais elle les menace aussi. La naissance d'un enfant, et notamment d'une fille, rend chacune plus vulnérable que d'ordinaire. Veleonia, chez qui la magie était particulièrement active et instable du fait de sa filiation avec Merlin, a basculé à la naissance

de Melidiane. Elle avait cessé d'être magicienne pour devenir une sorcière. Elle ne reconnaîtrait plus les membres de sa propre famille, passerait sa vie à les traquer pour les détruire et les attirer enfin dans son camp. J'ignore où Melkaridion avait caché leur premier enfant, Guileone ; le bourgmestre de Stroncone ne le mentionne nulle part.

Virginie regarda à nouveau sa montre. Il était 13 h 30. Elle feuilleta le dernier carnet : il était à peine entamé et commençait par le dessin d'un grimoire avec la date du lundi 20 juin 2011.

Les Dolce vivent sans doute à New York en ce moment même. Je ne connais qu'une personne capable de provoquer des bouleversements tels que ceux qui se sont déroulés dimanche au Met.

Virginie ne s'était pas trompée : les événements du musée avaient été provoqués par la magie. Une citation de la lettre de son père lui vint à l'esprit :

Ils ont un besoin vital de discrétion. La règle élémentaire de leur survie est l'anonymat, le silence, la transparence.

Elle se sentit pâlir. Il n'était peut-être pas trop tard ! Elle bondit du fauteuil et se jeta sur le téléphone.

Enfin, Paula répondit.

— Ben, t'es où ? Tu manques dès ton troisième jour ? T'as décidé de battre tes propres records de retard, c'est ça ?

— Paula, je suis désolée. Mon père est à l'hôpital, il a eu un accident. Je n'ai pas pu venir. Écoute…

— Mince, Virginie ! C'est grave ?

— Oui… Non. J'y retourne à 4 heures. Écoute-moi. J'ai envoyé un article ce matin à Edward…

Elle croisa les doigts : pourvu qu'il ne soit pas encore parti à la maquette ! Mais la réponse lui apprit ce qu'elle redoutait.

— Et tu veux savoir s'il l'a mis à la corbeille, c'est ça ? T'en fais pas, tu es publiée. Et même, tu fais la une, tiens-toi bien, d'une édition spéciale. Ils ont décidé de sortir ça à 10 heures ce matin, avec mes photos. Ton texte est déjà repris par la radio. C'est la gloire, ma petite ! Génial pour toi ! Allô ? Allô ?

Virginie était atterrée.

— C'est une catastrophe, Paula.

— Quoi ? fit la photographe, interdite pour une fois.

— Je viens de lire les carnets de mon père. Le poteau, la maison, le bus… Il ne faut pas que les autres le sachent.

— Qu'est-ce que tu racontes, Virginie ? C'est toi qui as envoyé l'article, Edward est comme fou, ils veulent absolument que tu ailles à la conférence de presse de la Fondation 18 et de la mairie au Rockefeller Center à 14 h 30. T'es où ?

— Chez nous, sur Shelter Island.

— Bon, tu rappliques. Tu me raconteras. Je passe te prendre à la descente du ferry, je suis déjà en route !

Paula raccrocha. Virginie ne savait plus que penser. Tout s'emmêlait dans sa tête, l'hôpital, les carnets, son père, l'article, les Dolce. Et la fondation. C'était le dernier mot que son père avait prononcé. « Conférence de presse à 14 h 30 », se répéta-t-elle. Surtout, elle ressentit un immense besoin de parler de tout cela à son amie. Le prochain ferry était à moins le quart. Elle saisit sa veste et son sac et sortit de la maison sans prendre soin de fermer à clef.

L'escorte policière qui habituellement accompagnait le maire de la ville n'était pas présente. Seuls quelques hommes en uniforme quadrillaient l'intérieur du site et deux gardes du corps avec lunettes noires, oreillettes, pistolet visible sous leur blouson interdisaient l'accès du salon où avait lieu la signature.

— L'illusion du pouvoir, murmura assez haut le directeur de la Fondation 18 en entrant.

Devant un buffet dressé pour l'occasion, le maire et quelques adjoints attendaient. Gordon avait été élu un an auparavant, il n'était pas aussi populaire que Rudolph Giuliani, mais assurément plus corruptible. La fondation avait beaucoup fait pour garantir sa victoire.

— Monsieur Torque ! s'écria l'édile en levant les bras.

Le nouveau venu s'avança pour serrer sa main.

— Vous attendez du monde ?

— Je me suis dit que vous auriez peut-être faim.

— Ce n'est pas la priorité de l'instant, déclara Torque.

— Bien sûr, mais nous avons tout notre temps, répondit le maire, qui feignait l'enjouement.

— Parlez pour vous. J'aimerais procéder à la signature au plus vite. Nous avons soutenu votre candidature sur les bases de cet accord.

— Allons-y, alors, capitula l'élu.

Sous le regard des adjoints, les deux hommes prirent place sur leurs chaises.

Un juriste rappela les termes du contrat.

— L'accord que nous signons aujourd'hui entre la ville-État de New York, habilitée à disposer de l'ensemble des sous-sols de son territoire, d'une part, et la Fondation 18, représentées respectivement par M. Gordon, maire, et M. Demetrius Torque, directeur général, ici présents, prévoit que l'usage exclusif de la totalité des sous-sols de la ville, excluant les lignes de métro, les égouts, les parkings et caves privés déjà existants, est réservé à la Fondation 18. Toute exploitation commerciale est prohibée et entraînerait de fait la rupture de l'accord.

— Autrement dit, crut bon de glisser Gordon, plus pour ses adjoints que pour Torque, il n'est pas question de les transformer en centre commercial.

Il présentait cela comme une victoire. Le juriste reprit son exposé :

— En contrepartie, la Fondation 18 s'engage à procéder à l'assainissement de la totalité des sous-sols urbains et lance un programme de rénovation de tous les bâtiments publics, sur une période de vingt ans. En cas d'affaissement avéré des buildings en surface, par faute d'entretien et de consolidation, l'accord sera déclaré caduc et la ville pourra recouvrer l'entier usage de ses sous-sols sans condition.

Les deux hommes se mirent à parapher les pages du volumineux contrat, à mesure qu'elles leur étaient présentées.

Le maire et ses adjoints affichaient leur bonne humeur. L'économie pour la ville se chiffrait en millions de dollars. Elle assurerait de manière infaillible la réélection de l'équipe en place. Les pensées de chacun d'eux faisaient tant de bruit dans leur tête qu'aucun n'entendit Torque dire, à voix basse, pour lui-même :

— Le premier pas vers l'avilissement radical de la civilisation humaine.

Enfin, les signatures furent apposées sur la dernière page. Les deux hommes se levèrent et se tournèrent vers les portes par où entrerait la presse. Il était convenu qu'ils poseraient ensemble devant les représentants des médias avant de répondre à leurs questions.

Les deux envoyées du *Daily Eagle*, haletantes, se glissèrent en retard dans la salle de conférences. La photographe avait cueilli Virginie au débarcadère et lui avait mis sous les yeux la une du quotidien, avec sa signature, puis elles avaient sauté dans un taxi.

Les journalistes étaient venus nombreux, et les caméras des télévisions pointaient leurs objectifs vers une grande table recouverte d'une nappe blanche, derrière laquelle avaient pris place le maire et le directeur de la Fondation 18 flanqués de ses adjoints.

Une dernière question venait d'être posée par un jeune reporter.

— Monsieur Torque, pouvez-vous nous confier la raison d'être du chiffre 18 dans le nom de la fondation ?

Le directeur adopta son sourire le plus séduisant et fit couler sa voix de baryton dans le micro.

— On me pose fréquemment cette question. Je me garderai bien d'y répondre ! Le mystère n'est-il pas le plus puissant adjuvant de l'intérêt du public ?

Un rire bon enfant parcourut les rangs. Torque avait manifestement conquis son auditoire.

Paula prit quelques photos, sans flash. Virginie, elle, restait les bras ballants tandis que, sur l'estrade, Gordon réexpliquait dans le détail le point de l'accord concernant l'articulation entre les espaces privés ou publics des sous-sols, et les parties concédées à la fondation. Mais lui-même n'y voyait pas clair et il fut obligé de faire appel à l'un de ses adjoints. À un autre moment, Virginie aurait bondi sur le sujet gênant.

— Ça va ? murmura la photographe.

— On a manqué l'essentiel. Comment je vais faire ?

— Du calme, je connais tous les confrères qui sont ici. Je vais te rancarder.

L'adjoint avait pris la parole et arrosait l'assistance de données chiffrées et techniques absconses.

— Merci, Paula. J'ai pas dormi, et mon père ne va pas bien, quand même. Je ne te l'ai pas dit, mais il s'est fait agresser hier, à deux cents mètres de nous, peut-être. Je suis mal. En plus…

— Oui ?

— Il m'a demandé de retourner à la maison, pour lire des carnets. Quand tu as appelé, j'étais en plein dedans.

La brune posa son appareil et regarda Virginie.

— Que se passe-t-il ?

— Mon père enquête depuis quarante ans sur la famille qui a quitté la 53e Rue hier. C'est un peu long à expliquer.

L'adjoint se tut. Un autre journaliste interrogea le maire sur la dimension urbaine de l'underground : pouvait-il devenir un lieu de vie, et à quelles conditions ? Les deux jeunes femmes furent obligées de se taire. Paula prit le bras de sa collègue.

— Viens, on sort.

Une fois dans le hall d'entrée de la mairie, Virginie respira par saccades comme quelqu'un qui va éclater en sanglots.

— C'est quoi, cette histoire de dingues ? lui demanda Paula.

— Je ne sais pas, j'ai pas tout lu. Mais la famille qui a fait ça est spéciale, et ce que j'ai écrit ce matin va la mettre en grand danger.

— Arrête ! Il est super, ton article ! Qu'est-ce qu'il a de si toxique ?

— Il met en évidence le rapport avec le Metropolitan Museum.

— Et c'est pas bien, ça ?

Virginie regarda Paula dans les yeux. Il fallait que cela sorte, tout garder en elle était bien trop lourd.

— C'est une famille de magiciens, Paula ! Ils vont être découverts et devront s'enfuir.

La photographe afficha un franc sourire.

— Des prestidigitateurs, qui font apparaître des lapins et sortent des cartes de derrière ton oreille ?

Virginie faillit crier d'énervement

— Pardon, fit la photographe, j'ai du mal à comprendre.

— Moi aussi. Ça va trop vite. Ils ne vieillissent pas comme nous. Ils se sont enfuis, ils sont en danger, et moi, j'attire l'attention sur eux.

Elle parlait, sans suite, se rendant compte que cela n'expliquait rien. Elle jeta un coup d'œil sur sa montre :

— Il est quelle heure ? Je dois aller voir mon père, les visites commencent à 16 heures. Je t'appellerai ce soir.

Mais un homme lui barrait le chemin. Elle reconnut Torque, venu à leur rencontre au moment où la conférence de presse s'achevait.

— Permettez-moi de vous féliciter, fit-il de sa voix grave et sensuelle.

Avant qu'elle ait pu répondre, il lui avait saisi la main et déposa sur ses doigts un baisemain. Elle rougit, interdite.

— Votre article est passionnant et rédigé d'une manière enlevée. Vous êtes brillante, mademoiselle Delondres, fit-il en la regardant dans les yeux sans lâcher sa main.

— Merci, bredouilla-t-elle en la retirant nerveusement.

Il se pencha vers elle.

— Vous semblez soucieuse ?

— C'est mon père, il est à l'hôpital.

— Philippe Delondres ?

— Vous le connaissez ?

— Votre père et moi, nous nous connaissons parfaitement, depuis longtemps. Nous travaillons dans le même sens, si vous voyez ce que je veux dire.

Virginie était perdue. Elle regarda Paula, à qui elle venait juste de se confier.

— Ce n'est pas vraiment l'endroit pour en parler, poursuivit Torque. Mais Philippe et moi avons échangé de nombreuses informations sur les Dolce.

Il avait insisté sur le dernier mot. Il savait qu'il faisait mouche. Paula aussi restait sans voix.

— Nous avons beaucoup à nous dire, il me semble, ajouta-t-il en s'emparant du bras de Virginie. Nous devrions dîner ensemble un soir.

Virginie ne comprenait pas ce qu'il se passait en elle. Elle sentait une pétillante légèreté l'envahir. L'inquiétude âpre qui l'avait mordue se transformait en une douce acceptation. Confuse, elle se sentit encore rougir.

— Une de mes voitures va vous conduire à l'hôpital. Puis-je vous inviter ce soir ?

— Non, merci, je préfère m'occuper de mon père.

— Je comprends. Mais vous serez sans doute libre demain ?

À cet instant, le téléphone portable de la jeune journaliste vibra. Le numéro de l'hôpital s'affichait sur l'écran. Elle décrocha.

— Mademoiselle Delondres ?

— Oui, dit Virginie, je vous écoute.

— Il va vous falloir beaucoup de courage. Nous sommes navrés. Les choses ont mal tourné.

— Il est…

— Oui. Votre père est décédé cet après-midi, à 15 h 10.

Virginie lâcha le téléphone et ne dut qu'au bras de Torque de ne pas s'effondrer à ses pieds.

Antonius ouvrit un œil et voulut remuer, mais ses muscles ne répondaient pas.

Il ne souffrait pas. Il était dans son lit.

Il entendit la voix de son père :

— Le bus vient de s'arrêter. Tu es le dernier à te réveiller. Nous t'avons porté dans ta chambre. Cela fait près de vingt-quatre heures que tu es allongé dans la même position.

— J'ai eu un accident ?

— Non. Enfin, vu sous un certain angle, oui : ta sœur s'est offert un cadeau d'anniversaire particulièrement onéreux. Nous avons tous été endormis. Simone a sauvé la situation en activant la procédure de démarrage. Nous avons quitté Brooklyn et le bus est en route depuis des heures.

— Je vais rester paralysé ?

— Tu es à peine ankylosé. Parle à ton corps pour alimenter les parties motrices d'un afflux sanguin suffisant. Dans quelques années, tu le feras sans y penser. Chaque muscle, chaque os, chaque ligament possède son propre libre arbitre, exactement comme ceux des humains, à la différence que ces derniers l'ignorent.

— Je ne comprends pas.

Rodolpherus aida son fils à se redresser.

— L'œil droit et l'œil gauche ne voient pas de la même manière, l'oreille droite ou l'oreille gauche n'entendent pas à l'identique, il y a toujours une main plus habile que l'autre. Mais le cerveau des non-magiciens ne fonctionne pas assez précisément pour gérer ces particularités, ils doivent donc aborder leur corps dans sa globalité. Nous fonctionnons autrement, ce qui présente aussi des inconvénients. Il nous faut composer avec chaque partie de nous. Il y a un muscle dominant, comme un os dominant, c'est pareil pour les nerfs et pour les veines.

— Je sais déjà courir vite.

— Les muscles sont les plus faciles à gérer. Tout magicien le fait instinctivement, mais les nerfs, par exemple, supportent assez mal qu'on leur demande de se calmer, surtout quand ils ont été mis à rude épreuve. Il faut alors savoir user de diplomatie.

Antonius tenta de se concentrer sur toutes les parties et les fonctions de son corps et essaya de les contrôler en leur parlant doucement. Mais il commit une faute de débutant en oralisant son discours.

— Plus tu t'exprimes à haute voix, moins ils peuvent t'entendre. N'oublie pas que tu t'adresses à ce qui est à l'intérieur de toi, lui dit son père en quittant la pièce. Allez, viens nous rejoindre en bas. On a trouvé un endroit où s'installer.

Le panneau planté sous les grands arbres qui bordaient la route s'inclinant vers l'intérieur pour former une voûte monumentale indiquait : « Bloomfield ». Du parking où le bus s'était garé, à l'entrée de la ville, on distinguait les pots de fleurs géants et la truite sculptée au bout d'une ligne de pêche. Plus loin, dans la rue principale, un gigantesque magasin de pneus affichait une pancarte avec un cow-boy qui dégainait des Goodyear à la place des pistolets. L'atmosphère annonçait un calme absolu, angoissant même.

Dans la cabine à l'avant, Melidiane, l'air faussement détaché, lisait un extrait du guide de l'Indiana :

— Bourgade de deux mille cinq cent quarante-deux habitants. Trois kilomètres six cents mètres de long. Collège, lycée. L'université la plus proche n'est qu'à cinq miles.

— Il faudra prévoir un vélomoteur pour Antonius, observa Rodolpherus, déprimé.

Il fouillait dans une boîte en métal et sélectionna une fiche.

— Bien. Hors de question de porter notre vrai nom, nous serons les Barton, et nous conserverons nos prénoms, en les abrégeant, Melka, Meli, Rodo, Anto, Lea. Nous allons louer une suite dans un motel en attendant de trouver un terrain où nous installer.

Il regarda ses deux enfants.

— Vous êtes magiciens tous les deux maintenant, vous pourrez nous aider. Le fait d'être sur la route Zéro nous facilitera la tâche pour rassembler les matériaux et édifier les façades. Le processus d'installation est compliqué. Il faudra bâcher le bus pour camoufler sa transformation. Cette étape est la plus délicate, elle va nous épuiser pendant une bonne semaine.

— On va vraiment s'installer là ? s'affola Antonius.

— Waouh ! Toute notre ancienne rue condensée en une seule ville, commenta Leamedia. J'en rêvais, de ce trou paumé. Je parie qu'on ne le trouve même pas sur Google.

— Si on en est là, c'est un peu à cause de toi, non ? riposta son frère, acerbe.

Melidiane prit la parole en évitant de croiser le regard de sa fille.

— Nous sommes sur la route Zéro, c'est pourquoi nous avons pu nous réveiller au bout de vingt heures seulement.

Leamedia fixa sa mère dans les yeux :

— J'ai pas demandé qu'on fasse de moi une magicienne, si vous voyez ce que je veux dire !

Elle sauta sur ses pieds et courut s'enfermer dans sa chambre.

Melidiane, impassible, prit la fiche et consulta les numéros de sécurité sociale qui y figuraient.

— Ils sont bons, ceux-là, au moins ?

— Des erreurs administratives, dont les numéros sont en suspens, indétectables, chérie. Tu as trouvé un motel ?

— On pourrait prendre un GPS ? proposa Antonius.

— Trop d'ondes. Ça esquinte notre cerveau et réduit notre champ de pouvoir, répondit son père.

— Le Moonlight Paradise, 1524, Grand-Rue, fit Melidiane. D'ailleurs, il n'y en a pas d'autre.

— Rien que l'appellation, ça craint, protesta le jeune homme.

— Personne ne viendra nous chercher là, mon fils !

Antonius ne répliqua pas. Il restait deux jours avant le concert de samedi. Ne pas y aller, c'était trahir. Cela dit, David l'avait devancé, lui qui avait cultivé son amitié pour mieux draguer sa sœur. Mais c'était aussi se trahir soi-même, renoncer à ses rêves, oublier ses aspirations.

Le plan initial avait été de fuguer pour contourner l'interdiction maternelle. Mais à l'époque, ils n'avaient pas encore quitté Brooklyn, et tout était accessible en un sprint. Il se leva et sortit de la cabine de pilotage pour tomber sur Melkaridion qui venait de se lever.

— C'est toi que je cherchais, dit son grand-père en l'apercevant. Viens avec moi.

Melkaridion l'entraîna dans son univers, où chaque objet, si petit fût-il, aurait pu faire la fortune de n'importe quel antiquaire.

— Que voulais-tu me montrer, grand-père ?

— Il faudra bien qu'un jour ou l'autre quelqu'un s'occupe de Mona, s'il m'arrivait quelque chose. Je suis vieux mais pas éternel.

— Pourquoi me racontes-tu cela ?

— Parce que c'est le moment.

Melkaridion ne lui laissa pas le temps de le questionner sur cette énigmatique déclaration.

— Mona a consigné toutes mes archives, continua-t-il, tu dois apprendre à communiquer avec elle pour pouvoir les consulter. C'est toi qui prendras soin d'elle.

Simone sortit sa petite tête en fronçant les sourcils qui lui restaient.

— Tais-toi, Mona, on n'a pas le choix.

Antonius avait entendu la réponse que Melkaridion avait faite à la minuscule souris, mais il ignorait ce que celle-ci lui avait dit. Il avait toujours été fasciné par leur relation.

— Elle proteste. Elle n'aime pas les changements. Voici ma leçon : les formes de langage sont différentes, mais la pensée est universelle. Il te suffit de l'écouter. Plus tu découvriras de puits tout au long de ta vie, plus tu verras qu'il est aisé de communiquer avec la nature.

— Parle-moi des puits, demanda Antonius.

— Ne m'interromps pas tout le temps ! s'emporta Melkaridion.

Il posa la petite souris sur l'épaule d'Antonius et plaça son autre main sur la nuque du garçon. Celui-ci sentait les minuscules griffes sur sa peau, à travers son tee-shirt. Simone pesait moins qu'une plume.

— Sois attentif. Mon cerveau sert de relais entre vous. Il va te traduire ses pensées. Capte ses impulsions électriques, tu devras les déchiffrer, maintenant que tu sais les reconnaître.

En effet, Antonius entendit le petit rongeur. « Je refuse de rempiler pour un bail supplémentaire ! Je veux mourir aussi. »

Il sourit.

« Je vais avoir besoin de toi, Mona, s'entraîna-t-il à penser. Ne nous laisse pas tomber. »

Il sentit la souris remuer près de son oreille et explorer son épaule à la recherche d'un endroit où nicher.

« T'en fais pas, ajouta-t-il, je me laisserai pousser les cheveux, si tu veux. »

La pensée de la souris pénétra sa conscience.

« J'aime bien ton jeu à la guitare, mais à mon avis tu fais trop dans le facile. Faut te montrer plus sobre, plus sec. »

Quelques minutes plus tard, il regagnait la cabine avant, accompagné de son grand-père, Simone lovée au creux de sa main. Entre-temps, le bus avait traversé à petite allure le bourg et venait de se garer devant le Moonlight Paradise, un bâtiment défraîchi d'un étage couleur bleu ciel. Une piscine vide, entourée d'un grillage affaissé, coupait le parking en deux. Sur la coursive extérieure évoluaient une dizaine de prostituées pendant qu'au rez-de-chaussée les hommes s'échangeaient de la marijuana et du cristal.

— C'est sûr qu'on ne viendra pas nous chercher là, maman.

Leamedia débarqua sur-le-champ, tout excitée.

— J'adore trop comme elles sont sapées !

Rodolpherus reprit le contrôle.

— OK, ce soir, on dort dans le bus !

Dans les sous-sols de la Fondation 18, l'homme aux yeux rouges, assis dans l'ombre, présidait l'assemblée.

— Une pièce maîtresse s'ajoute à notre empire, annonça-t-il. New York est à nous. Du nord au sud, de l'est à l'ouest, Afrique comme Asie, Europe ou Océanie, aucun des continents ne nous échappe. New York vient de rejoindre Paris, Shanghai, Montréal, Rio, Berlin, Tokyo.

Installée au bord de la table de pierre, l'homologue de Torque pour l'Amérique du Sud demanda la parole.

— Et les Dolce ?

— Ils n'ont pas changé de moyen de transport, ils utilisent toujours leur autobus anglais à impériale. Maintenant qu'ils sont débusqués, les retrouver dans un véhicule pareil n'est qu'une question d'heures.

— Lors de la dernière réunion, Demetrius, vous avez pourtant estimé que leur capture était acquise...

— Si nous étions des êtres fiables, nous ne nous trouverions pas de ce côté-ci du miroir, il me semble, rétorqua-t-il.

Le grand maître approuva. Il prenait un réel plaisir aux affrontements. Torque planta sa seconde banderille.

— La Guilde noire a traqué cette famille pendant plus d'un siècle sans jamais réussir à la toucher. En moins d'une semaine nous les avons approchés plusieurs fois, et nous nous sommes procuré deux occasions de les capturer. Le doute, la remise en question appartiennent à nos aînés, dont vous faites partie. Pas à moi, qui vous offre enfin un règne sans partage.

Son interlocutrice l'écouta sans manifester la moindre émotion. Joignant le geste à la parole, l'homme au bouc déplia une carte faite à main levée. Elle représentait un planisphère traversé par un itinéraire reliant des villes et des bourgades, d'un bout à l'autre du monde. Des centaines de détails dessinés ou rédigés emplissaient les espaces blancs.

— Celui qui a dessiné cette carte est mort, aujourd'hui même. L'héritage qu'il nous offre se révèle inestimable. Il s'agit de la seule représentation complète encore existante, à ma connaissance, de la route Zéro. Les Dolce circulent obligatoirement sur cette voie, dans un rayon de six cents kilomètres de leur point de départ, tout au plus. Dans l'état de fatigue où ils se trouvent, ils ne peuvent se permettre de s'en éloigner.

Tout le monde l'écoutait avec attention.

— Il nous faut les repérer, et nous débrouiller pour les faire arriver jusqu'ici…

Il pointait un endroit précis au nord-ouest de New York.

— … au second puits. Il est identique à celui dans lequel nous siégeons, à la différence près qu'il est en activité. C'est le seul que nous contrôlons à ce jour.

Il balaya l'assistance du regard. Des signes d'approbation lui répondirent.

L'homme aux yeux rouges se leva, fit glisser le grimoire jusqu'au centre de la table et jeta un regard soutenu à la ronde.

— À mon tour, fit-il, solennel. La Guilde noire a pour raison d'être le décryptage et la maîtrise des cinq secrets. Je vous annonce que le deuxième secret est désormais entre nos mains.

Cette fois, les réactions fusèrent. Les secrets avaient été au cœur des luttes fratricides entre les deux guildes. Il avait été jusqu'alors impossible aux sorciers de s'en emparer. Quand les murmures se furent tus, il poursuivit :

— La fabrication du démon.

À ces mots, tous les membres, y compris Torque, baissèrent la tête pour mieux écouter leur maître.

— Je serai le seigneur de la douleur.

Il parlait tout bas, mais ses mots se distinguaient parfaitement. L'énergie qui émanait de son corps était palpable. L'air avait changé de température, la chaleur envahissait l'espace, se propageant tel un feu invisible. Il se tourna vers son fils et lui dit :

— La cérémonie aura lieu dimanche. Le moment est enfin venu. Amène-les au puits.

Une onde d'excitation parcourut l'assemblée.

Le maître fit pivoter son siège, tournant le dos aux autres, puis il se leva et, tout de noir vêtu, quitta la salle sans ajouter mot. Sa haute silhouette jeta une ombre sur les sorciers. Sa chevelure noire tombait jusqu'au creux de ses reins. On pouvait y distinguer clairement un épais cheveu blanc.

Vendredi 24 juin 2011

Au volant de la vieille Buick, Virginie attendait le ferry pour Shelter Island dans la lumière matinale. La voiture familiale avait été localisée par la police et rendue à la jeune femme au cours de cette nuit où tout avait basculé. Les dents serrées pour ne pas s'effondrer, elle était à nouveau seule. Les images du dernier voyage avec Philippe, leur douceur insupportable, comprimèrent son cœur, et elle dit à voix haute pour soulager son oppression :

— J'avais oublié cet état, cette expérience de fragilité extrême : être orpheline.

Paula, assise sur le siège passager, qui bâillait à s'en décrocher la mâchoire, posa brièvement sa main sur la sienne.

— T'es pas seule. Tu comptes les potes pour rien ?

La photographe ne l'avait pas abandonnée de la nuit, sauf quand Virginie avait demandé à se recueillir près de son père. Elle s'était occupée des formalités, des coups de fil, des courriers innombrables. Elle avait veillé à ce que Virginie se sustente, l'avait protégée des questions importunes, des tracasseries. C'est elle qui avait appris à son amie que Philippe, qui désirait être enterré sous l'immense noyer de leur jardin, comme la loi du comté l'y autorisait, avait prévu de longue date les détails de son inhumation. Le jour de la cérémonie avait été fixé, les permis administratifs délivrés. Seul un délai légal de vingt-quatre heures devait être observé.

Virginie se détendit un peu.

— Heureusement que tu es là, Paula.

— Merci pour ta confiance. J'ai appris à séduire tout ce qui bouge parce que personne ne me regardait quand j'étais enfant, pas même mes parents. Tu as pas trop de chance, toi non plus. Je serai toujours là.

— J'espère… Parce que je vais quitter le *Daily Eagle*.

— T'es folle ! Qu'est-ce qui te prend ?

— Mon père a travaillé toute sa vie pour étudier une famille de magiciens, et je ne m'en aperçois que maintenant. Pourtant, j'avais tous les indices, ses récits que je croyais légendaires, nos vacances dans des lieux improbables, ses petites phrases… Si tu savais, Paula, tout ce qu'il a mis au jour ! Je te montrerai ses carnets. Et moi… toute contente d'exhiber mon talent, dès qu'on me donne l'occasion d'écrire un article, je ne trouve rien de mieux que balancer tout ce que je découvre sur eux, alors qu'ils s'efforcent désespérément de se fondre dans la masse, essayant de ressembler aux autres, juste pour exister. Comment ai-je pu être aveugle à ce point ?

Virginie avait longuement ressassé l'amertume de son destin devant la dépouille de son père adoré, le vieux maître qui l'avait guidée, encouragée.

— Tout le travail des rédactions vise à produire du sensationnel, et j'ai nourri ce mécanisme, sans le moindre esprit critique. Je sais maintenant que le vrai savoir est silencieux, patient, discret, respectueux. Mon père a travaillé dans l'ombre en protégeant les magiciens. Je veux suivre sa voie. J'habiterai ici. Je renonce à exercer mon métier.

Paula la contemplait sans rien dire. Elle ne bâillait plus.

Elles sortirent toutes les deux pour voir le bateau arriver. Virginie se dirigea vers une boîte aux lettres bleue de l'U.S. Postal et y glissa une enveloppe.

— C'est quoi, cette lettre ? lui demanda Paula, qui savait que l'ensemble des faire-part et des recommandés avait été envoyé un peu plus tôt, à Manhattan.

— Ma démission, lui répondit Virginie.

— Une boutique spécialisée en mariages, trois toiletteurs pour chiens…

— Deux coiffeurs, les pompes funèbres municipales, un magasin bio…

Antonius et Leamedia déambulaient le long de la grand-rue. Au fur et à mesure de leur exploration, l'espoir de découvrir le quartier en mouvement, la rue bouillante, s'amenuisait. Ce qu'ils découvraient sentait l'ennui à plein nez.

— Une onglerie. Et deux stations-service…

— Dont une qui fait épicerie.

— Exact.

— Antonius…, lâcha Leamedia. On va vraiment quitter New York pour ça ?

Son grand frère soupira.

— Tu te rappelles notre course contre la BMW blanche ? Ces femmes n'ont pas hésité une seconde avant d'essayer de nous tuer.

— J'ai eu super peur, mais t'as assuré comme un chef. Quand je vais raconter ça à Valente, elle va être sur les fesses ! Déjà qu'elle t'adore…

— Elle a seize ans, Valente ! Même si j'ai l'air d'avoir le même âge, j'en ai presque vingt-cinq !

— J'ai le seum.

— Pourquoi ?

— Tu crois qu'on va les revoir, Lee, Valente, David, Elton, Brian ?

Antonius fit quelques pas sans rien dire.

— Je ne sais pas. J'ai discuté avec papa avant-hier d'un de ses meilleurs amis d'enfance. Il ne l'a jamais revu.

— Trop de la balle, d'être magicien…

Ils avancèrent en silence, passant devant une auto-école, un opticien et deux compagnies d'assurances.

— Au fait, tu te sens comment, maintenant ? demanda Antonius.

— Comme un capteur géant, capable de tout entendre, de tout voir, de tout sentir. Mes sens sont multipliés par dix. C'est hallucinant.

— T'arrives à parler à tes membres ?

— Je sais pas, mais j'entends mon corps vivre. Je suis pas sûre d'apprécier, j'ai l'impression de ne pas être seule là-dedans. Ah, oui, je t'entends penser aussi, c'est trop drôle.

Antonius la regarda, agacé.

— Rien ne t'oblige à m'espionner !

— Tu crois que je peux jeter des sorts individuels maintenant ? Je veux dire, toute seule ?

— Tu saurais le refaire ?

— Non, c'est vrai. Je n'ai pas trop réfléchi.

— Maman t'apprendra. Tu as de la chance qu'on soit sur la route Zéro, tu auras de meilleures sensations, et tu pourras faire plus de choses. On se fatigue moins vite quand on est pile dessus.

Même à l'intérieur du bourg, les arbres qui bordaient la chaussée s'inclinaient les uns vers les autres comme s'ils voulaient se rejoindre au-dessus et la végétation dans les jardins était exceptionnellement luxuriante.

— On peut fabriquer de l'argent, à ton avis ? demanda Lea.

— Ça m'étonnerait. Ça met en jeu des produits chimiques. Je sais que papa et maman ont chacun une bourse en cuir avec des pièces d'or, mais je ne les ai jamais vus s'en servir.

— On pourrait s'acheter ce qu'on veut.

— Ouais. C'est le meilleur moyen de se faire repérer.

Ils remarquèrent en même temps un café au décor *sixties*, où des serveuses en short rose livraient sur des rollers des milk-shakes et des bières aux passagers des voitures stationnées sur le parking.

— Pas mal, dit Antonius.

Leamedia avait déjà accéléré le pas.

Visiblement, le restaurant était le point de ralliement de tout ce qui n'était pas à la retraite dans le village. Des jeunes bavardaient bruyamment, regroupés alentour des tables en terrasse, près de deux ou trois scooters. Un groupe de garçons s'échangeait des casques et des lecteurs MP3, bougeant en silence ou chantant faux sur les musiques qu'ils avaient dans les oreilles. Plus loin, adossées au burger géant qui servait d'enseigne à l'établissement, une demi-douzaine de filles feuilletaient des magazines people et commentaient la nouvelle coupe de cheveux de Kristen Stewart. D'autres clients, plus âgés, bavardaient par petits groupes entre eux.

Pour Antonius et Lea, il n'était pas difficile d'entrer en contact avec des inconnus de leur âge, dans la mesure où ils lisaient dans les pensées ou dans le regard. Au bout de deux minutes, chacun avait rejoint un groupe.

— Une bière ? proposa un des garçons à Antonius.

— J'aurais plutôt envie d'un *donut*.

— Vous venez de New York ? demanda à Leamedia une blonde couverte de piercings, qui testait un gloss sur sa meilleure amie.

— Ouais. Brooklyn.

Toutes les filles s'extasièrent.

— Et vous vous installez où ? s'enquit une des serveuses, qui apportait un énorme seau de pop-corn.

— Nos parents cherchent un terrain ; en attendant, on va peut-être loger au Moonlight.

— Ça craint ! Il n'y a que les zonards du centre de redressement qui traînent là-bas, déclara la championne des piercings.

De son côté, Antonius avait lié conversation avec un garçon qui réparait son deux-roues, customisé comme une fusée. Il était impossible de savoir si c'était un scooter, une petite moto ou une mobylette.

— C'est quoi, ton engin ?

— Ma chose.

— C'est un nom qui lui va bien, commenta Antonius.

Il essayait de ne pas être ironique et garda un ton admiratif.

— On va tous à un rodéo, cet après-midi, c'est pour ça qu'on prépare les bécanes.

Un autre spécialiste de mécanique se joignit à eux.

— Dans la soirée, on fera une chasse au cerf. Les filles viennent avec nous, mon vieux m'a prêté son fusil à pompe.

— Ça va être l'éclate, dit Antonius, faisant mine d'être enthousiaste.

Au bout d'une demi-heure le frère et la sœur repartirent vers le bus.

— Je tiendrai pas une semaine ici, soupira Leamedia.

— Ils ont passé que de la country dans le bar, enchérit Antonius, dépité.

— Pourtant, avec une déco années soixante, on pouvait s'attendre à mieux. Ils t'ont proposé la chasse au cerf ? Les filles avaient l'air hyperexcitées par ça. J'ai pas compris.

— Ouais. Juste après le rodéo.

Ils firent halte sur le banc d'un arrêt de bus, sous une affiche vantant les compétences exceptionnelles du député local.

— J'ose pas imaginer le bahut, murmura la jeune magicienne.

À ce moment, un car Greyhound, de ceux qui traversent tous les États-Unis avec un lévrier floqué sur le côté, passa devant eux. Au-dessus du pare-brise, dans le cartouche destiné à indiquer la destination, les jeunes Dolce lurent « New York ». Ils suivirent du regard le véhicule argenté. Ils s'entendaient réfléchir l'un l'autre.

Soudain, Antonius se leva.

— Alors, tu penses comme moi…

— À cent dix pour cent !

— J'ai un concert prévu samedi soir !

— Et les parents ? lâcha Lea.

— Ils comprendront !

L'après-midi tirait à sa fin. Une petite foule d'élèves de Philippe, d'anciens étudiants, de nouveaux collègues et d'illustres compagnons se pressait dans le jardin. Les messages envoyés la nuit avaient été efficaces, et visiblement le mot s'était transmis. Les amis, les proches, les connaissances, les voisins, le capitaine du ferry, tous défilaient en silence sous le majestueux noyer royal, que Philippe admirait chaque jour et au pied duquel il venait d'être enterré. La cérémonie fut brève et sans discours. Virginie se tenait en retrait ; elle n'aurait pu prononcer le moindre mot.

Paula avait organisé un buffet sobre, sous la véranda, pour que ceux qui s'étaient déplacés puissent se sentir accueillis, une dernière fois, chez Philippe. Chacun présenta chaleureusement ses condoléances à la jeune femme avant de la laisser dans cette maison qui l'avait vue grandir.

Humphrey, le chat tigré, était resté sur une des branches de l'arbre surplombant le lieu d'inhumation de son maître. Quand le dernier invité se fut retiré, le vieux félin descendit et se coucha sur la terre fraîchement retournée de la tombe. Virginie observait depuis la terrasse ce compagnon, qu'elle adorait, rendre à son tour un dernier hommage à son père. L'animal pouvait-il ressentir le deuil qui enveloppait toute la maison ? Le chat partit ensuite sans se retourner vers les buissons. Virginie luttait contre ses mauvais souvenirs d'enfance. Elle revit le couloir de l'orphelinat, avec le sentiment de s'y trouver à nouveau. Paula la regardait, désolée.

— Tu veux que je vienne habiter avec toi chez Mme Stingmann pendant quelques jours ?

Virginie était engourdie par sa fatigue et sa peine. La proposition amicale de Paula la toucha, mais elle répondit :

— Je parlais sérieusement ce matin, sur l'embarcadère. Je vais quitter le tripot et habiter ici. C'est ma place, et c'était sa volonté.

Paula parut déçue. La tristesse marquait ses beaux traits, ce qui donnait une couleur dramatique à son charme.

— Il désirait aussi te voir journaliste, tu m'as dit.

— Il voulait que je poursuive sa tâche. Si tu acceptes de dormir ici ce soir, je t'en serai reconnaissante.

Paula lui sourit avec compassion et se leva.

— Je vais nous faire du thé.

— Dans la cuisine, le placard au-dessus de l'évier.

Virginie regarda son amie disparaître dans la maison. Elle ne savait où se mettre, comment s'asseoir. Elle avait l'impression de devoir penser à respirer. Elle toucha à peine le mug fumant que Paula lui apporta. Son amie respectait son chagrin et son silence.

Enfin, elle se leva et grimpa à l'étage. Entrer dans le bureau de Philippe était encore trop douloureux, mais elle pénétra dans la chambre. Elle repensa aux parties de cache-cache qu'elle faisait avec lui. Le placard était son endroit favori, sa cachette fétiche où elle se glissait, petite fille, guettant l'arrivée de Philippe, savourant la sensation contradictoire d'angoisse rassurante, où la peur se mêlait à l'excitation. Elle hésita, puis se coula dans la cachette, comme autrefois. Assise, elle replia les genoux, repoussa doucement le panneau et attendit dans l'obscurité l'arrivée de Philippe. Le sommeil la surprit dans cette posture régressive.

— Souhaitons que la mécanique tienne encore…

Rodolpherus marchait autour du bus, accompagné de Melkaridion qui humait l'air vespéral. Les ombres commençaient à s'allonger, la lumière pure du jour se teintait d'or vert en traversant le feuillage des immenses arbres.

L'air était rempli de parfums boisés, senteurs humides du sol, notes plus sèches des essences forestières, et touches fauves portées par la brise. Cela faisait des années que le vieux magicien n'avait pas quitté la mégapole, et retrouver la proximité du monde sauvage lui procurait visiblement du bonheur. Rodolpherus, lui, ressassait des pensées moins bucoliques, toute son intelligence tournée vers l'engin qui les avait transportés dans cette bourgade rurale. Le moteur avait émis d'inquiétants hoquets et toussotements avant de s'arrêter à Bloomfield, et les trois kilomètres séparant l'entrée de l'agglomération du Moonlight avaient été rythmés d'un cliquetis grinçant. Le grand érudit, subodorant une avarie définitive, avait dû procéder à une révision.

— Il a roulé pendant vingt-quatre heures. Cela ne lui était plus arrivé depuis des années, pensa-t-il à voix haute.

— On pourra toujours le faire tirer par des bœufs, s'il tombe en panne, décréta l'aïeul.

— Là, c'est sûr qu'on passera inaperçus !

— Si on ne peut plus plaisanter…, maugréa Melkaridion dans sa barbe que Simone s'appliquait à tresser. Ton père était comme toi. Il se vouait à la sécurité des autres et oubliait la sienne.

Rodolpherus, qui inspectait un pneu, se redressa. Le vieil homme évoquait rarement Anademe.

— Les souvenirs douloureux ne meurent pas, reprit l'aïeul. Surtout pour nous autres, qui possédons une mémoire totale. Ils sont aussi pénibles que les moments qui les ont engendrés. Ce qui nous a blessés nous blessera encore chaque fois que nous nous remémorerons les circonstances du traumatisme.

Rodolpherus le regarda dans les yeux.

— Parle-moi tout de même de mon père. Il me manque.

— Au sein de notre guilde, il avait la charge de dissimuler les cent puits.

— Je sais cela, Melkaridion. Dis-moi plutôt ce que j'ignore.

— Malheureusement, je n'ai rien à t'apprendre que tu ne saches déjà. Tu n'avais que quatre ans quand ta mère est morte. Au fait, c'est vrai, ajouta le magicien, répondant à une intervention inaudible de la souris, il y a eu Sissi entre-temps. Tu as raison, Mona, comme toujours.

Rodolpherus, stupéfait, répéta.

— Sissi ? Mais qui est-ce ?

— Sissenia. Tu ne te rappelles pas ?

La perplexité se lut sur le visage de l'érudit, tandis qu'il fouillait à la vitesse de la lumière son immense mémoire, pourtant infaillible. Ce que le père de Melidiane venait de lui apprendre était impossible. Il se serait souvenu d'une personne rencontrée, même dans sa prime enfance !

— Tu dois faire erreur, Melkaridion. Je n'ai pas pu la connaître, je n'en ai même jamais entendu parler.

Mais le vieillard se montrait très sûr de lui. Il déploya la séquence à voix haute pour dévider la pelote mnésique.

— Anademe voulait que ton savoir, déjà surprenant pour ton jeune âge, s'enrichisse encore. Il est allé jusque dans les Balkans pour trouver une magicienne d'une immense érudition, avec qui il vécut pendant un certain temps. Elle se nommait Sissenia et avait perdu elle aussi son compagnon. Avant que ton père et elle ne se séparent, elle t'avait transmis son inépuisable science.

— Je m'en souviendrais, Melkaridion ! lâcha Rodolpherus, très pâle.

— Sauf si Anademe n'a pas voulu qu'il en soit ainsi, pour une raison que j'ignore. À proximité d'un puits, l'influence d'un parent sur son enfant non décoiffé est immense.

— Sissenia, as-tu dit ?

— Oui. Quand ton père l'a découverte, elle portait l'enfant d'un magicien tué par la Guilde noire. Comme tu le sais, l'accouchement ne peut avoir lieu sans la présence du père ou d'un autre magicien. La gestation s'est prolongée pendant plus de vingt ans, jusqu'au moment où Sissi a rencontré Anademe. Et ton père est parti lorsque cette fille est venue au monde.

Des perspectives incommensurables s'ouvrirent brièvement dans l'esprit de Rodolpherus, qui croyait jusque-là posséder entièrement sa mémoire. Non seulement une partie de son passé était soustraite à sa conscience, mais il apprenait par la même occasion qu'une magicienne avait eu une enfant. Et si… ?

— Ne laisse pas ton imagination s'emballer, fit Melkaridion, qui avait écouté ses pensées. J'ignore ce qu'il est advenu d'elles. C'était bien avant les deux guerres. Il y a peu de chances pour que l'une et l'autre soient encore en vie.

Bien entendu… Il fallait renoncer à la perspective de reconstituer la guilde, de rassembler des magiciens survivants. Rien ne permettait d'espérer qu'il en existe encore, hors les Dolce. Rodolpherus sentit son exaltation s'envoler.

— Je regrette parfois de ne pas avoir vos aptitudes. J'aimerais, comme toi et Melidiane, lire dans l'esprit des autres.

— C'est ainsi, fils. Si les gens de ta science, de ta valeur et de ton érudition possédaient en plus ce genre de pouvoir, ils formeraient un groupe invincible et incontrôlable. Notre guilde est bien faite, crois-moi. Mais, regarde-moi ça !

Rodolpherus chercha ce qui avait attiré l'attention du grand-père. Ce dernier fixait une intersection située à une vingtaine de mètres d'eux, au bord de la route.

— C'est sensationnel ! s'exclama le vieillard.

— Qu'est-ce qu'il y a ?

— Ce poteau en métal passe du vert au rouge, puis à l'orange. L'orange ne reste jamais longtemps.

— Ce n'est qu'un feu de signalisation, Melkaridion, soupira Rodolpherus. C'est pour permettre aux voitures de circuler sans provoquer de carambolages.

— C'est tout ? Ridicule ! commenta le vieux magicien.

Melidiane, qui revenait à pied avec quelques courses, les rejoignit à cet instant.

— Les enfants sont là ?

— Ils sont repartis après le déjeuner. Antonius avait sa guitare avec lui, j'ai pensé qu'il s'était fait des amis musiciens. Tu ne les as pas croisés en ville ?

— Ils abusent ! fit-elle en entrant dans le bus. J'avais dit quelques heures, pas toute la journée !

À cet instant, dans une pétarade effroyable, un objet qui tenait d'un engin spatial ou d'un dessin d'enfant s'approcha et s'arrêta dans un grand dérapage, soulevant un nuage de poussière.

— Waouh ! Vous êtes le père d'Anto ? fit le cavalier de l'étrange monture en ôtant son casque.

Rodolpherus fut tout surpris d'entendre le nom de son fils dans la bouche du jeune inconnu.

— Je croyais qu'il baratinait, mais non ! Vous avez bien un bus comme bagnole, c'est trop ! Il n'est pas avec vous, Anto, des fois ? On n'attend plus que lui pour commencer la chasse !

— La chasse ? répéta bêtement Rodolpherus.

Il avait du mal à suivre le débit de l'adolescent.

— Non, il n'est pas encore rentré.

— Ah bon ? C'est drôle, ils sont pas venus au rodéo non plus, lui et sa sœur. OK ! Merci du renseignement, m'sieu.

Sur ce, le jeune le salua d'un geste de la main et démarra dans un vacarme infernal.

Rodolpherus comprit que la situation n'était pas normale.

— Melidiane ?

Il regarda autour de lui pour sentir l'atmosphère. Il ne perçut aucun danger.

— Qu'est-ce qu'il y a ? fit sa femme en passant la tête par la porte arrière du bus.

— Je crois qu'on a un souci.

En moins de cinq minutes, les trois Dolce avaient démarré le véhicule et s'étaient mis à parcourir les rues de Bloomfield. Melidiane était allée consulter l'arbre de la famille, mais ni la branche d'Antonius ni celle de Leamedia ne semblaient affectées.

— Je ne sens pas la présence de la Guilde noire, déclara Melkaridion quand le père des enfants stoppa le bus.

Ils avaient sillonné toute la bourgade, en vain.

— Ça ne peut être nos ennemis. J'en suis certain, ils ignorent où nous sommes.

Autour de Melidiane, l'air était animé d'un petit bouillonnement. Rodolpherus savait interpréter les signes : elle était énervée, mais non inquiète. Comme pour le lui confirmer, elle le regarda dans les yeux et lui dit avec une colère contenue :

— Je crois qu'ils n'ont pas bien compris.

— À quoi tu penses ?

— On a un petit problème d'autorité. Dès qu'on remet la main sur eux, je leur confisque leur cheveu blanc !

Un taxi passa alors à leur hauteur. Sur ses flancs était floquée une annonce pour un concert de rock. Au centre figurait un guitariste, brandissant une Gibson noir et feu. Rodolpherus vit Melidiane ouvrir de grands yeux.

— Le saligaud ! jura-t-elle en se pressant les tempes entre les mains. Mets le cap sur New York ! On n'est pas invités au concert, mais je te garantis qu'ils vont nous y voir !

— Je ne peux pas le croire de la part d'Antonius, souffla Rodolpherus. Ils vont se jeter dans la gueule du loup !

— Si j'ai raison, mieux vaudrait pour eux que je ne les trouve pas la première ! hurla Melidiane.

L'énorme soixante-tonnes qui avait pris Antonius et sa sœur en stop venait de les lâcher sur le bord de l'Interstate 80 en direction de New York. La conductrice, une minuscule créature avec des biceps d'hercule, les avait jetés hors de la cabine quand Leamedia, qui venait de réussir à se faire friser les cheveux simplement en s'adressant à eux, avait déclenché involontairement une averse localisée sur le camion et jusque dans la cabine.

Il leur restait plus de sept cents kilomètres à parcourir. Ils n'apercevaient pas le moindre bâtiment à l'horizon, et le concert avait lieu dans moins de vingt-quatre heures.

— C'est gagné, fit Antonius, dépité.

— On a qu'à prendre le bus.

— Avec quel argent ? Celui que tu vas faire tomber du ciel par ta seule volonté ?

Il soupira à fendre l'âme et enchaîna :

— Il faudrait que j'arrive à contacter David. Sinon, il risque de faire annuler notre soirée. On va marcher jusqu'à une cabine téléphonique.

— C'est pas la peine, dit Leamedia en extirpant de sa poche un téléphone portable.

— Qu'est-ce que tu fais avec ce truc ?

— Debby Dandridge l'a perdu à la maison dimanche dernier. Je voulais le donner à David, mais j'ai oublié.

Antonius lui jeta un regard suspicieux, mais Leamedia avait pris son air le plus innocent. Elle chantonnait « Blue Bayou » de Linda Ronstadt dans sa tête. C'était le dernier morceau qu'avait passé l'autoradio de la camionneuse avant leur expulsion.

Antonius prit l'appareil, sans oser l'utiliser.

— Qu'est-ce que t'attends ? le houspilla sa sœur.

— Papa dit que c'est extrêmement dangereux pour nous, que chaque fois qu'on émet un appel avec, ça nous retourne le cerveau et qu'on n'est pas capables de contrôler ce que les ondes font en nous.

— Génial ! réagit Leamedia, qui s'empara à nouveau du téléphone. L'autre jour, quand je l'ai utilisé, j'ai interverti toutes les voyelles et les consonnes pendant cinq minutes. Maintenant que je suis une magicienne, ça doit être encore plus délire !

Elle n'eut pas à chercher dans le répertoire le numéro de David : elle le connaissait par cœur. Elle colla soigneusement l'appareil à son oreille pour éprouver au maximum les sensations prédites. À l'autre bout de la ligne, la messagerie, suivie d'un bip, se déclencha.

— Salut, David, c'est Lea. Anto et moi, on a dû quitter New York, mais on est sur le chemin du retour. Mon frère me charge de te dire qu'on sera là pour le concert, préviens les autres. Et rappelle-nous pour qu'on se retrouve quelque part. On a lâché les parents.

Elle raccrocha et regarda son frère.

— Tu vois, c'est pas sorcier !

Déçue, elle ajouta :

— Même pas vrai, ce que racontent les parents ! J'ai zéro effet secondaire.

Ils se mirent à marcher en levant le pouce. Les voitures les dépassaient à toute allure, les klaxons des camions rugissaient à leur hauteur. Pratiquer le stop sur l'autoroute s'avérait compliqué. La nuit commençait à tomber.

— On le rappelle ?

— Non, il n'y a presque plus de batterie. On va attendre.

Leamedia touchait du bout des doigts son étrange coiffure et tentait de communiquer avec le cheveu pour qu'il aide.

— Bon courage ! ironisa son frère.

— Je te préviens, quand ça sonne, c'est toi qui décroches !

Ils quittèrent le bas-côté et s'enfoncèrent dans le champ qui longeait la route. Une voie de chemin de fer se trouvait à une centaine de mètres à peine. Un convoi ferroviaire, de ceux qui étirent interminablement leurs wagons de marchandises, avançait lentement dans la même direction qu'eux. Ils n'eurent pas besoin de se consulter et se mirent à courir le long des rails, puis se hissèrent dans le premier wagon dont la porte coulissante était encore ouverte. Il y avait un peu de paille sur le sol. Ils s'installèrent, contents de leur initiative.

— On se croirait dans *Stand by me*, dit Antonius en souriant.

— C'est quoi ?

— Un vieux film.

— Et ça raconte quoi ?

— La découverte de la vie.

Ils regardaient par la porte ouverte les champs de maïs se perdre à l'horizon, dans le crépuscule, en savourant ce goût tout nouveau de la liberté.

— Tu m'as appelé, maman ? cria David depuis sa chambre.

Il avait pris le téléphone avec un temps de retard. Sur l'écran s'affichait : « Maman a appelé 1 fois ».

Les examens étaient terminés. Antonius avait manqué la composition de littérature, le jeudi ; Leamedia, sitôt conquise, s'était évanouie dans la nature. En fait, depuis le mercredi soir, les Colde n'avaient plus donné signe de vie. Ils s'étaient volatilisés, ainsi que leur maison. Tout n'avait été qu'un rêve, mais si prégnant, si dense, qu'il faisait douter de la réalité même. Seul l'hématome sur la tempe de David témoignait de la véracité des événements du début de la semaine.

Les deux amis de David avaient-ils eu un accident ? Il en doutait. Un entrefilet, paru dans les journaux locaux, évoquait le crash de la BMW blanche. Les adolescents impliqués n'avaient pas été retrouvés. C'est qu'ils étaient saufs. David avait connu une intense fierté d'avoir contribué à retarder les deux tueuses.

— Qu'est-ce que tu dis ? cria sa mère depuis la cuisine, où elle se défoulait sur une poule.

— Rien ! Excuse-moi.

Le batteur venait de se souvenir que le téléphone de sa mère avait disparu depuis quatre jours. Il écouta le message avec curiosité et afficha un large sourire quand il reconnut la voix de Leamedia. La teneur du message l'emplit doublement d'allégresse. Le concert aurait bien lieu, et il reverrait ses deux amis ! Suivant les instructions données par Antonius le lundi, il avait fait patienter Brian et Elton, animé par une foi irraisonnée en la parole du jeune homme. Mais les événements relatés par le *Daily Eagle* dès le jeudi matin avaient renvoyé le concert de fin d'année en bas de la liste de ses préoccupations.

Sa mère entra dans sa chambre, un torchon à la main.

— Tu m'as appelée ?

— Non, non.

Trop tard. Sa mère avait aperçu le téléphone de son fils entre ses mains.

— David ! On en a déjà discuté mille fois. Entre 18 et 21 heures, pas de téléphone, d'ordi ni de console ! Sinon, il n'y a plus de communication dans cette famille ! Tu as déjà failli rater ton année, ça ne te suffit pas ?

Sans attendre qu'il réponde, elle fit main basse sur l'appareil.

— Confisqué ! Tu régleras ça avec ton beau-père !

— Maman !

— Ça m'énerve, d'avoir à me répéter chaque jour ! cria-t-elle en claquant la porte derrière elle.

Elle la rouvrit dans la seconde qui suivit :

— Et tu me ranges ce foutoir !

— J'ai juste reçu un message. Les autres, ils sont pas au courant qu'il faut pas téléphoner entre 6 et 9 heures. Je paie un peu cher, je trouve.

— C'était qui, ce message ? voulut savoir Robert.

— Maman, répondit-il machinalement.

— J'ai dit non.

— Je t'ai rien demandé, je crois, puisque tu es sûre d'avoir raison de toute façon. J'ai juste répondu à Bob. C'était un appel de ma mère.

— Mais enfin, j'ai perdu mon téléphone !

— Justement, ils l'ont retrouvé. Je voulais te faire la surprise. Et là je suis en garde à vue.

— Qui ça, « ils » ?

— Les Colde. C'est eux qui ont ton téléphone, ils viennent de laisser un message.

— Tu ne pouvais pas le dire plus tôt ! Comment va Melidiane ?

— Bah, le message venait de Lea et d'Anto. Ils disaient qu'ils faisaient route vers New York et qu'il fallait qu'on s'appelle pour se donner rendez-vous. C'est Lea qui parlait. Visiblement, ils n'ont plus de batterie, conclut-il en regardant avec insistance son téléphone dans les mains de sa mère.

— On va utiliser le mien ! dit Robert.

Une nervosité palpable régnait dans le PC du vingt-septième étage, où des cartes avaient été dépliées. Le pays entier se passionnait pour le bus rouge à impériale qui était associé, depuis l'article de Virginie repris par toutes les chaînes d'informations, au spectaculaire happening de la 53e Rue, et chacun le cherchait. Le Web bruissait de plein de rumeurs. Des véhicules similaires avaient été signalés sur les réseaux sociaux dans plus de quatre cent cinquante-sept localités, dont un tiers dans un rayon de six cents kilomètres de New York, dans le périmètre de la route Zéro. Debs pointait avec un feutre les axes qui s'éloignaient de New York à proximité de la voie magique, dont le fac-similé trônait sous ses yeux.

Toutes les équipes étaient sur les dents ; elles sillonnaient les États, pour découvrir en définitive de simples autocars, des minibus, des camping-cars, sans parler d'une quantité de mobile-homes multicolores. Torque balaya avec mauvaise humeur les feuilles.

— Au bout de quarante-huit heures, on peut légitimement estimer qu'on les a perdus. Encore une fois ! Il va falloir rendre des comptes.

Debs fléchit imperceptiblement les genoux. L'expression n'était pas lancée au hasard. Un sentiment funeste envahit les esprits. L'heure n'était plus à la quête fiévreuse, mais à la cérémonie expiatoire et macabre. Elle se déroulerait loin des yeux, dans les sous-sols de la fondation, où le directeur disparaissait régulièrement, empruntant son ascenseur privé.

— Chut ! fit l'un des opérateurs.

Chargé des écoutes téléphoniques, il venait de lever le bras. Sur son écran, le mot « Antonius » s'était affiché. Ce prénom faisait partie des huit mots sélectionnés pour le déclenchement de l'enregistrement automatique. Il brancha le haut-parleur. Tout le monde tendit l'oreille.

Une voix de gamine, un peu aiguë, retentit.

— Anto, je te passe Mme Dandridge.

Un timbre féminin, chaleureux et enjouée, prit le relais.

— Antonius ? Vous êtes où, exactement ?

— À l'ouest de New York. On vient en train et en stop.

— Mais à combien de kilomètres, Antonius ? Et vous n'êtes pas avec vos parents ?

Un silence, puis :

— Non. On fait juste l'aller-retour pour le concert de samedi soir.

— Mais qu'est-ce qui est arrivé à votre maison, et où sont Melidiane et Rodolpherus ?

— Il n'y a presque plus de batterie, madame Dandridge, il faudrait qu'on se donne un lieu de rendez-vous, on pourra tout vous expliquer !

Une voix d'homme lui succéda.

— Antonius, ici Bob. Au pont George-Washington, côté New York, dans une heure ?

— Euh… Non, plutôt demain, vers 17 heures.

La communication fut coupée.

Torque se redressa et regarda Debs.

— On dirait que les dieux sont avec vous.

Samedi 25 juin 2011

La vieille dame qui avait pris en stop Antonius et sa sœur le matin même près d'une gare ferroviaire de triage les avait déposés à moins d'un kilomètre du pont George-Washington. Les jeunes Dolce marchaient le long de la voie qui longeait l'Hudson River. Le trafic, du samedi matin au dimanche soir, y était saturé en permanence. Toutes les voitures venant du nord du New Jersey empruntaient cet axe pour entrer dans New York, car le Lincoln Tunnel, situé plus au sud, obligeait à remonter tout Manhattan, et de plus il était interdit aux véhicules hauts et volumineux.

Enfin, ils mirent le pied sur le tablier du pont, interminable avec son kilomètre et demi de long. Antonius ouvrait la marche.

— Où est-ce qu'on a rendez-vous ? lui demanda Leamedia.

— Bob a dit côté New York, c'est à l'autre bout.

— C'est loin !

— Écoute, tu as vu la circulation ? Ils ne vont pas traverser pour rien.

Antonius, tout en parlant, se retourna. Son père lui répétait qu'il fallait se fier à ses sensations, à son instinct. Or il avait le sentiment d'être suivi. Leamedia, qui l'avait entendu penser, pivota en même temps que lui. Mais alors que son frère ne remarquait rien, elle reconnut l'homme qui l'avait abordée au parc de Brooklyn Bridge. En faction à une centaine de mètres derrière eux, il avait une oreillette et tenait un fil dans sa main droite.

— Anto, le type avec la veste marron, c'est Mark, fit-elle.

Le jeune magicien le chercha du regard.

— On est suivis, Lea. Faut accélérer le pas. Concentre ton flux sanguin dans les muscles de tes jambes et envoie de l'oxygène dans tes cuisses.

Ils se calèrent sur le même rythme et commencèrent à distancer le vigile.

La circulation faisait un vacarme énorme. Tout le New Jersey paraissait s'être donné rendez-vous avec New York pour se croiser sur l'immense passerelle suspendue. Vite, ils furent à mi-parcours, avançant dans le sens de la circulation sur le bord de la voie. Antonius se retourna pour savoir s'ils étaient toujours filés. Il ne vit pas la veste marron, mais aperçut à l'entrée du pont le toit caractéristique d'un bus londonien, qui oscillait au loin au-dessus des voitures ordinaires.

— Non, c'est pas vrai !

L'aîné des Dolce se baissa instinctivement, tout en continuant à marcher.

— Qu'est-ce qu'il y a ? demanda sa sœur.

Mais il ne put lui répondre. Un concert de klaxons s'éleva non loin d'eux, où un mini-embouteillage immobilisait une voie au centre de la chaussée. Presque aussitôt, surgies derrière eux, une demi-douzaine de motos, leurs avertisseurs hurlant pour forcer le passage, foncèrent vers eux. Antonius prit sa sœur par la main.

— Cours !

Leamedia accéléra sur-le-champ, entraînée par son frère.

— On traverse ! cria Antonius. De l'autre côté, les motos seront bloquées !

— T'es fou ! On va se faire écraser ! protesta sa sœur.

Ils se trouvaient déjà entre les deux voies. Les coups de klaxon se mêlaient aux crissements des pneus.

— Tu me colles et me lâches pas, Lea ! ordonna Antonius.

Il hurlait pour qu'elle ne réfléchisse pas. Tels deux toreros, ils évitaient de justesse les voitures qui les frôlaient.

Ils parvinrent à esquiver les deux premières motos, mais ils n'étaient pas encore passés dans le trafic inverse qu'une des conductrices fit demi-tour et revint vers eux à contresens, provoquant des tête-à-queue autour d'elle.

L'aîné des enfants Dolce vit alors sortir des trois voitures coincées dans le trafic des hommes armés. Leurs pistolets étaient pointés sur eux. Antonius s'arrêta net et attira sa sœur contre lui. Dans leur dos, d'autres voitures, contournant le mini-carambolage, roulaient à vive allure ; et devant eux, un nombre incalculable d'armes à feu les visaient de près.

Le bus londonien des Dolce, conduit par Rodolpherus, avait piqué droit sur Brooklyn sans quitter la route Zéro tant que cela avait été possible. Le pont George-Washington était le seul moyen d'entrer dans Manhattan pour les véhicules qui ne pouvaient emprunter le tunnel à cause de leur taille atypique. Il se présenta vers 17 heures dans le bouchon d'entrée de l'ouvrage. Melkaridion, qui faisait le guet à l'étage, sursauta. Rodolpherus ressentit l'onde de son émotion très profondément dans sa conscience.

— Ils sont là. Je viens de les entendre. Ils sont sur le pont !

À ce moment-là, une demi-douzaine de motos dépassèrent le bus par la droite et s'élancèrent sur la bande latérale.

Melkaridion hurla à son gendre :

— Fonce ! Ils sont en danger !

Immédiatement, Rodolpherus braqua et emprunta la voie centrale, réservée aux pompiers, en écrasant l'accélérateur. Le petit moteur auxiliaire réagit avec vigueur. Le magicien, ajustant sa vision et son audition, analysa la scène vers laquelle il se ruait. Sur la droite, un enchevêtrement de carrosseries encastrées sur la chaussée témoignait d'un sérieux accrochage. Debout entre les voitures, dressés sur leurs motos, des armes à feu braquées sur la voie centrale, des hommes et des femmes casqués entouraient le périmètre. De l'autre côté, sur la route venant de Manhattan, trois limousines avaient actionné leurs feux clignotants, simulant une panne. Au milieu d'un embouteillage qui ajoutait à la confusion, elles avaient vomi sur la chaussée un bataillon de gardes. La scène aurait évoqué un face-à-face sans pitié s'il n'y avait eu entre les deux gangs deux piétons, des enfants presque. Ils étaient encerclés sur le terre-plein séparant les deux voies. La haute taille d'Antonius était caractéristique, mais Rodolpherus mit du temps à identifier la jeune fille qui l'accompagnait. Ses formes et sa taille bien marquées, ses cheveux frisés avec insolence, tout évoquait une affiche des années 1950 pour Coca-Cola. Il finit par comprendre que Leamedia avait commencé à mettre à profit ses dons de magicienne pour jouer avec son image.

Il lui restait cinquante mètres à franchir. Des visages se tournèrent dans sa direction, des mains se crispèrent sur les crosses. Son ouïe parfaite lui permit d'entendre sauter des crans de sécurité d'une douzaine d'armes. Malgré le vacarme des moteurs, des avertisseurs, la bruyante trépidation du vieux bus, les hurlements de Melkaridion dans sa tête, Rodolpherus se focalisa sur une fréquence. Très loin, mais néanmoins audible, une voix lâcha : « Vivants ou morts ? » Elle provenait d'un homme à l'allure militaire, qui pointait devant lui un Beretta 9 millimètres, une arme réglementaire de la police. Tout en accélérant à fond, Rodolpherus identifia une minuscule licorne sur son poignet. Le temps se figea un dixième de seconde. Aux confins de l'univers sonore, il entendit grésiller dans une oreillette : « La deuxième option va de soi. » Il sentit le bus s'envoler.

Au moment où Debs appuyait sur la gâchette, le bus emballé percuta les trois voitures de la fondation de plein fouet. Tous les hommes s'égaillèrent. Debs eut juste le temps de se plaquer au sol pour éviter l'impact.

L'énorme véhicule tanguait dangereusement, comme un mastodonte assommé. La porte s'ouvrit juste devant Leamedia et Antonius, qui n'attendirent pas le hurlement de leur mère pour se ruer à l'intérieur. Rodolpherus redémarra en trombe malgré l'avant bien endommagé. Il ne lui restait plus qu'à faire un tête-à-queue et repartir en sens inverse sur les chapeaux de roue. Les hommes de la fondation s'étaient rassemblés et ils leur tiraient dessus, sur ordre de Debs qui rampait entre les carcasses des voitures. Rodolpherus tenta de zigzaguer, mais il trouva sur sa route un gigantesque camion chargé de troncs d'arbres. Le conducteur avait les deux pieds sur le frein pour éviter la collision. Il mit son trente-tonnes en travers, mais la manœuvre fut si violente que les sangles qui retenaient les troncs cédèrent, propulsant de la plateforme des fûts, qui roulèrent en direction du bus. Rodolpherus accéléra. L'un des troncs percuta l'arrière du véhicule, le projetant à l'extérieur du tablier.

Le bus avait défoncé les rambardes de sécurité et se trouvait maintenant en équilibre au-dessus du vide, faiblement maintenu par ses deux roues arrière et un des câbles de tension du pont.

À l'intérieur, plaqués contre la vitre de la cabine avant, les Dolce se figèrent. Simone était accrochée aux tresses de son maître, pendant que Melidiane serrait ses deux enfants contre elle. Rodolpherus, lui, s'agrippait au volant, face à l'Hudson River qui s'agitait une centaine de mètres plus bas.

De l'autre côté du fleuve, Debby, Robert et David, qui venaient de garer leur voiture dans le parking jouxtant la sortie, attendaient avec impatience les enfants. Ils ne purent voir le ballet mortel en train de se dérouler au milieu du pont. Mais un tintamarre apocalyptique les alerta, et bientôt la circulation se gela à l'entrée du pont. Deux voitures de police firent hurler leurs gyrophares en pénétrant sur le George-Washington.

Le silence qui avait suivi l'énorme carambolage céda la place à un chaos indescriptible. Des avertisseurs étaient restés bloqués, deux voitures étaient en feu, les gens hurlaient. À la pulsation lancinante des sirènes de police se mêlèrent bientôt les trois notes des camions de pompiers. Mue par un pressentiment, Debby se mit à marcher en direction du New Jersey. David lui emboîta le pas.

Au bout de quelques centaines de mètres, un enchevêtrement de pneus, de tôles et de câbles rendait la voie inaccessible. Les pompiers s'efforçaient d'extraire d'entre les filins un bus londonien rouge qui vacillait dangereusement au-dessus du vide.

Debby pâlit.

— Quel était le véhicule qui a été aperçu mercredi soir dans la 53e Rue, déjà, David ?

Le jeune homme murmura :

— Un bus à impériale. Rouge.

Des policiers leur firent signe de partir mais Debby exhiba sa carte professionnelle :

— Je suis médecin ! Y a-t-il des blessés ?

— Beaucoup de contusions, et quelques cas plus sérieux.

— Et dans le bus ?

— On l'ignore. On sait seulement qu'il est occupé.

Debby fut orientée vers un poste de premiers secours, mais elle se glissa entre les carcasses de berlines fumantes pour se rapprocher du bus. David, lui, fut intercepté par une infirmière, qui le conduisit malgré ses protestations à un camion de pompiers. Son hématome au visage l'avait fait prendre pour un accidenté. Debby escalada des voitures froissées désertées par leurs occupants et se mit à crier :

— Melidiane !

Les pompiers faisaient tout ce qu'ils pouvaient pour remonter le bus, mais l'accès à la rampe était difficile et le câble d'acier menaçait de rompre à tout moment. Soudain, le vrombissement assourdissant des pales géantes d'un MI26 de l'armée fit vibrer les structures d'acier du pont. Debby leva la tête : l'hélicoptère grand comme un semi-remorque s'était placé en vol stationnaire au-dessus du bus. Le chef de la brigade de sauvetage cria dans son haut-parleur :

— Attachez vos ceintures de sécurité ! On va hélitreuiller votre véhicule. On n'a pas le choix, le câble ne tiendra pas plus de cinq minutes. C'est un hélicoptère de fret de l'armée, ne vous inquiétez pas, il est habitué à transporter des charges bien plus lourdes !

Après quelques rapides manœuvres effectuées par des hommes-araignées descendus au bout de leurs filins, aidés par des pompiers qui s'étaient glissés en rappel depuis les superstructures du pont, le bruit des pales s'intensifia jusqu'à devenir intolérable. Debby, les cheveux agités comme par une tornade, les deux mains sur les oreilles, collée à une auto pour ne pas être balayée par le souffle, assista à un spectacle surréaliste : dans le ciel doré de juin, un bus londonien, suspendu à un hélicoptère, s'élevait au-dessus de l'eau.

Au sol, tout se tut, tant la scène était irréelle.

Le bus planait dans les airs, dominant la ville de lumière. Il dessina un grand cercle et s'éloigna en direction du soleil, entre l'Empire State Building et la Chrysler Tower.

Leamedia, pour une fois, ne trouvait rien à redire, subjuguée par l'aventure, et sous le charme des pompiers.

Le bus rouge survolait New York dans le soleil déclinant. Melkaridion n'en croyait pas ses yeux. Il fouilla ses souvenirs pour en écarter une dizaine sans importance. Il voulait graver cet instant dans sa mémoire et riait, ivre de joie :

— Ils peuvent aller se rhabiller, les frères Montgolfier !

Rodolpherus regarda son beau-père, surpris :

— Tu ne me demandes pas ce qu'est un hélicoptère ?

— Me prendrais-tu pour un ignare ? Ma famille a quitté la forêt de Brocéliande depuis belle lurette ! Léonard de Vinci m'a montré son dessin en 1513 à Florence. Je me désole que les humains n'aient pas réussi à faire progresser ce concept.

Melidiane se tourna vers son mari :

— Tu t'en es bien tiré, chéri. Comment fais-tu pour m'étonner encore, au bout d'un siècle ?

Rodolpherus ne put masquer un sourire de fierté : il adorait reconquérir sa fée, même s'il savait que le lendemain tout serait à refaire. Il décida de savourer le moment.

— C'est vrai, papa, t'as assuré, enchérit son fils.

Le bus projeta son reflet sur les colonnes en acier de la Chrysler Tower, puis frôla le bâtiment de l'ONU. À ce moment, un énorme faisceau de lumière éclaira violemment l'habitacle. Un hélicoptère de Canal 13, une chaîne new-yorkaise d'informations, les suivait de près. Melidiane aperçut deux autres hélicoptères, qui portaient le sigle des deux principales sociétés de télévision. On les filmait. Elle comprit dans la seconde que la totalité des États-Unis était en train de regarder ce sauvetage surréaliste. Un bus à impériale survolait la ville de New York comme un aigle rouge, sous les yeux ébahis de trois cents millions d'Américains. Le lendemain, les journaux afficheraient tous la même une et, sur Internet, les connexions sur les sites d'informations et les réseaux sociaux exploseraient.

Les deux époux échangèrent un regard grave.

— Je ne voudrais pas casser l'ambiance, mais on n'était pas censés être discrets ? fit Antonius pour alléger l'atmosphère.

Le visage de la magicienne se ferma. Ils avaient réussi pendant les dernières quarante-huit heures à échapper à la Guilde noire. Mais la tâche devenait impossible si l'ensemble de l'Amérique se mettait à s'intéresser à eux. Surtout que le monde avait désormais en main cet instrument ultra-puissant que les magiciens affrontaient pour la première fois, et sur lequel ils n'avaient aucun pouvoir : Internet et ses millions d'adeptes. Ceux-ci, lorsqu'ils ne mitraillaient pas l'insolite avec les appareils photo intégrés dans leur téléphone, étaient connectés en permanence au réseau et prêts à balancer en ligne dans la seconde les images singulières capturées.

— On ne peut pas les dégommer en utilisant la magie ? demanda Leamedia.

— Bravo, ce serait très efficace ! la félicita Antonius.

— Blesse, et tu te feras mal. Tue, et tu anéantiras tes pouvoirs, dit sentencieusement Melkaridion.

— Faisons apparaître un nuage pour nous masquer et nous entraîner ailleurs, alors ! fit la jeune magicienne, impatiente.

— On n'est pas sur la route Zéro, ma fille, expliqua patiemment Rodolpherus. Si on fait cela, on s'endormira pour deux jours, et le bus s'écrasera au sol.

— On va oublier toutes les transformations, conclut nerveusement Melidiane. On est trop exposés.

Torque, qui avait été prêt à déchiqueter Debs en apprenant que le capitaine avait encore raté les magiciens, avait maintenant les yeux rivés sur l'écran LCD qui occupait le mur de son bureau. Apaisé, serein, il dévorait le spectacle du regard, comme un prédateur sûr de capturer sa proie. En voyant l'hélicoptère s'approcher de l'Empire State Building, il se retourna vers la baie vitrée de son bureau situé au vingt-septième étage. Il vit de ses yeux le bus rouge passer au loin, sourit et leva la coupe de champagne qu'il tenait dans sa main, buvant aux Dolce et à leur fin prochaine.

Viriginie ne s'attendait pas à voir le nom d'Edward s'afficher sur son écran quand son téléphone se mit à vibrer. On était samedi, le soir descendait sur Shelter Island. Le directeur du *Daily Eagle* avait eu droit à un faire-part de décès, sur le conseil de Paula. Il avait dû réceptionner sa lettre de démission entre-temps. Elle décrocha.

— Vous avez la télévision ? Allumez-la, je patiente, lança-t-il, laconique.

Elle s'exécuta et se brancha sur les chaînes d'informations en continu. La première image qu'elle vit fut celle d'un bus londonien rouge survolant New York dans la lumière de la fin d'après-midi. Le commentaire hystérique de la présentatrice lui apprit l'essentiel.

La journée s'était étirée à l'infini, pleine de chagrin. La morosité avait gagné aussi Paula, qui se traînait de la véranda à la cuisine. À 13 heures, elle avait forcé Virginie à manger un bol de nouilles chinoises.

Alors qu'elle avait dit adieu à ses rêves de journalisme, les images furent pour elle comme une gorgée d'eau fraîche. Elle ne pouvait se rassasier de ce spectacle, qui évoquait les contes de son enfance.

— Paula ! Viens voir !

À l'autre bout du fil, Edward cria :

— Vous êtes toujours en ligne ?

— Oui, monsieur, fit Virginie, partie très loin du *Daily Eagle*.

— Il va atterrir à La Guardia. Paula est avec vous ?

— Oui, répondit-elle, un œil toujours fixé sur l'écran.

— Alors, expliquez-moi ce que vous faites encore chez vous. Vous devriez déjà être dans un taxi !

— Vous n'avez pas ouvert ma lettre ?

— Quelle lettre ?

— Ma lettre de démission.

Edward marqua un silence, puis sans changer de ton, répondit :

— Dans moins d'une heure à La Guardia, sinon vous êtes virée !

Et il raccrocha.

Virginie venait de prendre sa décision. Plutôt que de nuire aux Dolce, elle pouvait encore les protéger. Pour cela, il fallait entrer en contact avec eux.

— Tu prends ton appareil, Paula ? Je vais passer une tenue de travail.

— C'est quoi, ce bazar ? râla Paula.

Les taxis à la queue leu leu formaient une interminable ligne jaune ponctuée par leurs phares allumés, qui serpentait sur la route menant à l'aéroport de La Guardia.

— Gare-toi là, dit la photographe en indiquant à Virginie une bifurcation réservée aux véhicules de l'aéroport.

— Mais ils vont me l'enlever !

— T'en fais pas, elle est trop large pour une dépanneuse, cette voiture !

Virginie parqua la Buick, et elles parcoururent à pied les deux cents mètres qui les séparaient de l'aéroport. Cependant, l'événement avait lieu beaucoup plus loin, devant les portes en tôle du fret, où une foule dense faisait face à la police urbaine. La garde nationale avait dû faire atterrir le bus du côté des entrepôts.

Les deux amies jouèrent des coudes pour atteindre les portes et exhibèrent leur carte de presse.

— Non, fit le planton.

— Mais nous sommes journalistes ! s'écria Paula, scandalisée.

— Le site est interdit. Vous êtes dans une zone militaire.

Paula attira Virginie à part.

— Toi, tu restes là, moi, je me débrouillerai.

Sans attendre, elle retraversa le mur des curieux. Quelques minutes plus tard, un cri retentissait.

— Ils sont là !

Les journalistes, les badauds, les employés de l'aéroport et les policiers se précipitèrent, dans l'espoir de voir enfin le fameux bus et ses mystérieux occupants. Seule Virginie, qui avait reconnu la voix de la photographe, ne bougea pas.

Le militaire qui lui avait barré la route fit quelques pas en direction des cris. La journaliste passa en un clin d'œil de l'autre côté des portes. Elle se trouvait dans l'aire technique de l'aérodrome, où se succédaient les entrepôts et les ateliers de réparation. Si les gardes s'étaient d'abord postés à cette entrée, c'est que le bus devait se trouver dans cette zone.

Elle avança d'une démarche lente mais sûre, sans avoir l'air de chercher quoi que ce soit. Cela donnait l'illusion qu'elle connaissait l'endroit parfaitement ; par conséquent, on ne pouvait pas la confondre avec un curieux ou un intrus. Son père lui avait appris à faire ainsi. Ne jamais changer d'attitude ni de vitesse quand on cherchait quelque chose.

L'immense hangar était vide, et ses pas résonnaient entre ses parois en tôle. Elle s'empara d'une blouse blanche au passage d'un poste de travail déserté et l'enfila par-dessus son tailleur gris. Elle portait le logo de l'aéroport. Rien ne la distinguait plus d'un ingénieur aéronautique, ou d'un employé quelconque. Elle se dirigea vers le brouhaha qui parvenait de l'issue opposée en se forçant à ne pas accélérer le pas. Une fois sur le tarmac, elle aperçut à une centaine de mètres le bus rouge, revenu au sol, entouré de quelques agents en uniforme et de deux ou trois civils, ainsi que de pompiers et de militaires.

Mais la seule personne qu'elle regardait dans la nuit, ce fut le vieil homme avec sa grande barbe blanche, assis à l'arrière du véhicule. Même de loin, on pouvait percevoir la profondeur de son regard et le bleu éclatant de ses pupilles. Son élégance et sa majesté captaient l'attention. Le bus rouge à impériale correspondait en tout point aux témoignages qu'elle avait recueillis dans la 53e Rue.

Troublée, elle repensa aux mots que son père avait écrits dans ses carnets : « Il a plus de dix fois nos âges. Son pouvoir est immense. »

Elle respira profondément. Tout ce que son père disait était donc vrai ! Elle n'avait pas lu un dixième des cahiers. Mais ce qu'elle avait déjà trouvé dépassait la logique. Elle ressentait cette émotion si particulière que son père avait transmise dans ses notes.

« J'aurais dû tout lire », se dit-elle.

Le couple qui devait être, selon les descriptions de son père, Rodolpherus et Melidiane, se tenait à quelques mètres à peine d'elle. Ils étaient entourés de quelques policiers et de pompiers, qui leur conseillaient de consulter un médecin. Elle leva la main.

— Je suis l'infirmière de ce site !

Les deux pompiers et le couple Dolce se retournèrent vers elle.

— Je peux effectuer quelques examens rapides, déclara-t-elle.

Le pompier qui accompagnait le couple de magiciens hocha la tête, mais Melidiane et Rodolpherus la dévisagèrent avec hostilité. Soudain, derrière elle, une voix autoritaire lança :

— Hé, vous !

Elle pivota et se cogna à un grand jeune homme. Son sac lui échappa des mains et son contenu se répandit sur le sol : un petit magnétophone, un carnet, quelques stylos, un lecteur MP3 et un appareil photo, une panoplie bien peu médicale. Confuse, elle s'empressa de ramasser ses affaires, mais le garçon l'avait devancée et lui tendait déjà son appareil photo en disant :

— Vous n'avez pas à être désolée, c'est ma faute.

Stupéfaite, elle ravala ses excuses. Muette, submergée par l'émotion, elle le dévisagea. Les magiciens existaient. Ils étaient là !

— Vous, là-bas ! répéta le gradé qui l'avait appelée.

La magicienne survint et s'interposa entre elle et le garçon. Virginie découvrit le terrifiant sentiment de nudité d'être vue de l'intérieur. La puissante personnalité de Melidiane l'intimidait. Elle se rappelait ce qu'elle avait lu à son sujet. Si son père ne s'était pas trompé, la femme qui se tenait devant elle avait plus de cent cinquante ans, elle lisait dans les pensées et dans les pupilles, pouvait respirer dans l'eau, et elle était l'arrière-petite-fille de Merlin. La fermeté de son expression l'épouvanta : elle avait compris que les magiciennes ne sont jamais très éloignées des sorcières.

L'homme aux galons les rejoignit.

— Occupez-vous d'elle, mademoiselle, et envoyez-moi un collègue pour son mari !

Un homme en uniforme conduisit les deux femmes vers l'entrée d'un bâtiment proche pour que les premiers examens médicaux soient effectuées. On les fit pénétrer dans une petite pièce. La porte se referma sur elles.

Alors, la magicienne approcha son visage de celui de Virginie et dit :

— Vous n'êtes pas plus infirmière que je ne suis pilote de ligne.

Melidiane vit le visage de la jeune usurpatrice se décomposer.

En entendant la voix de son fils, elle s'était portée vers la nouvelle venue. La douceur de ses traits délicats l'avait d'abord désarmée. Ni agressivité ni menace ne se laissaient deviner chez l'infirmière. Elle avait tenté de pénétrer sa conscience, mais la trop vive émotion que ressentait la jeune femme avait fait barrière, les sentiments vrais rendaient impossible toute tentative d'intrusion cérébrale.

Elle avait regardé ensuite dans ses prunelles et eu le temps, avant que le gradé n'arrive, d'y voir la blouse blanche prise sur une chaise, ce qui prouvait l'imposture.

Elle profita de l'effet provoqué par sa remarque pour la regarder droit dans les yeux et scruter à la vitesse de l'éclair toutes les images qui étaient imprimées sur ses pupilles. Elle fut stupéfaite en découvrant que la jeune femme possédait de nombreuses informations sur sa propre famille.

— Comment pouvez-vous savoir cela ? lui demanda-t-elle avec colère.

Melidiane n'essayait plus de paraître plus humaine que nature. La force de ses origines reprenait le dessus, son œil inquisiteur et son esprit formaient un bloc prêt à contrer la pire des attaques.

— Je m'appelle Virginie Delondres, je suis journaliste, avoua enfin l'intruse. Enfin, j'étais... Cette blouse, c'est le seul moyen que j'ai trouvé pour vous approcher. Surtout...

Elle s'interrompit, haletante.

— Je voudrais vous dire... mais je dois d'abord m'excuser. J'ai écrit un article sur vous et votre départ de Brooklyn. Je n'avais pas compris, ou plutôt j'ai été stupide... Mon père m'avait pourtant expliqué...

— Qui est votre père ? la coupa Melidiane.

— Il est professeur d'histoire, c'est mon père adoptif en réalité...

Elle fut interrompue par le gardien qui entra dans la pièce.

— Vous avez bientôt terminé ?

Ce fut Melidiane qui répondit :

— Oui, c'est fait.

Elle était furieuse de se savoir découverte, mais rassurée que ce soit par ce petit bout de femme qui s'offrait totalement et la suivait maintenant, accordant son pas au sien. Avant de rejoindre les autres, elle lâcha :

— Nous fuyons les journalistes comme la peste. C'est une question de survie. Vous n'êtes pas la bienvenue.

La jeune femme eut l'air atterré. C'est ce qu'avait escompté Melidiane. Elle regagna sa place auprès de son mari, puis elle se mit à observer.

La jeune Virginie s'efforçait de jouer son rôle d'infirmière. Elle n'eut pas à le faire bien longtemps. Un militaire venait de surgir au pas de course et la montrait du doigt en parlant avec son supérieur. Tous deux se dirigèrent vers elle, les bras un peu écartés du corps.

Ôtant sa blouse et révélant son tailleur gris, la jeune fille tourna brièvement la tête vers Melidiane. Celle-ci lut dans son esprit sa loyauté, son admiration, le désir de continuer le travail de son père, et son honnêteté absolue. Elle n'était pas une menace et se sentait blessée d'être perçue comme telle. Mais la magicienne ne lui fit pas l'aumône d'un sourire.

— Par ici, mademoiselle !

Attrapée par deux molosses, Virginie décolla du sol. Elle ignorait si Melidiane avait entendu ses dernières pensées, elle l'espérait de toutes ses forces, sachant combien il avait été difficile pour son père de croiser la route des Dolce. Elle attendait un signe, un mot. Mais rien ne vint.

— Lâchez-moi, enfin !

Elle gigotait et protestait furieusement.

— Vous n'avez rien à faire ici, aboya le gradé. Estimez-vous heureuse que nous ne portions pas plainte pour usurpation d'identité et vol d'une blouse de travail !

Une tempête de questions et d'émotions envahissait la tête de Virginie. Tout son monde était à refaire, tous ses principes étaient à revoir, toutes les fondations sur lesquelles elle s'appuyait se dérobaient. La magie existait, la matière et l'énergie possédaient leur propre code, et elle, petite journaliste de nouveau orpheline, entrait dans le secret. Les mots qui avaient bercé son enfance se mettaient en place dans son esprit, sans se bousculer, comme apaisés par la voix de son père lui lisant ses carnets ; ce conte qui avait embelli ses nuits ne racontait que la vérité.

Alors qu'on l'entraînait vers la grille, elle croisa le regard de Paula, qui avait réussi à entrer sur le tarmac. Elle reconnut aussi Debby Dandridge, accompagnée de son mari ; ils montraient aux gardes leurs cartes de médecin.

La grille allait se refermer quand le jeune magicien la rattrapa.

— Mademoiselle ? Je m'appelle Antonius. Vous avez oublié ceci.

Il lui tendait un petit boîtier dans lequel se trouvait son lecteur MP3, qu'elle avait fait tomber quand son sac s'était renversé. Antonius voulut passer la main entre les barreaux, mais il fut refoulé.

— Je le garde, et je vous le rendrai, c'est promis.

Elle le remercia, troublée par l'intensité de son regard. Il ne bougeait pas, accroché à la grille, comme s'il se trouvait en prison. Pourtant c'était elle qu'on emmenait. Il la fixait dans les yeux, sans cligner des paupières. Entraînée par les deux gardes, elle tordait le cou pour continuer à le voir. Un autre agent s'approcha du jeune homme en lui ordonnant de s'éloigner. Avant de s'exécuter, il lui fit un signe de la main et sourit.

Elle le regarda, bouleversée par tant de simplicité. Il était grand, élancé, et ses cheveux noirs légèrement bouclés tombaient avec grâce sur sa nuque. Elle le trouvait beau, même de dos.

La limousine de Torque stoppa devant l'entrée de l'aéroport militaire. Debs était assis à l'arrière de la voiture. Il portait encore sur le visage les traces de l'accident du pont. Torque lui donna ses dernières instructions.

— Nous n'avons aucune chance de les éliminer ici. Il y a bien trop de témoins et d'hommes armés. Débrouillez-vous pour qu'ils s'enfuient et rallient l'endroit prévu.

— Les barrages sont déjà en place, ils s'y rendront tout droit.

— Ne soyez pas si sûr de vous, Debs. Jusqu'à présent, cela ne vous a pas réussi, il me semble.

Le capitaine accusa le coup et dit un ton plus bas :

— Tout ce que nous comptons d'hommes est en train de sécuriser l'itinéraire. Les Dolce sont obligés de rejoindre la route Zéro. J'en réponds.

Il s'assura qu'il avait bien son insigne de policier.

— Je retourne à la fondation, fit Torque. Rappelez-vous que la cérémonie doit avoir lieu demain. Il ne peut y avoir d'échec, cette fois. C'est assez clair ?

Debs opina et quitta la voiture. Trois hommes en uniforme descendirent d'un véhicule qui se trouvait derrière la limousine et lui emboîtèrent le pas. Ils n'eurent aucun mal à franchir le barrage de l'entrée.

Au même moment, Paula sortait, à la recherche de son amie. Torque l'aperçut, fit stopper le véhicule et baissa sa vitre.

— Je peux vous déposer quelque part ?

Paula aurait reconnu cette voix suave entre toutes. Elle sourit et se dirigea vers la voiture.

Le diplôme, le *Daily Eagle*, la photographe, le poteau, l'article, l'enterrement et la lecture des carnets, ces pages manuscrites qui portaient son nom et ceux des siens : Melidiane n'avait pas eu assez de temps pour fouiller l'esprit de Virginie et remonter toute une année, mais elle en avait lu suffisamment pour se sentir perturbée et oublier, l'espace d'une minute, la confusion qui régnait sur le tarmac de l'aéroport.

— Virginie Delondres, ce nom te dit quelque chose ? demanda-t-elle à son mari.

Rodolpherus réagit vivement.

— Delondres… En un seul mot, avec un *s*, comme *Philippe Delondres* ?

Melidiane comprit que l'enterrement qu'elle avait vu dans les yeux de la fille était celui de cet homme. Elle ne le connaissait pas, mais savait qu'il était une personne importante pour son mari qui avait parlé de lui plusieurs fois au cours de sa vie. Elle décida de ne rien dire pour le moment. Il y avait plus urgent.

— Pourquoi tu ne réponds pas ?

La nuit était tombée. Il avait à peine fini sa question qu'une bagarre éclatait à quelques mètres d'eux. Un militaire avait envoyé un magistral coup de poing dans la figure d'un des pompiers qui détachaient les câbles de l'hélicoptère. Les trois hommes qui étaient sous ses ordres s'en prirent à ceux qui les entouraient. En quelques secondes, la rixe devint générale. Melidiane jeta un coup d'œil à Antonius, qui se tenait près de Leamedia. Melkaridion, lui, était toujours dans le bus.

Les coups pleuvaient. Les militaires en charge de la sécurité de l'aéroport, qui tentaient de ramener le calme, se faisaient immédiatement happer par ce magma humain en furie.

— Melidiane, fit son mari, qui venait d'activer sa vision sélective, tu vois ce que je vois ?

— Oui, Rodolpherus, la licorne…

— Au poignet. L'homme de l'observatoire !

— Je l'ai vu dans tes yeux.
— Il était sur le pont tout à l'heure.
— Avec un pistolet.
— Fais rentrer les enfants dans le bus.
— Tu crois qu'il va redémarrer ?
— Je ne vais pas essayer, dit-il, et il se dirigea subrepticement vers la dépanneuse à laquelle leur véhicule avait été attelé afin d'être évacué hors de l'aéroport.

Profitant de la confusion qui régnait sur le tarmac, il s'installa aux commandes et tourna la clef. Melidiane grimpa à côté de lui. Rodolpherus, qui avait connu le vélo en bois, les trains à vapeur, les voitures au charbon et les premiers avions, se souvenait parfaitement de chaque notice d'utilisation et pouvait faire fonctionner n'importe quel engin.

La dépanneuse démarra aussitôt sans que personne s'en aperçoive, les gens étant bien trop occupés à en découdre. La liste des tâches à accomplir était longue. Il fallait, dans l'ordre, s'extirper de ce lieu aussi discrètement que possible, tracter le bus jusqu'à la route Zéro pour que, même dans son état, il puisse rouler à nouveau, se reconstituer un anonymat, et enfin chercher un nouveau point de chute.

La première des tâches, si insurmontable qu'elle paraisse, n'était pas la plus difficile de toutes…

Melidiane aperçut Debby et Robert qui les cherchaient.
— Les Dandridge sont là !
— On ne peut pas, chérie.
— Je sais.

Melidiane regarda son amie jusqu'au dernier moment. Elle n'était pas sûre de la revoir un jour.

— On se débrouillera pour les contacter, lui assura Rodolpherus.

La dépanneuse longea le grillage en métal de l'aéroport. L'autoroute 278 était juste de l'autre côté, mais le nombre des barrières de sécurité et des fossés à franchir pour y parvenir décourageait toute tentative. Rodolpherus continua jusqu'à se retrouver dans une zone d'ombre intense, non loin de la mer. La double clôture barbelée était pourvue à cet endroit d'un portail cadenassé. Le magicien compara dans sa tête la puissance dont disposait la dépanneuse et la résistance du portail en métal, puis il bifurqua violemment et défonça la grille. La dépanneuse, suivie du bus, déboucha sur la 81e Rue. Ils se retrouvaient enfin seuls. Il n'y avait plus qu'à retraverser New York en évitant les dizaines de patrouilles de police, les centaines de caméras de surveillance et les millions d'appareils photo prêts à crépiter sur leur passage pour faire le buzz sur Twitter.

Il prit la route du nord, avec l'intention de s'enfoncer dans le Bronx.

Debs avait suivi discrètement la manœuvre et cessa de se battre quand il constata que le bus avait quitté l'aéroport. Il fit signe aux autres de le suivre. Une fois dans la voiture, il envoya un message à Torque : « Mission accomplie. »

Après avoir abandonné la dépanneuse, les Dolce fuyaient à travers la campagne. Les millions d'Américains s'étaient calfeutrés pour jouir de leur soirée d'été, les yeux rivés sur l'écran de leur téléviseur, de leur smartphone, de leur ordinateur ou de leur tablette, et rares étaient les riverains qui, restés dehors à prendre l'air, pouvaient s'étonner en voyant un bus à impériale rouge vif, très cabossé, tracer son chemin sur la route Zéro.

Assis dans la cabine de pilotage, Rodolpherus et Melidiane fixaient la chaussée en silence. Au cours de leur vie, il leur était souvent arrivé de se sentir découragés. Mais la naissance d'Antonius, puis celle de Leamedia leur avaient donné l'énergie de persévérer, même si leur raison d'être en tant que magiciens n'avait, à leurs yeux, plus vraiment d'importance. Ils auraient voulu simplement devenir des parents comme les autres, capables de protéger leurs enfants.

Rodolpherus posa sa main sur celle de sa femme. Quand ils se touchaient ainsi, même du bout des doigts, ils échangeaient leurs pensées, leurs impressions et leurs joies. Ce flux d'émotions qui les traversait les rendait heureux et complices. Les secrets n'existaient pas entre eux, c'était le gage de leur amour, pour qu'il perdure pendant toute leur existence. Les deux époux se regardèrent et penchèrent leur tête l'un vers l'autre pour s'embrasser. Melidiane lui avoua :

— Je dois te dire, pour Philippe Delondres…

Un choc ébranla le cœur de Rodolpherus.

— Il a été enterré hier.

— La jeune femme… ?

— C'est sa fille adoptive. Il a été inhumé dans son jardin. J'ai vu la cérémonie, ajouta-t-elle doucement. Il avait de nombreux amis.

Une profonde tristesse emplit l'âme de Rodolpherus. La solitude le frappait à nouveau, durement. Il venait de perdre son seul ami humain, le meilleur et le plus fidèle des compagnons, après l'avoir manqué toute sa vie. Et il lui était interdit d'arrêter le bus pour se recueillir. Il fallait fuir.

Melidiane sentit son désarroi et se serra contre lui. Elle connaissait la souffrance de perdre un ami.

Les Dolce, les uns après les autres, vinrent dans la cabine de pilotage, appelés par la douleur intense du père. Ils l'entourèrent et posèrent leurs mains sur sa tête. Ils lui transmettaient ainsi leur amour, leur courage, et aspiraient ce que son corps pouvait créer de négatif.

Ils s'apaisèrent, heureux d'être encore en vie.

Une fois la Buick parquée, le premier geste de Virginie fut d'aller dans le bureau de son père. Elle voulait tout lire, s'imprégner de chaque détail de cette histoire dont elle venait de devenir un personnage.

Elle y revenait pour la première fois. La boîte était sur la table, là où elle l'avait laissée le jeudi, en partant pour l'hôpital.

Avant de s'y installer, elle se prépara une théière de thé au caramel, qu'elle emporta dans le bureau. Elle s'assit dans le fauteuil paternel. Elle y retrouva la sensation de sa présence, et le deuil remonta en elle en une bouffée douloureuse. Elle se concentra sur la mission de Philippe pour ne plus penser à sa propre enfance. Elle ouvrit la boîte et eut un coup au cœur : elle était vide.

Virginie la regardait sans comprendre.

Il ne restait plus rien du travail de toute une vie. Elle fouilla partout, hystérique, renversa dans sa hâte le contenu des tiroirs, jeta au sol les livres. Elle explora avec une lampe de poche chaque mètre carré de l'immense jardin qui bordait la maison. Si les voleurs avaient pu faire tomber ne serait-ce qu'un seul feuillet, cela lui aurait redonné le sourire, mais rien. On lui volait son passé, son père, sa chair, la raison même de son choix, ce qu'elle avait de plus intime. On lui avait dérobé son secret.

Au bout de deux heures, elle n'eut plus qu'à se rendre à l'évidence : il ne restait rien de cet héritage si précieux, si unique et si incroyable que Philippe lui avait confié. Elle hurla de rage, de dépit et de désespoir. Ses yeux étaient emplis de haine. Elle se souvint d'avoir laissé la maison ouverte, le jeudi, en partant à la conférence de presse. Elle saisit sa théière et la lança par terre. Le liquide noir et les éclats de porcelaine colorée fusèrent à travers le bureau. Elle tomba à genoux et éclata en violents sanglots.

Dimanche 26 juin 2011

Les Dolce roulaient sans jamais s'éloigner de la route Zéro. Vers 1 heure du matin, des travaux avaient contraint le bus à emprunter une déviation. Au bout de quelques centaines de mètres, des signes de faiblesse s'étaient manifestés. Par chance, le trajet ne quittait pas le périmètre de la route magique, et les fuyards avaient pu reprendre leur chemin. Ailleurs, la voie était coupée, mais Rodolpherus avait zigzagué parmi les engins de chantier. Le moteur auxiliaire était définitivement hors service et, dès que le véhicule s'écartait de la route Zéro, il menaçait de tomber en panne. Ils n'avaient pas le choix de l'itinéraire.

Le jour venu, ils se dissimulèrent dans un bois non loin d'un croisement, au milieu des collines de Moutainside, dans le district de New Providence. Tandis que Rodolpherus bricolait le moteur, Melidiane avait longuement parlé à sa fille et à son fils des conséquences de leurs actes. L'un comme l'autre s'étaient excusés. Green essayait de faire ses griffes sur le canapé, pendant que Simone achevait de se fabriquer un hamac avec les cheveux de Melkaridion.

Antonius rejoignit son grand-père.

— Tu te poses bien trop de questions pour entendre la moindre réponse, lui dit celui-ci.

— Papa va bientôt commencer ma formation.

Melkaridion afficha un léger sourire : il se souvenait de l'apprentissage de Rodolpherus.

— Ton père est puissant, sa force est de ne jamais rien en laisser paraître. Moi, j'ai sombré dans la notoriété… Nous en payons tous le prix aujourd'hui !

Antonius fit mine de partir, mais le vieux magicien lui saisit le poignet.

« C'est à toi qu'il reviendra de nous sauver. » Ces mots, pensés et non prononcés, troublèrent le jeune homme.

La fin de la journée approchait ; la lumière devenait plus douce, les ombres s'allongeaient. Ils reprendraient la route au crépuscule. Antonius alla voir son père, qui avait pris place dans la cabine, avec les plans de son moteur.

— Tu sais où on va s'installer ? demanda-t-il en s'asseyant à côté de lui.

— Loin, en tout cas. Je ne sais pas si une petite ville est préférable à l'anonymat d'une grande. Pas trop déçu pour le concert ?

— Si. J'aurais voulu faire plaisir à David aussi.

— Recommencer sa vie, comme ça, si souvent, suppose l'oubli, malheureusement. Mais notre quête est constante. Si nous sommes encore vivants, c'est pour une raison que nous devons redécouvrir.

Antonius resta muet quelques minutes avant de changer de conversation.

— J'en reviens pas que le bus puisse encore rouler !

— Ton grand-père et moi avons mis plus de deux ans à le confectionner. Toutes les matières qui le composent viennent de la route Zéro. C'est pourquoi il se transforme aussi facilement. La carrosserie est à base d'une sorte de roseau. Ça plie, mais ne rompt pas !

Ils se mirent à rire : son père faisait allusion à une fable de La Fontaine qu'Antonius avait apprise tout petit.

— Anademe te manque toujours ? demanda le garçon.

Il savait que sa question était délicate.

— Chaque jour. Et comme il n'est pas mort en magicien, je ne peux même pas entendre son esprit.

Il ajouta, répondant à la question muette de son fils :

— Il est encore trop tôt pour qu'on parle de cela.

— Quand commenceras-tu ma formation, papa ?

— Lorsque nous nous serons installés, je te le promets.

Melidiane passa la tête dans la cabine.

— Melkaridion n'est pas avec vous ?

Rodolpherus fit non de la tête.

Melidiane observa Simone qui sommeillait sur le fauteuil de son père et l'interrogea des yeux. La petite souris n'en savait pas plus qu'elle.

La magicienne, qui d'habitude ressentait toujours la présence de son père, leva les sourcils. Manifestement, il n'était pas là. Elle souffla :

— Il a disparu !

Antonius vit que Simone se reprochait de s'être assoupie quelques minutes. Le vieillard était perdu sans ses conseils, sa mémoire et, surtout, son sens de la modernité.

Melidiane prit entre ses mains la souris, l'air très inquiet.

— Il a dit quelque chose de spécial ?

— Non, couina la souris.

— S'il se cachait, je le sentirais.

— Il n'a pas joué à cache-cache depuis le XVe siècle, déclara Simone.

Des cinq, Melkaridion restait, malgré son grand âge, le plus puissant des magiciens. Il pouvait jeter un sort sans que cela affecte l'énergie des quatre autres. Il était capable de donner à son épiderme les mêmes teintes que le décor dans lequel il évoluait, ce qui revenait à être invisible, sans se fatiguer pour autant. Il connaissait si bien les cellules de son corps qu'il savait où se situait chacune d'entre elles. Il en possédait encore plusieurs centaines de milliards, malgré la dégénérescence naturelle. Melidiane lança à la cantonade :

— Il est sorti, ça tombe sous le sens.

Paula ne répondait plus au téléphone. En début d'après-midi, Virginie se décida à appeler la police. Enfin, on sonna à la porte. Un inspecteur en civil patientait dans l'encadrement.

— Inspecteur Ruffalo. Eh bien, c'est pas facile à trouver, dit-il en lui jetant un regard admiratif.

Elle le fit entrer dans la cuisine.

— Racontez-moi. Vous avez été victime d'un cambriolage, c'est cela ?

Les faits apparurent soudain à Virginie dans toute leur fragilité. Jusque-là, elle les avait considérés comme énormes, insurmontables. La maison qui respirait la quiétude et symbolisait sa sécurité avait été forcée. Ses fondements vacillaient. Elle s'était bêtement imaginé que leur demeure était inviolable, tout comme elle avait cru Philippe immortel. Le cercle magique de l'enfance dans lequel elle avait vécu lui apparaissait à présent comme une bulle protectrice formée autour d'elle par l'amour d'un père. Mais il n'y avait ni effraction ni cambriolage ordinaire, rien de tout cela ne relevait de l'enquête criminelle.

La voyant désemparée, le policier voulut l'aider.

— Commençons par vos nom et prénom. Virginie Delondres, n'est-ce pas ? Diplômée de Columbia – il inclina la tête en guise de congratulations – et journaliste au *Daily Eagle* depuis le début de cette semaine, c'est bien ce que vous avez déclaré.

Elle opina.

— Quelque chose a été volé ?

— Des documents. Plus précisément, des cahiers de travail de mon père, qui se trouvaient dans son bureau.

— Ces objets avaient-ils une quelconque valeur ?

Voilà… Le moment était venu. Elle décida de répondre partiellement.

— Cela dépend du point de vue où l'on se place. C'était le travail de toute une vie, et ils avaient pour moi une immense valeur sentimentale.

— Je comprends. Puis-je vous demander sur quoi portait ce travail ?

La dialectique implacable de l'interrogatoire se refermait sur elle. Elle chercha une échappatoire et dit sans le regarder dans les yeux :

— Il était historien. Il étudiait la période médiévale. Les croyances populaires.

— Des grimoires, aussi ?

Elle le dévisagea, méfiante.

— Comment vous savez ?

— C'est mon métier… Voulez-vous me conduire sur les lieux du vol ?

La première chose que regarda l'inspecteur en pénétrant dans la pièce au bout du couloir, ce fut la disposition des lieux.

— Une porte-fenêtre sur le jardin. Mmm…

Il s'approcha.

— Par où les cambrioleurs seraient-ils donc entrés ?

— Par la porte, dut avouer Virginie.

Elle sentit que l'attitude du policier changeait imperceptiblement.

— J'avais oublié de fermer à clef, en partant, se décida-t-elle à ajouter. Vous ne me croyez pas ?

— Si… Les cahiers étaient dans la bibliothèque ?

— Sur le bureau. C'était dix carnets, rangés dans cette boîte.

— Dix carnets, c'est peu pour le travail d'une vie.

— C'était une synthèse.

— Mais alors, vous avez la documentation quelque part ?

— Non. Pas à ma connaissance.

— Dommage. Vous avez lu ce travail ?

— Partiellement. C'est ce que j'avais entrepris de faire jeudi, quand j'ai dû quitter la maison.

— Quand a eu lieu le vol, selon vous ?

Elle réfléchit.

— Ben… jeudi. J'ai couru pour prendre le ferry. J'ai laissé la maison ouverte.

— Et vous n'êtes pas revenue dans cette pièce, depuis ?

— Non.

— Je comprends, fit-il. Votre père est décédé ce jour-là, justement.

Comment le savait-il ? Sans attendre de réaction, il ajouta :

— Pouvez-vous me résumer votre emploi du temps depuis jeudi ? La maison est-elle restée ouverte ?

— Je suis rentrée vendredi matin seulement, fit-elle, s'efforçant de reconstituer ses déplacements. J'ai passé toute la nuit… à l'hôpital.

Virginie avait du mal à parler. Elle continua d'une voix blanche le récit de la pire fin de semaine de sa vie :

— Vendredi et samedi, je suis restée ici. Je me suis occupée de l'inhumation.

Les yeux de l'inspecteur glissèrent vers la tombe, sous le vieux noyer qu'on voyait par la fenêtre. Pour cela aussi, il était au courant…

— Je suis partie en reportage en fin d'après-midi, le samedi, et suis rentrée dans la nuit. C'est tout.

— Des gens sont venus chez vous ?

Elle ouvrit de grands yeux. Elle n'avait pas pensé à cette hypothèse.

— Des dizaines…

— Je suis désolé, je sais dans quelles circonstances… la douleur de la perte que vous venez de subir… Il faudra me communiquer la liste des invités, dit-il avec d'infinies précautions. Vous êtes restée seule chez vous, ces deux jours, sans personne pour vous soutenir ? demanda-t-il avec compassion.

Elle blêmit.

— Non… Une amie s'est occupée de moi.

Paula…

Sans paraître s'apercevoir de son trouble, l'inspecteur reprit :

— Croyez-vous qu'on aurait pu emporter les carnets, mettons dans une sacoche, ou dans sa poche ?

— Sans aucun doute, mais c'est inconcevable ! s'écria la jeune fille. Il n'y avait là que des amis, des voisins !

L'inspecteur s'approcha d'elle et changea complètement d'attitude.

— J'ai rencontré votre père mardi, lors de la découverte du vol du grimoire, au Metropolitan Museum. Il avait déjà perdu quelque chose d'important, ce jour-là. Il était bouleversé.

Il observa une brève pause, puis il continua :

— C'est moi qui enquête sur son assassinat. Je vais vous parler franchement : je pense que le vol au musée et sa mort ont un lien.

Virginie, contractée, l'écoutait parler de son enquête.

— Je ne veux pas vous froisser, je cherche, c'est tout. Cela fait beaucoup en une semaine, vous ne trouvez pas ?

Elle ne pouvait qu'être d'accord et regretta d'avoir appelé la police. Les déductions plutôt subtiles de cet enquêteur la mettaient mal à l'aise.

— Les voleurs n'ont rien pris d'autre ?

— Pas à ma connaissance.

— Vous voyez... Ils savaient pourquoi ils venaient.

L'inspecteur Ruffalo se leva.

— Je vous fais perdre votre temps, et je perds le mien. Je suis venu de Manhattan pour vous voir. Maintenant, si vous ne voulez rien me dire, ça vous regarde. Y a plein d'autres affaires en cours.

Il lui tendit sa carte de visite, la salua et repartit.

Virginie le suivit des yeux en se demandant si elle pouvait lui faire confiance.

Les quatre magiciens s'étaient séparés pour essayer de retrouver Melkaridion. En marchant vers le sud, Antonius était tombé sur une voie asphaltée qui se terminait en cul-de-sac devant une usine désaffectée, entourée d'un double grillage pourvu de barbelés. La végétation avait envahi tout le site, dont les bâtiments étaient noyés dans la pénombre. Le terrain marécageux était peuplé d'oiseaux aquatiques ; leurs cris troublaient le silence de la forêt.

La route, qui s'interrompait au-delà du grillage, n'avait plus été empruntée depuis longtemps. Elle était recouverte d'une couche de sable et de poussière, venue des champs de maïs qui s'étendaient sur les collines alentour. Nulle marque de pneus ou de pas humains. Si Melkaridion s'était aventuré jusque-là, il n'avait pas suivi la route : il possédait de nombreux pouvoirs, mais pas celui de voler. Antonius le savait depuis le jour de son décoiffage, pour avoir, plein d'espoir, posé la question.

Il scruta attentivement les barbelés.

« S'il avait tenté de les escalader, il y aurait des traces », observa la sagace Simone, qu'il avait emmenée avec lui.

Antonius fit demi-tour : manifestement, il faisait fausse route. Il s'appliquait à mettre ses pas dans ses propres traces, un jeu appartenant à l'enfance qu'il était en train de quitter.

Avant d'entrer dans le bois, il fit halte et se retourna pour regarder l'usine, distante de quelques centaines de mètres. La végétation très dense, vert foncé, qui colonisait l'enceinte formait une tache sombre dans le paysage.

— Espérons qu'ils l'auront retrouvé, dit-il à Simone, blottie dans la poche de son sweat, et il se remit en marche.

Il restait près de vingt-cinq minutes avant le rendez-vous fixé par Rodolpherus au bus.

Il glissa la main dans l'autre poche et sentit sous ses doigts un objet.

C'était le lecteur MP3 de la journaliste, qu'il avait tenté de lui rendre à l'aéroport. Tout heureux, il déplia les écouteurs, les mit dans ses oreilles et appuya sur le bouton « Play ». Le second mouvement de « Golden Brown », des Stranglers, résonna, rythmant ses pas sur le sentier entre les arbres. La jolie brune avait écouté le début de cet air, la dernière fois qu'elle avait utilisé son MP3. Cette sensation d'intimité le troubla. Entendre les morceaux préférés de cette fille sans la connaître, c'était comme partager ses secrets. Sur l'écran digital qui servait à sélectionner les titres, il trouva un fichier où figurait son identité, mais aussi son numéro de téléphone.

Le nom de Virginie Delondres s'imprima dans ses rétines. Il se souvenait très bien de son visage ; de ses cheveux noirs, lisses, coupés au carré, de ses yeux charbon, de son tailleur gris trop strict pour elle, de ses hautes pommettes… Il accola à son souvenir le prénom qu'il venait de découvrir, pour savoir s'il lui allait bien. C'était le cas.

Le sentier le mena près d'un parking désert, devant lequel Simone et lui étaient passés à l'aller. Il aperçut une cabine téléphonique une dizaine de mètres plus loin. Il respira un bon coup, comme s'il allait passer l'oral du bac, glissa une pièce de vingt-cinq cents dans la machine et composa le numéro de la jeune femme.

Elle ne répondait pas. Il entendit sa pièce tomber dans l'appareil, ce qui signifiait que le répondeur était enclenché. Il écouta attentivement la voix de Virginie, mais n'osa pas laisser de message. Il raccrocha, car sa boîte vocale devait être en train d'enregistrer sa respiration. Il eut honte. Que penserait-elle ? Il voulait la rappeler pour s'excuser, mais il ne trouva pas d'autre pièce. Elle croirait qu'un pervers l'avait appelée. Zut !

Quand il arriva au pas de course, les trois autres Dolce étaient déjà rentrés au bus. Melkaridion n'était pas avec eux ; les visages étaient tendus. Il entendit la fin du compte rendu de Rodolpherus :

— Il n'y avait que des champs de maïs, à perte de vue. Aller plus loin ne servait à rien.

Leamedia affichait une mine de martyre, et Antonius comprit que des incidents avaient émaillé la marche des deux femmes.

— Et toi, Antonius ?

— J'ai coupé par la forêt, mais, comme papa, je n'ai rien senti. Il y a une voie par là, mais elle se termine par une enceinte fermée, qui protège une sorte d'usine désaffectée. Sur la route, il n'y avait que des empreintes d'animaux sauvages. Papy n'était pas passé par là. Alors, je suis revenu.

Melidiane le regardait dans les yeux, de manière à suivre en images le récit de son fils. Il oublia de cligner des paupières, et sa mère lui demanda :

— Qu'est-ce que c'est que cette histoire de MP3 et de cabine téléphonique ?

Antonius faillit se mettre en colère : c'était son intimité, ses secrets !

— Fais voir ! s'exclama Leamedia, qui voulait regarder à son tour ce qu'avait vu sa mère.

Elle plissa les paupières à dix centimètres de son visage, curieuse. Il l'écarta. Dans sa poche, Simone, bousculée, cria d'indignation.

— Quels secrets ? demanda sa mère. Comment peux-tu penser à passer un coup de téléphone quand ton grand-père se trouve peut-être en danger de mort ! Je croyais avoir été claire, ce matin, en évoquant la responsabilité !

Antonius choisit de s'excuser :

— Pardon, maman. Je n'aurais pas dû appeler. Je n'arrivais pas à me concentrer, je pensais à tout et n'importe quoi depuis le moment où j'avais approché l'usine.

Rodolpherus dressa l'oreille.

— Tu en es sûr ? Il est très difficile de déconcentrer un cerveau de magicien, si jeune soit-il. Surtout quand nous poursuivons un but précis, comme la recherche d'une information ou la réalisation d'une mission. Notre esprit se focalise alors et devient capable de mobiliser tous les sens, y compris le sixième, l'intuition, avec la même intensité.

— C'est exactement ce que je viens de te décrire. J'étais léger, comme si je retrouvais l'enfance. Je savais que j'aurais dû me faire du souci pour papy, pour nous, mais j'ai juste regardé les empreintes des écureuils et des lapins sur la route, et j'ai joué à mettre mes pas dans mes propres traces.

— Je ne connais qu'un seul type d'endroit où les facultés des magiciens sont ainsi affectées, dit son père.

Il échangea un coup d'œil entendu avec Melidiane.

— J'ai éprouvé cela, bien avant mes dix ans, la première fois où mon père m'a emmené près d'un de nos puits. On veillait constamment sur eux : ils constituent une entrée dans le monde des secrets. Les dissimuler à la Guilde noire était vital pour notre caste.

Melidiane déclare :

— La seule chose qui puisse exercer sur Melkaridion une telle attraction est un des puits…

— À ma connaissance, il ne lui en reste plus que quelques-uns à trouver et à visiter, sur les cent que compte notre planète, pour que son chemin de vie soit accompli. L'excitation qu'il doit ressentir quand il arrive non loin d'eux est sans doute démesurée, voire incontrôlable. Comment était la végétation, à cet endroit ?

— Luxuriante. Cela m'a frappé. Une tache verte au milieu des collines couvertes de poussière.

— C'est exactement cela ! Un signe.

Ils se mirent aussitôt en route. La tension était retombée. Le bus, dissimulé au cœur du bois, restait invisible de leurs ennemis, Melkaridion était virtuellement retrouvé et, dans quelques minutes, ils le ramèneraient avec eux. Ils allaient d'un pas alerte, guidés par Antonius. Les parents fermaient la marche.

Le jeune homme lança :

— Qu'arrive-t-il quand un magicien découvre les cent puits ?

— Je l'ignore, seul ton grand-père connaît ce secret, répondit Rodolpherus. La guilde appelait ce moment « le dernier cycle ».

En passant devant la cabine téléphonique, le jeune homme dit :

— À partir d'ici, c'est tout droit par ce sentier.

Il s'engagea dans les frondaisons du sous-bois.

— Je ne te prête pas vingt-cinq cents pour téléphoner ? lança Leamedia.

Son sourire se transforma en moue quand la sonnerie du téléphone se déclencha. Tous s'arrêtèrent.

La nuit allait venir, Virginie ferma tous les volets. Elle eut le sentiment de se barricader. De quoi pouvait-elle avoir peur désormais ? S'ils avaient voulu lui faire du mal, ils n'auraient pas attendu qu'elle parte pour la cambrioler. Avaient-ils attendu, d'ailleurs ? N'était-ce pas simplement le hasard, ce mot que son père avait rayé de son vocabulaire ? Elle secoua la tête : ces questions restaient stériles et sans réelles réponses, à quoi bon se les poser ?

Elle n'avait que sa mémoire pour se rappeler ce qu'elle avait découvert dans les carnets, et c'était déjà une chance. Elle alluma l'ordinateur. Elle passerait la soirée à consigner sur une clef USB tout ce dont elle se souvenait, jusqu'au moindre détail, pour sauver ce qui pouvait l'être. Mais, d'abord, elle consulta l'écran de son téléphone, soucieuse.

Paula n'avait pas cherché à la joindre. Elle repoussa l'appareil, découragée, avant de se rendre compte qu'un abonné inconnu l'avait appelée. Le numéro ne lui disait rien.

Elle activa la messagerie.

« Vous avez deux nouveaux messages. »

Elle tendit l'oreille.

« Message 1, reçu mercredi 22 juin, 21 h 57. »

C'était le soir où elle avait enquêté dans la 53e Rue. Elle fronça les sourcils…

« Ma fille… »

Elle étouffa un cri et s'accrocha au téléphone.

« … une dernière chose à te dire, c'est : personne… aussi dangereux que Demetrius Torque… la Fondation 18. S'il croise ton chemin, fuis à toutes jambes sans te retourner… C'est une image, mais elle est exacte. »

Hagarde, elle se mit à marcher de pièce en pièce, réfléchissant à toute allure.

Elle reconstituait les événements récents : la panne de batterie la nuit du mercredi au jeudi, l'appel de l'hôpital au moment où elle allait prendre les messages, puis le chaos, le deuil.

Soudain, elle se rappela qu'il y avait eu un deuxième appel. Elle appuya sur le bouton.

« Message 2, reçu samedi 25 juin, 19 h 25. »

C'était moins d'une demi-heure auparavant. Elle attendit. La personne n'avait rien dit. On distinguait tout de même une respiration lente et régulière.

Elle se connecta à Internet et fit une recherche inversée pour trouver d'où on l'avait appelée. C'était une cabine téléphonique dans le New Jersey.

Ça pouvait être n'importe quoi, une erreur. Ou ses cambrioleurs, pour proposer une rançon, la menacer. Ou encore… Paula, qui avait mystérieusement disparu.

Crispée mais résolue, elle appuya sur la touche rappel de son téléphone.

Les Dolce regardaient le téléphone qui sonnait sans discontinuer. Leamedia voulut décrocher, mais son frère la devança.

— Laisse.

Il avait l'air si sûr de lui qu'elle s'écarta.

— Bonjour, Virginie, c'est Antonius Dolce.

Melidiane, Rodolpherus et Leamedia en restèrent bouche bée. La mère fit immédiatement le rapprochement entre celle qui se trouvait à l'autre bout du fil et la fausse infirmière de La Guardia. Le visage de Virginie lui apparut avec précision, et avec lui tout l'épisode du tarmac. La jeune femme en savait beaucoup trop pour une humaine. Elle regretta de ne pas avoir saisi l'occasion pour mieux fouiller sa personnalité. Cette cabine téléphonique surgie de nulle part et ce coup de téléphone improbable prenaient à ses yeux une grande importance. Elle se dirigea vers Antonius, pour mettre fin à la communication. Elle avait été claire, et avait signifié à cette fille qu'ils ne voulaient pas de contact avec des reporters, même bien intentionnés. Mais, contre toute attente, Rodolpherus retint sa femme par le bras.

— Tu veux bien le laisser cinq minutes ? dit-il tout bas.

— Tu n'as pas idée de qui il s'agit ! rétorqua la magicienne. Elle est journaliste ! Elle sait des choses sur nous.

Antonius agita la main pour leur demander de parler moins fort. Rodolpherus prit sa femme par la taille et l'entraîna avec délicatesse.

— Tu vas m'expliquer.

— Vous n'avez pas dit qu'il y avait plus important à faire ? lança Leamedia.

Elle se dirigea vers l'usine à vive allure, impatiente de connaître les sensations que son frère avait décrites.

Rodolpherus fit un signe à son fils, pour que ce dernier les rejoigne quand il aurait terminé.

Antonius souriait bêtement. Il écoutait la respiration de Virginie, sans s'apercevoir qu'il n'avait pas dit un mot depuis plus d'une minute.

— Tu es toujours là ? demanda la jeune femme.

Le temps passait sans qu'ils se disent grand-chose. Virginie s'était installée dans le vieux fauteuil club de son père après avoir repoussé les volets. Assise en travers, elle laissait ses jambes pendre par-dessus l'accoudoir. Le soleil déclinait ; ses faibles rayons orangés filtraient entre les branches du vieux noyer royal. Elle inspira profondément. Elle aimait l'odeur du soir, comme celle de l'herbe verte après la pluie. Humphrey, le vieux chat de son père, vint se lover sur ses cuisses et se mit à ronronner doucement. Il revenait dans la maison pour la première fois depuis l'enterrement de son maître.

Elle se sentit rassurée comme elle ne l'avait plus été depuis la disparition de Philippe. Elle s'en aperçut et fut presque gênée par cette pensée. Antonius ne parlait pas beaucoup, mais ce n'était pas de paroles qu'elle avait besoin. Elle voulait savourer le temps, se rendre compte de son présent, et le partager avec lui.

Elle ne se posait aucune question, ni sur ce garçon ni sur le « à peine quelque chose » qui pouvait les relier. Après tout, ils n'avaient échangé que quelques mots, ne s'étaient vus que deux fois. Elle avait déversé le contenu de son sac à main sous ses yeux, puis ils avaient été séparés avant de faire réellement connaissance. Elle pensa furtivement à l'histoire de Roméo et Juliette.

— Elle a une fin tragique ! protesta le garçon.

— Vous entendez ce que je pense ? lâcha-t-elle, se sentant vulnérable.

Tout était fragile, instable et important au début d'une histoire ! Elle en avait conscience et ressentait au même moment cette tension douce et un peu folle que seul le sentiment amoureux pouvait provoquer.

— Oui, avoua Antonius.

« Je ne te mentirai jamais », promit-il silencieusement en lui-même, sachant que tout ordre donné à son cerveau était irrévocable quand le cœur s'en portait garant. La promesse venait de s'enregistrer dans chacun de ses organes. S'il manquait à son engagement, même des années plus tard, chaque muscle, chaque articulation, chaque os, chaque nerf, chaque veine, le lui rappellerait aussitôt.

— J'aimerais que, vous aussi, vous puissiez lire dans mes pensées, dit-il.

Il aurait voulu qu'elle sente à quel point cette sincérité lui était douloureuse.

— Alors, vous êtes un magicien ?

La voix de Virginie était si frêle que le dernier mot fut à peine audible. Elle n'entendait plus la respiration d'Antonius, mais savait qu'il n'était pas parti. Et elle se rappela un passage dans les carnets de son père où il disait qu'un magicien ne peut pas révéler à un humain sa véritable nature sans se retrouver à jamais lié à ce dernier. Au fond d'elle, elle espérait ardemment que le jeune homme se confie…

— Oui. Un jeune magicien, répondit Antonius.

Elle en fut aussi surprise que gênée. Elle l'y avait contraint, alors que le secret demeurait un principe fondamental auquel les Dolce ne dérogeaient jamais. Elle commettait erreur sur erreur, et avait causé plus de problèmes à cette famille en moins d'une semaine que Philippe ne l'avait fait tout au long de sa vie.

Antonius l'écoutait penser sans pouvoir s'interdire de le faire, tant ce qui émanait de la jeune femme le touchait au plus profond de lui-même. Il aimait sa manière de réfléchir, sa délicatesse évidente, et les mille questions qui lui traversaient l'esprit à chaque décision. Il sentait ce mélange de force et de fragilité, et fermait les yeux pour mieux l'imaginer. Les magiciens avaient une perception aussi forte, sinon plus importante, de l'intérieur d'une personne que de son enveloppe charnelle. La peau ne représentait que cinq pour cent de la totalité d'un corps, les Dolce trouvaient donc ridicule que les humains accordent autant d'importance à sa couleur ou à son aspect. L'esprit était bien plus vaste, sans limites et sans rides. La pensée ne vieillissait pas. En cela Virginie et Antonius étaient des semblables. Il fallait une vie pour explorer l'esprit de celui ou celle qu'on aimait, alors que le corps se montrait dans tout ce qu'il avait de commun aux autres, si beau fût-il. Aucun esprit dans ce monde ne ressemblait de près ou de loin à un autre. Vous pouviez avoir une taille ridicule, et être un géant dans votre tête. L'image avait toujours berné l'humanité alors que l'essence même des choses se trouvait à l'intérieur.

Virginie était différente, Antonius l'avait bien perçu. Il avait brisé le silence, enfreint les règles. Il s'était dévoilé sans hésiter. Il entendait les pensées de cette jeune femme telle une douce musique qui ne se jouait que pour lui. Il sut que c'était elle. Melidiane lui avait répété maintes fois que cela était évident pour les magiciens, qu'elle avait su immédiatement que Rodolpherus incarnait son autre moitié. Que la moindre hésitation ou interrogation était superflue et qu'attendre ne servait à rien, sinon à se torturer sans raison.

L'amour ne souffre que d'impatience, et il est inutile de le mettre à l'épreuve. On sait si l'autre est le bon, c'est ainsi, sans autre forme d'apprentissage ou d'expérience, quels que soient votre âge et votre origine. Il s'agit d'instinct, ni plus ni moins.

Alors Antonius prit le temps de mettre les mots sur chacune de ses pensées. Seul au bord de ce parking entre forêt et champs de poussière, il osa dire ce que son esprit lui dictait.

— Nous avons la particularité de reconnaître qui sera l'autre moitié de nous, dit-il avec émotion. Ça n'arrive qu'une fois…

Au bout de quelques minutes, il se tut et écouta le sang couler dans ses veines. Se concentrer dessus empêchait d'entendre les pensées d'un interlocuteur. C'était une manière de respecter et d'attendre avec sincérité la réponse qui lui serait adressée. Il décida de ne plus sonder le cerveau et l'esprit de Virginie sans son assentiment.

Plus aucun rayon du soleil ne venait colorer les branches du noyer. Virginie avait fermé les yeux pour mieux savourer la présence d'Antonius. Elle mit un long moment à s'apercevoir que le silence s'était installé entre eux, tant les mots qu'elle venait d'entendre résonnaient dans un écho sans fin aux frontières de sa raison. Elle était ivre d'émotion et comblée par la chaleur de ce sentiment qu'elle recevait avec bonheur. Elle avait la sensation d'être comprise telle qu'elle était, et non à travers l'image qu'elle tentait d'imposer en société. Sa fragilité et la peur de l'abandon qu'elle dissimulait en permanence derrière une volonté exemplaire pouvaient s'afficher enfin, sans honte, comme l'aveu d'une personnalité vulnérable et désarmée, mais accueillie et en sûreté. Virginie ne voulait plus cacher cette faille béante en elle, cette signature du passé qu'elle n'avait jamais réussi à enfouir totalement, en dépit de ses efforts. En ce soir de juin qu'elle n'avait pas vu tomber elle donnait à la partie la plus sombre d'elle-même la chance de connaître enfin le grand jour. Pour la première fois de sa vie, elle ne ressentait aucune honte envers son passé d'orpheline solitaire. La culpabilité s'était envolée : elle ne se croyait plus la seule responsable de son abandon. Elle ouvrait son cœur à ce visiteur du crépuscule, ce personnage de contes dont on lui avait lu les aventures pendant son enfance. L'imagination et la réalité fusionnaient. Elle ignorait ce sentiment qui inondait tout son corps de chaleur, et faisait connaissance avec l'amour sans s'imposer le moindre frein. Elle comme lui étaient incapables de parler désormais, tant leurs sens étaient en éveil, tant ils étaient proches malgré la distance qui les séparait.

Assis contre la paroi de la cabine téléphonique, Antonius tournait le dos à la route. Le câble métallique qui reliait le combiné à l'appareil était tendu à l'extrême. Il jouissait de ce silence rempli de pensées. Il savourait simplement le sentiment d'aimer, d'être amoureux, et goûtait seconde par seconde ce nectar sublime qui coulait dans chacune de ses veines et faisait battre son cœur. Il était coupé de tout.

Quand il ouvrit enfin les yeux, après ces heures de flottement, irréelles, la nuit était tombée depuis longtemps. La cabine était plongée dans un noir profond ; la température avait baissé. Son horloge interne lui apprit que cinq heures et vingt minutes avaient passé depuis qu'ils étaient reliés l'un à l'autre. Les autres n'avaient plus donné le moindre signe de vie. Antonius eut un mauvais pressentiment.

— Je ne comprends pas..., murmura-t-il. Mes parents auraient dû revenir depuis longtemps. Ils étaient partis chercher mon grand père, dans un puits... enfin, dans une usine désaffectée, un peu plus bas.

Son père lui avait appris à prêter la plus grande attention à ses premières impressions. Elles constituaient la manifestation de son intuition, ce sixième sens que les humains, au fil des siècles, avaient presque tous perdu. Les magiciens savaient que l'intuition était un atout majeur pour celui qui lui accordait confiance. À l'inverse, mettre en doute ses suggestions amoindrissait durablement son pouvoir. Les humains, qui ne juraient plus que par l'esprit critique, avaient perdu cette arme redoutable, abandonnant toute idée d'instinct comme la marque honteuse d'un passé animal. Ils avaient développé le réflexe de douter de leur première impression. Une belle perte de temps, selon Rodolpherus, quand on savait comme lui à quel point l'intuition pouvait se montrer bonne conseillère, si l'on suivait sans hésiter les messages qu'elle envoyait à vos sens.

À cet instant, ceux d'Antonius étaient en éveil. Tel un animal en chasse, ne sachant pas s'il était le prédateur ou la proie, il recueillait la moindre information, si infime soit-elle. Son corps pouvait ressentir la plus faible vibration à des kilomètres. Son odorat analysait les parfums environnants pour déceler un effluve inattendu. Ses cheveux captaient chaque mouvement d'air, même lointain. Les pores de sa peau s'étaient élargis pour que le gaz carbonique puisse s'échapper de son corps sans qu'il ait besoin de faire l'effort de l'expirer. Tout ce qu'il ressentait autour de lui n'était qu'alertes, signaux et contradictions. Il se passait quelque chose, mais il ne savait pas quoi.

Virginie s'inquiéta de ce silence qui lui parut différent.

— Tout va bien ? chuchota-t-elle, craignant que cette absence de mots ne traduise un recul, un doute, ne serait-ce qu'une hésitation dans les sentiments d'Antonius à son égard.

Quelques secondes, trop longues, s'écoulèrent encore. Il ne répondait pas. On n'entendait même plus sa respiration. Elle se demanda pourquoi il jouait ainsi avec elle.

Mais le jeune magicien ne jouait pas. Il ne pouvait simplement pas parler, et redoutait plus que tout que Virginie le fasse, car le son de sa voix aurait trahi sa présence.

À quelques centimètres à peine de son visage, deux bâtons de bois identiques, droits et effilés, venaient de s'arrêter. Le jeune homme se figea. Le combiné pendait désormais à son fil le long de l'appareil, se balançant imperceptiblement. Rien n'étoufferait le son qui pouvait en sortir à tout instant. Même si, par chance, Virginie ne parlait pas pour le moment, elle pouvait très bien se lasser d'attendre qu'Antonius le fasse et raccrocher. Et rien que le bip qui suivait la fin de la communication aurait résonné dans le silence ambiant comme une sirène d'alarme. Il leva les yeux avec d'infinies précautions, pour voir s'il pouvait en apprendre davantage en scrutant l'extrémité de ces deux bâtons plantés devant lui. Il s'agissait en réalité d'une paire d'échasses. Seules étaient visibles, tout en haut, les chaussures de l'homme qui les montait. D'où il se tenait, Antonius ne pouvait distinguer sa silhouette, mais il remarqua avec effroi le reflet furtif d'une arme à feu. Cette vision lui glaça le sang. Il fixait à nouveau le combiné qui oscillait au bout de son câble, manquant à chaque balancement cogner l'appareil. Il percevait la respiration de Virginie de l'autre côté du fil. Par bonheur, l'homme armé semblait, lui, ne pas l'entendre. Antonius se demandait avec angoisse combien de temps ce *statu quo* pourrait encore durer quand la lumière aveuglante des phares d'une voiture vint soudain inonder son visage. Il se plaqua au sol.

Virginie était inquiète et impatiente. Elle entendit le crissement des pneus lorsque le véhicule tourna dans le virage. Puis le bruit s'évanouit. Au bout de quelques secondes, elle approcha sa bouche du téléphone et dit tout bas :

— Antonius ?

Mais le jeune magicien, qui s'était relevé, venait de couper la communication. L'homme aux échasses était maintenant à plus d'une dizaine de mètres et s'éloignait encore en suivant les feux arrière rouges de la limousine. Visiblement, il sécurisait l'itinéraire de la voiture : il s'était arrêté à la sortie du virage, attendant qu'elle passe sans encombre ce point délicat, puis avait repris sa marche, rattrapant sans mal le véhicule grâce aux immenses béquilles qui prolongeaient ses jambes. Antonius relâcha ce qui lui restait d'air dans les poumons, soulagé de ne pas s'être fait prendre, mais inquiet de voir la limousine et l'homme aux échasses se diriger vers l'usine, où se trouvait sa famille. Il ne pouvait pas rappeler Virginie, car il n'avait pas de pièce. Il en fut désolé : il lui avait raccroché au nez sans lui donner d'explication. Il aurait tant voulu la rassurer, balayer l'inquiétude qu'elle devait ressentir et qui menaçait d'anéantir ce moment rare et sublime qu'ils avaient partagé.

Il se ressaisit. Sa famille était en danger de mort, il le sentait. Il décrocha le téléphone, pour éviter que Virginie rappelle, trahissant sa présence à des dizaines de mètres dans le silence de la nuit. Il avait dilaté ses pupilles au maximum pour voir dans le noir et observait les traces de l'éclaireur. Elles étaient identiques à celles qui se trouvaient le long du grillage de l'usine désaffectée, et qu'il avait confondues avec des empreintes de lapin. Un homme équipé comme lui ne devait avoir aucun mal à franchir l'enceinte. Il s'avança encore jusqu'au point d'où l'on voyait, dans le creux du paysage, les bâtiments entourés de grands arbres noirs. La limousine, signalée par ses feux, venait de s'arrêter au bout de la voie, devant le grillage.

Il n'attendit pas davantage et se mit à courir en direction du péril.

La limousine avait quitté la 5e Avenue vers 19 h 30. Torque et son compagnon n'avaient pas échangé le moindre mot pendant le trajet. C'était ainsi. Si le père ne parlait pas, le fils ne devait surtout pas le questionner. Malgré l'obscurité presque totale, ce dernier percevait les transformations survenues chez son aîné. Son regard était toujours rouge comme le sang, mais son cou s'était élargi, des veines boursouflées y étaient apparues, animées d'une lente pulsation. Ses ongles étaient plus longs, plus épais, ses dents semblaient aiguisées. Il était une chrysalide en pleine métamorphose, mais que nul cocon ne dissimulait. Une force extraordinaire émanait de lui. Il sortait des sous-sols de New York pour la première fois depuis plus d'un demi-siècle, et il n'avait pas jeté en route un seul regard sur le monde, sa nature ou ses habitants.

Enfin, ils passèrent un nouveau virage, éclairant un des gardes, qui se tenait sur de hautes échasses.

— Nous arrivons, dit Torque.

— Tu as fait un excellent travail.

Oui, tout s'enchaînait à merveille. La signature avec le maire de New York avait été acquise sans difficultés majeures, la dernière grande ville du monde était tombée aux mains de la Fondation 18 sans que personne s'en inquiète. Il ne restait plus qu'à organiser l'ultime migration, celle qui obligerait les êtres humains à quitter la surface de la terre, pour venir en dessous. La pollution, les maladies, les épidémies, les crises économiques et les guerres allaient bon train. Philippe Delondres avait vu juste.

— Le malheur se révèle curieusement nécessaire à la survie de notre planète, nous le démontrerons aux réticents, continua le maître. Conflits, drames humains, épidémies sont non seulement essentiels pour l'industrie, mais surtout indispensables pour réguler la population.

— Les humains sont trop fragiles pour l'entendre, répondit Torque.

— Très juste, fit son père avant d'ajouter : Il ne reste plus que les Dolce, et la victoire sera totale !

Sa voix grave, caverneuse, contrastait avec la jeunesse de ses traits. Le véritable maître de la fondation se concentrait sur une rencontre qu'il attendait depuis près de soixante-dix ans. Il la savait inévitable depuis qu'il avait compris que l'existence des cinq magiciens menaçait le plus inhumain de ses projets. Cette famille pouvait à elle seule enrayer les actions d'une organisation aussi puissante qu'un pays.

— Ils n'ont même pas conscience de leur rôle et de leur pouvoir, fit Torque en haussant les épaules.

Lui-même, au contact de son père, sentait son corps se transformer petit à petit. Son odorat s'était développé, sa vue était devenue plus fine, la perception de toutes les choses se faisait plus précise, plus juste, aiguisée. Il se métamorphosait avec ivresse en prédateur.

La longue limousine avait abordé les lacets qui descendaient vers leur destination. La tension était montée à l'intérieur du véhicule ; le silence serein cédait la place à une ambiance électrique.

— Je les sens, dit le maître, qui ferma les yeux. Melkaridion et les magiciens de sa famille sont tout près.

Les veines saillantes qui parcouraient ses avant-bras se gorgeaient de sang. Sa tête s'inclinait légèrement vers le bas, de manière à se concentrer encore davantage sur sa perception. Ses tempes bourdonnaient, tous ses sens étaient tendus vers un seul et unique objectif : ressentir Melkaridion. Il tenait son ennemi à portée de main, il avait réussi à l'isoler et à contrôler sa famille. Un à un, il les éliminerait. Le point final de cette quête vieille de plusieurs milliers d'années allait être posé aujourd'hui même. Seuls les contes de fées se terminaient par un mariage ; son histoire, elle, finirait dans une orgie de sang dont il se délecterait jusqu'à la dernière goutte. Il incarnait ce qui pouvait se faire de pire en tant que sorcier. Il était le pur fruit de la douleur et de la barbarie. Son histoire n'était que souffrances et contraintes, il allait en faire payer le prix à l'unique responsable de cette situation : Melkaridion. La justice, le droit, l'égalité, l'honnêteté et le respect s'éteindraient à jamais avec le dernier souffle du vieux magicien. Lui-même deviendrait alors ce maître du chaos que tant de religions différentes s'accordaient à décrire de la même manière : le démon.

Revêtir l'habit du mal réclamait une volonté de fer et un travail sans relâche. L'accession au rang suprême de l'horreur se méritait, se gagnait à coups de haine et de machiavélisme. Il fallait être capable de sacrifier sa propre chair. Le père de Torque avait exploré d'année en année les méandres les plus sombres de l'univers de la sorcellerie.

Il avait été formé par ce qu'il existait de pire, pour dépasser ses maîtres et devenir l'ultime référence.

Dieu était mort depuis longtemps pour le monde moderne. Désormais, celui-ci s'apprêtait à faire la connaissance du démon.

Antonius venait de raccrocher. Virginie pensa à un problème technique et appuya sur la touche de rappel automatique. Rien ne se passa : la batterie du téléphone était pratiquement vide après une si longue communication, et la lumière rouge qui clignotait signifiait qu'il allait s'éteindre d'une seconde à l'autre, ce qui se passa au moment même où elle s'en faisait la réflexion. Elle courut brancher l'appareil sur le secteur et rappela.

La ligne était occupée. Il devait essayer de la contacter. Elle patienta ; en vain. Au bout de plusieurs minutes, elle fit encore une tentative. La tonalité intermittente n'avait pas changé. Il avait dû mal raccrocher.

À moins que…

Le bruit de cette voiture, et puis la communication qui s'était arrêtée : peut-être qu'on était venu le chercher. Mais pourquoi s'était-il tu, alors ? Un doute s'immisça dans sa sensibilité déployée. Elle s'était ouverte, livrant son monde secret. Il avait eu l'air si sincère ! L'inquiétude ravagea ce jardin d'Éden intérieur fraîchement campé. Les questions s'enchaînaient, se bousculaient et s'annulaient, pour faire place aux autres. Virginie était revenue dans le bureau, espérant quand même un appel, si absorbée qu'elle n'entendit pas la porte-fenêtre s'ouvrir et quelqu'un entrer.

Il était 1 heure du matin. La maison était entièrement bouclée, sauf cette pièce où elle avait reçu l'appel d'Antonius, restée ouverte aux sensations de la nuit. Le chat, dans le fauteuil club, releva la tête et sauta au sol.

Quand le plancher grinça, Virginie tourna la tête, affolée. Une grande ombre se dessinait sur les lueurs de la nuit. Saisie d'effroi, elle hurla et bondit vers l'interrupteur.

— Paula !

Elles se faisaient face, blanches de peur, le cœur battant.

— Je suis désolée, Virginie. J'aurais dû t'appeler.

La photographe avançait, les mains tendues.

— Je viens de l'hôpital de Brooklyn, où j'ai passé le dimanche avec ma vieille tante russe… ma seule famille. L'usage des portables y est interdit.

Virginie la regardait, comme hallucinée.

— Tu vas bien ? Qu'est-ce qu'il y a ? J'ai frappé à la porte, mais tu n'as pas ouvert.

— Tu… tu…

— Tu vas m'expliquer, ou j'appelle un médecin tout de suite ?

— Tu es venue en voiture ? cria Virginie.

— Oui, pourquoi ?

— Y a plus d'essence dans la Buick. On part ! Je t'expliquerai en route.

Antonius, dissimulé dans le noir, fixait la limousine noire arrêtée depuis plusieurs minutes devant l'usine. Un long frisson avait parcouru son épine dorsale. Car, quand la voiture était passée devant la cabine téléphonique, il avait distingué à travers la vitre teintée du véhicule deux terrifiants yeux rouges. Qui possédait un tel regard, capable de luire dans l'ombre ? Aucun des livres qu'il avait lus ne pouvait le renseigner. Ni Rodolpherus ni Melidiane n'avaient rien évoqué de tel.

Il comprit à quel point la situation qu'il s'apprêtait à affronter était compliquée. Le grand-père, son clan, l'usine, la nuit, l'isolement, les gardes sur leurs échasses, la voiture noire et les yeux rouges, tout convergeait au même endroit, au même moment. Antonius ignorait tout des enjeux, mais il sentait l'odeur particulière du danger. Son corps entier se mit en alerte. Ses capteurs visuels, sensoriels et auditifs s'aiguisèrent. Il s'agenouilla et évalua le terrain. Sa qualité de vision était telle, même de nuit, qu'il était capable de mettre à profit la moindre lueur échappée du voile de brume qui couvrait les collines et de reconstituer les reliefs du paysage. Il fouilla des yeux l'enceinte à la recherche d'un accès.

Mais, au-delà du portail devant lequel stationnait la limousine, il ne distinguait sur la façade du bâtiment ni porte d'entrée, ni hall, ni baie vitrée, pas la moindre ouverture par où les siens auraient pu se glisser. Les issues se trouvaient sans doute sur les flancs, ou à l'arrière de la bâtisse. Plusieurs gardes montés sur échasses, comme celui qu'il avait aperçu, passaient et repassaient par-dessus le grillage grâce à leurs enjambées de géant. Il estima leur nombre à une vingtaine. Ils évoluaient autour de l'usine et, quand Antonius les vit s'enfoncer entre les herbes, il comprit l'utilité de leurs échasses : des marigots cernaient la bâtisse. Les grands arbres dominant le site étaient entièrement silencieux, comme les marais, d'où s'échappait seulement parfois un froissement d'ailes affolé, quand un garde approchait d'un nid. La limousine noire, elle, attendait toujours devant une grille épaisse, faite de larges barres d'acier. Les portières restaient closes, et le moteur tournait toujours.

Antonius se glissa avec une extrême prudence jusqu'à moins d'une cinquantaine de mètres du véhicule. Il ne pouvait s'approcher davantage sans se mettre à découvert. Soudain, le gyrophare orange qui dominait le portail se mit à clignoter, puis les deux vantaux s'écartèrent et la limousine avança au pas. Elle s'immobilisa au bout de quelques mètres, et les deux battants de la grille se refermèrent. Puis le gyrophare s'éteignit à nouveau. Antonius observait attentivement, s'attendant à voir sortir d'une seconde à l'autre les occupants. Que feraient-ils ? Prendraient-ils une barque pour gagner les bâtiments ? Nul chemin ne se laissait voir au-delà de la courte chaussée de bitume où s'était engagée la voiture. Il n'y avait, en fait, aucune route goudronnée, ni même un chemin en terre pour faire le tour du bâtiment ou s'en approcher. Il n'y avait rien, sinon cette végétation touffue, contrastant avec les horizons dégagés de la région.

Puis, soudainement, la limousine commença à s'enfoncer dans le sol. La route n'était pas horizontale, mais verticale ! La plateforme sur laquelle la voiture était installée entamait une descente qui la fit disparaître en un instant. Le temps de quelques battements de cils, la limousine n'était plus là, le puits d'accès s'était refermé, et les hommes sur leurs échasses s'étaient envolés. L'endroit semblait désert, comme si personne n'y était venu depuis des années. Antonius se redressa ; il éprouvait la même sensation que précédemment, cette sorte d'ivresse légère. Rodolpherus lui avait conseillé de se concentrer sur sa respiration, comme lors d'une crise d'angoisse. Antonius s'y appliqua sur-le-champ en approchant du grillage. Les barbelés qui couronnaient son sommet rendaient impossible une escalade. Il fit le tour de l'enceinte, sans repérer la moindre faille.

La bâtisse ne possédait pas d'entrée, il s'en rendit compte en avançant. Il n'avait jamais rien vu de ce genre : on aurait dit un couvercle, comme si seule la partie haute du bâtiment émergeait. Tel un iceberg, l'essentiel de l'édifice devait se trouver sous terre.

Nul bruit, nul mouvement ne venait perturber son observation. Il n'osa pas appeler les siens de peur de se faire repérer. Il s'arrêta et écouta son cerveau. À vrai dire, il attendait un signe de la part de Melidiane ou de son père, un signal quelconque de nature cérébrale, qui lui indiquerait une piste à suivre, ou la preuve simplement que tout allait bien. Mais rien ne lui parvenait. Il devinait que les membres de sa famille étaient à l'intérieur, tout comme eux savaient sans doute que lui était à l'extérieur. Alors, pourquoi n'essayaient-ils pas de communiquer avec lui ? Cette pensée l'agaça, jusqu'à ce que Simone émette, depuis la capuche de son sweat-shirt où il l'avait reléguée, un minuscule cri qui résonna longtemps dans l'obscurité.

Pendant qu'Antonius était au téléphone et jouait les jolis cœurs, Simone, d'abord émue, telle une tante célibataire devant les premiers émois d'un jeune neveu, puis impatientée, et enfin folle de rage, avait fini par s'endormir. Elle émergea d'un sommeil pâteux pour s'apercevoir que non seulement la nuit était tombée, mais qu'il faisait diablement froid. Elle regretta de nouveau amèrement, mais pour des raisons très égoïstes, d'avoir abandonné son vieux maître. Comme Antonius rampait maintenant sur le sol, elle s'agrippa de ses petites griffes au coton pelucheux. Le pire était qu'elle n'avait aucune visibilité, ballottée entre les replis de la capuche.

Elle essaya de penser assez fort pour qu'il l'entende, mais l'esprit du jeune homme était fermé à un quelconque contact cérébral, entièrement tourné vers ses sens. Elle évita de se signaler par un couinement : il y avait sans doute un problème. Simone, à force de vivre près des magiciens, avait appris à reconnaître cette atmosphère de tension qui les enveloppait à l'approche du danger.

Puis le jeune homme se redressa et se mit en marche. Elle percevait une tempête d'interrogations dans sa tête, sans pouvoir en discerner la nature. Antonius était vraiment beaucoup moins doué que Melkaridion, il n'avait ni sa puissance ni son expérience. Elle entreprit de grimper, malgré ses douleurs articulaires, le long du molleton et se hissa péniblement derrière l'épaule du garçon en prenant bien soin de rester au-dessus de la coupe ouverte de la capuche, pour s'assurer en cas de chute. Agrippée au col du sweat, elle chercha à percer l'obscurité, mais ses yeux usés n'y voyaient goutte.

Elle huma l'air et ses moustaches frémirent, sans rien capter d'autre que la présence de l'eau et des bêtes. Il n'y avait ni homme, ni sorcier, ni magicien dans les parages immédiats. D'ailleurs, Antonius avait un peu relâché sa concentration et elle entendit distinctement sa dernière pensée : pourquoi ses parents, qui étaient dans l'enceinte, n'essayaient-ils pas de prendre contact avec lui par télépathie ?

Simone ne savait rien de ce lieu, ni de la situation, dont elle avait manqué une grande partie. Toutefois, la qualité particulière de la végétation à cet endroit lui disait quelque chose. Elle retrouvait une sensation familière éprouvée en plusieurs occasions, toujours dans des circonstances exceptionnelles. Elle fit un nouvel effort pour scruter l'environnement à l'aide de l'odorat et de l'ouïe.

Non, elle n'était jamais venue ici. Melkaridion aurait-il découvert un nouveau puits ?

Elle ouvrit sa petite gueule et lança une injonction au jeune lourdaud. Celui-ci sursauta et la prit dans sa main pour la regarder avec de grands yeux interrogateurs qui se devinaient dans le noir.

Sur la plateforme de sa paume, à hauteur de regard, ses sourcils tout blancs contractés par l'irritation, Simone répéta, à grand renfort de gestes, son appel. Mais elle ne lut qu'incompréhension sur le visage qui se dressait comme un mur devant elle.

C'était la catastrophe ! Elle ne réussissait même pas à communiquer avec lui. Le petit muridé se rappela qu'Antonius approchait d'un puits pour la première fois de sa vie.

Sa proximité, la concentration qu'il lui fallait pour ne pas céder à l'ivresse, son manque d'expérience, tout contribuait à entraver leurs échanges.

De dépit, Simone jura, un vieux dicton de rat appris dans les mauvais égouts, mais, par correction, elle se contenta de le penser très fort, le destinant mentalement à Antonius. Puisqu'il ne pouvait pas l'entendre…

Or le jeune homme prit aussitôt une expression indignée et la fusilla du regard en l'écartant de son visage.

« Aïe », se dit Simone, qui venait de comprendre ce qui se passait. Quand elle pensait, mais qu'elle parlait en même temps, la cacophonie qui en résultait brouillait l'écoute du jeune magicien. Si elle fermait son museau, au contraire, tout lui parvenait exactement. Elle serra les dents qui lui restaient et tenta de penser aussi fort qu'elle le put des excuses, en espérant qu'elles parviendraient à destination avant qu'il ne la balance dans les fourrés.

Elle le sentit se détendre.

« Victoire ! » cria-t-elle en pensée.

Il sourit.

— Peste soit des bipèdes et de leurs bipédeaux imbéciles !

Le cri de rage atteignit Antonius comme un coup de griffe. Mais, aussitôt après, Simone se répandit en pensées désolées, qui parvinrent clairement à son esprit. Il essaya de communiquer avec elle, d'abord par gestes, en lui adressant son plus beau sourire, puis en pensée, comme le lui avait enseigné Melkaridion.

« Tu m'entends, Mona ? Mona, tu m'entends ? J'essaie d'entrer en communication avec toi, là. » Ç'aurait été grisant, sans l'anxiété qui envahissait son esprit et l'empêchait de se concentrer.

Enfin, une réponse lui parvint, sous forme d'un étonnant hurlement cérébral : « Quand vas-tu te décider enfin à franchir cette fichue grille ? »

Simone pouvait moduler sa puissance de pensée au même titre que sa voix. Le volume sonore qui atteignit Antonius n'avait rien à envier à celui de Melidiane en furie, malgré la petite taille du rongeur. Il s'approcha immédiatement de la grille pour entamer son ascension.

Antonius savait depuis longtemps que sa manière de se mouvoir n'avait rien à voir avec celle des humains ordinaires, qui se déplaçaient d'un bloc, leur corps représentant dans leur conscience une forme unique. Pour lui, comme pour tous les magiciens, la gestion de la masse corporelle était bien plus complexe, mais elle offrait des possibilités inimaginables pour le commun des mortels. Non seulement ils savaient communiquer avec chacun de leurs membres indépendamment des autres, mais ils possédaient aussi la capacité de commander aux gaz, à l'eau et au sang qui les constituaient comme ils le désiraient. Ainsi, le poids du corps pouvait se déplacer de haut en bas ou s'équilibrer parfaitement suivant la position adoptée. Grimper à la verticale ne posa aucune difficulté à Antonius : il lui suffisait de déplacer constamment son poids vers le prochain appui, pour assurer sa prise et alléger le reste du corps. Il fallait faire vite : plus cette rotation du poids s'effectuait rapidement, plus il était facile de jouer avec la gravité. Melidiane racontait avoir vu son père en pleine lévitation à quelques dizaines de centimètres du sol, tant il arrivait à faire tourner vite son propre poids. Antonius n'en était pas à ce stade, mais il s'éleva assez rapidement pour se retrouver perché à la hauteur du rouleau de barbelé qui coiffait le grillage. Toutefois, manquant d'assurance, il n'osait pas se lancer de l'autre côté, et ne voyait rien à quoi s'agripper.

L'impatience et l'agacement de Simone eurent raison de ses hésitations. Il manqua s'écraser au sol et se raccrocha *in extremis*, une main sur les barbelés, l'autre à la branche basse d'un arbre. Sous lui, il voyait une eau sombre. Ainsi le jeune magicien se retrouvait-il bras et jambes écartelés en croix entre un arbre et une grille, suspendu au-dessus d'un marigot. Seule une fine bande de terre, le long de la grille, cernait le marais.

« Et qu'est-ce qu'on fait maintenant ? » fit la souris pluricentenaire, habituée avec Melkaridion à plus de dextérité.

Le jeune homme reporta son poids du côté de l'arbre, pour que la jambe et le bras tendus vers la grille se détachent plus facilement mais, ne maîtrisant pas les subtilités du transfert de masse, il mit bien trop de force dans son geste et se colla littéralement au tronc de l'arbre, s'écorchant le front. Simone faillit lâcher prise, tant le choc fut violent, et se raccrocha à l'oreille d'Antonius. Celui-ci descendit de l'arbre et s'avança sur le bord de la roselière. Entre les tiges, l'eau était noire comme de l'encre, elle aspirait la lumière d'une manière si étrange que même les reflets étaient inexistants. Antonius avait beau scruter la surface, il n'y distinguait pas le moindre motif, comme si ce liquide absorbait la lumière et les images qui l'entouraient. Il se pencha tellement que Simone, qui regagnait en rampant la capuche lui servant de refuge, glissa sur son col. Trop courts, les cheveux du jeune magicien ne lui permirent pas de se rattraper et elle tomba avec un petit « plouf » dans le marais. Elle s'enfonça immédiatement dans l'eau, disparaissant comme par magie sous les yeux grands ouverts du petit-fils de son maître. Il essaya de la repêcher, mais il avait beau remuer les doigts dans l'eau opaque, Simone était introuvable ! Or, immergée, la petite souris ne pouvait tenir qu'une soixantaine de secondes, tout au plus. Il plongea donc à son tour dans le marais noir.

La sensation fut saisissante : la paroi qui s'enfonçait dans le marais était aussi verticale qu'une falaise. Cependant, ce qui surprit le plus le jeune magicien fut la clarté de l'eau, aussi cristalline qu'elle était noire à la surface. On y voyait à une profondeur vertigineuse. Le gouffre dans lequel il évoluait se perdait dans les abysses, sans pour autant rester dans l'ombre. Il avait l'impression non pas de nager, mais de voler, tant l'espace dans lequel il progressait était lumineux. Pendant quelques secondes, il faillit même en oublier Simone, qui flottait quelques mètres plus bas. Le petit rongeur ne pouvait que crier son affolement dans sa tête. Heureusement Antonius l'entendit et se dirigea vers elle. Simone était au bord de la suffocation : cependant, ils étaient descendus trop profondément dans le marais pour espérer remonter en moins de quelques secondes. Antonius posa la souris au creux de sa main gauche, qu'il referma avec la droite, formant une petite cavité dans laquelle la souris gisait, à présent évanouie. Il y souffla, expulsant d'un seul coup l'eau pour la remplacer par de l'air. Simone ne reprit pourtant pas conscience. Cela faisait une minute qu'elle était en apnée, elle devait avoir les poumons complètement saturés de liquide. Il souffla encore en ordonnant à ses poumons de n'expulser que de l'oxygène. Simone en reçut une bouffée en plein museau et sortit de son mini-coma. Aussitôt, elle se mit à protester avec vigueur contre le manque d'attention dont Antonius faisait preuve depuis qu'il l'hébergeait. On eût dit qu'elle était soûle. Antonius ne s'en formalisa pas :

il savait que c'était dû aux effets euphorisants de l'oxygène. Il sourit : entendre la petite Simone râler comme une ivrogne signifiait avant tout qu'elle allait bien.

Sans desserrer ses paumes, il reprit l'exploration des lieux. Les roseaux prenaient racine dans le sol qui devait se trouver à une centaine de mètres sous lui. Les parois du puits, impressionnantes d'immensité, plongeaient tout aussi profondément. Nulle ouverture ne permettait de comprendre comment on pouvait y pénétrer. La vue de cette bâtisse de pierre haute comme un building immergée sous l'eau provoquait le vertige et renforçait l'impression de voler plutôt que de nager. Les magiciens voyaient mieux sous l'eau que les humains, car ils pouvaient adapter leurs rétines à l'environnement liquide, mais cette clarté n'avait rien à voir avec ce qu'Antonius avait déjà pu expérimenter. Il décida donc de reprendre sa nage exploratrice en se propulsant avec ses jambes. Curieusement, aucun poisson, nulle espèce animale ne semblait habiter cet endroit. Il descendit encore dans les abysses limpides. Comment une eau à la surface aussi sombre pouvait-elle diffuser autant de lumière ? On aurait dit que celle-ci y restait capturée.

Son père aurait su l'expliquer, il en était certain. Seulement, ses parents ne lui avaient pas laissé le moindre indice ni le moindre signe pour lui indiquer le chemin à suivre… Il ne le comprenait pas, contrairement à Mona, dont la lucidité fit mouche : « Peut-être qu'ils ne voulaient pas que tu les suives. »

La pensée de la souris stoppa net l'élan du jeune magicien. Bien sûr ! Cette eau était un piège ! Ses parents ne l'auraient pas entraîné à explorer à tâtons ce faux marécage. Les châteaux médiévaux étaient entourés par des douves protectrices ; ce bâtiment sans aucune ouverture, forteresse d'un autre genre, possédait, lui, un marais, qui devait sans doute avoir le même rôle : protéger l'enceinte. Il décida de remonter le plus vite possible. Mais quand il eut fait demi-tour dans l'eau pour se diriger vers la surface, il constata que les parois du puits avaient disparu. Désorienté, il pivota sur lui-même, sans trouver aucun point de repère. Il regarda en haut, puis en bas : il n'y avait plus que de l'eau, et rien d'autre. Simone, toujours en sécurité entre les mains du garçon, sentit qu'il n'avançait plus et s'en inquiéta. Antonius n'entendait même pas ses jérémiades, tant il était tétanisé par ce qu'il découvrait. La surface, elle aussi, s'était volatilisée ! Simone gardait malgré son grand âge son instinct animal. Elle sentait la peur qui envahissait son protecteur et lui demanda par la pensée ce qui se passait. Elle dut insister pour qu'il lui réponde enfin.

« Il n'y a plus rien, Mona, ni surface ni sol. Plus de murs, plus de parois. Je ne sais pas vers où je dois nager. » Elle lui demanda doucement de se calmer, ce qu'il essaya de faire en dépit de la panique qui s'installait en lui. Il avait beau regarder partout, plus rien ne faisait sens. L'eau avait la même luminosité, la même clarté cristalline et la même profondeur, où qu'il porte ses yeux ; les notions de haut, de bas, de droite et de gauche étaient abolies. Il savait très bien que le stress était un des pires ennemis de la magie, mais ses efforts pour l'évacuer étaient vains et son angoisse grandissait d'un instant à l'autre. Il y avait de quoi : il avait plongé dans un marais et se retrouvait pris au piège au milieu d'un océan ! L'atroce perspective de mourir noyé lui traversa l'esprit. Car si les magiciens avaient la faculté de respirer sous l'eau, il leur fallait, au même titre que certains mammifères marins, comme les dauphins, reprendre de l'air régulièrement à la surface. Antonius n'avait jamais testé ses limites, il ne savait pas combien de temps il pouvait demeurer en milieu aquatique.

« Melkaridion est capable d'y rester une journée entière. » La petite phrase de Simone le rassura. Évidemment, il ne possédait pas encore les pouvoirs de son grand-père, mais il espérait tenir au moins une heure. Il retrouva son calme et sa respiration se stabilisa. L'idée que la souris venait de proférer un énorme mensonge pour l'encourager ne l'effleura même pas. Et lorsqu'elle se mit à chantonner, comme Leamedia quand elle voulait éviter de se trahir en pensant, le garçon se contenta de sourire avec bienveillance. Méthodiquement, comme son père le lui avait enseigné, il stabilisa l'air contenu dans ses poumons et le déplaça vers le haut pour adopter une position verticale. Même sans aucun repère visuel, il savait d'instinct comment procéder. Puis il commença à nager vers ce qu'il estimait être le « haut ». Sa sérénité retrouvée lui permettait à nouveau d'agir.

Mais, brusquement, la lumière disparut, et une obscurité profonde les environna, comme si on avait appuyé sur l'interrupteur qui commandait l'éclairage du marais. Le magicien nageait au milieu de nulle part, dans des ténèbres absolues. Le changement fut si violent que les sensations d'abandon et d'asphyxie réapparurent aussi vite qu'elles s'étaient évanouies. Antonius avait le sentiment d'être suspendu dans le vide sidéral. Il avait presque du mal à ressentir sur sa peau l'élément liquide. Pourtant, le seul sens qui restait à sa disposition était le toucher. L'odorat et l'ouïe sous l'eau étaient inexistants, et sa vue venait d'être réduite à zéro. La peur ressurgit. Était-il devenu aveugle, ou la nuit était-elle tombée d'un coup ? Comment savoir ? S'il lâchait Simone, il serait désormais incapable de la récupérer. Il resserra ses doigts autour d'elle.

Soudain, son cœur manqua un battement : quelque chose l'avait frôlé. Un animal, un homme, ou un monstre venait de passer juste derrière lui. Incapable de discerner ce qui l'entourait, il n'envisageait même pas de fuir, et il savait que tenter de se défendre dans l'obscurité la plus totale était voué à l'échec. Son imagination s'emballa et il se mit à trembler violemment. Il savait que des créatures de cauchemar peuplaient la planète, que sur terre la monstruosité côtoyait la splendeur, que les fonds sous-marins abritaient des animaux aux dimensions et aux formes terrifiantes. Il était dans l'eau ; il se retrouvait à la merci de ses fantasmes et, pire encore, de cette réalité qu'il ne maîtrisait pas.

Depuis combien de temps était-il immergé ? Il n'en avait aucune idée. Il perçut de nouveau un déplacement de l'eau, cette fois à sa droite. La bête devait y être. Il battit désespérément des jambes, quand l'eau se mit encore en mouvement : la créature fonçait sur lui, la gueule grande ouverte. Il hurla dans sa tête et ne put s'empêcher de lâcher Simone. Il s'évanouit au moment même où la bête le touchait.

Dans la limousine, le maître regarda son fils.

— Ils approchent.

La voiture se trouvait toujours sur la plateforme qui l'avait descendue dans la bâtisse, après son entrée dans l'enceinte de l'usine. Quand les portes du véhicule s'ouvrirent, elles touchèrent presque les parois rocheuses qui encadraient le monte-charge. Le père de Torque sortit le premier. Il rajusta d'un geste sec la cape noire qu'il portait en permanence. Aucun chemin ne s'ouvrait pour permettre à la limousine de rouler. Seul un couloir voûté construit en briques rouges semblait conduire quelque part. Derrière eux, la plateforme s'ébranla et remonta la limousine vers la surface. Un trou béant s'ouvrit à la place. « Quel est l'intérêt de la descendre jusque-là si on ne peut pas s'en servir ? », se demanda Torque.

— Pour ta gouverne, sache que le métal spécial de cette limousine te protège de cet endroit et de ses maléfices. C'est pourquoi nous restons à l'intérieur le plus longtemps possible, répondit son père.

Depuis combien de temps contrôlait-il ses pensées ? Son guide se retourna soudain et approcha son visage du sien.

— Il y a beaucoup de choses que tu ignores encore, ajouta-t-il. Cesse de te poser des questions et apprends !

Ses pupilles couleur sang luisaient comme si ses yeux étaient éclairés de l'intérieur. Torque, d'ordinaire si froid, autoritaire et cassant, sentait s'évanouir toute la confiance qui faisait de lui un dominant. Son mentor sourit.

— Je sens la peur en toi, fit-il dans un souffle brûlant.

Torque avait la sensation d'affronter une bête en pleine mutation. Son cœur cognait contre sa poitrine, son malaise devait être perceptible. Il en eut honte. Le mal auquel il avait voué sa vie ne l'empêchait pas de vénérer son père, mais à cet instant précis il mesura ses manques. Il ignorait tout de son géniteur et n'éprouvait aucune émotion en le regardant. Il ne se sentait aucune filiation avec cet être terrifiant qui, malgré la jeunesse arrogante et anormale de ses traits, l'avait pourtant engendré.

Il savait désormais que cet homme entendait la moindre de ses pensées. Il ne possédait donc plus rien en propre ; il demeurait et resterait l'esclave de cette créature. Il baissa la tête en signe de soumission et évacua de sa conscience toute idée autonome, tout sentiment. Il n'y avait pas la place pour deux personnalités en ces bas-fonds, et Torque venait de se rendre compte que la sienne comptait pour rien face à cet homme. Seule la servitude absolue était envisageable.

— Oui, mon fils, dit le maître. Nous touchons au but. Tu connaîtras en ce jour ton avenir et ton destin.

Il se mit en marche, obligeant Torque à sortir de sa torpeur. Le tunnel dans lequel ils s'avançaient rétrécissait à vue d'œil, il leur était impossible de marcher de front. Le passage était désormais si étroit que les deux sorciers devaient effacer leurs épaules pour continuer à progresser. Enfin, une porte de bois, lourde et massive, apparut au bout. On l'aurait dite plutôt torturée que sculptée par les gravures qui la recouvraient. Torque se tenait en retrait, attentif aux mouvements de son mentor. Ce dernier poussa le battant sans effort apparent. Torque ressentit subitement un changement de température. Une chaleur anormale emplissait le couloir suivant. Son père s'engouffra dans l'ouverture, faisant traîner derrière lui sa cape noire. Une fois qu'il eut franchi la porte, Torque essaya de la refermer derrière lui, mais, malgré sa force colossale, il en fut incapable. Il éprouva de nouveau le sentiment d'impuissance et de vulnérabilité qui l'avait saisi depuis leur descente de voiture.

— Ta lucidité t'honore, lui cria son père.

Il le rejoignit sur une étroite plateforme.

En contrebas, une immense cavité abritait un puits aux eaux bleutées, animées de reflets étranges. Les vaguelettes se heurtaient de manière désordonnée à la surface, comme si le liquide n'obéissait pas à la dynamique ordinaire des fluides. Suspendue à quelques mètres au-dessus de l'eau par une chaîne, une cage en fer forgé renfermait Melkaridion. Ne pouvant rester debout dans un espace aussi exigu et instable, il était assis, immobile, sa longue barbe blanche s'échappant des barreaux qui le retenaient captif. Depuis le petit promontoire sur lequel ils étaient, le père de Torque regarda avec insistance l'illustre magicien réduit à la plus pathétique impuissance. Son corps massif se tendit, les veines de son cou se gonflèrent de sang, comme s'il effectuait un effort physique intense. Son regard se concentrait sur son ennemi et rien n'aurait pu le perturber. Sa respiration devint plus rauque, plus animale encore. Il se dégageait de lui un appétit de douleur, un désir de mort et une volonté de dominer sans bornes.

— Comment avez-vous pu le capturer si facilement ?

— Qui t'a parlé de facilité ? Les puits ont un effet imprévisible sur les magiciens, euphorisant pour certains, anesthésiant pour d'autres. Celui-ci est le seul que nous connaissons sur ce continent. Il suffisait d'isoler le vieux et de l'attirer en ce lieu pour qu'il relâche sa garde.

— Et s'il s'échappe ?

— Les barreaux de sa cage sont faits d'un alliage de différents métaux, expliqua le maître, il ne peut agir sur eux.

Il précéda son fils dans un escalier qui conduisait au sol, trente mètres plus bas, au niveau du puits. Celui-ci était entouré d'une plateforme taillée dans la roche. Des gardes montés sur des échasses patrouillaient autour. Au bout de quelques marches, le maître quitta l'escalier pour entrer dans une cavité ouverte dans la paroi, protégée par une grande vitre panoramique qui dominait l'excavation. Au fond de cette pièce, des gardes étaient solidement campés devant trois portes fermées. Parmi eux, le capitaine Debs, qui fit un signe de reconnaissance à Torque. Quelques chaises et une table meublaient cette salle de contrôle dépourvue de tout appareil ou instrument.

— Ici, aucune technologie ne fonctionne, ni électricité ni électronique ! Seules l'intelligence et la force dominent. Les hommes apprendront très vite à se passer d'énergie, autant montrer l'exemple !

Le maître ponctua sa remarque cynique d'un rire glacial et vint se poster devant la vitre. Il fixa du regard le vieux magicien, puis il pointa du doigt une zone d'ombre que rien ne distinguait des autres.

— C'est par ici qu'ils viendront.

Malgré la vitre épaisse qui les séparait de la salle du puits, sa voix résonna dans la cavité. Les hommes montés sur des échasses, dispersés dans tout l'espace, se figèrent et pivotèrent vers lui, attendant le prochain ordre.

D'un geste du bras, le maître désigna Melkaridion à deux hommes qui se trouvaient en dessous de la salle de contrôle. Quelques secondes plus tard, ces derniers actionnèrent un levier qui précipita dans le puits la cage du vieux magicien.

— Il peut respirer sous l'eau ? s'enquit Torque.

— Pas éternellement.

Il fit signe à tous les gardes de disparaître et attendit en silence que Melkaridion soit entièrement immergé. Il se tourna alors vers son fils et dit :

— C'est ici qu'ils vont être exécutés.

En arrivant à proximité de la cabine téléphonique, dans la Mazda bleue toute cabossée de la photographe, après des heures de route, Virginie ne sut que faire, ni pourquoi elle était venue ici.

Pendant le trajet, Paula lui avait soutiré le prénom d'Antonius, mais la jeune femme ne se sentait pas capable de dévoiler toute la vérité. En revanche, elle avait longuement parlé de la Fondation 18 et de l'énigmatique message laissé par son père.

Les cheveux somptueux de Paula, longs et noirs, qu'elle s'appliquait à coiffer soigneusement chaque jour, étaient maintenant en désordre. Ses pommettes paraissaient plus saillantes. Elle ne pratiquait plus l'humour décalé et lucide qui plaisait tant à Virginie. Surtout, elle ne portait plus son appareil photo sur elle. La fille de Philippe en déduisit que la vieille tante russe de son amie n'allait pas bien. Paula était restée évasive à ce sujet.

La nuit était tombée maintenant et les phares de la vieille japonaise éclairaient à peine le parking dans les bois. Le combiné du téléphone pendait toujours dans le vide. Antonius avait été là, quelques heures auparavant. Paula remit l'appareil en place, extirpant Virginie de sa torpeur romantique.

— S'il n'a pas pris le temps de raccrocher, c'est que ça devait urger, dit-elle.

Virginie regarda autour d'elle. Rien. Il n'avait pas laissé le moindre signe.

— Il a dû repartir, commenta Paula. S'il y avait un bus rouge dans les parages, on le verrait, non ? Ils peuvent être à des centaines de kilomètres, à l'heure qu'il est.

Mais Virginie ne renonçait pas. Elle fit quelques pas et avisa un objet luisant sur un sentier qui s'éloignait de la cabine. En le ramassant, elle le reconnut. Il l'avait jeté…

À moins qu'il ne l'ait perdu.

— Qu'est-ce que tu fous avec ton MP3 ? T'attends qu'il se change en GPS ? lança Paula.

— Qu'est-ce qu'il y a, par là ?

— La forêt. Les bêtes, fit la photographe avec un geste vague.

— Mais non… Dans cette direction !

Elles se regardèrent et, sans dire un mot, remontèrent dans la voiture pour se rendre au bout du chemin.

Elles y trouvèrent une grille ; derrière, un bâtiment se distinguait dans la pénombre. Virginie chercha un interphone, une poignée, une caméra.

— Si encore on était sûres qu'il soit venu ici…

Paula scrutait mollement le sol à la recherche d'une trace.

— C'était sympa comme virée. Allez, va ! Il a ton numéro, il te rappellera.

Virginie, dépitée, se sentit ridicule. Elle avait entraîné, sur un coup de tête, son amie dans un tel périple pour se retrouver nulle part, dans le noir, au fond d'un cul-de-sac, la jauge d'essence penchant dangereusement vers le rouge. Il était temps de rentrer. Elle laissa Paula prendre le volant.

Au moment où son amie mettait le contact, la lumière orange du gyrophare de l'entrée du bâtiment se mit à clignoter et la grille commença à s'ouvrir. Il n'y avait toujours personne à l'horizon. Elles se regardèrent, aussi surprises qu'inquiètes. Rien ne bougeait plus. Seul le gyrophare orange tournait sur lui-même dans un silence angoissant. Elles attendaient, incrédules, que l'engrenage se déclenche à nouveau pour se refermer devant elles. Mais rien de tel n'arriva. La lumière orange balayait leur visage toutes les cinq secondes. Finalement, d'un accord tacite, elles décidèrent d'avancer.

La Mazda bleue franchit lentement la grille ouverte et s'arrêta quelques mètres plus loin. Paula laissa le moteur tourner, même s'il n'y avait plus de route à suivre. Elles n'osaient pas sortir de la voiture. Le gyrophare clignotait toujours et la grille se referma. Les flashes orange cessèrent, laissant place à l'obscurité. Virginie et Paula reprirent enfin leur respiration. Il n'y avait rien de logique dans un tel processus. Elles perdaient leurs repères habituels et ne savaient plus que faire. Elles supposaient qu'un gardien allait surgir de quelque part, mais personne ne vint à leur rencontre.

— On attend quoi ? lança enfin Paula.

Virginie n'eut pas le temps de répondre. La voiture bougea d'un seul coup, ce qui fit sursauter les deux amies, qui crurent d'abord à un tremblement de terre. Mais l'usine comme les arbres restaient immobiles, alors qu'elles s'enfonçaient sous terre sur une sorte de plateforme. La descente fut interminable. Paula alluma le plafonnier pour percer l'obscurité qui les enveloppait. La paroi rocheuse défilait, à portée de bras, dans un bruit de chaînes métalliques. Virginie avait l'impression de pénétrer dans une mine. Elle finit par dire :

— J'espère qu'on n'est pas en train de faire une connerie.

— Tu rigoles ? On est en plein dedans !

Enfin, la plateforme se stabilisa. Elles regardaient autour d'elles, s'attendant que quelque chose de nouveau se passe, mais rien ne se produisit. Paula sortit la première, imitée par la journaliste. Une seule voie d'accès s'offrait à elles, un couloir taillé dans une roche suintante. Elles entamèrent leur exploration. Tous les deux à trois mètres, une brèche dans la voûte, de la taille d'une main, diffusait un trait de lumière, faible mais suffisant pour se diriger. Elles marchèrent jusqu'à buter contre une porte. Elles échangèrent un regard perplexe. Mais il n'était pas question de rebrousser chemin. Finalement, Virginie posa la main sur la poignée, et le battant pivota sans aucune difficulté. Virginie avança tout doucement, Paula sur ses talons, avant de s'arrêter, éblouie par la lumière de la pièce.

Plusieurs hommes se tenaient là. Elle cligna des yeux, le temps d'accommoder sa vision. Tous lui étaient inconnus, sauf un.

— Monsieur Torque ! s'étrangla-t-elle.

Près de lui elle vit un être étonnant. Immense, il avait des traits d'une beauté angélique, qui le faisaient paraître extrêmement jeune ; ses formes, anormalement développées, lui donnaient l'apparence d'un fauve. Surtout, ses yeux rouges terrorisèrent la jeune femme.

— Ma chère Virginie ! s'exclama le directeur de la Fondation 18, avançant vers elle les mains tendues.

Il la fixait avec intensité. Elle sentit avec effroi que son visage trahissait son horreur, mais il sembla s'en réjouir. Le dernier message de son père résonna dans sa tête. Elle pivota sur ses talons : un homme avec une petite licorne tatouée sur le poignet venait de se faufiler discrètement derrière elle et gardait désormais l'issue, interdisant aux imprudentes tout retour en arrière.

Torque rayonnait. Il s'était trouvé une proie à sa mesure. Il tourna la tête vers la photographe.

— Nous vous attendions avec impatience, Paula. Vous avez effectué un travail exemplaire. Vous deviez avoir hâte de nous rejoindre.

Virginie crut que le sol se dérobait sous elle.

Son amie ne daigna même pas lui jeter un regard ; elle se dirigea vers Torque pour se coller à lui. Le bras de l'homme s'enroula autour de sa taille fine. Ils échangèrent un long baiser, qui glaça Virginie, et fit sourire le père de Torque. Paula resplendissait ; elle souriait et s'abandonnait sans pudeur aux caresses lors de cette étreinte provocante.

La journaliste, qui avait cru entraîner son amie dans son périple, se rendit compte que c'était Paula qui l'avait attirée dans cet enfer. Sa trahison éclatait enfin aux yeux de la jeune femme, depuis l'enveloppe pour le *Daily Eagle* égarée jusqu'aux carnets volés de son père. Une vieille tante malade au King's County Hospital ! Elle comprenait maintenant la vraie raison de ses absences, de ses disparitions et de ses changements d'humeur. Ses silences, eux aussi, s'expliquaient. Virginie s'était livrée totalement, sans retenue, sans calcul, à cette fille qu'elle considérait comme son amie, et dont elle avait fait son modèle. Elle découvrait avec douleur le goût de la perfidie, et elle pensa qu'elle préférait encore celui du deuil. Elle avait perdu Philippe, elle perdait Paula. L'une après l'autre, les deux seules personnes auxquelles elle avait donné sa confiance avaient disparu, l'une morte, l'autre dissoute dans la révélation de sa trahison. Le terrible et amer sentiment d'abandon qu'elle redoutait par-dessus tout était en train de la submerger en une vague de souffrance. Elle haletait, ne voyait plus clair ; ses tempes bourdonnaient. Elle avança avec colère pour gifler la photographe, mais le capitaine Debs la repoussa d'un geste violent sur une chaise. Elle s'y affala. Tout tournait autour d'elle. Égarée, elle prononça le prénom d'Antonius.

— Ne vous tracassez pas, il arrive, lui répondit, hilare, le maître des lieux. Jouissez du spectacle qui va vous être offert.

Sa voix d'outre-tombe finit de glacer le sang de la jeune femme.

— Réveille-toi, Antonius !

Rodolpherus tapotait le visage de son fils, essayant de le ranimer. Ce dernier ouvrit les yeux et eut un mouvement de recul violent, comme si son cauchemar continuait.

— Tout va bien, calme-toi, le rassura son père.

Une trentaine de secondes s'écoulèrent avant que le jeune magicien ne réalise qu'il était en sécurité. Simone se tenait sur l'épaule de Rodolpherus, il entendait sa mère parler avec Leamedia. Avec les repères, les voix connues, les odeurs familières, un sentiment d'apaisement le gagna.

— J'ai rêvé, papa ?

— Pas exactement. Quand l'air vient à manquer, le corps se met en veille pour se préserver, il ne garde en activité que ses fonctions vitales, en attendant le retour de l'oxygène. C'est pourquoi tu t'es retrouvé dans le noir.

— Mais la forme… la bête ?

— Chacun des cent puits du monde possède ses propres défenses pour repousser les curieux. Tu viens d'affronter tes propres angoisses, tes peurs les plus profondes. Souviens-t'en ; tu sais désormais où se trouvent tes points faibles.

Rodolpherus n'insista pas, le temps pressait. Il souleva son fils pour l'aider à se remettre debout. Quatre Dolce étaient à nouveau réunis ; ne manquait plus que le grand-père. La cavité dans laquelle ils étaient formait une grotte au plafond bas. La roche des parois suintait et des mares stagnaient au sol. Une lumière venue de nulle part luisait faiblement. Leamedia se colla à son frère et lui demanda :

— Comment c'était ? Il y avait des monstres ?

Décrire le marais des angoisses aurait été impossible. Il haussa les épaules et demanda à sa mère où ils étaient.

— Tout en bas.

Ce n'était pas vraiment une réponse…

Ils s'engagèrent dans le dédale des galeries. Melidiane menait le groupe, guidée par la certitude de la présence de son père. Rodolpherus s'était porté à sa hauteur ; il maîtrisait mieux qu'elle l'architecture des puits, en connaissait la plupart des pièges. Il en avait découvert déjà une bonne trentaine, ce qui faisait de lui un magicien très précoce pour ses cent cinquante ans. L'expérience se révélait primordiale dans ce genre d'endroit. Ces abysses inconnus des humains renfermaient les plus vieux secrets de la planète. Y pénétrer revenait à accepter de se mettre en danger face à soi-même. La violence contenue des magiciennes, et la part sombre qui résidait en elles et les appelait à la sorcellerie, les y rendaient plus vulnérables que jamais, c'est pourquoi, au sein de la guilde, seuls les hommes étaient chargés de l'identification et de l'entretien des puits.

Pour Antonius, le sentiment de sérénité retrouvée s'envola très vite. Il fermait la marche avec sa sœur, qui s'accrochait à lui pour lire dans son regard ce qu'il avait affronté dans le puits. Comme il n'y avait rien de spectaculaire à voir, elle fit, déçue :

— Je savais que t'étais tordu, mais de là à avoir peur du noir, franchement, c'est la honte.

Antonius sentit qu'il détestait sa sœur plus que tout au monde. La fluidité découverte lors de la communication avec Virginie faisait ressortir, par contraste, l'âpreté des relations familiales.

— Tu sais quoi ? s'exclama-t-il. Ça me rassure que tu veuilles pas être magicienne. T'es vraiment trop conne !

Melidiane s'arrêta net et se retourna. Antonius crut que c'était à cause de l'insulte qu'il venait d'adresser à Leamedia. Elle s'approcha de lui. Même s'il était grand, sa mère arrivait encore à sa hauteur. Elle le regarda dans les yeux ; Antonius comprit ce qu'elle était en train de faire. Elle vérifiait visuellement les informations qu'elle venait de capter dans les pensées de son garçon. Puis elle ferma les yeux, prit sa respiration. Elle essayait de se contrôler. La robe qu'elle portait se teinta de reflets rouges, signe de sa mauvaise humeur… Elle rouvrit ses paupières.

« Je ne peux pas croire que tu lui aies dit. »

Sa voix hurlait dans l'esprit d'Antonius. Sur un coup de tête, il avait dévoilé son statut de magicien à une inconnue, sans en avoir référé à ses parents. Comment avait-il pu transgresser un des principes fondamentaux de leur conduite, maintes fois répété ? L'engagement contracté était considérable, et Melidiane n'était pas certaine, malgré l'étendue de son pouvoir, d'être en mesure de l'annuler.

— Mais je m'oppose à ce que tu annules quoi que ce soit, je suis sûr de l'aimer ! s'écria Antonius.

Leamedia et Rodolpherus se regardèrent. Le fils et la mère parlaient manifestement de Virginie.

— Assez de surveillance ! continua-t-il avec véhémence. J'ai l'âge de faire ce que je veux de mon cœur !

— Tu viens de prouver le contraire.

Melidiane ne laissa pas à son fils la possibilité de répondre, et, lui tournant le dos, elle reprit sa marche précipitée, non sans conclure l'entretien d'une dernière pique, faite pour blesser :

— Si je ne t'avais pas entendu hurler dans l'eau, ton père n'aurait jamais pu vous récupérer, toi et Mona !

Le cortège reprit sa progression vers l'inconnu en silence. Antonius, l'air buté, fermait la marche. Leamedia ralentit un peu et, une fois à sa hauteur, elle lâcha perfidement :

— Excuse-moi, mais le plus stupide de nous deux, c'est pas moi.

Il lui lança un regard méprisant. Six ans d'écart en âge humain représentaient déjà une différence énorme, or en âge magique cela signifiait presque le double.

Rodolpherus se retint de critiquer les méthodes d'éducation de sa femme : il avait sauvé Antonius et Simone, et trouvait qu'un exploit était largement suffisant. Il rajusta le col de sa chemise blanche, jeta un regard à son fils en lui souriant et suivit son épouse.

Outre la colère qu'il essayait de maîtriser, Antonius ressentait un profond sentiment d'injustice. Il réfléchissait au moyen de rebrousser chemin pour affronter à nouveau ses démons quand une lumière aveuglante l'éblouit. De grands arcs luminescents surgissaient de la roche et s'entrecroisaient dans un ballet coloré stupéfiant. Des arches blanches aux reflets de nacre décrivaient des courbes majestueuses, s'entrecoupant avec d'autres, d'un bleu profond qui, à leur intersection, explosaient dans un mélange de nuances sublimes. Chaque rayon se démultipliait au moindre contact, pour en enfanter d'autres, tout aussi riches et purs, formant une palette inépuisable de couleurs et de lumières en mouvement. La roche absorbait ces jets vivants et les rendait dans la seconde qui suivait. C'était une féerie gratuite, au réglage aussi complexe qu'une partition baroque, un régal pour les yeux et pour l'âme.

Tous regardaient le spectacle, émerveillés. Rodolpherus murmura :

— Nous voilà au cœur de la matière.

Melidiane se tourna vers lui, hypnotisée :

— Je n'ai jamais rien contemplé de pareil !

Lui connaissait ce genre de phénomène. Son père s'occupait d'un puits semblable à celui-là, avant de disparaître à jamais. Les récits d'Anademe avaient enchanté son enfance. Ravis, les autres membres du clan, qui découvraient pour la première fois les merveilles d'un puits magique, se laissaient envoûter.

— Il faut cesser de les observer, déclara Rodolpherus.

Ils le regardèrent sans comprendre : pourquoi se priver d'une vision magique et sublime ? Ils n'avaient jamais rien vu d'aussi beau sur cette planète ! Après les catastrophes et traumatismes accumulés depuis une semaine, ils avaient enfin droit à la sérénité et à la majesté.

— C'est l'un des pièges, expliqua-t-il.

Melidiane savait qu'il ne pouvait pas mentir, elle hésitait pourtant à le suivre.

— Ces illusions boréales endorment ceux qui s'y abandonnent, reprit-il. Petit à petit, ils tombent dans une léthargie profonde et sans retour.

Il parlait de plus en plus fort pour réveiller les siens.

— Tournez-leur le dos et avancez à reculons ! leur ordonna-t-il.

Leamedia n'était pas en mesure de l'entendre : la danse lancinante de la matière avait fait son œuvre. Elle vacilla et serait tombée si son père ne l'avait pas rattrapée. Il la prit dans ses bras et lui banda les yeux avec son écharpe.

Rodolpherus, portant sa fille, ouvrait la marche à reculons. Le lent cortège passa sous les arches sans lever la tête, sans ouvrir les yeux. La tentation de jeter un dernier regard à ces diamants animés était vive, mais leur guide leur parlait sans discontinuer pour les obliger à obéir. Peu à peu, la semi-obscurité qui avait accompagné le début de leur exploration se réinstalla. Chacun put rouvrir les yeux et reprendre la marche normalement. Leamedia, qui avait retrouvé ses esprits, avançait à nouveau seule et recommençait à râler, ce qui était bon signe.

— Une fois qu'on aura retrouvé grand-père, on pourrait pas devenir des gens normaux ?

— Chuuuut ! fit Melidiane, qui se tenait quelques mètres en avant.

Elle avait levé le bras pour leur faire comprendre qu'il ne fallait plus bouger.

— Je l'entends ! Melkaridon est là, tout près.

Elle bifurqua à droite, et tous l'imitèrent en silence.

La grotte dans laquelle ils évoluaient à présent ressemblait à un canyon aux parois raides comme des lames. Ils se suivaient en file indienne.

Soudain, Melidiane eut un haut-le-corps : il était arrivé quelque chose à Melkaridion ! Elle cessa de marcher, sa robe noire se teinta de reflets verts, signe d'une baisse de température due à une activité accrue du cerveau. Immobile, les paupières closes, le corps tendu, elle ne voyait plus, n'entendait plus, essayant de déchiffrer les indices qu'elle captait. Les ondes qu'elle recevait émanaient de son père, mais leur confusion, leur entremêlement et leurs irrégularités empêchaient une lecture précise de ce qu'elles indiquaient.

Rodolpherus fit signe aux enfants de rester silencieux. Le temps passait et Antonius s'inquiéta de voir les mains de sa mère devenir très blanches, presque bleues. Le sang avait reflué de ses extrémités. Puis elle se relâcha et ouvrit les yeux. L'air bouleversé.

— Il ne sait pas que je l'entends. Il envoie des messages incompréhensibles, brouillés et incomplets… Il est tout près d'ici… Mais une pensée revient constamment. Celle de fuir !

— Il veut fuir, ou que nous fuyions ? demanda Rodolpherus.

— Aucune importance ! Cela veut dire qu'il est en danger.

Il acquiesça, regarda sa femme sans rien dire, ce qui signifiait qu'ils étaient en train de communiquer, et jeta un coup d'œil aux enfants. Antonius entendit sa pensée et le devança :

— Pas question, on vous accompagne !

— Où est-ce qu'on irait de toute manière ? enchérit Leamedia.

— Tu n'as que seize ans, ma fille, ce qui se passe ici dépasse largement tes aptitudes.

Rodolpherus s'adressa à son fils :

— Tu restes avec ta sœur.

— Je suis en âge de venir avec vous ! protesta Antonius.

— C'est exact, mais Leamedia ne peut pas demeurer seule.

— Elle a démontré qu'elle n'a besoin de personne pour s'assumer ou se protéger, objecta-t-il.

— Il ne s'agit pas de la protéger, mais de l'empêcher de nous suivre ! Pense au marais des angoisses. Tu devras d'abord vaincre tes propres démons avant d'affronter ceux des autres.

Rodolpherus savait que les seuls cauchemars que son fils aurait à combattre en compagnie de sa sœur étaient ceux qu'il avait en commun avec elle. Cette eau étrange ne percevait pas la disparité, et traitait ses hôtes comme un seul être. C'est pourquoi il fallait franchir ces douves terribles à plusieurs, les phobies partagées par toute une famille étant plus rares.

Leamedia et son frère regardèrent leurs parents s'éloigner, puis firent demi-tour afin de retourner à la première grotte.

Dans la salle de contrôle, Virginie revenait lentement à elle. Torque discutait avec l'ange noir aux pupilles rouges sous les yeux de Paula et du capitaine. La journaliste essaya de remuer, en vain, elle avait les mains attachées fermement au dossier de la chaise. Une demi-douzaine d'hommes armés complétait le quatuor venimeux. La voyant consciente, le directeur de la Fondation 18 entreprit de la tourmenter.

— Qu'il doit être étrange pour une journaliste de se trouver dans votre situation ! Rêver de coucher sur le papier ce que vous voyez, et savoir que ce qui aurait pu devenir votre plus beau reportage sera aussi votre dernière enquête, quelle tristesse !

Loin de l'effrayer, le sourire ironique de son interlocuteur la révolta.

— Vous avez tué mon père !

— Moi ? Non… Ce crime ne compte pas parmi mes nombreux méfaits. Mais le responsable est parmi nous. Debs ?

L'homme à la petite licorne s'inclina silencieusement. Torque continua :

— Votre père était un homme très perspicace, Virginie... Vous lui ressemblez.

À défaut de pouvoir s'exprimer, tant l'indignation lui serrait la gorge, Virginie était encore capable de cracher, ce qu'elle fit sans hésiter, en plein dans son visage. Il répliqua en lui administrant une claque si puissante qu'elle bascula avec sa chaise pour s'écrouler au sol en se cognant la tête. Le capitaine Debs, les lèvres retroussées dans un sourire abject, redressa sa chaise, si bien qu'elle se retrouva à nouveau, à moitié assommée, devant celui qui venait de la frapper.

— Perspicace, mais très ignorante, votre arrogance le démontre. Vous êtes pourtant sur le point d'assister à la chute du dernier rempart.

Virginie, choquée, égarée, serra les paupières pour tenter de se calmer. Elle les rouvrit en sentant quelque chose d'humide sur ses lèvres. Paula était en train d'essuyer le sang qui coulait de son nez. Elle regarda son ancienne amie dans les yeux, incapable de croire à sa trahison. La photographe évitait son regard ; d'ailleurs, elle s'éloigna aussitôt pour rejoindre son amant. Virginie, défaite, baissa la tête, mais le capitaine Debs la lui releva brutalement pour l'obliger à regarder le maître de la fondation, cet être à la carrure imposante, à la taille non humaine et aux yeux effrayants. Son visage régulier aux courbes jeunes aurait pu séduire n'importe quelle femme, mais il se dégageait une telle violence de son regard, une telle acidité de son parfum, que l'impression de charme s'effaçait devant l'effroi. Son corps s'agitait constamment, comme si une forme tentait de s'échapper de l'enveloppe d'apparence humaine qui la contenait.

— Vous admirez mon père, mademoiselle. Vous conviendrez que les grandes causes sont nourries de sacrifices nécessaires.

Virginie, horrifiée, secoua la tête : la nature ne pouvait produire de telles aberrations ! L'ordre des choses voulait que celui qui possédait l'aspect le plus juvénile soit le dernier d'une lignée. Cependant elle dut se rendre à l'évidence : il n'en était rien ici.

Le directeur se tourna vers elle :

— Tous les journalistes veulent savoir ce que signifie le chiffre 18 dans le nom de notre fondation. Il n'est autre que l'addition du triple 6, symbole du démon, et deuxième secret des magiciens. Il ne reste à notre maître qu'une dernière épreuve à accomplir. Lui seul en détient le procédé.

Il jubilait : l'heure était venue.

L'homme dont tout l'être tendait depuis si longtemps à devenir un démon scruta une dernière fois Virginie :

— Vous aurez l'honneur d'être ma première damnée. Je prendrai un soin tout particulier à vous tuer, Virginie.

Sur ces mots, il s'apprêta à quitter la pièce pour descendre avec Torque dans la salle du puits, mais se ravisa.

— Au fait, j'ai manqué à tous mes devoirs. Mon nom, pour quelques minutes encore, est Guileone.

Il pivota sur ses talons et disparut avec son fils, emmenant les gardes. Seul Debs resta avec les deux femmes. Bouleversée, la journaliste se rappela où elle avait lu ce nom. C'était dans le troisième carnet de Philippe, le passage consacré à la mort d'Anademe, le père de Rodolpherus : Guileone, le frère aîné de Melidiane, le premier fils de Melkaridion, enlevé par la Guilde noire.

Torque et son père descendaient les marches quatre à quatre, suivis par les hommes de la salle de contrôle. Les gardes occupèrent les positions-clefs. Guileone et son fils se dirigèrent vers le puits.

— Vous ne m'aviez jamais appris votre prénom, père, fit Torque.

— Quel usage en aurais-tu fait, puisque me nommer est interdit ?

Torque fut bien obligé d'acquiescer. La force et la perfidie qui l'habitaient d'ordinaire avaient disparu, pour laisser place à l'inquiétude et à l'incertitude, maintenant que le moment décisif approchait.

— Ne sois pas si dur avec toi-même ! Ce que tu ressens est légitime, cela prouve à quel point ton instinct est développé.

Torque se sentit honoré par l'encouragement de son père. Il attendit d'être à sa hauteur pour lui poser une dernière question :

— Père… Quelle est cette ultime épreuve que vous devez réussir pour donner enfin un visage au démon ?

Ils venaient d'arriver au bord du puits. La chaîne qui maintenait la cage de Melkaridion plongeait dans l'eau profonde aux reflets purs, hypnotiques. Guileone prit son temps pour répondre.

— Tu vas l'apprendre dans un moment. Ne sois pas si impatient.

À cet instant, les deux époux Dolce débouchèrent d'une anfractuosité et entrèrent dans la grotte. Paula fit un mouvement pour sortir de la pièce, mais Debs la plaqua contre un mur.

— Les ordres sont formels. Personne ne bouge tant que le maître en personne ne sera pas revenu.

De là où Rodolpherus et Melidiane se trouvaient, il était difficile d'évaluer la taille de la cavité, tant elle était immense. Une chaîne pendait de la voûte ; autour d'eux des murets dessinaient l'entrée d'un labyrinthe. L'endroit semblait vide, mais Melidiane ressentait l'agitation de toutes les particules, une vibration faite de déplacements brefs et rapides. Le labyrinthe était peuplé. Elle s'arrêta et murmura au cerveau de son mari : « C'est un piège. »

Rodolpherus hocha la tête : il le savait depuis un bon moment.

Ils se firent aussi petits qu'ils purent, en resserrant leurs cellules et en comprimant l'espace qui séparait les atomes de leur corps. Ils s'ôtèrent ainsi presque un demi-mètre. L'exercice était éprouvant et dangereux, car il compressait tout le squelette et faisait courir un risque d'étouffement. Mettant à profit leurs nouvelles silhouettes, ils se déplacèrent le plus vite possible entre les murets de pierre. Leur taille réduite leur permettait de se dissimuler aisément mais ils ignoraient ce qu'ils affrontaient. En revanche, ils savaient quoi chercher : un indice les menant à l'aïeul.

« Melkaridion est à quelques mètres de nous. »

À peine cette phrase eut-elle résonné dans la tête de son mari qu'une voix s'éleva dans la grotte.

— Oui, petite sœur, notre père est bien ici !

Melidiane se figea. Sa mémoire était parfaite, aucune erreur d'identification n'était possible chez elle ; malgré le temps passé, les altérations de toutes sortes, il n'y avait pas le moindre doute : elle se souvenait parfaitement de cette voix.

Elle avait souhaité ce moment chaque jour de sa vie, avait pleuré des nuits entières la disparition de ce frère chéri, et portait en elle la cicatrice d'une telle douleur. Elle retrouvait son père et son frère en même temps, son cœur se dilatait de joie.

Elle se redressa et reprit sa taille normale.

— Toi aussi, Rodolpherus, montre-toi, fit la voix.

Le magicien s'exécuta. Émus par ces retrouvailles inattendues, ils le cherchèrent du regard. Ils le virent enfin. Il était seul, à une dizaine de mètres d'eux. Un seul muret les séparait encore, qui masquait partiellement le nouveau venu.

Tous deux eurent un mouvement de recul en l'apercevant. De très haute taille, avec ses traits demeurés juvéniles, c'était bien lui, mais il était différent. Tout son corps évoquait la douleur, tout son être transpirait la souffrance, et ses yeux infligeaient à ceux qui les regardaient la plus effroyable des terreurs. La magicienne vacilla. Les pires contradictions se bousculaient dans sa conscience. Elle était bouleversée de retrouver son frère, mais confuse face à l'impression qu'elle ressentait. Une chose était cependant certaine : Guileone n'aurait pas dû brouiller ses pensées pour éviter d'être lu par elle. Des retrouvailles sincères demandaient une ouverture totale des âmes enfin rassemblées.

Il reprit la parole comme pour lui répondre.

— Mettons de côté l'émotion, petite sœur, il est temps de réunir toute la famille.

En claquant des doigts, il fit apparaître une bonne centaine d'hommes. Ils sortaient de partout, certains sur des échasses, d'autres à pied. Une dizaine d'entre eux encadraient Leamedia et Antonius, attachés l'un à l'autre.

— J'ai été ravi de rencontrer enfin ma nièce et mon neveu. Mais, avant tout, laisse-moi te présenter… mon fils.

Guileone leva le bras d'un coup sec, avec un rugissement qui couvrit un terrifiant cri de douleur. Sa main gauche brandissait désormais une tête, qui venait d'être arrachée d'un seul geste d'une force herculéenne. Un masque de souffrance déformait les traits de celui qui, quelques secondes plus tôt, avait été Torque, l'homme au bouc. Ses yeux, demeurés ouverts, se couvraient de seconde en seconde d'un voile vitreux.

— Quelle est l'ultime épreuve, me demandais-tu, fils ? fit le sorcier en s'adressant à la tête ensanglantée qu'il tenait dans son poing. Elle vient de s'accomplir, en partie…

La puissance qui se dégageait de son être s'accrut encore. Melidiane pouvait la sentir, qui irradiait tout autour de lui. Un rictus cruel déformait ses traits à la beauté angélique.

— … Le meurtre du fils par le père !

Il se tourna vers Melidiane et Rodolpherus et lança dans leur direction le sinistre trophée.

— Je vous laisse faire connaissance !

Le rire satanique qui suivit ses mots sembla glacer même les membres de son armée.

— Reste à accomplir l'autre moitié du rituel… L'exécution du père ! Ainsi sera accomplie ma transformation.

L'horrible trophée roula jusqu'aux pieds de Rodolpherus et Melidiane. Ils évitèrent de le regarder, plus soucieux du sort de Leamedia et d'Antonius que du jeu morbide que Guileone leur imposait. La magicienne s'adressa à son mari et à ses deux enfants par télépathie, tout en communiquant avec le futur démon sur une autre fréquence. Ainsi, il ne pouvait se douter qu'elle parlait aussi aux membres de son clan. Elle demanda à Guileone ce qu'il avait fait de leur père tout en organisant la défense des siens. Il leur fallait absolument se regrouper et, pour cela, se battre. Affronter des humains, pour un magicien, n'était pas difficile, mais il était primordial d'éviter de les tuer, et de leur faire trop de mal. Leamedia chuchota dans l'oreille de son frère, attaché dans son dos.

— Comment ça, se battre sans faire de mal ?

Guileone ne tarda pas à comprendre ce que sa sœur tramait et hurla de rage.

— Se battre contre vous est d'une facilité déconcertante ! Il suffit de vous obliger à tuer pour vous faire perdre la mémoire et vos pouvoirs. J'en sais quelque chose, n'est-ce pas, mon père ?

En vomissant ces derniers mots, Guileone fit un signe, et la cage qui emprisonnait Melkaridion sortit de l'eau, toute ruisselante. Le quasi-démon jubilait. Il n'accorda pas un regard à sa proie, se délectant de l'inquiétude de sa sœur. Mais devant l'expression étrange qu'elle afficha, Guileone se retourna : la cage n'avait pas été ouverte, mais elle était vide !

Rodolpherus prit la parole.

— Il s'agit du dernier des cent puits pour Melkaridion, tu ignores sûrement ce que cela provoque chez les magiciens qui ont jeté toutes leurs pièces ?

Ils se mesurèrent du regard.

— Ils fusionnent avec leur élément, conclut Rodolpherus.

Melkaridion jaillit alors des eaux tel Poséidon des océans. La teinte de son épiderme, comme sa texture, avait changé. La transparence bleutée qui l'habillait désormais lui donnait l'aspect d'une sculpture de glace en mouvement.

Tous vacillèrent. Antonius et Leamedia échappèrent à leurs gardes et bondirent près de leurs parents. Les Dolce se préparaient à combattre.

Dans la salle de contrôle, la lutte avait déjà commencé. Paula, aveuglée par les larmes, se déchaînait, décidée à tout pour venger son amant. Elle avait plié Debs en deux d'un coup de pied bien ajusté, puis lui avait assené du tranchant de ses deux mains jointes un coup terrible sur la nuque. L'homme à la licorne se traînait au sol, le souffle coupé. La photographe fonça ensuite vers la chaise de Virginie et arracha ses liens. La jeune femme, enfin libérée, se leva d'un bond. Alors que Paula, effondrée à ses pieds, attendait son pardon, Virginie s'élança vers la sortie. Désorientée, elle s'arrêta sur la plateforme qui dominait la grotte.

La confusion était à son comble. Melidiane, Rodolpherus et leurs deux enfants reculaient en direction de l'escalier tout en repoussant les gardes armés. Le spectacle lui aurait semblé sublime et dantesque si elle n'avait eu le cœur serré devant l'évidente disproportion du nombre. Rodolpherus, Antonius et sa mère se battaient autour de Leamedia pour la protéger. Aucun des hommes n'arrivait à les viser, tant leur vitesse était grande et inconstante. Chacun déplaçait la masse de son corps pour provoquer des accélérations sur quatre à cinq mètres et échapper ainsi aux coups et informait les deux autres des adversaires qui s'approchaient d'eux. Les trois corps ne faisaient qu'un. En se mêlant à l'ennemi au lieu de s'isoler, ils empêchaient les gardes d'employer leurs armes à feu, qui risquaient de toucher l'un des leurs.

Plus loin, l'ancêtre des Dolce et le maître de la Fondation 18 se faisaient face, debout à quelques mètres l'un de l'autre. Melkaridion dévisageait le sorcier dans l'espoir d'y déceler ne serait-ce qu'une infime trace du fils qui lui avait été enlevé. Il ne pouvait croire que l'enfant qui avait habité ce corps ait totalement disparu. Connaissant le deuxième secret, celui de la création du démon, puisqu'il avait été le rédacteur des trois ouvrages, il savait que la transformation n'était pas encore accomplie. Le mal ne pouvait pas avoir déjà complètement rongé le corps du jeune garçon perdu !

Tout en combattant, Melidiane percevait leur face-à-face. Elle savait que l'émotion de Melkaridion risquait de lui être fatale et elle ne pouvait se porter à son secours.

Guileone n'avait plus qu'à tuer le vieillard pour accéder au mal suprême, à cette force sans limites qui ferait de lui un être invincible. Il était sur le point d'embrasser le destin machiavélique qui lui tendait les bras. À la vitesse d'un guépard, il se jeta sur Melkaridion, ses dents acérées et ses ongles aiguisés prêts à le déchiqueter, mais la seule chose qu'il eut à détruire en l'attrapant fut de l'eau. Melkaridion s'était changé en liquide, pour rejaillir à nouveau, indemne et vibrant, du puits. Guileone s'acharna, décuplant sa vitesse. Mais, de nouveau, il ne déchira que de l'eau. Melkaridion émergea du puits, indemne. Le vieux mage fixa son adversaire dans les yeux et lui dit :

— Nous sommes faits de cette eau. Elle constitue notre corps et est issue de l'océan primordial qui se forma sur cette planète. C'est la seule que nous pouvons boire. Découvrir les cent puits qui la gardent secrètement permet de se confondre enfin avec elle. Elle est garante de toutes les espèces, faune et flore. Elle est bien plus puissante que le mal qui te ronge et qui te fait croire à la puissance. Il est encore temps pour toi de nous accompagner et de vivre cette vie qui te fut ôtée, comme à nous.

Le vieux magicien continua, tendant les bras vers son enfant au péril de sa vie.

— Libérons ces puits, et la terre retrouvera son environnement d'origine ! Les espèces disparues auront une seconde chance. Comme toi, mon fils chéri.

Guileone le fixait. Il ignorait tout sentiment filial, ne se rappelait avoir eu un père que parce qu'on l'avait informé de son existence. Il savait qu'en durcissant encore davantage sa haine il ferait souffrir un père qui se sentait toujours coupable d'avoir perdu un fils, mais il n'éprouvait aucune compassion. Il n'hésita pas une seconde et se rua vers les bras tendus comme un prédateur affamé. Ses griffes n'étreignirent que la vague.

Cet échec, il le savait, venait de briser le destin qu'il s'était forgé. Il resterait désormais pour toujours un demi-démon, un être imparfait. Dépité, furieux, il se tourna vers les autres Dolce.

— Eux sont loin d'avoir découvert les cent puits ! Si je ne peux tuer le père, je les anéantirai, eux !

Ivre de rage, il se fraya un chemin, dispersant les murets de pierre à coups de jarret impétueux, déchiquetant au passage ses propres hommes s'ils obstruaient sa route. Il allait pulvériser sa sœur, qu'il dominait de sa haute taille, quand une vague gigantesque vint le percuter pour l'envoyer heurter la roche. Melkaridion, qui avait utilisé toute sa puissance pour causer un tel impact, ordonna dans un hurlement aux Dolce de se jeter dans le puits. Il n'aurait pas la force de lancer ce sort une deuxième fois.

Antonius, qui se battait pour défendre sa sœur, vit Virginie sur les dernières marches de l'escalier. Il s'élança vers elle et la prit par la taille. Puis tous les cinq sautèrent dans l'eau réparatrice. Des dizaines de coups de feu éclatèrent, mais aucun ne les toucha. Guileone, qui s'était relevé, bondit vers le puits. Mais toute l'eau avait disparu, partie avec les

Dolce. Il ne restait qu'un trou insondable, noir, dans lequel les sons n'en finissaient pas de ricocher, caverneux.

La tourmente aquatique secouait les Dolce en tous sens pour les séparer. Le flux les entraînait à la vitesse de météorites perdues dans l'immensité de l'infini. Antonius et Virginie s'agrippaient l'un à l'autre. Melidiane et Rodolpherus savaient que, dans les secondes qui suivaient, ils allaient tous être dispersés : leur survie était à ce prix. Les puits communiquaient par une série de labyrinthes qui parcouraient la totalité de la planète. Chacun des Dolce, du grand-père à la petite-fille, serait dirigé vers un endroit différent sur terre, sans connaître le point d'arrivée des quatre autres. Cependant, dans ce rallye sidéral, tous avaient une certitude, celle d'être couvés par l'aïeul, dont la présence aimante les entourait comme un liquide amniotique. Le puissant courant qui étreignait la famille, c'étaient ses bras, refermés sur eux pour les protéger. Sa présence était aussi perceptible que s'ils avaient eu son visage devant les yeux. Mais Antonius fut le seul à entendre, dans le vrombissement démentiel des trombes souterraines, ses derniers mots : « Tu pourras lier le temps, mon petit-fils. L'eau est la clef. L'eau est ma demeure. Tu y trouveras le second livre. » De stupeur, il manqua lâcher Virginie et la perdre pour toujours. Elle suffoquait, ses poumons allaient éclater, ses forces la quittaient. Il la pressa sur son cœur, il ne lui restait qu'une poignée de secondes pour découvrir comment la sauver. Elle était humaine et ne pouvait respirer sous l'eau, comme eux.

Tous les Dolce s'abandonnaient au courant. Un premier labyrinthe absorba Rodolpherus ; puis Melidiane et Leamedia furent aspirées comme des poussières dans d'autres siphons. Melkaridion, qui avait le plus de maîtrise, ne résista pas non plus à la force qui l'entraîna à son tour.

Antonius enlaça plus étroitement Virginie. Elle périrait noyée s'il ne faisait rien.

Ses lèvres vinrent se poser sur celles de la jeune femme. Ce fut ce premier baiser qui lui sauva la vie, insufflant en elle l'air et l'amour dont elle avait tant besoin.

REMERCIEMENTS

Merci à Co, Nico, Flo, PJ et Jack d'avoir choisi l'aventure et le rêve… Vous ne le regretterez pas.
Merci à M. Saulnier de m'avoir donné envie quand j'étais au collège.

Merci à Dominique et Anne-Marie sans plus de raisons que d'être.

Merci à Flo de supporter le quotidien et le silence que réclame l'imagination.

Merci aux filles de « l'Alcion » de l'Institut Curie… Sans vous, point de vie.

Merci au Nut, fidèle compagnon des nuits devant la page blanche.

Merci à Jeanny et Cathy, *the mushroom bird family.*

Et puis merci à ceux dont le nom ne figure pas en cette page, mais qui colorent ma vie de leur amitié, de leur générosité, de leur regard… De plats inoubliables… De rhums improbables, ou de leurs souvenirs nécessaires et fragiles qui nourrissent mon esprit de nostalgie, de regrets et de sourires.

Jean-Louis, Chris, Petite Anne, Mag, Humphrey, les Ludo, Blandine et « je rêve », Sylvie, Roland, Didier, Annie toujours trop loin, Virginie (la vraie), Bibou et Nat, Sof, Pat, Benoît pour cette nuit sur le pont ferroviaire, Ange et ses livres de la Pléiade… Véro, Vic et Régine, pour les photos de famille. Sarah, c'est promis, je t'appelle !

Xavier, un jour il y aura une musique pour chaque livre…

Ouvrage composé par
PCA – 44400 Rezé

Cet ouvrage a été imprimé
en Allemagne par

GGP Media GmbH
à Pößneck

Dépôt légal : avril 2016

MIXTE
Papier issu de
sources responsables
FSC® C003309
FSC
www.fsc.org

Pocket Jeunesse, une marque d'Univers Poche,
est un éditeur qui s'engage pour
la préservation de son environnement
et qui utilise du papier fabriqué à partir
de bois provenant de forêts gérées
de manière responsable.

PKJ• www.pocketjeunesse.fr
• POCKET JEUNESSE

12, avenue d'Italie – 75627 PARIS Cedex 13